지옥문을
여는방법

GOLDPEN CLUB NOVEL 013

2013
올해의
추리소설

권경희 · 김경수
김범석 · 김재성
김주동 · 성성명
양수련 · 이상우
한수경 · 홍성호
최종철 · 조동신

지옥문을 여는 방법

황금펜 클럽
GOLD

:: 차례 ::

나쁜 여자

권경희
추리작가, 상담심리전문가, 현 착한벗심리상담센터장, 장편추리소설 〈저린 손끝〉으로 1990년 제1회 김내성 추리문학상 수상하여 문단 데뷔, 저서: 장편추리소설 〈저린 손끝〉, 〈거울 없는 방〉, 실화소설 〈트라이앵글〉, 에세이집 〈요설록〉, 심리상담 관련 서적 〈붓다의 상담-꽃향기를 훔치는 도둑〉, 〈흔들리는 삶을 위한 힌트〉, 〈생활 속의 불교 상담-처음도 좋고 중간도 좋고 끝도 좋은〉 등

1

딩동.

SNS 코코아스토리에 사진과 글이 올라가자마자 금세 댓글이 올라왔다.

"자기야, 이것 좀 봐. <u>흐흐흐</u>."

윤소미는 남편의 어깨를 치며 스마트폰을 남편 눈앞에 들이밀었다. 전에는 페이스북, 트위터 같은 SNS란 하릴없는 사람들이 하는 거라며 꺼리던 윤소미였다. 그런데 얼마 전부터 코코아톡에서 개설한 코코아스토리에 푹 빠졌다. 페이스북, 트위터와 달리 가까운 지인들과 소곤거리듯 대화를 나눌 수 있는 점이 좋았다. 무엇보다 스마트폰으로 찍은 사진을 즉석에서 바로 올릴 수 있다는 데 매력을 느끼고 있었다.

"어디, 어디?"

남편 김형준도 눈을 반짝이며 아내의 스마트폰을 함께 들여다보았다.

윤소미의 스마트폰은 화면이 넓은 최신 LTE 폰이라서 소형 노트북 같았다. 김형준은 같은 LTE 폰이라도 주머니에 쏙 들어갈 수 있는 소형을 썼지만, 윤소미는 스마트폰을 주로 핸드백에 넣어 다니기 때문에 눈에 시원한 대형 화면의 LTE 폰으로 최근에 바꾸었다.

　-넝마고양이:가족여행 중이구낭 부러버라 무쟈 행복해 보인당

윤소미와 남편 김형준, 아들 김완이 함께 찍어서 올린 사진과 글 밑으로 윤소미의 고교 동창 신혜영이 제일 먼저 댓글을 달았다. 신혜영은 록그룹 베리필터를 좋아해서 그들의 히트곡 제목을 본떠 아이디를 만들었다.

　-작은미소:캄사, 캄사.

윤소미는 고마운 마음을 강하게 표현하기 위해 감사를 '캄사'로 강조해서 답글을 달았다.

띵동-.

다시 댓글이 올라온 신호음이 울렸다.

이번에는 윤소미의 직장 부하인 이영아 대리였다. 이영아는 평소의 모범생 이미지대로 코코아스토리 댓글 역시 띄어쓰기와 맞춤법을 정확하게 맞추어서 올렸다.

　-영아의전성시대:팀장님, 길이 별로 안 막혔나 봐요. 8시에 떠나셨다고 하더니 벌써 산들내 휴게소에 도착하셨네요.

　윤소미는 손가락을 부지런히 움직여 답글을 달았다. 컴퓨터와 달리 문자 누르는 속도가 느려 맞춤법과 띄어쓰기는 무시하기로 했다.

　-작은미소:그래도순천만까지가려면 한참남았어. 가다가정읍휴게소에서 한번더쉬며 점심 사먹을꼬야
　-영아의전성시대:저도 다음 휴일에 순천만 국제정원박람회 꼭 갈 생각이에요. 거기 벌교식당 꼬막 정식이 정말 맛있나 알려주세요.
　-작은미소:식당가서인증샷올릴게용
　-영아의전성시대:옙, 팀장님.

　윤소미가 이영아 대리와 댓글과 답글을 주고받는 동안 윤소미 스토리의 게시 글에는 계속 댓글이 올라왔다. 그래서 윤소미가 쓰는 답글과 다른 사람의 댓글이 섞여 말의 순서가 뒤바뀌기도 했다. 그 때문에 코코아스토리 개발자들은 누구 댓글에 대한 답글인지 알 수 있도록 새로운 기능을 추가했다. 댓글 단 사람의 아

이디를 답글 앞에 붙일 수 있도록 한 것이다.

　이영아 대리와 답글 주고받기를 마무리한 윤소미는 그사이에 올라온 다른 댓글들을 살폈다.

　"엇, 이건 뭐야?"

　맨 밑에 달린 댓글을 본 김형준이 눈을 둥그렇게 떴다.

　　─질투의화신:나쁜 여자!

　댓글을 보는 순간 윤소미는 찬물을 맞은 듯 기분이 써늘해졌다. 그사이에 다시 또 댓글이 올라왔다.

　　─질투의화신:윤소미 나쁜 여자!

　윤소미와 김형준은 서로 얼굴을 마주 보았다. 김형준의 표정도 굳어 있었다. 그러는 동안 '질투의화신'이 댓글 한 줄을 더 달았다.

　　─질투의화신:세상 행복을 독차지하다니! 윤소미는 정말 나쁜 여자 ♥♡♥

　댓글 맨 뒤에 검은 하트와 하얀 하트, 다시 검은 하트가 달린 것을 보고 나서야 윤소미의 얼굴이 밝게 바뀌었다. 대학 동창인 서정애였다. 그새 아이디를 바꾼 듯했다. 서정애는 댓글 뒤에 하

트를 다는 습관이 있어서 아이디를 바꾸어 댓글을 올려도 금세
알아볼 수 있었다.

　-작은미소:정애구낭. 깜딱놀랐자나. 나쁜지지배.

"당신 친구 정애 씨야?"
"응."
"방송사 스크립터라더니 한가한가 보네."
"구성 작가 그만두고 요즘은 드라마 쓴다고 구상 중이래."

　김형준과 윤소미가 대화를 나누는 동안 '질투의화신'이 다시
댓글을 올렸다.

　-질투의화신:내 말이 틀렸어? 우월한 외모에, 훌륭한 경력에, 좋은
직장에, 멋진 남편에, 예쁜 집에, 귀여운 아들까지, 이 세상 좋은 건
혼자 다 가졌으니 윤소미 너 나쁜 여자 맞잖아.
　-작은미소:미안×10000.

　서정애는 코코아스토리에서 '고고한 싱글'이란 아이디를 써
왔다. '화려한 싱글'을 넘어서 '고고한 싱글'로 살아가겠다던 서
정애는 함께 고고한 싱글론을 외치던 윤소미가 결혼해서 알콩달
콩 살아가는 모습을 보더니 인생에 대한 태도가 많이 바뀌었다.
　"고고한 싱글? 네가 시집가고 나니까 이젠 '고독한 싱글'일 뿐

이야. 그것도 치명적인 고독."

서정애는 가끔 코코아톡이나 코코아스토리를 통해 신세한탄을 했다. 특히 윤소미의 아들 완이가 커가는 모습을 코코아스토리를 통해 보면서부터는 더욱 부러워했다.

"이제 남편 따윈 바라지도 않아. 그저 완이같이 똘똘한 아들 하나만 있으면 좋겠어. 그러면 완벽하게 고고한 싱글이 될 텐데. 이제 서서히 가임 기간은 만료돼 가고, 씨 뿌려줄 농부는 안 보이고……."

30대 중반을 넘어서자 서정애도 은근히 마음이 급해지는 듯했다.

"어디서 종자만 빌릴 수는 없을까? 밭은 훌륭히 갈아났는데 뿌릴 씨앗이 없네."

서정애는 말이 좀 심하다 싶을 때가 많았다. 독설에 가까운 농담을 하며 기발한 표현에 스스로 만족해하곤 했다. 그런 서정애임을 아는지라 윤소미는 코코아스토리의 과한 댓글 역시 농으로 받아들이며 기분 나빠 하지 않고 넘어갈 수 있었다.

―질투의화신: 부럽다, 친구야. 형준 씨랑 완이랑 여행 잘 다녀와. 오가는 걸음걸음 진달래꽃 대신 인증샷 계속 남겨. 글 쓴다고 머리 싸매고 있는 질투신 눈이라도 호강하게.

―작은미소:알았쩌요 계속실시간으로보고하게씀.

―질투의화신:너희 부부는 빼고 완이 사진 위주로 찍어 올려줘. 나이

드니까 돌잡이라도 총각이 더 좋으넹

　-윤소미: 크크 밝히긴.

　윤소미는 댓글과 답글로 서정애와 대화를 마무리하며 웃는 표
정의 이모티콘을 잔뜩 올렸다.

"어? 완이가 안 보여!"

옆에서 함께 스마트폰을 들여다보며 키득거리던 김형준이 소
리쳤다.

"완이가? 금방 여기 함께 있었는데?"

윤소미가 화들짝 놀라 튕겨 일어났다.

2

　눈 깜짝할 사이라는 생각이 들었다. 그러나 시간을 보니 처음
'넝마고양이'가 올린 댓글에 답글을 올린 시각이 10시 29분 15초,
'질투의화신'과 답글을 마지막으로 나눈 시각이 10시 38분 42초.
9분 27초 동안이나 윤소미 부부는 SNS를 하고 있었다. 그 9분
27초 사이에 윤소미의 아들 완이가 사라진 것이다.

　윤소미 부부는 처음에는 대수롭지 않게 생각했다. 두 돌 갓 넘
은 완이가 걸음을 꽤 잘 걷긴 하지만 그렇다고 해서 혼자 멀리 갈
만큼 잘 걷지는 못했다. 기껏해야 주변 어딘가에 있을 거라 짐작
했다. 그러나 아이는 그야말로 감쪽같이 사라져 흔적도 보이지

않았다.

아이가 실종되었다는 말에 휴게소 관리소 측은 얼른 CCTV를 되돌려 보여주었다.

윤소미 부부가 쉬고 있던 곳은 금강변에 자리 잡은 산들내 휴게소 뒤편의 원두막 쉼터. 넓은 마루에 여러 가족이 쉬고 있었다. 가지고 온 과일을 나누어 먹는 가족도 있고 각자 등을 보이고 앉아 휴대폰을 만지작거리는 사람들도 있었다.

윤소미 부부가 스마트폰을 들여다보고 있는 사이, 아들 완이가 낑낑거리며 원두막을 내려서서 아장아장 걸어가는 모습이 보였다. 마치 누군가에게 곧 안기기라도 할 듯 두 팔을 벌리고 걸어갔다. 윤소미 부부는 그것도 모르고 계속 스마트폰을 들여다보고 있었다.

완이가 걸어간 곳은 원두막 옆으로 난 오솔길이었다. 휴게소 측은 그 길이 휴게소 아래에 있는 강변으로 통하는 길이라고 했다. 윤소미 부부는 처음 완이를 잃어버린 것을 알았을 때 그 반대편, 휴게소 건물 앞으로 이어진 길만 찾아보았다. 아이가 주차장으로 가서 차에 치이기라도 했을까 봐 조급한 마음에 그쪽으로 내달렸던 것이다. CCTV 카메라도 원두막에서 주차장으로 이어지는 길을 중심으로 비추어주고 있었다.

오솔길은 원두막 뒤쪽으로 나 있어서 완이의 모습은 원두막에 가려 금세 CCTV에서 사라져 버렸다.

"저 길로 가봅시다."

휴게소 관리 직원은 자기 일처럼 적극 나서서 완이 찾는 일을 도왔다.

3

완이는 어디에도 없었다. 감쪽같이 사라져 버렸다. 완이가 걸어간 길을 따라가 보니 제법 숲이 우거진 오솔길이 구불구불 이어져 있고, 조금 지나자 내리막길이었다. 내리막길을 중간쯤 내려가자 가파른 나무 층계가 설치돼 있었다. 나무 층계가 끝나는 곳은 다시 좁은 오솔길로 이어져 있고, 그 끝은 국도와 연결돼 있었다. 국도를 건너 다시 내리막으로 내려가면 강변이 나오고, 금강이 퍼렇게 흘러가는 모습이 보였다.

휴게소 원두막 쉼터에서 내려와 오솔길을 걸어 국도 있는 곳까지 내려가는 데 어른 걸음으로도 5분 이상은 걸어야 했다. 더구나 내리막길의 층계가 가팔라 완이같이 어린아이는 내려설 수가 없었다. 기어서 내려가기에도 힘든 길이었다.

휴게소 직원들과 윤소미 부부는 오솔길과 층계, 국도, 그리고 강변까지 완이를 찾아 헤맸다.

"완아!"

부부는 절박한 목소리로 아들을 부르다가 기어이 울음을 터뜨렸다.

4

"예, 아무런 연락도 안 왔어요. 무슨 연락이 오면 저희가 어머니께 바로 전화 드릴 테니 염려하지 마세요."

한참 동안 휴대폰 통화를 한 샛별 어린이집 하미숙 원장이 종료 버튼을 누르며 귀찮다는 표정을 지었다.

"완이 아직 못 찾았나 봐. 완이 엄마 전화가 또 왔네."

완이가 실종된 지 벌써 6개월이 되었다. 완이가 사라진 날 실종 신고를 받은 경찰은 바로 수십 명의 인력을 동원해 휴게소 일대를 샅샅이 뒤졌다. 휴게소 주변과 고속도로 변은 물론 강변과 강물 속, 강 하류까지 수색했다. 그러나 어디에서도 완이의 흔적은 발견되지 않았다.

"그렇게도 아끼던 아들이 사라졌으니 얼마나 애가 타겠어요."

보육교사 김아라가 고개를 흔들며 가슴 아프다는 표정을 지었다.

완이 엄마 윤소미가 어린이집에 수시로 전화하는 이유는 완이가 실종되던 날 샛별 어린이집에서 준 배낭을 등에 메고 있었기 때문이다. 배낭이라고 해야 어린아이 몸에 맞추어 주문 제작한 것으로, 사탕 한 움큼 정도 들어갈 만큼 작은 가방이다. 기린 모양으로 돼 있는 가방 아래쪽에 샛별 어린이집이라고 새겨져 있고 전화번호도 함께 적혀 있었다. 누군가 실종된 아이를 발견했다면 그것만이 유일하게 아이와 부모를 연결해 줄 수 있는 단서였다.

"그래서 내가 우리 어린이집에서도 일괄적으로 실종 아동 사전 등록을 하자고 한 거야. 조금만 더 일찍 등록을 했더라면 쉽게 찾았을지도 모르는데……."

하미숙 원장은 무척이나 아쉬워했다. 샛별 어린이집에서는 원생들이 실종될 경우를 대비해 걸음마를 시작한 아동들의 부모에게 '실종 아동 사전 등록제'에 관한 안내문을 보내 신청서를 작성하게 했다. 신청서가 접수되면 어린이집에서 일괄적으로 인터넷 경찰청의 안전드림 홈페이지를 통해 사전 등록한 다음 아동들을 데리고 경찰서에 방문하여 지문 등록을 하기로 했다. 이를 위해 부모들로부터 신청서를 받고 있는 동안 완이가 실종된 것이다.

"완이가 살아 있긴 할까요?"

김아라가 조심스레 물었다.

"나도 김 선생 생각과 같아. 완이가 사라진 휴게소가 강변에 있는 거라고 하잖아. 어린아이가 강물에 휩쓸렸다면 틀림없이……."

하미숙 원장은 뒷말을 맺지 못했다.

"그렇다면 시신이라도 발견했어야 하지 않을까요?"

한송이가 이의를 제기했다. 한송이는 나이는 어리지만 아동학과를 졸업하자마자 바로 보육교사로 취업해서 샛별 어린이집에서 경력이 제일 많았다. 그에 비해 김아라는 나이는 많지만 뒤늦게 보육교사가 되어 경력이 1년차에 불과했다.

"혹시, 혹시 말예요, 유괴된 건 아닐까요?"

한송이가 눈을 반짝이며 물었다. 한송이는 평소 추리소설을 즐겨 읽어 호기심이 많았다.

"유괴? 개연성이 없어."

하미숙 원장이 고개를 크게 가로저었다.

"휴게소에서 부모가 한눈팔고 있는 동안 제 발로 걸어가서 사라졌다는데 무슨 유괴?"

"원장님 말씀이 맞아요. 어린이 유괴의 경우 타깃을 정해 놓고 치밀하게 계획하고 준비해서 저지르는 경우가 많대요."

"그렇다면 더더욱 유괴가 아니겠네. 아무리 치밀하게 계획한 유괴범이라 해도 완이네 식구가 언제 여행 가고, 여행 가다가 그 시간에 그 휴게소에서 쉴지 어떻게 알겠어?"

"그렇지요."

한송이가 고개를 끄덕였다.

"우리나라 부모들은 유괴 예방을 위해 아이들한테 '낯선 사람 따라가지 말라'고 교육을 하기 때문에 우리나라 아이들은 유괴범이란 '험상궂게 생긴 남자'라는 생각을 갖고 있대요. 그런데 외국에서는 '주변의 친한 사람도 나쁜 마음을 먹을 수 있으니 조심하라'고 가르친다고 해요."

"완이는 그때 두 돌밖에 안 됐으니 그런 걸 가르칠 수도 없는 어린애였잖아. 그나저나 김 선생은 어떻게 그런 걸 다 알아?"

"인터넷 검색하면 다 나와요."

김아라가 쑥스럽게 웃자 한송이가 끼어들었다.

"김 샘이 인터넷 검색 잘한다고 해서 별명이 '검색녀'예요. 저는 탐정 노릇 좋아한다고 해서 '수색녀'고요, 송 샘은 남자를 탐한다 해서 '탐색녀'예요."

한송이의 말에 하미숙 원장은 큰 소리로 웃고는 물었다.

"혹시 나한테도 '색' 자 별명 지어놓은 것 아냐?"

원장의 질문에 한송이는 움찔했다. 원장이 작은 일에도 생색을 많이 낸다고 하여 '생색녀'란 별명을 붙여놓았기 때문이다.

"아, 아니에요. 그냥 우리 샛별 어린이집에 별별 색녀들이 다 있다고 해서 가끔 '색별 어린이집'이라고 부르긴 하지만요."

"재미는 있지만 '색' 자가 들어가니 어째 어감이 영 안 좋네."

하미숙 원장은 인상을 찌푸렸다.

5

"애가 리나로군요. 너도 분홍 공주로구나."

꿈동산 어린이집 원장은 김아라의 품에 안겨 있는 리나를 받아 들며 반겼다. 레이스가 달린 분홍 원피스를 입고 머리에 예쁜 분홍 머리띠까지 두른 리나는 아기 인형처럼 귀여운 모습이었다.

"이제라도 자리가 나서 천만다행이에요."

"그러게 말예요. 이 근처에는 야간 위탁까지 맡는 어린이집이 드물어서 우리 원은 항상 대기자가 많아요."

원장은 신청서 서식을 내밀었다.

"홈페이지에도 신청해 주셨지만 여기에 정식으로 적어주세요."

김아라가 어린이집 신청서를 작성하는 동안 원장의 품에서 내려선 리나는 어린이집 안을 돌아다녔다.

"어머니 직업란도 적어주세요."

원장이 신청서의 빈 칸을 가리키자 김아라는 잠시 망설이다가 '회사원'이라고 적었다.

"아버지 기재란도 비어 있네요."

김아라는 볼펜을 다시 집어 들어 적으려다가 물었다.

"꼭 적어야 하나요?"

"뭐, 꼭 적어야 하는 건 아니지만요. 그래도 저희가 참고로 알고 있는 게 아이를 돌보는 데 도움이 돼서요."

"아이 아빠가 해외 파견 근무 나가 있어요."

김아라는 잠시 머뭇거리다가 신청서의 빈 란을 채웠다.

그때 젊은 보육교사가 리나를 안고 두 사람 앞으로 다가왔다. 리나의 담당 교사였다.

"우리 분홍 공주님께서 무척 활발하네요. 금세 적응하겠어요."

담당 보육교사는 김아라에게 리나를 인계했다.

"리나야, 오늘은 그만 가고 내일부터 여기 오자. 이건 여기다 놓고 가야 돼."

김아라가 리나의 손에 들려 있는 자동차로 변신하는 로봇 장난감을 잡았다.

"내 거, 내 거."

리나는 로봇 자동차를 품에 끌어안고 놓으려 하지 않았다.

6

완이를 잃어버린 지 6개월여. 윤소미는 폐인이 되다시피 했다. 직장을 그만두고 아이를 찾아 헤맸다.

늦은 나이에 시험관 아기로 얻은 아들 완이는 윤소미의 성공의 정점이었다. 뛰어난 미모에 화려한 학벌, 좋은 직장, 훌륭한 남편만으로도 부러워하는 사람이 많았지만 아이가 없는 한 미완성의 행복이었다. 그런 윤소미가 천신만고 끝에 임신에 성공하고 건강한 사내아이를 낳자 주변 모두가 부러워했다.

완이가 실종되고 반년이 넘도록 행방을 찾을 수 없자 남편 김형준은 윤소미를 달래기 시작했다.

"완이는 어쩌면 이 세상에 없을지도 몰라. 그러니 이제 당신도……."

남편의 위로는 절망에 빠진 윤소미에게 비수로 바뀌어 날아왔다.

"완이가 이 세상에 없을 거라고? 어떻게 그런 말을 해? 그게 아빠로서 할 말이야?"

"완이가 사라진 지 오래됐잖아. 누군가 유괴했다면 벌써 돈을 요구하거나 협박을 했겠지. 우리 합리적으로 생각해 보자."

"합리적? 부모로서 아이를 놓고 어떻게 합리적이 될 수 있어?"

"당신 이러다가 큰일 나겠어. 당신 건강을 생각해야지. 아기는 또 가지면 되잖아."

"또 가지면 된다고? 완이가 당신한테 그런 존재밖에 안 됐어? 없어지면 새로 사는 장난감 같은 존재야?"

남편 김형준이 위로할수록 윤소미의 반응은 더욱 격해졌다.

김형준은 고개를 가로저었다. 처음에는 김형준도 윤소미 못지
않게 아들 실종으로 가슴 아파했으나 시간이 흐르면서 아픔보다
는 앞으로 살아가야 할 날들을 위해 아픔을 딛고 일어서야겠다고
생각했다. 자신이라도 정신을 차려야 아내가 절망에서 벗어나 살
아갈 힘을 얻을 수 있을 것 같았다. 그러나 남편의 그런 모습조차
윤소미는 못마땅해했다.

"당신은 완이가 없어졌는데 어떻게 그렇게 아무렇지도 않게
살아갈 수 있어? 어떻게 그렇게 아무렇지도 않게 회사에 나가고,
아무렇지도 않게 사람 만나고, 아무렇지도 않게 밥 먹고 그래?"

밤새 잠 한숨 못 자고 뒤척이다 일어난 윤소미는 식탁에서 시
리얼과 우유로 아침을 때우고 있는 김형준의 등에 대고 악다구니
를 해댔다.

"뭐해?"

한참을 소리 지르던 윤소미가 조용했다. 김형준은 이럴 때마다
등골이 서늘해졌다. 윤소미가 우발적으로 아파트에서 뛰어내리
기라도 할까 봐 두려웠기 때문이다. 그래서 아파트 베란다마다
방범용 철창 공사를 해서 몸이 빠져나가지 않게 해놓았다.

윤소미는 화장대 앞에 앉아 있었다. 오랫동안 미용실에 가지
않아 길게 자란 머리는 버드나무 가지처럼 치렁치렁 늘어져 있
고, 눈물로 범벅이 된 얼굴은 오랫동안 세수를 하지 않은 시골 아
이처럼 꾀죄죄했다.

"이것 말이야, 기억나?"

윤소미는 작은 향수병 하나를 손에 들고 있었다. 병뚜껑에 데

이지꽃 모양의 커다란 장식이 붙어 있는 마크 제이콥스의 데이지 향수였다.

"응, 지난번 결혼기념일에 내가 사다준 거잖아."

"그것밖에 기억 안 나?"

"뭐가 또 있나?"

윤소미의 질문에 김형준은 조심스레 되물었다. 자칫하다가 윤소미의 예민한 심기를 또 건드릴까 봐 두려웠다.

"그럴 줄 알았어. 당신 정말 해도 너무하네."

윤소미는 이제 포기했다는 투로 목소리를 착 내리깔았다.

"내가 뭘?"

김형준은 목소리가 기어들어 갔다.

"당신이 사준 이 향수, 이것 완이가 얼마나 싫어했어! 그것도 기억 못해!"

윤소미는 갑자기 소리를 빽 질렀다. 김형준은 움찔해서 뒤로 물러섰다.

평소 향수를 좋아하던 윤소미는 결혼기념일 선물로 데이지 향수를 사다 주자 무척 좋아했다.

"당신 내가 데이지꽃 좋아하는 것 어떻게 알았어? 꽃 모양으로 병뚜껑을 장식하니 진짜 예쁘다. 향기도 풋풋하고 정말 좋아."

윤소미는 그날부터 데이지 향수를 애용했다.

그렇게 며칠이 지났을까, 그날도 김형준과 윤소미는 퇴근길에 만나서 함께 어린이집으로 아들 완이를 데리러 갔다.

"어머, 두 분, 오늘도 함께 오셨네요. 완이는 참 좋겠어요. 이 렇게 가정적인 아빠가 계셔서."

샛별 어린이집 원장은 두 사람을 어린이집 안으로 맞아들이며 수선스럽게 인사했다.

"김 선생, 완이 엄마, 아빠 오셨어요!"

원장이 어린이집 안쪽을 향해 소리치자 완이의 담당 보육교사 인 김아라가 완이를 데리고 나타났다.

"우리 아들, 잘 놀았어?"

완이 엄마 윤소미가 두 팔을 크게 벌리며 완이를 향해 다가갔 다. 그러자 갑자기 완이가 뒤로 물러서며 자지러지게 울어댔다.

"어머, 애가 왜 이래요?"

윤소미는 당황해서 어쩔 줄을 몰랐다.

"왜 그래, 완아?"

완이는 담당교사인 김아라의 품에 도로 안겼다.

"엄마야, 엄마. 엄마한테 가야지."

김아라의 말에도 완이는 윤소미를 거부하며 계속 울어댔다.

이런 일은 며칠간 계속됐다. 집으로 돌아갈 때마다 완이는 한 바탕 소란을 피웠다. 어머니가 아닌 아버지 김형준이 안고서야 겨우 달래서 데려갈 수 있었다.

"엄마와 떨어지기 싫어서 우는 아이는 봤어도 어머니한테 가 기 싫다고 우는 아이는 처음 봤네요."

어린이집 원장의 말에 윤소미는 기가 팍 죽었다. 자신이 아들한테 뭔가 크게 잘못해서 그런 것 같았다. 완이는 집에 돌아오는 차 안에서조차 엄마를 거부해서 윤소미가 운전을 하고 남편이 아이를 안고 집으로 돌아가야 했다.

집에 돌아와 윤소미가 샤워를 하고 홈웨어로 갈아입고 나야 완이는 엄마 품을 거부하지 않았다. 그래서 윤소미는 출근하면서 입는 외출복 때문인가 하여 옷을 매일 다른 것으로 갈아입어 보기도 했으나 별 소용이 없었다.

"그때 완이한테 얼마나 섭섭하던지. 내가 그렇게 목숨처럼 아끼는 아들인데 내가 다가가면 기겁을 하다니. 지금은 그 모습조차 그리워."

윤소미는 향수병을 들여다보며 울먹였다.

완이의 귀가 거부병, 아니, 엄마 거부병은 다른 보육교사 한송이 덕분에 고칠 수 있었다.

그날도 완이는 자신을 데리러 온 엄마 윤소미의 손길을 거부하고 찢어지는 듯한 울음을 터뜨렸다.

완이가 집에 돌아갈 때마다 소란이 일자 호기심 많은 한송이는 완이가 어머니를 거부하는 모습을 예리한 눈으로 관찰했다.

"완이 어머님, 향수를 언제 뿌리세요?"

한송이가 윤소미 곁으로 다가가 킁킁거리고 냄새를 맡으며 물었다.

"향수요? 아침에 출근하면 직장에서 뿌려요. 사무실 책상 서랍에 두고 다니거든요.”

“아침에 집에서 나오실 때는 뿌리지 않으신다는 거지요? 그러니까 아침에는 완이가 엄마를 거부하지 않았다가 저녁에는 싫어하는 것 같아요.”

“그걸 어떻게 알았어?”

원장의 질문에 한송이가 의기양양하게 대답했다.

“완이가 엄마를 만날 때 콧구멍을 약간 벌렁거리고는 손을 코에 잠깐 갖다 댔다가 고개를 흔들기 시작하거든요. 그걸 보고 엄마의 냄새를 싫어하는 것으로 판단했어요. 그래서 제가 가까이 와서 완이 어머니 냄새를 맡아보니 향수를 쓰시는 것 같았어요.”

“그러고 보니 이 향수로 바꾸고 나서 며칠 후부터 완이가 제가 데리러 오면 싫어했어요.”

이후로 윤소미는 향수를 아예 뿌리지 않았다. 그러자 완이의 거부 행동도 차츰 없어졌다. 이것이 실종 한 달쯤 전에 일어난 일이다.

한참 동안 화장대에 엎드려 울고 있던 윤소미는 전화기를 들어 버튼을 눌렀다.

“여보세요.”

수화기에서 잠이 덜 깬 목소리가 들려왔다.

“너 기분 좋게 자고 있나 보구나.”

윤소미가 다짜고짜 앙칼진 목소리로 말했다.

“소미구나.”

상대방의 목소리가 긴장됐다.

"내가 이렇게 망가지니까 고소하지? 아이도 없고 직장도 없고 남편하고는 매일 싸우고 몸도 마음도 썩어가고… 나쁜 여자가 파괴돼 가는 모습 보니 이제 만족스럽니?"

윤소미는 전화기에 대고 악을 썼다.

"소미야, 이러지 마. 그때 댓글 단 것 농담으로 한 거라고 말했잖아. 네 마음 아프게 해서 미안하다고 여러 번 사과했잖아. 제발 이러지 마. 옛날의 멋진 윤소미로 돌아와 줘."

전화를 받는 사람은 최근에 주말 드라마를 써서 승승장구하고 있는 윤소미의 친구 서정애였다. 완이가 실종되던 날 윤소미가 올린 코코아스토리에 '나쁜 여자' 란 댓글을 단 장본인이다. 완이네 가족의 다정한 모습을 보며 윤소미가 세상의 모든 행복을 가졌으니 '나쁜 여자' 라고 쓴 것이다. 그때는 윤소미도 짓궂은 농담으로 받아들이고 넘어갔다.

그러나 완이가 실종되자 완이를 찾아 헤매던 윤소미는 친구 서정애를 의심하기 시작했다. 서정애가 그날 댓글에서 결혼은 않더라도 아들 하나만이라도 있었으면 좋겠다고 쓴 것을 근거로 서정애가 자신의 아이를 납치했다고 생각했다. 윤소미는 의심에서 그치지 않고 경찰에 신고해 경찰이 서정애를 수사하기도 했다. 그러나 서정애의 알리바이가 확실하고 서정애나 서정애의 근방 어디서도 아이의 흔적이 나타나지 않아 무혐의로 종결되었다.

윤소미는 서정애를 의심하는 데서 그치지 않고 서정애의 블로그, 코코아스토리에도 의심의 글을 달기 시작하고 코코아톡, 페이스북, 트위터를 통해서도 인신공격을 해댔다. 그러자 서정애는 일체의 SNS 계정을 없애 버리고 핸드폰 번호까지 바꾸어 버렸다. 그런 윤소미가 서정애의 집 전화번호를 알아내 전화를 건 것이다.

"옛날? 어떻게 돌아가? 완이가 없는데 어떻게 돌아가? 나쁜 여자는 내가 아니라 바로 너야! 남의 불행을 보면서 흡족해하는 너! 남의 불행을 딛고 행복을 누리고 있는 너! 네가 바로 나쁜 여자야! 세상에서 제일 나쁜 년이야!"

윤소미는 학창 시절에도 입에 담지 않던 욕까지 퍼부으며 울부짖었다.

'아, 이게 지옥이구나. 지옥이 바로 여기야.'

김형준은 아내의 찢어지는 듯한 울음소리를 들으며 현관에 걸려 있는 '여기 들어오는 모든 이에게 평화를' 이라고 쓰여 있는 붓글씨 액자를 원망 어린 눈길로 쳐다보았다.

7

다른 때보다 일찍 잠자리에서 일어난 김아라는 꿈동산 어린이집에서 준 '아동 사전 등록신청서'를 꺼냈다. 자신이 근무하는 샛별 어린이집에서와 마찬가지로 딸 리나가 다니는 어린이집에서도 리나가 만 3세가 되자 아이의 실종에 대비해 '실종 아동 사전 등록'을 위해 부모한테 신청서를 작성하라고 나누어 주었다.

특히 얼마 있다가 아이들을 데리고 야외 소풍을 가기로 해서 그 이전에 사전 등록을 마치겠다며 서류 작성을 서두르게 했다.

김아라는 우선 신청인인 자신의 인적 사항을 적었다. 그다음에 아래 칸에 아이의 인적 사항을 적어 넣었다.

-성명:유리나
-성별:여

주민등록번호와 주소 등 기본 정보를 적고 나니 신체 특성을 쓰도록 되어 있었다. 키, 체중까지는 쉽게 적었으나 '얼굴형'을 체크하면서부터는 생각이 좀 필요했다.

'우리 리나 얼굴이 삼각형이나 역삼각형, 계란형이 아닌 건 분명한데 사각형인가 둥근형인가 잘 모르겠네.'

아직 이른 시각이라 리나는 여전히 꿈나라에서 돌아오지 않고 있었다. 김아라는 자고 있는 리나의 얼굴을 내려다보았다. 둥근 것 같기도 하고 사각형인 것 같기도 했다.

'요즘 V 라인이 유행인데, 우리 리나가 자라서 양악 수술 해달라는 건 아닐까?'

김아라는 혼자 싱긋 웃고는 둥근형 앞에 있는 괄호 안에 브이(V) 표시를 했다.

머리색도 검은색으로 해야 하나, 갈색으로 해야 하나 고민이 됐다.

'짙은 갈색이란 구분이 있으면 쉽게 체크할 수 있을 텐

데…….'

김아라는 잠시 머뭇거리다가 검은색에 표시했다.

다음으로는 흉터였다. 김아라는 발 앞에 체크하고 '직접 기재' 옆의 공란에 '발에 5센티미터 길이의 화상' 이라고 자세히 적었다. 한 달 전에 다리미에 데어 생긴 자국이다. 상처가 아문 지 얼마 안 돼 색깔이 벌겋게 남아 있었다. 그때 아이가 다쳐서 얼마나 놀랐는지 지금도 아찔했다.

다음은 '점, 또는 문신' 이었다. 리나는 왼쪽 등판 전체에 커다란 몽고반점이 있었다. 김아라는 엎드린 자세로 자고 있는 아이의 윗도리를 올려보았다. 리나의 등에 있는 몽고반점은 우리나라 지도와 흡사했다. 자세히 보니 오른쪽으로 희미하게 울릉도도 있고 독도도 있다.

김아라는 한참을 망설이다가 '점, 또는 문신' 란에 '없음' 이라고 적었다.

다음으로는 '병력' 을 적게 되어 있었다. 리나가 5개월 전에 큰 수술을 했지만 김아라는 그 내용을 적지 않았다.

'행정 정보 공동 이용 동의서' 와 '개인 정보 수집 및 이용 동의서' 에 사인을 하자 신청서 작성이 마무리됐다.

신청서를 어린이집에서 나누어 준 봉투에 다시 넣은 김아라는 손을 탁탁 털고 일어서서 뒤 베란다로 나갔다. 김아라는 베란다 김치냉장고 위에 있는 커다란 아이스박스를 내려놓았다. 그 안에 부엌 냉장고의 냉동실에서 꺼내온 아이스 팩 가운데 절반을 밑에 깔았다. 그런 다음 김치냉장고 뚜껑을 열어 그 안에 들어 있는 것을 낑낑거리며 꺼냈다. 김치통 두 개 크기 정도 되는 커다랗고 두툼한 물체였다. 김아라는 그 물체를 아이스박스에 넣은 다음 다시 아이스 팩을 물체 위에 차곡차곡 채우고 아이스박스 뚜껑을 덮었다. 그리고는 녹색 테이프로 아이스박스 본체와 뚜껑을 밀봉했다.

김아라는 아이스박스를 들고 아파트를 나섰다. 엘리베이터를 나오자 계단 앞의 휴지를 줍고 있던 늙수그레한 경비원이 아침 인사를 했다.

"어디 놀러 가시나 봐요?"

"예, 오랜만에 아이랑 여행 좀 가려고요."

김아라는 명랑한 목소리로 말했다.

"아이구, 무거우신가 보네요. 도와드릴까요?"

경비원이 빗자루를 놓고 다가오자 김아라는 손을 저었다.

"괜찮아요. 늘 친절하시네요."

김아라의 칭찬에 경비원은 쑥스러운 표정을 지었다.

김아라는 차 뒷좌석에 아이스박스를 싣고 자신의 아파트로 다시 올라가 엊저녁에 정리해 놓은 종이가방을 여러 개 들고 나왔다. 그 안에는 분홍빛 일색의 여자 아기 옷이 가득 들어 있었다. 상표를 미처 뜯지 않은 것도 보였다. 딸 리나의 옷 중 작아져서 못 입히는 옷을 정리해 담은 것이다. 김아라는 옷이 든 종이가방을 재활용품 분리수거함 옆에 있는 의류함에 넣었다.

"리나야, 일어나자. 여행 가야지. 랄라라~ 오늘은 신나게 여행 가는 날."

다시 자신의 집으로 올라온 김아라는 목소리를 높여 노래를 부르며 아직도 곤히 자고 있는 딸 리나를 깨웠다.

8

"이번에는 보고 드리지 않으려다가 그래도 보고는 드려야겠다는 생각이 들어서 전화 올렸습니다."

아동·여성·장애인 경찰지원센터 182 실종아동센터의 아동담당 계장이 머뭇거리며 말했다.

"괜찮습니다. 말씀하세요."

박민기 검사는 수화기를 고쳐 잡으며 말했다.

실종아동센터의 아동계장은 꽉 막힌 사람이라고 보일 만큼 일을 꼼꼼히 하는 사람이었다. 직접 만난 적이 있고 여러 번 통화도 했건만 여전히 박민기 검사를 어려워했다.

"김완 아동의 지문과 비슷한 지문을 가진 아동을 찾았습니다. 여태까지 찾은 아동 중 가장 비슷합니다. 지문이 거의 일치합니다. 나이도 같고 태어난 날짜도 비슷합니다."

고등학교 후배 김형준의 아이가 실종된 지 벌써 여러 달, 애절하게 도움을 청하는 김형준이 안쓰러워 박민기도 아이를 찾기 위해 백방으로 노력해 왔다.

완이가 실종되고 몇 달 되었을 때 후배 김형준 부부가 박민기를 찾아왔다. 김형준은 지푸라기라도 잡는 심정으로 찾아왔다며 초췌한 얼굴로 부탁했다.

"완이는 실종 예방을 사전 등록을 하기 직전에 실종되었어요. 그래서 등록은 되어 있지 않지만 사후에 등록할 수는 없을까요?"

"등록을 하려면 지문이 필요할 텐데?"

"경찰서에서도 그렇게 말하더라고요. 그래서 그냥 돌아왔는데요, 아내가 마침 아이 지문이 들어 있는 그림을 보관하고 있어서요."

눈이 퀭한 김형준의 아내 윤소미가 커다란 가방에서 도화지를 꺼냈다. 도화지에는 물감으로 색칠이 되어 있고 인주로 손가락 다섯 개를 찍어놓은 그림이 들어 있었다.

"이걸로 등록할 수 없을까요?"

정황으로 보아 김형준의 아들 완이는 익사한 것이 틀림없었다. 그렇지만 아들을 잃고 너무도 애달파하는 후배 부부를 그냥 돌려보낼 수 없어 박민기는 직접 나서기로 했다.

박민기는 김형준 부부와 함께 실종아동센터를 찾아갔다. 검사가 직접 방문하자 센터에서는 적극적으로 완이의 인적 사항을 사후 등록할 수 있도록 도와주었다. 지문이 분명치 않아서 불확실했지만, 비슷한 지문을 가진 아이를 찾아내면 연락해 주기로 하였다.

그로부터 몇 차례 담당 계장이 연락을 해왔다. 부모를 잃은 아동이 전국 각 경찰서나 아동센터에 등록되면 실종아동센터로 인적 사항을 보내와 사전 등록된 아동의 등록 사항과 비교한다. 그 과정에서 김완과 나이나 신체 특징, 지문이 비슷한 아동을 발견하면 박민기에게 연락을 해왔다. 연락을 받은 박민기가 신고한 경찰서나 아동센터에 직접 연락해 몇 가지 사항을 더 검토해 본 뒤 김완일 확률이 높을 경우 김형준 부부에게 연락해 함께 만나 보기도 했다. 그러나 김완은 아니었다.

"그래서요?"
박민기는 반가운 마음에 다음 말을 재촉했다.
"그런데 그 아동이 여아입니다."
아동계장의 말에 박민기는 한숨이 저절로 나왔다.
"제가 괜한 보고를 드렸지요? 죄송합니다."
박민기의 한숨 소리가 들렸는지 아동계장이 풀죽은 목소리로 말했다.
"무슨 말씀을요. 잘 알려주셨습니다. 그런데 그 여자 아동의 지문은 어디서 나왔습니까?"
박민기는 서류에 남녀 표시가 오류로 잘못 적혀 있기를 바라는 마음으로 물었다.
"실종 예방 사전 등록 아동의 지문 중에서 찾았습니다."
실종 아동이 아니라 예방을 위한 등록 서류에서 찾았다는 말이다. 그렇다면 부모가 등록 신청을 했을 것이 아닌가. 완이일 리가 없었다.
"그렇군요. 그 서류까지 찾아보셨군요. 수고하셨습니다."
아동계장으로부터 지문이 거의 일치한다는 아동의 인적 사항을 팩스로 받은 박민기는 완이 아빠 김형준에게 전화를 걸었다.

"완이 찾는 것 말이야, 아무래도 쉽지 않겠어."

박민기는 아이 찾는 것을 이제 포기하는 게 낫지 않겠느냐고 말하려다가 차마 포기란 말을 꺼내지 못했다.

"그렇지요? 그런데 집사람이 어찌나 집요하게 매달리는지 저도 막을 수가 없어요. 아내 때문에 제가 더욱 지칩니다. 이렇게 살아 뭣하나 싶어요."

김형준은 울먹울먹했다.

전화를 끊은 박민기는 아동계장이 보내준 완이와 지문이 거의 일치한다는 여아의 어머니 전화번호를 휴대폰에 입력하고 이름도 저장했다. 아이의 이름은 유리나, 어머니의 이름은 김아라였다.

박민기는 통화 버튼을 눌렀다. 가수 이문세의 '행복한 사람'이란 노래가 통화 연결음으로 되어 있었다.

"여보세요."

약간 앳된 목소리의 여성이 전화를 받았다. 김아라 본인인 듯했다.

"여, 여보세요."

박민기는 뭐라고 말을 해야 할지 몰라서 말을 더듬었다.

"네, 말씀하세요."

"여기는요……."

박민기는 괜히 전화를 걸었다는 생각에 말을 하다 말고 전화를 끊었다.

지하철로 퇴근하면서 박민기는 스마트폰을 꺼냈다. 스마트폰은 지루한 지하철 출퇴근 시간을 줄여주는 묘약 노릇을 했다.

박민기는 코코아톡을 열었다. 새 친구로 올라온 이름이 있었다. 조금 전에 통화하려다가 만 김아라였다. 걸었다가 금세 끊었는데도 김아라는 박민기의 전화번호를 자신의 스마트폰에 저장해 놓은 모양이다. 요즘 홍보성 전화가 많아지자 홍보 전화번호를 아예 저장해 두었다가 다음에 전화가 오면 받지 않는 사람이 많다더니 김아라도 그런 목적으로 박민기의 전화번호를 저장해둔 것 같았다.

김아라의 프로필 사진에는 아이 사진이 올라 있고 상태 메시지에는 '나날이 좋은 날 Happy days'라고 적혀 있었다.

박민기는 김아라의 프로필 사진을 터치했다. 그러자 사진이 커지면서 김아라가 운영하는 코코아스토리가 나왔다. 게시 글을 전체 공개로 설정해 둔 듯 코코아스토리 친구로 등록하지 않은 박민기도 게시 글을 볼 수 있었다.

최근에 개통했지만 글과 사진이 수십 장 올라 있었다. 주로 아이의 사진이었다. 아이는 세 살쯤 되어 보이는 여아였다. 머리를 위로 묶고 분홍 리본을 매고 있었다. 옷도 주로 분홍 원피스였다.

박민기의 눈길이 아이의 손에 머물렀다. 아이의 손에는 자동차 장난감이 들려 있었다.

박민기는 지하철 안을 휘둘러보다가 초등학교 저학년쯤으로 보이는 남자아이한테 다가갔다.

"얘, 이 장난감 이름이 뭐니?"

박민기가 스마트폰 속의 사진을 보여주며 묻자 남자아이가 즉각 대답했다.

"또봇이에요. 이거 변신하면 로봇이 돼요. 요즘 어린애들이 되게 좋아해요."

남자아이는 자기는 마치 대단한 어른이라도 된 양 으스대며 말했다.

"그런데 아저씨, 이 여자애는 좀 특이하네요. 또봇은 남자 애들이 좋아하는데 여자애가 웬 로봇 자동차를?"

남자아이는 입을 삐죽이며 어깨를 으쓱해 보였다.

9

김아라에 대해서는 많은 내용을 쉽게 파악할 수 있었다. 김아라가 스스로 자신의 코코아스토리에 많은 정보를 올려놓았기 때문이다. 일부러 정보를 알렸다기보다 게시 글에 있는 일상의 소소한 이야기를 취합하면 되었다.

김아라는 30대 중반, 만 세 살이 된 딸 유리나를 키우고 있었다. 남편은 장기간 해외 파견 근무 중. 현직은 샛별 어린이집 보육교사. 나이에 비해 보육교사 경력은 짧은 편. 대학을 졸업하고 회사에 다니다가 결혼을 계기로 퇴직. 아기를 낳고 다시 직업 전선에 나서기 위해 잠시 커피 전문점에서 아르바이트. 이후 어린이집 교사가 되기 위해 시험 준비를 1년 하여 원하던 보육교사가 되어 보람을 느끼고 있음. 딸은 다니고 있는 꿈동산 어린이집에서 인기 짱. 딸을 키우는 일하는 엄마로서 보람을 느끼며 행복한 나날을 보내고 있다고 했다.

김아라가 올린 코코아스토리 게시 글에는 행복이 넘쳐나고 있었다. 아이와 함께 활짝 웃고 있는 사진도 행복하기 그지없어 보였다.

박민기는 고개를 흔들었다. 더 이상 알아볼 필요가 없다는 생각이 들었다. 그러나 리나라는 여자아이가 손에 들고 있는 변신 로봇 자동차가 눈에 자꾸 잡혔다. 로봇이 부서질세라 두 손으로 받들듯이 들고 있는 모습이 김형준이 보여준 완이의 사진 속 모습과 너무도 비슷했기 때문이다.

박민기는 손가락 두 개로 스마트폰 화면을 드래그해 유리나의 사진을 확대했다. 그리고 분홍 리본을 한 유리나의 머리를 손으로 가려 보았다. 얼굴이 눈에 많이 익었다. 그 얼굴에서 김형준의 모습도 보이고 윤소미의 모습도 보였다. '에이, 의심을 갖고 보니까 그럴 거야' 하면서도 박민기는 유리나의 사진에서 눈을 떼지 못했다.

'유리나의 엄마가 완이가 다니던 어린이집의 보육교사라는 것이 아무래도 의심쩍어.'

박민기의 마음속에서 의문이 자꾸 일어났다. 우연치고는 심한 우연이라는 생각이 들었다.

10

"네, 알겠습니다. 이제 마지막이라 생각하라고 할게요."

박민기의 전화를 받은 김형준의 목소리가 단호해졌다.

윤소미는 아들 완이와 지문이 거의 일치하는 아동을 찾았는데 여자아이더라고 알려주었지만 그다지 실망하지 않았다. 완이를 찾는 일에 몰두하다 보니 완이가 아닐 수 있다는 객관적 사실보다 완이일 수 있다는 실낱같은 가능성에만 매달렸다. 위대한 모성인지 허망한 집착인지 분간하기 어려웠다.

"완이인지 아닌지 금세 알아볼 수 있는 방법이 있어요."

윤소미는 자신있게 말했다.

며칠 후, 박민기는 김형준 부부와 함께 꿈동산 어린이집을 찾아갔다. 박민기가 검사로서 원장에게 미리 전화를 해두었던 터라 어렵지 않게 만날 수 있었다.

세 사람이 학부모 면담실에서 잠시 기다리고 있자 원장이 어린 여자아이를 안고 들어왔다. 사진 속에서 본 바로 그 아이, 유리나였다. 머리띠도 분홍, 원피스도 분홍, 양말도 분홍빛이었다. 전형적인 세 살짜리 여자아이의 차림새였다. 그러나 손에는 로봇 자동차가 들려 있었다. 코코아스토리에 있는 사진처럼 두 손으로 받들 듯이 들고 있었다.

"얘야."

윤소미가 조심스럽게 다가갔다. 그러자 잠시 멈칫하던 아이가 자지러지듯 울음을 터뜨렸다.

"완이에요, 완이!"

윤소미가 소리치며 유리나를 끌어안았다. 아이는 더욱 자지러졌다. 당황한 원장이 아이를 낚아채서 자신의 품에 도로 안았다.

"이게 무슨 짓이세요?"

원장이 앙칼지게 소리치며 박민기를 원망하는 눈빛으로 쳐다보았다.

"완이 맞아요! 완이라구요!"

윤소미가 원장에게 득달같이 달려들더니 원장의 품에 안겨 있는 유리나의 원피스를 위로 제쳤다. 어린아이의 맨 등판이 드러났다.

"자기, 여기 좀 봐! 완이 등에 있는 몽고반점, 우리나라 지도 모양의 커다란 반점, 여기 있잖아! 봐봐! 울릉도도 있고 독도도 있잖아!"

윤소미의 외침에 김형준도 다가가 유리나의 등을 들여다보았다.

"맞아요, 맞아! 완이에요! 검사님, 완이가 맞아요!"

놀란 아이는 울음을 그치지 않았다.

11

박민기 검사는 사설 유전자 검사 기관에서 보내온 김형준, 윤소미 부부와 김아라의 딸 유리나의 친자 확인 유전자 검사 결과를 앞에 놓고 한동안 망연자실해 앉아 있었다. 유리나는 유전적으로 김아라의 아이가 아니라 김형준, 윤소미의 아이였다.

윤소미가 자신의 아이 완이를 확인한 방법은 데이지 향수를 통해서였다. 실종되기 직전 완이는 윤소미가 뿌리는 데이지 향수에 격한 거부 반응을 보인 바 있다. 그래서 꿈동산 어린이집에 유리나를 보러 갔을 때 데이지 향수를 뿌린 것이다. 그러자 유리나도 완이와 똑같은 행동을 보였다. 등에 있는 몽고반점까지 확인하는 것을 본 박민기 검사는 아이의 입 안쪽 세포를 채취해 사설 유전자 검사 기관에 친자 확인 검사를 의뢰했다.

'어떻게 된 걸까? 어떻게 해서 완이가 김아라의 아이가 된 것일까? 어떻게 해서 남자아이가 여자아이로 바뀐 것일까?'

박민기 검사는 김아라를 완이 실종 사건의 유괴범으로 간주하고 정식으로 수사를 지휘했다.

12

김아라에게는 유리나라는 딸이 실제로 있었다. 가족 관계 서류에 분명히 등재되어 있었다. 완이보다 열흘 일찍 태어난 여아였다. 그러나 김아라의 남편은 존재하지 않았다. 다만 유리나의 생부만 존재할 뿐이었다.

유리나의 생부는 김아라보다 네 살 연하의 남자 유인상으로, 김아라가 유인상과 혼인하지 않은 상태에서 출산한 여아를 인지 청구를 통해 유인상의 아이로 올린 것이다. 혼인 외의 출생자에 대해 생부나 생모가 임의로 인정하지 않을 경우 법적인 판결을 통해 강제적으로 이를 인정하게 하는 '강제 인지' 절차를 밟은 것이다.

김아라가 코코아스토리에 올린 글 가운데 남편, 아이 아버지에 대한 내용은 모두 가짜였다. 가족관계등록부에 유리나의 생부로 기재되어 있는 유인상은 해외 파견 근무를 하고 있는 것이 아니라 노량진 학원가에서 고시원 생활을 하고 있었다. 아이에게 자상한 아빠이기는커녕 출산 후 자신의 아이라고 '임의 인지'를 해 주지 않아 김아라가 가사 소송까지 내서 생부로 강제 인지하게 한 것이다. 유리나가 생물학상으로 자신의 아이이고 가족 관계 서류에 자신의 아이로 올라 있음에도 유인상은 아예 소식을 끊어 버렸다.

수사관이 서류를 들이밀면서 취조하자 김아라는 여기까지는 순순히 대답했다. 그러나 김완을 유리나로 둔갑시킨 과정에 대해서는 입을 다물었다. 계속 자기 아이 유리나가 맞는다고 주장할 뿐이었다.

수사가 난관에 부딪치자 박민기 검사가 직접 나서서 김아라와 대화를 시도했다.

"코코아스토리에 보니 아이 아빠와 알콩달콩 행복하게 사는 모습이 많던데요?"

박민기는 자신의 스마트폰에서 화면을 하나씩 넘기며 지나가는 말처럼 물었다.

"여기 이 사진, 참 보기 좋네요."

박민기는 스마트폰을 김아라에게 보여주었다. 김아라와 인물이 훤한 남자, 유리나, 이렇게 세 사람이 함께 회전목마 앞에서 함빡 웃고 있는 사진이었다. 사진 밑에는 '해외 파견 근무 중 잠시 귀국한 남편과 함께 놀이동산에 가서 찰칵. Happy happy, happy day' 라는 사진 설명이 붙어 있었다.

"이 사람이 아이 아빠입니까?"

박민기의 물음에 김아라는 입을 꾹 다물었다.

"아이의 생부 유인상 씨가 아닌데… 누구지요?"

김아라는 여전히 대답을 하지 않았다.

"이 사람은 누구입니까?"

"몰라요. 누군지 모르는 사람이에요. 인터넷에서 잘생긴 남자 사진 찾아내 다운 받아서 합성한 거예요."

거듭되는 질문에 김아라가 목소리를 높이며 짜증스럽게 답했다.

"그럼 가짜 가족사진이네요. 가짜 사진, 가짜 행복이로군요."

'가짜 행복' 이라는 말에 김아라가 자조의 웃음을 지었다.

"행복하고 싶었어요. 저도 행복한 사람이라는 걸 남들에게 보여주고 싶었어요. 자랑하고 싶었어요."

김아라는 피식피식 웃으며 범행을 털어놓기 시작했다.

13

"내 아이 맞아?"

김아라가 임신 소식을 전하자 연하의 남자 친구 유인상은 대뜸 이렇게 물었다. 김아라는 기가 막혔다. 조금 전까지만 해도 유인상은 간도 쓸개도 다 빼줄 듯이 굴었다. 아직 취업 준비생이라 데이트 비용은 직장을 다니고 있는 김아라가 냈지만, 유인상은 그 대신 고기도 구워주고 쌈도 싸주는 등 귀여운 애인 노릇을 톡톡히 했다. 그런데 일부러 분위기 있는 찻집으로 자리를 옮겨 행복한 마음으로 임신 사실을 알리자 유인상은 뜻밖의 반응을 보였다. 두 사람 사이에 사랑의 결실이 생겼다고 감격해하면서 결혼을 서두를 것으로 기대했던 김아라는 앞이 캄캄해졌다.

"자기야, 그게 무슨 소리야?"

김아라는 잘못 들었나 싶어서 되물었다.

"누나, 프리한 여자잖아."

"그건 자기 만나기 전이고."

얼떨결에 변명을 하다가 갑자기 구차스럽다는 생각이 든 김아라는 쏘아붙였다.

"유전자 감식이라도 해서 증명해 줘?"

"증명해서 뭘 하게. 평소답게 쿨하게 처리해."

유인상의 말이 무슨 뜻인지 알아차린 김아라는 맥이 쫙 빠졌다.

"오늘 찻값은 내가 낼게."

유인상은 그 자리에서 일어나 찻값을 계산하고 나가 버렸다. 이것이 1년 열애의 종지부였다.

유인상이 소식을 끊어버리자 김아라는 혼란에 빠졌다. 우선 뱃속의 아기를 어떻게 하느냐를 결정하는 것이 급선무였다. 지워 버릴까 하는 생각이 여러 번 났다. 법적으로는 낙태가 금지되어 있지만, 은밀하게 낙태를 해주는 곳은 많았다.

또 하나의 혼란은 유인상의 태도였다. 김아라는 이전 남자들과 사귀면서는 결혼을 염두에 두지 않았다. 연애만 하면 하인처럼 순종하는 남자들의 복종을 즐겼고, 육체적 달콤함을 즐겼고, 그들이 사주는 선물을 즐겼다. 그러다가 남자들한테서 열정이 사라지면 다른 남자를 찾아 나섰다. 그 과정에서 임신이 된 적도 있었지만 미련없이 중절 수술을 했다.

그러나 이번만큼은 낳고 싶었다. 나이가 서른을 훌쩍 넘은 것이 큰 작용을 하는 듯했다. 이번이 마지막 아기가 아닐까 하는 불안이 엄습해 왔다. 낙태를 거듭하다가는 다시는 아기를 갖지 못할 것 같았다.

'과거의 남자들 얘기를 하지 말 걸 그랬나?'

임신 사실을 안 후 유인상이 종적을 감춰 버리자 김아라는 후회를 했다. 자신이 인기가 많았다는 것을 자랑하기 위해 과거에 사귀었던 남자들 얘기, 심지어 여러 번의 낙태 경험까지 이야기한 것이 오늘의 결과를 가져온 것 같았다.

이럴까 저럴까 결단을 내리지 못하는 사이, 뱃속의 아기는 쑥쑥 커갔다. 태동이 느껴지면서 배도 불러왔다. 아무리 조여도 불러오는 배를 감출 수 없는 단계에 이르렀다.

김아라는 할 수 없이 회사를 그만두고 말았다. 프리한 여성으로 쿨하게 이성 관계를 즐기던 자신이 미혼에 임신하여 남자에게

버림받고 초라해져 가는 모습을 남들에게 보이고 싶지 않았다.

김아라는 유인상의 집을 찾아갔다. 유인상의 부모는 단호했다.

"네가 우리 애 앞길 막으려고 작정했냐?"

김아라가 유인상의 아기를 가졌노라고 고백하자 고함부터 질렀다.

"나이 많은 년이 아무것도 모르는 어린애 꼬드겨서 인생을 망치다니!"

김아라는 위로나 의논은커녕 평생 살아오면서 들어보지 못한 험한 말을 하루에 다 들었다. 그날부터 유인상은 집에도 들어오지 않고 자취를 감추었다. 부모가 합세하여 유인상을 빼돌린 것 같았다.

직장 생활을 하면서 그날그날을 즐기느라 돈을 모아두지 않은 김아라는 신용카드로 현금서비스를 받아 몇 달을 버텼다. 그러나 출산 달이 가까워질 무렵 현금서비스 돌려막기로도 더 이상 버티지 못해 카드가 정지되었다.

김아라는 할 수 없이 지방 도시에 사는 부모님에게 내려갔다. 그러나 부모님은 처녀가 배불러 왔다고 동네 창피하다며 집에 가두어두고는 낙태할 수 있는 병원을 알아보러 다녔다. 김아라는 부모 손에 이끌려 중절 수술을 받게 될 것이 두려워 집에서 도망쳐 나왔다.

결국 김아라는 친구의 자취방에서 조산원의 도움을 받아 아기를 낳았다. 산후 우울증으로 심하게 몸과 마음이 망가진 김아라는 몸무게가 100킬로그램이나 나가는 후유증을 얻었다. 몇 달을 두문불출하던 김아라는 겨우 힘을 내 아르바이트를 시작했고, 친구 집에서 독립해 지하 셋방을 얻은 다음 강제 인지 청구 소송을 통해 아이에게 서류상으로나마 생부를 찾아주었다.

14

김아라가 완이의 엄마 윤소미를 처음 본 것은 아르바이트로 나가던 커피 전문점에서였다. 유기농 커피와 과일 주스를 파는 곳이었다.

김형준과 윤소미가 어린 아기를 안고 창가 자리에 앉아 있었다. 김아라가 두 사람이 주문한 커피와 과일 주스를 갖고 갈 때 아기가 칭얼거렸다. 그러자 윤소미는 거리낌없이 젖을 꺼내 아기에게 물렸다.

"사람 많은 데서 젖 먹이기 부끄럽지 않아?"

김형준이 목덜미가 벌게지면서 윤소미에게 물었다.

"뭐가 부끄러워? 엄마가 아기에게 모유 수유하는 게 얼마나 자랑스러운 일인데. 아기를 위한 최상의 선물이 엄마 젖이야."

다른 좌석의 사람들이 힐끗힐끗 쳐다보아도 윤소미는 아랑곳하지 않았다.

"모유를 먹이면 다이어트 효과도 있대. 내가 저 여자처럼 몸이 망가지면 좋겠어?"

서빙을 하고 돌아서는 김아라의 귀에 윤소미가 남편에게 속삭이는 소리가 독화살이 되어 꽂혔다.

15

"완이는 어떻게 데려가 키우게 된 겁니까?"

입을 열기 시작한 김아라는 완이의 유괴 과정을 순순히 불었다.

"휴게소에 가서 향수로 유인했어요."

커피 전문점에서 김형준과 윤소미, 완이를 처음 보던 날 김아라는 그들의 그림 같은 모습이 너무도 부러웠다. 특히 윤소미가 자랑스럽게 젖가슴을 드러내며 수유를 하는 장면이 강렬하게 뇌리에 남았다. 그리고 자신의 뚱뚱해진 몸을 비웃던 윤소미의 목소리도 귀에서 계속 맴돌았다.

그날부터 김아라는 윤소미 가족의 일거수일투족을 감시하기 시작했다. 뒤를 따라다니지 않아도 되었다. 윤소미가 고객 경품 응모함에 남기고 간 명함, 그 속에 있는 휴대폰 전화번호 하나로 충분했다. 윤소미가 매일매일 올리는 코코아스토리만 추적해도 모든 정보를 알 수 있었다.

김아라는 그날부터 다이어트를 하기 시작했다. 보육교사 공부도 시작했다. 이를 악물고 노력한 덕분에 다음 해에 보육교사 시험에 합격했고, 예전의 날렵하고 경쾌한 몸매도 되찾았다. 윤소미의 아이 김완이 다니는 어린이집에 취업도 했다.

김아라는 김완을 유괴하기 위해 치밀한 계획을 세웠다. 김완의 특성을 세밀히 관찰하니 냄새에 민감했다. 좋아하는 냄새와 싫어하는 냄새가 분명했다. 김아라는 여기에 학습 이론에서 주장하는 '연합'의 방법을 적용했다. 윤소미가 쓰고 있는 향수를 알아낸 다음 그 향수 냄새를 완이의 코끝에 갖다 대고 나서 바로 불쾌한 자극을 주었다. 다른 사람의 눈에 띄지 않게 화장실이나 창고로 몰래 안고 가서 향수 냄새를 맡게 한 다음 바늘로 머리를 콕콕 찌르거나 손톱 밑이나 발톱을 찔렀다. 그렇게 하면 상처가 겉으로 드러나지 않아 다른 보육교사나 아이 엄마한테 들키지 않을 수 있었다. 같은 행위를 반복하자 바로 조건 반응이 나타났다. 엄마인 윤소미가 같은 향수를 뿌리고 나타나면 완이가 기겁을 하고 자지러지게 울어댔던 것이다.

또 다른 향수인 불가리 로즈 에센셜은 유쾌한 자극과 연합시켰다. 장미 향이 나는 향수 냄새를 맡게 하고는 완이가 좋아하는 음료나 과자, 장난감을 손에 쥐어주자 장미 향이 나면 완이는 얼굴이 활짝 펴졌다.

윤소미 가족이 순천만으로 여행을 떠나던 날, 김아라도 그들의 일정에 맞추어 움직였다. 윤소미는 자기 가족의 행복한 모습을 코코아스토리에 실시간으로 올렸기 때문에 이들의 행적을 추적하기가 무척 쉬웠다. 그날 일정도 미리 코코아스토리에 올라 있었다. 김아라는 구글 어스와 지역 상세 지도를 통해 휴게소의 특징을 알아보았다. 휴게소는 금강변의 조금 높은 지역에 위치해 있었고, 휴게소 아래쪽으로는 국도가 있고 또 그 아래쪽으로 금강이 흐르고 있었다. 휴게소로부터 국도와 금강이 오솔길과 층계로 연결돼 있는 것도 휴게소 안내도를 통해 알아낼 수 있었다.

김아라는 휴게소에 먼저 가서 윤소미 가족이 도착하기를 기다렸다. 그리고 휴게소에 도착한 윤소미와 남편이 원두막 쉼터에서 코코아스토리에 사진과 글을 올리며 댓글을 주고받는 사이 김완을 유인했다. 휴게소에 설치된 CCTV 카메라를 피해 오솔길 뒤 숲에 숨어 장미 향수의 뚜껑을 열어 분무했다. 장미 향기를 맡은 김완은 엄마, 아빠가 있는 원두막에서 내려와 김아라가 있는 쪽으로 아장아장 걸어왔다. 김완이 CCTV 카메라의 촬영 범위에서 벗어나자 김아라는 김완을 안고 국도로 내려가 국도변에 세워둔 자신의 차에 올랐다.

"완이의 성전환 수술은 왜 한 겁니까?"

박민기 검사는 질문을 하면서 목소리가 떨렸다. 분명히 남자아이였던 김완은 겉모습뿐만 아니라 신체적으로도 여자아이의 몸으로 바뀌어 있었다. 어린아이한테 성전환 수술을 한 것이다.

"리나가 여자잖아요. 완이를 리나로 키우려면 여자가 돼야지요."

김아라는 당연한 일 아니냐는 듯 뻔뻔스럽게 대답했다.

"어떻게 했습니까?"

김아라는 그리 어렵지 않은 일이라고 했다. 아기를 낳기 전 자주 가던 이태원 클럽에서 사귄 친구가 성전환 수술로 여성이 된 사람이었다. 그는 병원에서 수술하려면 비용이 많이 들어 불법으로 수술을 받았다고 했다.

"실은 우리 딸 리나도 고환 제거 수술을 하기로 되어 있었어요."

김아라는 갈수록 모를 소리를 하였다. 딸이라면서 고환 제거 수술을 하다니 무슨 뜻인지 알 수가 없었다.

"의사의 말이 리나가 염색체 이상이라고 했어요. 성 염색체가 XXY래요."

김아라는 목이 메는 듯 침을 꿀꺽 삼키고 말을 계속했다.

"몸은 여자 몸인데 뱃속에 고환이 들어 있대요. 그런 걸 정류 고환이라고 한대요."

김아라는 아이가 겉모습은 여자지만 실제로는 여성도 남성도 아닌 상태로 태어났다는 것을 뒤늦게 알게 되었다. 클라인펠터 증후군이라는 것이다. 이는 가장 흔한 성 염색체 이상 증후군으로, 정상적인 남성 염색체 46번인 XY에 X 염색체가 추가되어 생기는 질환이다. 1940년대에 여성 같은 유방을 가졌거나 작은 고환, 무정자증을 가진 불임 남성들을 연구한 클라인펠터가 처음으로 이에 대해 보고함으로써 명칭이 붙었다. 이들은 대부분 남성 성기를 갖고 태어나는데, 리나는 생식기의 모양이 여성이어서 여자인 줄 알고 키우고 있었다.

"보통 생식기가 남성이고 복강 내 잠복 고환이 건강하면 고환 주변의 고환의 하강을 막는 조직들을 제거하고 고환을 음낭에 내려 고정시켜 주는 수술을 합니다. 하지만 이 아이는 우선 겉모습이 여성이고 고환이 작고 제 기능을 할 만큼 자라기가 어렵습니다. 뱃속에 그대로 두면 암으로 자랄 우려가 있으니 고환 적출 수술을 하는 게 좋겠습니다."

병원 수술비가 만만치 않아 이전에 이태원에서 사귀었던 친구를 통해 뒷거래로 불법 수술을 하는 의사를 알아보던 중에 완이를 유괴했고, 리나의 염색체 이상 진단 서류를 보여주자 의사는 더 이상 알아보지 않고 완이의 성기를 여성 생식기로 바꾸는 수술을 해주었다.

완이를 여자아이로 변신시킨 김아라는 이제 완벽해졌다고 생각하고 어린이집에 맡겼고, 어린이집에서 권한 실종 예방 아동 사전 등록 신청서도 작성해 제출했다. 김완이 사전 등록을 하지 못한 걸 알고 있는 터라 그에 대해서는 걱정하지 않았다. 그래도 뚜렷한 신체적 특징을 적는 것은 께름칙해 완이의 등판에 있는 몽고반점은 신체 특징에 기재하지 않고 최근 발에 생긴 화상 자국만 강조해서 적었다.

16

"그러면 당신 딸 리나, 진짜 리나는 어디 있습니까?"

박민기 검사는 마지막 질문을 하였다.

김아라는 한동안 입을 다물고 답을 하지 않았다. 박민기는 김아라의 입이 떨어지기를 끈질기게 기다렸다.

"리나는 아기 모세가 되어 바다를 떠돌고 있을 거예요."

김아라가 커피 전문점에서 아르바이트를 하는 중 윤소미 가족을 처음 보던 날, 그날도 김아라는 밤늦게 퇴근했다. 24시간 운영되는 어린이집에서 종일 엄마를 기다리다 집으로 함께 온 딸 리나는 새벽이 되도록 잠을 자지 않고 놀아달라고 보챘다. 몸이 지치고 윤소미 가족을 보고 마음까지 상한 김아라는 신경이 극도로 예민해졌다. 리나가 계속 찡찡거리자 김아라는 리나를 두 손으로 번쩍 들고 소리를 지르며 아이의 몸을 마구 흔들었다. 누구는 남편도 없이 혼자 아이 키우며 살고, 누구는 남편이 보는 가운데 자랑스럽게 젖 먹이며 산다는 것이 너무도 불공평하게 느껴졌다. 아이 하나 때문에 인생이 뒤바뀌어 버린 자신의 현실이 억울하고 분했다.

"그만해! 그만해! 나도 쉬고 싶단 말이야!"

한참을 흔들고 나자 아이가 잠잠해졌다. 김아라는 그런 리나를 옆에 뉘고 그대로 곯아떨어졌다.

다음 날 일어나 보니 리나가 미동도 하지 않았다. 숨이 끊어져 있고 몸도 굳어 있었다.

김아라는 아이의 시신을 안고 숨을 헉 들이마셨다. 말로만 들었던 '쉐이큰 베이비 증후군'으로 인한 사망인 것 같았다. 2세 이하의 유아가 머리에 충격을 받거나 머리가 심하게 흔들렸을 경우 겪는 증상으로, 유아의 골격이 성인에 비해 취약해 몸이 심하게 흔들리자 뇌에 충격을 받고 뇌손상이 일어나 사망에 이른 것이다.

"어떻게 해야 할지 모르겠더라구요."

김아라는 아이를 두 손에 안고 있는 자세를 취하면서 두 팔을 부르르 떨었다. 얼굴은 창백하고 두 눈은 튀어나올 듯 크게 뜨고 자신의 팔을 내려다보았다. 마치 아이가 그 손에 안겨 있는 것처럼 보였다.

김아라는 아이의 시신을 보자기로 여러 겹 꽁꽁 싸맸다. 그리고 김치냉장고의 김치통을 모두 꺼낸 다음 냉장고에 넣었다. 그런 다음 보관 온도를 냉동으로 맞추어놓았다.

17

시신이 된 아이를 김치냉장고에 보관한 김아라는 아이의 사망 신고를 안 한 것은 물론이고 아이가 살아 있는 것처럼 이전과 다름없이 지냈다. 가끔 아이의 옷을 새로 사와 냉동된 아이를 꺼내 갈아입히기도 했다.

그러면서 리나를 대신할 아이를 물색하기 시작했다. 제일 먼저 머릿속에 떠오른 아이가 커피 전문점에 자주 오는 윤소미 부부의 아기, 가장 행복한 표정으로 젖을 먹이던 얄미운 여인의 아기 완이었다. 그 지상 최대의 행복을 짓밟아 버리고 싶었다.

아기를 빼앗겼을 때 여인은 어떤 모습이 될까?

생각만 해도 김아라는 기분이 짜릿해졌다.

아이가 남자라는 것은 그다지 문제가 되지 않았다. 리나의 고환 적출 수술을 위해 이미 불법 시술할 의사를 교섭해 놓은 상태였기 때문이다. 고환의 위치가 다른 것은 진단 후 수술을 알아보는 동안 뱃속의 고환이 음낭으로 내려왔는가 보다고 생각할 터였다. 본래 고환은 태아 시기에는 복강 내에 있다가 점차 하강하여 음낭으로 이동하여 출생 시에는 음낭 내에 위치하게 된다. 그런데 남성 호르몬, 서혜관, 정관, 음낭 등의 구조물 이상 등 여러 요인이 작용하여 뱃속에 고환이 남아 있는 경우가 발생하는 것이다. 복강에 정류되어 있던 고환이라고 해도 생후 3개월까지는 약 70에서 77퍼센트가 자연적으로 음낭 내로 내려오므로 자연 치유가 된다. 이후에도 자연 하강이 서서히 이루어지는 경우가 다소 있다.

고환의 정자 형성 세포는 온도에 매우 민감하여 복부보다 온도가 1.5에서 2도 정도 낮은 음낭에 위치해야 정상 기능을 할 수 있다. 그래서 잠복고환증을 치료하지 않고 방치하여 계속 복부 안에 고환이 있으면 정상적인 정자 생산이 불가능하게 된다. 생후 12개월 이후에는 자연 하강이 1퍼센트 미만에서 일어나므로 음낭 내로 고환을 내려 고정시켜 주는 수술 치료를 하는 경우가 많다.

유리나를 대신해 키울 아기를 물색하여 철저한 사전 준비를 한 김아라는 마침내 김완을 유괴했고, 유리나로 대체하기 위해 성전환 수술까지 한 것이다. 그러나 완이는 리나가 되어 여자 차림새를 하고도 남자아이로서의 뇌는 그대로 있어 로봇 자동차 등 남자아이들이 좋아하는 장난감을 여전히 선호했던 것이다.

김완을 데려와 유리나로 변신시킨 김아라는 '행복 프로젝트'의 완성을 자랑하기 위해 윤소미처럼 코코아스토리를 개설했고,

자신의 행복을 세상에 널리 알리기 시작했다. 아이를 잃은 윤소미의 가정이 파괴되고 피폐해 가는 사이, 김아라는 가상 속 세상의 행복을 마음껏 키워 나갔다. 없는 아빠 자리는 해외 근무라는 명분으로 위장했고, 가끔 합성 사진을 올려 그 빈자리마저 그럴듯하게 메웠다.

가상과 현실이 구분되지 않고 실제 행복처럼 느껴지게 되자 김아라는 과거 불행의 잔재인 실제 유리나의 시신을 처리하기로 했다.

18

김아라의 진술을 토대로 금강 하류에 대해 대대적인 수색이 이루어졌다. 김아라가 딸 유리나의 시신을 넣고 밀봉해서 버린 아이스박스는 금강 수중보 근방의 수초에 걸려 둥둥 떠 있었다. 아이스박스 위로 물풀이 뒤얽혀 있어 쉽게 눈에 띄지 않았다. 아이스박스를 열자 그 안에는 물렁물렁하게 녹은 아이스 팩이 여러 개 들어 있고, 살이 썩어 문드러지고 뼈만 남은 아기의 시신이 분홍 원피스를 입고 얌전히 누워 있었다.

19

"완이의 몸이 여자로 되어버렸으니 그냥 여자아이로 키워야 하는 건가요?"
"법적인 문제는 어떻게 하면 됩니까?"

윤소미와 김형준이 연달아 물었다. 그동안 미친 여자처럼 머리를 풀어헤치고 다니던 윤소미는 완이를 되찾은 뒤로 머리를 단발로 짧게 깎아 단정해 보였다.

"제가 좀 알아봤는데요……."

박민기 검사는 신중하게 답해주었다.

"캐나다에 데이비드 라이머라는 사람이 있었답니다. 1965년생인 그는 쌍둥이 형제로 태어났지요."

김형준 부부는 박민기의 말에 귀를 기울였다.

"라이머는 생후 8개월 되던 때 포경수술을 받으면서 의사의 실수로 음경이 잘리는 어이없는 일을 당했다고 합니다."

"우리 완이와 몸 상태가 비슷했겠네요."

"그렇지요."

그러자 부모는 아들을 여자아이로 키우기로 결심했다. 음경이 없는 남자는 사회생활을 제대로 할 수 없을 것이라고 생각했기 때문이다. 부모는 데이비드 라이머의 고환과 남은 음경을 없애고 인공적으로 여성의 성기를 만들어주었다. 이로써 라이머는 쌍둥이 형제에서 쌍둥이 남매가 되었다.

이런 결정을 하는 데는 당시 성의 결정 과정을 연구하는 학자들 가운데 최고 권위자였던 존스홉킨스 대학 성 의학과의 존 머니 박사의 영향이 컸다. 존 머니 박사는 성은 염색체, 남성 호르몬 등 태생적인 요소보다는 양육 방식에 의해 결정된다고 주장했다. 인간은 생물학적으로 서로 다른 특징을 갖고 태어나지만 어떻게 생활하는가에 따라 남자, 또는 여자로 살게 되는 것이며 인간에게는 성별을 결정하는 선천적인 요소는 없다고 했다. 따라서 어린아이를 어떤 성별로도 기를 수 있다고 주장했다.

"그래서 어떻게 됐어요?"

윤소미가 다그쳐 물었다.

"라이머는 처음에는 보통의 여자아이처럼 잘 자랐답니다. 그런데……."

"그런데요?"

"사춘기가 되면서 라이머한테 문제가 생기기 시작했답니다."

아기 때 성전환 수술을 통해 여자아이로 자라게 된 라이머는 어렸을 때는 소녀로 자랐지만, 나이가 들어가면서 점차 남자 행동을 하기 시작했다. 인형을 가지고 놀기보다 쌍둥이 형의 트럭을 갖고 놀고 싶어 했고, 같은 장난감을 두고 형과 항상 다투었다. 남자아이들과 놀고 싶어 했지만 남자아이들은 라이머를 놀이에 끼워주지 않았고, 여자아이들 역시 라이머와 놀고 싶어 하지 않았다. 라이머가 너무나 거칠었기 때문이다. 친구들은 라이머를 조롱했고, 라이머는 점차 소외되어 갔다.

"여성으로 길러졌지만 라이머는 전형적인 남성의 감정을 가지고 있었다고 합니다."

부모가 여자로 키우기 위해 안간힘을 썼지만 라이머는 본능적으로 여자이기를 거부했다. 어머니가 라이머에게 무엇을 해주어도 무엇을 가르쳐 주어도 여자아이로서 행복해하지 않았다. 반항적이고 남성적이었다. 여성적으로 행동하라고 설득해도 듣지 않았다.

14년 후 사춘기가 되면서 가슴이 커지자 이를 숨기기 위해 마구 먹어대기도 했고 남자처럼 행동하기 시작했다. 심지어는 서서 소변을 보기도 했다.

"어머나, 세상에!"

윤소미는 놀라며 자기 입을 막았다.

"라이머가 어렸을 때 이런 위험성을 경고한 사람이 있었지요."

하와이대 의과대학의 밀턴 다이아몬드 박사였다. 그는 존 머니 박사의 주장을 전적으로 반박했다. 그가 성 염색체, 호르몬 등 타고난 생물학적 조건이 성을 결정하는 중요한 단서라고 주장했지만 당시 사람들은 그의 주장을 들어주지 않았다. 라이머가 어렸을 때는 여자아이로 곱게 자라났기 때문이다. 그러나 사춘기가 되어 남성성이 드러나기 시작하자 다이아몬드 박사의 주장을 수긍하기 시작했다.

할 수 없이 가족들은 라이머에게 여자로 키울 수밖에 없었던 상황을 말해주었다. 그러자 라이머는 반색을 했다.

"아, 그래서 내가 그동안 그렇게 생각했구나. 나는 원래 남자니까."

라이머는 다시 남자로 돌아가겠다고 했다. 여자의 몸이어도 할수 없으니 남자로 살아가겠다고 했다. 남자로 살아갈 수 없으면 자살하겠다고 하였다.

성년이 된 후 라이머는 성전환 수술을 했다. 남자를 되찾은 것이다. 그렇지만 그는 2004년 스스로 목숨을 끊었다.

"완전한 남성 성기를 갖고 있지도 않고 남성 호르몬이 많이 나오지도 않을 텐데 라이머는 왜 그렇게 남자가 되기를 고집했을까요?"

김형준이 심각한 표정으로 물었다.

"우리 뇌에 성 분화 현상이 있다는군. 호르몬이 뇌의 시상하부에 작용해 남녀 차이를 만들어낸대."

미국 UCLA 대학의 신경해부학자 로저 고르스키 박사와 네덜란드 국립과학연구소의 딕 스와브 박사는 뇌의 시상하부에 성적 행동을 관장하는 부위가 있는 것을 발견했다. 시상하부란 대뇌의 아래에 위치한 신경 세포 다발로 체온, 감정, 성 행동 등 사람의 본능에 관여한다.

남자와 여자의 차이는 이 시상하부의 차이에서 나타난다. 시상하부의 차이는 사춘기 무렵에 나타나지만, 그 차이는 태아기 때 이미 결정된다. 임신 중에 태아의 뇌가 남자의 뇌로 발달할지 여자의 뇌로 발달할지 뇌의 성별이 태아기 때 이미 결정된다는 의미다.

"생식기 수술만으로 남성이 여성으로 완전히 바뀌거나 여성이 남성으로 완전히 바뀌는 것은 아니라는 뜻이로군요."

"그렇지."

"그럼 완이에게 얼른 성 복구 수술을 해줘야겠네요."

김형준과 윤소미는 동의를 구하는 눈빛으로 박민기를 바라보았다.

"성전환 수술과 복구 수술 때문에 완이가 커서 자연 임신을 시키는 것은 불가능할지 모르지만 남자로서 살아가는 데는 지장이 없다고 전문의가 말해주었습니다. 결혼해서 부인이 임신을 원하면 시험관 아기로 얼마든 가능하니까 크게 걱정 안 하셔도 될 겁니다."

박민기는 성의를 다해 그동안 알아본 바를 설명해 주었다.

"그 여자, 정말 나쁜 여자입니다. 어린아이를 유괴해 이 지경
으로 만들어 놓다니……."

김형준이 어금니를 악물면서 말했다. 아드득, 소리가 났다.

"아냐, 여보. 나쁜 여자는 나야."

윤소미가 눈물 맺힌 얼굴로 말을 이었다.

"제가 너무 제 행복만 생각하며 살아온 것 같아요. 행복도 지
나치면 다른 이에게 고통을 주고 사람들을 절망에 빠뜨릴 수도
있다는 걸 미처 깨닫지 못했어요. 친구의 말대로 제가 정말 '나
쁜 여자'였나 봐요."

"인간이란 존재에게는 다른 이의 행복을 축하해 줄 만한 아량
이 없는 건가요?"

부인의 말을 들은 김형준이 억울하다는 목소리로 박민기를 향
해 물었다.

"자신이 어느 정도 행복한 사람이라면 다른 이의 행복도 인정
해 줄 수 있겠지. 하지만 인간에게는 유아 시절부터 자신이 갖지
못하는 좋은 대상을 망치고 싶어 하는 마음이 있다는군. 현대정
신분석학자들은 이런 걸 '시기심'이라고 명명했어."

박민기는 최근 심취해 있는 심리학책에서 본 내용을 말해 주
었다.

"부모가 사랑과 관심을 줄 것처럼 하고는 잔인하게 실망시키

는 일관성 없는 양육 태도를 보일 때 그에 대한 반발로 과도한 시기심이 생기고, 그것을 자극할 때 강력한 공격성이 나타난다는군. 자신의 능력으로는 도저히 쟁취하기 어렵다고 생각되는 좋은 것들을 소유하기 위해 투쟁하기보다 차라리 파괴하려 한다는 거지."

"저는 아이가 살아 있다는 것만으로도 감사해요. 더 이상 바랄 게 없어요."

박민기의 위로에 윤소미는 눈물을 흘렸다.

두 사람과 헤어져 나오면서 박민기는 어머니의 말이 생각났다.

'누군가에게 부러움을 사는 사람이 되지 말아라.'

부러움을 사게 되면 시기심을 불러일으켜 불행이 따라온다는 것이었다.

그래서 자랑할 거리가 있어도 적당히 삼가고, 내세울 것이 있어도 적절히 감추라고 하였다. 젊어서는 인생의 패배자나 낙오자의 변명같이 들렸지만, 윤소미 가족이 당한 불행을 보니 일리 있는 말씀이라는 생각이 들었다.

박민기는 휴대폰을 들어 단축 번호 0번을 눌렀다.

「나쁜 여자」 END.

조강지처클럽

김경수

금요문학회로 추리소설계에 입문. 현재 금요문학회 회장, 주로 단편소설위주로 꾸준히 활동을 해왔고 현재 장편소설을 준비 중이다. 귀농해서 낮에는 농사일을 하고 밤에는 글을 쓰는 '주경야독' 하는 인생을 즐기고 있다.

우편집배원이 건물 안으로 들어와 노란 잎이 가득 쌓인 은행나무 아래에 오토바이를 세웠다. 그는 빨간 상자에서 여러 개의 우편물을 꺼내 건물 안으로 들어왔다. 3층 창문 앞에 서서 집배원의 모습을 바라보는 선녀는 생각한다.

'하루도 빠짐없이 출근하는 집배원에게 보너스라도 줄까?'

1. 외출

아직 해가 뜨기 전인 이른 아침, 선녀는 아침 준비로 바쁘다. 어젯밤 술에 취해 들어온 남편을 위해 북어를 넣은 김치콩나물국을 끓이는 중이다. 잘 익은 배추김치를 송송 썰어놓고 콩나물은 대가리를 하나하나 떼어냈다.

똑! 똑!

통통한 대가리를 떼어낼 때마다 경쾌한 비명 소리가 들린다. 북어는 빨래방망이로 흠씬 두들겨 패서 이미 잘게 찢어 놓았다. 물론 옆집을 위해 어제 낮에 준비했다. 선녀가 콩나물의 비명 소리에 빠져 있을 때다. 언제 나왔는지 남편이 선녀의 뒷목에 얼굴을 바짝 대곤 소곤거렸다.

"밤새 한잠도 못 잤지?"

남편의 뜨거운 입김은 선녀의 온몸에 소름을 돋게 했다. 소름은 곧바로 등줄기에 서늘한 한기를 내려 보냈다. 선녀는 대답을 못했다. 아니, 못한 것이 아니라 하지 않았다. 대꾸할 가치가 없기 때문이다. 남편은 밤새 낯선 여자의 이름을 불러 대며 질펀하고 유치한 사랑 놀음을 했다.

"미안해할 줄 알았지? 천만에! 만만에!"

남편은 대꾸하지 않는 선녀를 향해 계속 야유를 퍼부었다.

"오늘 중요한 미팅 있잖아요. 조금 더 주무세요."

"미팅? 영어도 하나, 송선녀?"

송선녀. 결혼 13년 만에 태어난 딸을 끔찍이도 예뻐해 아버지는 실제 선녀가 하강했다고 믿어 이름을 선녀라 지었다고 했다. 어린 시절 이름 때문에 놀림을 참 많이도 받았다.

남편은 선녀의 등 뒤를 떠나 조리대 맞은편에 앉았다. 선녀는 눈을 내리깐 채 계속 콩나물 대가리를 떼어냈다.

"할 줄 아는 거라고는……. 아침은 됐고, 이거나 한번 읽어 보시지?"

남편은 신문을 콩나물 대가리로 어지러운 선녀의 눈앞에 던지고 일어났다. 석간신문 사회면에 붉은 사인펜으로 동그라미를 친 곳이 눈앞에 있었다.

"짧은 가방끈으로 이해할까?"

짧은 가방끈! 선녀의 가장 아픈 곳이다.

남편은 그렇게 아픈 곳을 송곳으로 찌르고 안방으로 들어갔다. 선녀와 남편은 아파트 이웃은 물론 다른 사람들과 같이 있을 때는 누구보다 사이좋은 부부였다. 남들 앞에서 남편은 다정다감하고 멋진 남자였다.

선녀는 들고 있던 한 주먹의 콩나물 대가리를 힘주어 한꺼번에 떼어내고는 신문으로 눈을 돌렸다.

'매 맞는 남편이 늘고 있다!'

제목이 쇼킹했다.

'상습적으로 아내에게 구타당하던 장 모 씨, 아내가 휘두른 야구방망이에 머리를 맞아 병원으로 옮기던 중 사망.'

상습적으로 남편을 폭행했다는 여자의 얼굴이 실려 있었다. 그 여자는 조금도 고개를 숙이지 않았으며 부끄러워하는 얼굴도 아니었다.

과연 이것이 사실일까?

매 맞는 남편이 정말 있을까?

선녀의 눈앞이 어지럽다. 그녀는 한 번도, 맹세코 단 한 번도 남편에게 큰 소리를 낸 적이 없고 남편의 노골적인 비하 발언에도 대꾸한 적이 없다. 반대로 말하면 남편을 사랑해 본 적이 없다. 물론 노력은 했지만 사랑은 노력으로 되는 게 아니라는 것을 진작 깨우쳤다. 그렇다고 이혼이라는 단어를 떠올린 적도 없다.

여자의 사진 밑에는 의사의 사망 소견과 사망자의 주변 사람들 증언만 있을 뿐 여자의 말은 한마디도 없었다. 그리고 매 맞는 남편이 점점 늘고 있다는 것으로 기사는 끝났다. 이어서 현 세태를 매우 개탄한다는 조강지처클럽의 짧은 글이 실려 있었다.

조강지처클럽?

갓 쓰고 양복 입은 것만큼이나 어색했다. 하지만 생각이 많아진 선녀는 신문에서 눈을 떼지 못하고 있었다.

22년을 하루같이 일만 하던 선녀는 갑자기 남아도는 시간을 주체 못하고 있었다. 집과 공장밖에 모르던 선녀는 마음을 나눌 수 있는 친구도 없었다.

아들이 군대 가기 일주일 전 선녀는 과로로 쓰러졌다. 선녀가 병원을 간 것은 그때가 처음이다. 그녀는 몸이 무쇠라고 믿었다. 아픈 줄도 모르고 살았다. 아들은 회사를 아버지한테 맡기고 이젠 엄마의 인생을 살라고 했다. 약속하지 않으면 군대를 가지 않겠다고 엄포를 놓기도 했다.

선녀에게 아들은 살아가는 힘이요 버팀목이었다. 남편을 사랑하지 않지만 미워하지도 않았다. 그는 자신의 목숨보다도 더 사랑하는 아들의 아버지이기 때문이다. 그런 아들에게 불행한 가정을 만들어 주고 싶지 않았다. 정말 그러고 싶지 않았지만 아들의 간곡한 말에 선녀는 자신의 모든 것을 바친 회사를 남편에게 맡겼다.

그러나 아들은 모른다. 재봉틀 돌리는 것을 가장 잘하는 엄마라는 걸. 재봉틀 돌릴 때가 가장 행복한 엄마라는 걸.

남편이 나간 후 집안 청소를 말끔히 끝내고 빨래는 손세탁을 해서 널고 났는데도 시간은 이제 겨우 9시 14분이었다. 면회 갔을 때 아들이 내준 숙제는 하나도 못했다. 공부에 취미가 없는 선녀는 숙제라는 단어만 떠올려도 골치가 아프기 때문이다. 텔레비전을 보아도 재미가 없다. 소파에 누웠다 앉았다를 반복했다. 숫자를 거꾸로 세다가 그저 멍청히 천장만 바라본다.

따르릉따르릉!

'아들이다!'

선녀는 용수철처럼 튀어 올랐다.

"아들?"

수화기 너머가 조용하다.

"아들, 무슨 일 있어?"

"안녕하세요?"

낯선 여자 목소리다.

"누구… 세요?"

"송선녀 씨 댁입니까?"

"그… 런데요."

"이름이 정말 아름답군요."

"……."

수화기 너머로 들리는 상냥하고 우아한 목소리가 자신의 이름이 아름답다고 했다. 선녀는 허스키한 데다 투박한 자신의 목소리를 숨기고 싶어졌다.

"이름만큼 아름다운 분이시겠지요?"

아름답다는 말, 선녀에게는 어울리지 않는다. 화장품이라고는 로션밖에 모르고 머리는 길게 길러 하나로 묶었다. 가장 고달픈 곳은 그녀의 두 손이다. 성한 곳이 별로 없고 스타킹을 신을 때면 비닐장갑이 있어야 했다. 선녀는 자신이 아름답다고 생각한 적이 단 한 번도 없다.

"여기 조강지처클럽입니다."

"조강지처클럽이라고요? 무, 무슨 일이죠?"

화들짝 놀란 선녀는 말까지 더듬었다. 갓 쓰고 양복 입은 꼴이라니! 비웃었는데…….

"우리 조강지처클럽의 회원이 되신 것을 진심으로 축하드립니다."

"회원이라니, 무슨 말씀이세요?"

"……."

"여보세요!"

"9시에 가입 신청이 통과되었다는 메일 보내드렸잖아요. 방금 가입비 120만 원 송금하셨는데……."

'미쳤어요?'

선녀는 얼른 밖으로 튀어나가려는 말을 손으로 틀어막았다.

"전화 받으시는 분 송선녀 씨 본인 맞습니까?"

수화기 저쪽의 말이 날카롭다.

이건 남편이다. 선녀는 컴맹이다. 컴퓨터와 관련된 모든 일은 남편이 담당했다. 선녀는 오직 공장에만 매달렸다.

"저, 송선녀 맞습니다!"

"그래요?"

해놓고 침묵이 흐른다.

"여보세요!"

선녀의 마음만 급하다.

"저희 조강지처클럽은 본인이 신청한 것 아니면 가입이… 무효가 됩니다."

"무효요? 그럼…….."

'돈은요?' 라고는 차마 못했다.

"가입금 전액은 다 돌려드릴 수가 없습니다."

그렇게 들어서일까? 여자의 목소리가 사뭇 냉랭하다. 이럴 때 어떤 말을 해야 얕보이지 않고 이 일을 수습할 수 있을까? 집과 공장만 오가며 살아온 선녀에게 수화기 너머의 여자는 버겁다.

"직접 오시면 최소한의 비용만 빼고 돌려드리겠습니다."

동전 하나도 소중히 여기는 선녀는 당연히 직접 가야 했다.

"거기 어딥니까?"

선녀는 서울에서 오래 살았어도 강남역은 처음이다. 간신히 1번 출구를 찾은 선녀는 그 많은 층계를 단숨에 올랐다. 아파트를 나올 때 우중충했던 하늘은 그새 빗방울을 만들었다. 천둥과 번개도 야단이다. 엄청난 가입금을 되돌려 받아야 한다는 생각만으로 선녀는 지체할 수가 없었다. 우산도 가져오지 않았고 옷 역시 입고 있던 그녀가 만든 인견 원피스 그대로였다.

'1번 출구로 나와 200미터 정도 올라와서 4차선 도로로 우회전하세요. 그곳에서 약 20미터를 더 내려와 다시 우회전하셔서 내려오면 저희 사무실이 있습니다.'

선녀는 뛰는 듯 걸었다. 점점 거세어지는 빗방울이 그녀의 얼굴과 온몸을 때렸다. 빗방울은 금방이라도 소나기로 변할 기세였다. 우회전을 했다. 이제 조금만 더 가면 된다. 하지만 거의 다 왔다고 생각하는 순간 거칠게 쏟아지는 소나기는 그녀의 바쁜 걸음을 묶었다. 얇은 인견 원피스는 흠뻑 젖어 그녀의 볼품없는 몸을 휘감았다. 더 이상의 전진은 무리였다.

"저기……."

갑자기 비가 멎었다. 딱 우산 크기만큼.

선녀는 깜짝 놀라 얼굴을 들었다. 비에 흠씬 젖은 싸구려 파마머리가 눈앞에 착 달라붙어 앞에 서 있는 사람을 제대로 볼 수가 없었다.

"이거 쓰세요. 저는 다 왔습니다."

남자의 목소리가 천상의 소리 같다. 선녀의 얼굴은 남자의 가슴께에 닿아 있었다. 선녀의 가슴속에서 다듬잇돌을 두드리는 방망이 소리가 났다. 당황한 선녀가 딱 우산 크기만큼의 흰 구름이 떠 있는 하늘을 바라보고 있을 때 우산대를 쥐어 준 남자가 총총히 떠났다. 선녀는 움직일 수가 없었다. 빗속을 뛰어가는 남자의 짙은 회색 바지와 다림질이 잘된 모시 와이셔츠가 빗물에 젖어가고 있었다. 남자는 바로 앞 건물로 들어갔다. 방금 일어난 일이 꿈결 같아 선녀는 잠시 그대로 서 있었다.

사람들의 시선이 느껴졌다. 선녀는 가장 우중충하고 오래된 건물 앞으로 들어갔다. 그곳은 사람들의 왕래가 없었다. 낡은 건물에 비해 로비의 유리창은 깨끗했다. 그 유리창 속에서 머리부터 발끝까지 물이 줄줄 흐르는 초라한 여자가 자신을 바라보고 있었다. 그 여자는 들고 있던 작은 가방에서 손수건을 꺼내 머리와 얼굴의 빗물을 닦았다. 선녀는 그 낯선 여자가 자신임을 바로 깨닫지 못했다.

'어머나, 세상에!'

선녀는 자신의 모습이 너무도 부끄러웠다. 오죽했으면 전혀 모르는 사람이 자신에게 우산을 주었을까? 선녀는 숨을 곳을 찾아 두리번거렸다. 그때 거짓말처럼 유리창 속의 여자가 사라졌다. 그리고 사라진 여자 대신 머리가 하얗게 센 노인이 나타났다. 노인은 허리를 90도로 구부리고 오른손에는 지팡이를 잡고 있었다.

'엄마야!'

화들짝 놀란 선녀가 뒷걸음을 쳤다. 그 모습이 재미있는지 노인이 씨익 웃었다. 그 웃음 속에 앞니 두 개가 없었다.

"할머니, 놀랬어요!"

"놀라긴, 자네도 만만치 않구먼?"

말을 마친 노인은 허리를 쭈욱 폈다. 노인은 선녀보다 머리 하나는 크다. 노인의 그 말에 선녀도 웃었다. 그러나 그 웃음은 공허했다. 선녀는 이제 작은 시내를 이루며 흘러가는 물을 바라보았다.

"제가요, 참 많이 덤벙대요."

"그래 보이네. 이 동네 사람은 아닌 것 같은데, 이 빗속에 어딜 가시는 길인가?"

노인의 목소리는 탁했지만 노인만의 연륜에서 묻어 나오는 깊이가 느껴지고 온화했다.

"여기 잘 아세요?"

"그렇다고도 할 수 있지."

"그럼……."

말을 하다 말고 멈춘다. 부끄럽기 때문이다. 공연히 콧날이 시큰해졌다. 회사를 남편에게 맡기고 집에 있게 되면서부터 생긴 버릇이다.

"조강지처… 클럽이라고 이 근처 어디라고 했는데… 혹시 아세요?"

"쯧쯧……."

혀를 차며 선녀의 아래위를 훑어 내리던 노인은 다시 허리를 90도로 구부리고 어기적어기적 건물 안으로 들어갔다.

"할머니, 그냥 가시게요?"

"그럼 그냥 가지 끌고 갈까?"

노인이 걸음을 멈추고 고개를 돌려 선녀를 바라보며 되물었다. 그 눈에 순간이지만 온화한 빛은 사라지고 범접할 수 없는 강인한 눈빛이 서렸다.

"예?"

"개나 소나 조강지처라고 떠드는구먼."

"무슨… 말씀을 그렇게……."

"심하게 하냐고? 자네가 열댓 번째는 되지?"

말을 마친 노인은 다시 지팡이를 짚어가며 어기적어기적 걸어 갔다. 한동안 멍하니 서 있던 선녀가 주춤주춤 노인을 따라갔다. 엘리베이터 앞에서 노인은 다시 허리를 폈다.

"저, 할머니, 제가 혼자 찾아갈게요."

"……."

노인은 못 들은 듯 대답이 없다. 엘리베이터가 막 1층에 도착 했다. 문이 열리고 여자 둘이 나왔다. 그 여자들은 노인에게 짧은 목례를 했다. 하지만 노인은 허리를 숙인 채로 있다. 노인이 지팡 이로 12층의 숫자 버튼을 누르자 엘리베이터가 올라갔다. 건물은 12층이었지만 엘리베이터의 안내판에 조강지처클럽이라는 표시 는 없었다. 선녀는 갑자기 불안해졌다. 높은 절벽 위에 서 있는 것처럼 몸에 힘이 빠지고 귀가 멍멍해졌다. 노인은 선녀의 기분 을 아는지 모르는지 눈을 감고 엘리베이터의 벽에 붙은 난간을 잡고 있었다.

엘리베이터는 한 번도 쉬지 않고 올라가 12층에서 멈췄다. 하 지만 문이 열려도 노인은 내릴 생각을 하지 않았다.

"할머니……."

노인이 눈을 떴다. 그리고는 귀찮다는 듯이 선녀에게 내리라고 손짓했다. 얼떨떨한 선녀는 문이 닫히기 직전 내렸다. 엘리베이 터는 선녀를 그곳에 둔 채 다시 내려가기 시작했다.

조강지처클럽!

선녀가 내린 바로 그 앞에 작은 팻말이 보였다. 팻말은 오른쪽으로 화살표가 되어 있었다. 선녀는 천천히 화살표가 가리키는 곳으로 걸어갔다. 복도 끝에 다시 화살표가 있었다. 복도를 돌자 푹신한 소파가 선녀를 기다리고 있었다. 나란히 있는 세 개의 소파 중 두 개에는 이미 다른 여자들이 앉아 있었다. 하지만 선녀는 앉을 수가 없었다. 그녀의 온몸이 젖었기 때문이다. 어정쩡하게 서 있던 선녀가 문을 두드리려 할 때였다. 안에서 날카로운 여자의 목소리가 들렸다.

"기부금 따윈 필요 없으니까 당장 나가요!"

선녀는 깜짝 놀라 뒤로 주춤 물러났다.

"우리 클럽은 규칙대로 합니다! 당신은 자격 미달입니다!"

누굴까? 상대방의 목소리는 없다.

"한미옥 씨, 이분 엘리베이터까지 모시세요!"

날카로운 여자의 말이 끝나자마자 작은 여자가 문을 벌컥 열고 뛰어나왔다. 문 앞에 있던 선녀는 미처 피할 틈도 없어 여자와 어깨를 부딪쳤다. 여자의 얼굴이 선녀의 코앞에서 멈췄다가 사라졌다. 여자의 몸에서는 짙은 향수 냄새가 났고 그녀의 화장이 너무나 진해 선녀는 자기도 모르게 뒤로 물러섰다. 여자는 얼굴을 감싸고 재빨리 복도를 돌아갔다. 짧은 치마는 여자의 굵은 다리를 더 강조하고 있었다. 소파에 앉아 있는 두 여자는 그저 조용히 있었다. 선녀만 황당해하고 있었다.

잠깐 동안 모두가 조용했다. 그사이 벽에 몰려 있던 선녀는 두 여자를 바라보았다. 50대 후반으로 보이는 여자는 부잣집 맏며느리처럼 몸매가 두둑하고 온갖 비싸 보이는 장신구들을 하고 있었다. 하지만 그 얼굴은 전혀 행복해 보이지 않았다. 그 옆의 날씬하고 세련돼 보이는 여자는 나이를 가늠하기 어려웠다. 그 여자 역시 면접시험이라도 보러 온 것처럼 조용히 벽만 바라보고 있었다. 왠지 모를 불안감이 다시 선녀를 엄습했다.

"저기요……."

선녀가 두 여자를 향해 입을 열었다. 두 여자가 동시에 선녀를 바라보았다.

"순서가… 있나 봐요?"

이번에도 두 여자가 동시에 고개를 끄떡인다. 선녀는 남은 소파에 엉덩이만 살짝 걸쳤다. 얼마나 앉아 있었을까? 안에서 또 다른 여자가 나왔다. 키가 크고 바싹 마른 그 여자는 몸매가 두둑한 여자를 안으로 들여보내고 선녀 앞으로 왔다.

"안녕하세요? 50대 간사 한미옥입니다."

"예, 안녕하세요?"

"예약하셨나요?"

선녀의 몸매를 한순간에 훑어본 한미옥이 조용히 물었다.

이건 또 뭔 소리? 선녀는 벌떡 일어났다. 인견 원피스는 그새 대충 말라 있었다.

"예약이요?"

"성함이 어떻게 되시죠?"

"송선녀."

"아, 송선녀 씨! 잠시 기다리세요."

한미옥이 다시 안으로 들어갔다. 몸매 좋은 후덕한 여자가 조용히 나와 사라지고 날씬한 여자가 들어갔다. 아까와는 다르게 안에서는 아무 소리도 들리지 않았다. 살짝 걸친 엉덩이에 쥐가 나려고 할 때쯤 날씬한 여자가 나왔다. 날씬한 여자 뒤로 한미옥도 나왔다.

"송선녀 씨 들어오세요."

조강지처클럽의 사무실은 우중충한 밖의 모습과는 대조적으로 밝고 아늑했다. 싱싱한 화분과 원목의 책상들은 연한 베이지 빛의 벽과 잘 어울렸다. 책상마다 컴퓨터가 있고 컴퓨터 앞에 앉은 여자들의 눈은 온통 모니터에 집중되어 있었다. 여자들은 대충 보아도 열 명은 넘어 보였다. 한미옥은 면접실 명패가 붙은 방으로 선녀를 안내했다.

"여기 앉으세요. 곧 회장님이 나오실 겁니다."

한미옥이 나가자 선녀는 앉았다. 선녀의 맞은편 벽의 커다란 액자에는 아내의 십계명이 들어 있었다.

1. 자신과 가정을 아름답게 꾸밀 줄 아는 재치와 근면성을 길러라.
2. 음식 준비에 정성을 기울이고 남편의 식성에 유의하라.
3. 혼자만 말하지 말고 남편에게도 말할 기회를 주라.
4. 다른 사람들 앞에서 남편의 결점과 지나친 자랑을 하지 말라.
5. 남편에게 따져야 할 말이 있을 때는 그의 기분 상태를 참작하라.

6. 남편 홀로 휴식이 필요하다는 것을 알라.

7. 중요한 집안일을 결정할 때는 남편의 뜻에 따르라.

8. 남편의 수입에 맞춰 알뜰한 살림을 하라.

9. 모든 일에 참을성을 가져라.

10. 남편의 좋은 점을 찾아내 지적해 줌으로써 남편이 기쁨과 긍지
   를 갖게 하라.

선녀는 숨차게 읽었다. 열 가지를 읽어가도록 자신과 맞는 일
은 딱 한 가지밖에 없었다.

9번, 모든 일에 참을성을 가져라!

모든 일에 얼마나 많이 참았던가! 지난 22년 동안 셀 수 없이
참았다.

그러나 한 번도 자신을 위해 살아본 적이 없는 선녀. 남편 역시
모든 것을 선녀에게 미루고 자신과 관계되는 일만 혼자 결정했
다. 때문에 이 나머지 계명은 자신과는 상관없다고 선녀 스스로
결론을 내렸다. 책상에 바짝 다가앉아 계명을 읽던 선녀는 결론
을 내림과 동시에 의자를 뒤로 빼고 한결 가벼운 마음으로 편하
게 앉았다.

"송선녀 씨, 많이 피곤하셨나 봐요?"

부드러운 여자의 목소리에 선녀는 눈을 떴다. 그리고 자신의
반대편에 서서 바라보는 여자를 꿈인 듯 쳐다보았다. 풍성한 머
리카락에 웨이브가 멋진 여자가 웃음 짓고 있었다. 마치 제복 같
은 흰 블라우스에 감색 투피스는 여자를 정갈하고 기품 있게 했

다. 선녀가 화들짝 놀라 일어났다.

"앉으세요. 더 기다릴 수도 있었지만 밖에 비도 그치고… 해서."

'내가 잠들었다니? 정말 별일이네.'

선녀의 사전에 낮잠은 없었다. 하물며 낯선 곳에서의 낮잠이라니 있을 수 없는 일이다.

"제가… 정말 잠을… 잤나요?"

"왜요? 그럼 안 되나요?"

"그런 건 아니지만 한 번도 낮잠을 자본 적이 없는데…….."

"그랬군요. 많은 분들이 여기만 오면 긴장해서 숨 쉬기도 힘들다던데…….."

'왜요? 이곳이 그렇게 대단한가요?'

선녀의 코웃음이 슬며시 얼굴로 번졌다.

"송선녀 씬 여기가 편안했군요?"

그랬나? 알 수가 없다.

"하지만 어쩌죠? 송선녀 씬 가입을 취소하러 오셨잖아요?"

"네, 그렇죠."

"한 가지만 질문하고 보내드리겠습니다."

회장이 자리에 앉았다. 선녀는 침을 꼴깍 삼켰다.

"전쟁터에 가기 전에는 한 번 기도하고, 바다에 가게 되면 두 번 기도하고, 결혼 생활에 들어가기 전에는 세 번 기도하라. 러시아 속담입니다. 송선녀 씨는 몇 번 기도하셨나요?"

"기도요?"

"네, 기도."

회장의 목소리는 경쾌했다. 하지만 선녀는 자라목이 되어 우물거렸다.

"그냥… 살아가는 매일 매일이 기도 아닐까요?"

그랬다. 송선녀의 매일이 기도였다. 무릎을 꿇고 기도한 적은 없지만 남편과 살기 위해, 아들의 엄마로 살아가기 위해 선녀는 매일 기도하는 마음으로 살아냈다.

선녀가 열여덟 살 때 전투경찰을 피해 그녀의 지하방으로 무작정 뛰어 들어온 남편은 대학교 3학년이었다. 선녀의 지하방 작은 창밖은 군화 소리와 고함 소리로 가득했다. 선녀는 선망의 대상이었던 민주투사가 자신의 품으로 숨어들어 온 그날 그 만남을 거역할 수 없는 운명이라 믿었다. 선녀만큼 어려운 가정 형편으로 친구에게 더부살이를 하던 남편은 아예 눌러 살았다. 잠시지만 그래도 시작은 알콩달콩했다. 덕분에 선녀의 재봉틀은 잠시도 쉴 틈이 없었다. 하지만 비밀은 오래가지 못했다. 그는 민주투사가 아니었고 그저 우연히 데모 현장을 지나가다 쫓긴 것뿐이었다. 그렇게 이듬해 아들의 아버지가 된 남자와 무슨 기도를 할 수 있었단 말인가.

선녀의 대답이 맘에 들지 않았는지 회장이 침묵했다. 선녀의 자라목이 아예 들어가 버렸을 때 회장이 말문을 열었다.

"아들이 스물두 살이고 군대에 갔군요?"

아들 얘기에 목이 멘다. 아들만 있었어도 이런 일은 당하지 않았을 텐데…….

"지금 마흔이면 열아홉 살에 아들을 낳았네요? 선택이 없었군요. 이해합니다. 살아가는 나날이 기도라 하는 걸 보면 힘든 세월을 보내셨군요."

선녀는 아무 말도 할 수가 없다. 이제껏 누구에게도 들어본 적 없는 따뜻한 위로의 말, 목울대가 뜨거워진다. 눈물이 날 것 같다.

"이 잘나고 잘난 사람들의 천국 시대에 조강지처로 살아간다는 것이 절대 쉬운 일은 아닙니다."

회장은 마치 선녀의 지난 세월을 다 알고 있는 것처럼 말했다. 이제 눈물은 주체할 수가 없다. 뜨거운 물줄기는 참으려고 하면 더 쏟아진다. 참으려 하니 꺼이꺼이 목울대가 춤을 춘다.

얼마나 울었을까?

선녀는 새삼 부끄러워 고개를 들 수가 없었다. 하지만 이상하게 가슴이 후련했다.

"하지만!"

회장의 목소리에 다시 힘이 들어갔다.

"시작은 선택할 수 없었지만 송선녀 씨는 누구에게나 귀감이 되는 삶을 살아오셨잖아요?"

그랬을까? 물론 열심히 살기는 했다. 한눈팔지 않고 재봉틀 한 대로 시작한 사업을 지금은 다섯 명의 디자이너를 포함해 정규직 원만 68명인 회사로 키웠다. 꼼꼼하고 완벽한 선녀의 솜씨 덕에 모든 의류 회사에서 완제품을 맡기고 싶어 했다. 얼마 전까지도 선녀는 공장에서 재봉틀을 돌렸다. 건강을 빌미로 남편은 아들을 앞세워 그녀를 회사에서 밀어냈다. 물론 의사의 권유도 한몫을 했다. 지하에서 오랜 세월을 보낸 선녀의 신체 나이는 60세였다.

"지금처럼만 사시면 돼요. 오늘의 나들이가 앞으로의 삶에 도움이 되셨으면 합니다."

'지금처럼만… 아니, 아들이 제대할 때까지만……'

아들이 제대할 때까지만 참으면 된다. 아들은 참아내고 참아내는 원동력이니까. 그러나 군대 간 지 이제 15개월, 아직 멀었지만 참을 수 있다. 선녀가 자신에게 다짐하는 순간 회장이 흰 봉투를 건네며 악수를 청했다.

"안녕히 가십시오."

봉투를 받은 선녀는 손 내미는 것을 망설였다. 손이 너무나 거칠었기 때문이다. 회장이 '어서요' 하는 눈빛을 보냈다. 선녀는 우물쭈물 손을 내밀었다. 회장이 힘차게 선녀의 손을 잡았다. 그 손이 '괜찮아요. 다 알고 있어요' 라고 말하고 있었다.

"기억하세요. 모든 일은 마음먹기에 달렸어요."

비가 그친 도심은 상쾌했다. 아니, 선녀의 마음이 상쾌한 것일 수도 있다. 모든 것은 마음먹기 달렸다고 회장이 말하지 않았는가. 비록 송금한 돈을 다 받지는 못했지만 처음으로 그 돈을 아까워하지 않았다. 이럴 때 누구랑 수다를 떨면 좋으련만 아무리 생각해도 적당한 사람이 없었다.

강남역의 유동인구는 정말 많았다. 사람들에게 치여 이리저리 밀려갔다. 하남시와 자양동만 오가던 선녀에게 강남역의 인파는 진짜 파도처럼 거세었다. 하지만 밀려다니면서 구경하는 것도 나름 재미있었다. 선녀의 시간은 너무나 느렸기 때문에 바쁠 것도 없었다. 그리고 무엇보다 좋은 것은 어느 누구도 선녀에게 관심이 없다는 것이다.

집으로 돌아온 시간은 저녁 9시. 물론 남편은 오늘도 늦을 것이다. 배가 고팠지만 사 먹지도 못하고 밀려다니다가 그냥 돌아온 선녀는 아침에 끓여놓은 콩나물국에 밥을 말아 대충 먹었다. 미지근한 물에 샤워까지 하고 나니 한결 기분이 좋았다. 낯을 심하게 가리는 선녀는 오늘의 외출이 자의는 아니었어도 그리 나쁘지 않았다.

선녀는 현관 바로 옆에 있는 아들 방 방문을 열었다. 아들이 보고 싶을 때마다 수시로 열어 아직도 아들의 땀 냄새가 나는 방의 공기를 맡았다. 문을 열자 불을 켜지도 않았는데 방 안이 환했다. 다용도실에 불이 켜져 있었던 것이다.

꼭 써야 할 돈은 아끼지 않지만 쓸데없는 돈 낭비는 절대 용서하지 않는 선녀의 금전 철학. 그 철학이 지금의 회사를 이끌어온 힘이다. 아침만 같았어도 자신에게 화가 났겠지만 선녀는 머리를 살짝 갸우뚱하는 것으로 대신했다. 그러다 갑자기 온몸에 소름이 돋았다.

'설마?'

다용도실로 가는 발걸음이 뒤뚱거렸다. 주방 옆 다용도실의 문을 한 번에 열지 못한 선녀는 잠시 눈을 감고 호흡을 가다듬었다. 그리고 자신의 생각이 맞지 않기를 기도했다.

그러나 기도는 통하지 않았다.

낡은 재봉틀에 투명 테이프로 붙여 놓은 은행 봉투가 문을 여는 바람에 보란 듯이 흔들리고 있다. 오늘날의 주식회사 신영을 있게 한 선녀의 보물 1호 재봉틀. 남편은 선녀를 비웃고 싶을 때나 화나게 하고 싶을 때는 이 재봉틀을 이용했다.

은행 봉투 속에는 조강지처클럽으로 보낸 두 번째 송금 전표가 들어 있었다. 송금 시각은 선녀가 조강지처클럽을 나와 강남역을 배회하던 4시였다. 컴퓨터가 아닌 직접 송금한 것이다. 남편은 비서 김숙경을 시켰을 것이다. 소파에 아무렇게 던져 놓았던 가방을 여는 선녀의 두 손이 후들거렸다.

없다!

주민등록증이 없다. 주민등록증의 스냅 사진은 얼굴이 퍼져 다른 사람이 사용해도 알아보기가 힘들다. 남편은 그 허점마저 이용한 것이다. 또한 남편은 당연히 선녀가 클럽 가입을 취소할 것이라는 것과 돈을 찾기 위해 헤맬 것을 바랐고 창피당할 것을 기대했으리라. 두 번이고 세 번이고 그는 보낼 것이다.

포기하고 싶다. 선녀가 엄청난 그 돈을 절대 포기하지 않으리라는 것을 즐기고 있을 남편을 생각하면 모르는 척하고 싶다. 하지만 그럴 수 없음을 선녀 스스로도 잘 안다.

2. 아내로 살아가기

구리로 이사 오기 전 뚝섬유원지역에 살 때다. 강변북로 바로 옆 지하실이 공장이고 그 위가 살림집이었던 단층 주택은 지붕은 낮고 방은 작고 덥고 춥고 모든 것이 불편했다. 집에 대한 불만이 많았던 남편은 친구들은 물론 친척들조차 집으로 초대한 적이 없다.

선녀의 손은 마이더스의 손이었다. 한강을 중심으로 고층아파트가 들어서기 시작하면서 대박이 터진 것이다. 아버지의 얼마 안 되는 유산과 기존 세입자들의 전세금을 안고 대출을 받아서 산 허름한 단독주택이었지만 방이 많아 세입자도 많았기 때문에 큰 부담은 없었다. 대지 평수가 125평이나 되었던 선녀의 집값은 경기도 하남시에 주차 공간이 넓은 3층짜리 공장을 구입하게 했다. 그리고 조합원 자격으로 참가한 아파트 추첨에서 45평에 당첨되었다. 그것도 35층의 고층 아파트에 25층으로 최고의 전망층에 당첨되었던 것이다. 그 아파트는 3면으로 한강이 조망되었다. 동쪽으로는 잠실올림픽 주경기장이, 남쪽으로는 청담동이, 서쪽으로는 멀리 63빌딩까지 보였다.

남편은 하루가 멀다 하고 사람들을 초대했다. 모든 사람들이 창밖의 풍경에 감탄하고 선녀를 아내로 맞은 남편을 부러워했다. 선녀 역시 모든 솜씨를 발휘해 사람들을 기쁘게 했다.

"세상에서 가장 행복한 남자는 좋은 아내를 얻은 남자랍니다."

"선녀 씨는 사업도 승승장구, 음식 솜씨도 좋고, 여기 은정 씨는 같은 나이에 아직 결혼도 못했는데 벌써 며느리 볼 날도 가깝고, 짱입니다요!"

"그렇다면… 세상에서 가장 행복한 남자는?"

"민병관! 민병관!"

남편의 대학교 친구들은 합창을 했다.

사람들의 칭찬과 부러움이 커갈수록 남편의 보이지 않는 심술은 늘어갔다.

그렇게 거의 초대가 끝날 무렵이었다. 노을이 유난히도 아름다웠던 그 여름날, 베란다에 서서 노을을 감상하던 선녀에게 살금살금 다가온 남편은 그녀의 허리를 번쩍 들어 창틀에 올렸다. 마침 그때 중학교 3학년이던 아들이 들어와 남편의 그저 짓궂은 장난으로 마무리되었지만 선녀의 머릿속에는 죽음의 공포로 남아 있다. 선녀는 그 일을 가슴속에 꽁꽁 묻었다. 그 후 선녀에게 노을 감상은 없었다. 그 사건을 시작으로 남편의 보이지 않는 그림자 살의를 선녀는 느끼고 있었다.

한강변에는 아침과 낮은 물론 저녁 늦은 시간에도 사람이 많았다. 운동하는 사람, 데이트하는 연인들로 뚝섬유원지는 언제나 붐볐다. 하지만 언제나 종종걸음으로 바쁜 선녀에게 유원지는 그림의 떡이었다.

"나의 영원한 멘토 사모니임! 여기 선착장… 꼭! 입니다. 대표이사님 바꿔주세요. 꼭!"

남편의 비서 김숙경이 집으로 전화를 걸어 남편을 찾았다. 시간은 밤 10시가 가까웠다.

"너무 늦었어요. 내일 회사에서……."

하는데 남편이 수화기를 뺏었다.

"나예요. 어디? 금방 갑니다."

수화기를 내려놓은 남편이 냉장고 문을 여는 선녀에게 다가
왔다.

"같이 갈래?"

"할 일… 있어요."

"나 혼자 가면… 집으로 데려온다!"

10시가 넘은 늦은 시간에도 한강 둔치에는 사람이 많았다. 꽃
과 나무가 많은 자연학습장에는 더 많았다.

두 사람은 무슨 할 얘기가 그리도 많은지 끊임없이 이야기를
주고받으며 앞서 갔다. 가끔 김숙경이 남편의 팔짱을 꼈다.

따라오지 말 것을.

집으로 데려오겠다는 말에 할 수 없이 따라 나왔지만 곧 후회
를 했다. 어떤 식으로든 또 자신을 골탕 먹이려는 것을 알면서도
따라 나온 자신이 바보천치 같았다.

잠실대교가 가까워질수록 사람들의 왕래는 거의 없었다.

인정하고 싶지 않지만 남편과 김숙경은 잘 어울리는 연인 같았
다. 키가 큰 남편과 여자의 평균 키보다 약간 큰 김숙경은 알맞은
균형을 이루고 있었다. 선녀보다 여섯 살이나 더 많지만 근심걱
정이 없는 남편은 나이보다 훨씬 젊어 보였고 이제 막 서른이 된
김숙경은 비서라는 직함에 맞는 세련된 도시 여성이다. 잘생긴
남편 역시 선녀와는 다르게 최고급 옷과 장신구를 즐겼다. 자신
을 위해서는 인색한 선녀였지만 남편의 씀씀이는 탓하지 않았다.
그가 빛나는 모습이 선녀는 좋았다.

잠을 쪼개서라도 남편의 옷과 아들의 옷은 꼭 다림질을 했다.

"사모님, 빨리 오세요오!"

혀가 많이 풀린 김숙경이 선녀를 불렀다. 김숙경은 여자가 봐도 참 예쁘다. 술에 취해 약간 풀어진 그녀는 섹시해 보이기까지 했다. 남편은 김숙경의 옆에서 팔짱을 낀 시건방진 모습으로 선녀를 기다리고 있었다. 하지만 선녀는 가까이 가고 싶지 않았다. 왕래하는 사람들이 없는 데다가 강과 산책로 사이에는 난간이 없기 때문이다.

그날 밤의 산책에서 선녀는 시커먼 강물을 보며 처음으로 무서운 생각을 했다.

'저 시커먼 강물 속으로 수영을 못하는 남편을 밀어버린다면?'

초등학교 때 홍수에 떠내려갔던 충격으로 남편은 물을 정말 싫어했다.

스스로의 생각에 놀라 걸음을 멈춘 선녀를 두고 두 사람은 어둠 속으로 사라졌다.

구리 아파트는 1층이다.

남편은 공장과 건물을 리모델링한다며 돈이 필요하다고 했다. 선녀는 자양동의 집을 팔아 10평을 줄인 35평 아파트로 이사했다. 물론 층고를 낮춘 것은 아들의 전폭적인 지원사격으로 가능했다. 무릎 관절이 닳아 층계를 힘들어하는 것을 남편은 모르지만 아들은 알았다.

아들은 때때로 선녀와 남편에게 살가운 딸이 되기도 했다. 하지만 남편의 반응은 시큰둥했다. 그 자신이 외로운 독자였고 아들만이 세상의 유일한 혈육이며 끈임에도 늘 냉담했다. 물론 이유는 있었다. 아들은 강하게 키워야 한다는 논리가 이유였고 선녀의 아들이라는 것 또한 냉담의 이유였다.

구리로 이사 온 후 남편은 한동안 조용했다. 회사 일도 열심히 했고 선녀도 괴롭히지 않았다. 선녀가 회사를 찾아가기 전까지는.

좀처럼 남편은 물론 누구에게도 화를 내지 않는 선녀지만 참을 수가 없었다. 3억이라는 거액의 돈을 가져간 남편은 자신의 사무실을 꾸미는 데만 돈을 썼다. 대표이사 사무실은 어마어마했다. 3층의 한쪽 벽을 헐어 통창을 만들고 가구도 으리으리했다. 선녀가 사무실 모습에 기막혀 하고 있을 때 남편은 사무실 안의 비밀의 방에서 막 나오는 중이었다.

"여긴 무슨 일이야, 연락도 없이?"

남편은 버럭 소리부터 질렀다.

어디서 그런 용기가 났을까? 선녀는 남편의 소리에 아랑곳하지 않고 막 닫은 방문을 열었다. 문을 닫으면 책장이어서 직접 보지 않으면 전혀 알 수가 없는 그곳은 최고급 호텔의 객실이었다. 더블 침대에 욕조가 딸린 화장실과 간단한 요리를 할 수 있는 간이 주방, 양주와 와인이 즐비한 바까지 있었다.

선녀를 따라 들어온 남편은 변명하지도 않았다. 오히려 큰소리를 쳤다.

"나, 민병관이야! 이 정도는 돼야지! 그동안 살아준 세월이 얼마데! 안 그래, 짜리몽땅 송선녀?"

선녀는 너무나 화가 나서 대꾸할 힘도 없었다. 두 주먹만 불끈 쥐고 부르르 떨며 남편을 노려볼 뿐이었다.

"하이고, 무서버라. 이빨 빠진 호랑이 주제에. 눈깔 깔어!"

"그 돈이 어떤 돈인데……."

"됐고, 이 침대에 절대 앉지 마! 재수 없거든!"

"여보!"

"여보 좋아하시네? 여보고 남보고 빨리 사라져라. 누가 볼까 무섭다."

남편은 거칠게 선녀를 잡아 끌어내고 문을 닫았다. 문은 아무일 없었다는 듯이 다시 책장이 되었다.

똑 똑!

그 순간 노크 소리가 들렸다.

"대표이사님, 미래어패럴 강 사장님 오셨습니다."

김숙경의 목소리다.

'미래어패럴? 모르는 회산데?'

선녀는 방금 전 화가 난 것을 잊어버린 것처럼 남편을 바라보았다.

"들어오시라고 해요."

남편의 목소리는 대표이사급으로 돌아가 있었다. 김숙경이 먼저 들어오고 강 사장이라는 사람이 따라 들어왔다. 두 사람은 오랜 친분이 있는 듯 반갑게 인사를 했다.

"송선녀 씨, 여기 걱정은 마시고 이제 들어가 보시지요? 오늘 저녁은 선녀표 된장찌개로 부탁합니다."

"아, 이분이 그 전설의 송선녀 씨예요? 반갑습니다. 미래어패 럴의 강현구입니다."

강 사장은 악수를 청했다. 잠깐 망설이는 선녀를 향해 남편이 다가왔다. 그는 미소를 지으며 선녀의 어깨를 감쌌다. 선녀는 마 지못해 손을 내밀었다.

"이 사람이 상당히 낯을 가립니다. 이해하십시오."

"그 유명하신 분께서 이렇게도 겸손하시다니……."

"잠시 앉아 계십시오. 배웅하고 오겠습니다."

"잠깐만요. 송선녀 씨께 부탁이 있는데요."

"부탁이라니… 요?"

남편이 무슨 소리냐는 표정으로 되물었다.

"언제 저희 회사 한번 방문해 주십시오. 직원들에게 강의 좀 부탁드립니다."

"강 사장님, 강의라니요? 농담도 잘하십니다."

"농담 아닙니다. 다른 사람 한 벌 만들 때 세 벌, 네 벌 만드신 다고요? 한 치의 오차도 없이 정확한 건 물론이구요. 우리 업계 에서는 달인으로 소문나셨습니다."

강 사장은 잡은 손을 놓지 않고 정말 존경한다는 눈빛으로 말 했다. 얼굴까지 굳은 남편은 말이 없다.

"제가 조만간 연락드리겠습니다."

"저는……."

"자, 갑시다."

선녀의 등을 미는 남편의 손에 힘이 들어갔다. 선녀는 어쩔 수 없이 강현구에게 목례를 하고 문 쪽으로 갔다.

"앞으로 이곳에 오지 마라. 자꾸 오면 내가 아예 안 들어갈 수도 있다는 걸 명심해.'

남편은 마치 아쉬운 작별 인사라도 하는 것처럼 선녀의 귀에 대고 소곤거렸다.

저녁 7시, 된장찌개가 끓고 있다. 남편의 말을 믿지는 않았지만 선녀 자신도 먹어야 하기 때문에 끓이고 있었다. 회사에 다녀온 후 선녀는 또다시 지옥을 경험하고 있었다. 민병관의 아내로 살아가면서 수없이 겪는 지옥이다. 그러나 회사의 신뢰도가 가장 우선이기에 어떤 조처도 할 수가 없음이 답답했다. 선녀는 앉아 있기도 그렇다고 밖으로 나갈 수도 없어 집 안을 계속 서성거렸다.

관리실 앞의 라일락이 활짝 피었다. 보라색 라일락은 열어 놓은 베란다 창문으로 진한 향기를 바람에 실어 선녀에게 보냈다. 향기는 진정제 역할을 했다. 마음이 조금은 가라앉고 있었다. 선녀는 아예 베란다 난간에 기대 몸을 앞으로 쭈욱 내밀고 향기를 맡았다. 그 향기 속으로 거짓말처럼 남편이 걸어오고 있었다. 베란다에 서서 향기를 탐내고 있던 선녀는 화들짝 놀라 주방으로 갔다.

삐삐비비비빅!

총알처럼 빠른 솜씨로 버튼을 누른 남편이 들어왔다. 남편은 선녀에게 눈길도 주지 않고 안방으로 들어갔다. 그사이 선녀는 식탁을 차렸다. 먹이고 시작하는 것이 선녀의 철칙이니까.

돌아가신 엄마가 늘 말씀하셨다.

'밥은 힘이다. 민 서방한테 화가 나도 밥은 챙겨라. 아무리 안 좋은 일이 있더라도 화가 난 상태로 주방에 들어가지 마라. 화가 난 채로 밥을 하면 그 밥은 영양가가 없기 때문에 먹은 사람도 덩달아 힘이 없다. 잊지 말고 기억해라. 밥은 가족을 지키는 힘이다. 사랑과 정성으로 만들어야 힘이 난다.'

선녀는 엄마의 긴긴 말씀을 잊지 않고 지켜왔다.

선녀는 식탁 앞에 서서 남편을 기다렸다. 하지만 남편은 화장실에 있는지 기척이 없다. 가스레인지의 불을 아주 작게 줄였다. 또 기다린다. 이제는 아예 불을 꺼버렸다. 거의 30분을 기다리다 안방 문을 열던 선녀는 막 샤워하고 나오는 남편의 알몸을 보고 말았다. 황망히 문을 닫는 선녀를 남편이 끌었다. 선녀는 박차고 나오려 했지만 우악스러운 남편의 힘을 이기지 못했다. 마음은 지옥인데 몸은 솔직했다. 완강한 마음과는 달리 남편에게 길들여진 몸은 스스로 반응하고 있었다. 참으로 오랜만에 느끼는 여자의 떨림이다. 선녀는 눈을 감았다. 그녀는 이제 막 물오른 40세였다. 아무리 일밖에 몰랐다고 해도 건강한 여성이었다.

세상의 남편들이 가장 두려워하는 여자는 막 샤워하고 나오는 40대의 여자라고 했던가?

남편의 거친 숨소리를 들으며 반항을 포기한 선녀가 남편의 등에 손을 얹는 순간 남편이 벌떡 일어났다.

"댁한테 라일락 향기가 가당키나 하다니? 이 향기 없는 여자야!"

남편은 포화를 퍼부었다. 남편이 쏟아놓은 포탄들은 산탄 총알이 되어 선녀의 온몸을 파고들었다. 뜨거워졌던 몸의 돌기가 일제히 소름으로 변했다. 선녀는 얇은 인견 이불을 머리끝까지 뒤집어썼다. 남편은 미리 챙겨놓은 여행 가방을 들고 나가 버렸다.

향기 없는 여자. 남편이 짧은 가방끈만큼이나 자주 써온 대사다.

부끄럽다.

부끄럽다.

죽고 싶을 만큼 부끄럽다.

피 같은 돈 낭비에 대한 말은 한마디도 못해 보고 무참히 당했다.

벗어나고 싶다.

그러나 찾아갈 친정도 형제도 없다. 처음으로 지나온 세월에 대한 후회를 하며 아들이 이 꼴을 보지 않은 것에 안도했다.

"엄마, 아카시아 향기가 하늘을 덮었어!"

아들의 목소리가 들린다.

오늘 아침 아들은 부대 주변의 아카시아가 만발했다며 선녀에게 보여주고 싶다고 했다. 갈 곳이 생각났다. 하지만 양구는 멀다. 서툰 운전 솜씨가 마음에 걸렸지만 대한민국의 엄만데 못할 것이 없지 않은가?

아들, 삶의 원동력!

선녀는 다시 씩씩하게 주방으로 갔다. 냉동고를 뒤져 아들이 좋아하는 삼겹살을 꺼내 고추장 양념을 하기 시작했다.

엄마는 엄마다. 그 먼 길을 내비게이션 하나 믿고 갔다. 아들을 만나는 기쁨에 두려움도 문제되지 않았다.

여자는 약하지만 엄마는 모든 것이 가능하다!

"참 잘했어요, 송선녀 여사님!"

선녀 혼자 양구까지 운전하고 온 용기에 아들은 박수를 쳤다. 늠름해진 아들의 모습에 선녀는 행복했다. 행복한 시간은 참 빨리도 간다. 겨우 여섯 시간을 같이 있었지만 아들과 단둘이 보낸 이 시간은 선녀에게 그 어떤 것보다 큰 위로가 됐다.

그렇게 또 선녀는 아들을 위해 아내로 살아가기를 선택했다.

3. 조강지처클럽

아들은 오늘도 전화가 없다. 숙제를 다 하기 전까지 연락을 하지 않겠다고 하더니 진짜로 전화를 하지 않는다. 아들의 상황을 모르니 먼저 전화를 걸 수가 없다.

조강지처클럽에서도 전화가 없다.

선녀는 전화 수화기를 들었다. 곧 신호음이 들렸다. 전화기는 이상이 없었다. 선녀는 얼른 수화기를 내려놓았다. 아침 9시부터 기다렸지만 12시가 다 돼 가도록 조강지처클럽에서는 연락이 없다. 미안하기도 하고 창피하기도 해서 먼저 전화를 걸기도 그랬다.

'화가 났겠지. 놀리는 것도 아니고⋯⋯.'

남편을 보기 좋게 실망시키려면 가입을 해야 한다. 하지만 돈이 아깝다. 선녀는 고개를 크게 끄떡이며 자신의 생각을 긍정했다. 그러나 꼭 돈 때문만은 아니다. 남편의 말대로 자신의 짧은 가방끈을 차마 사실대로 말할 수 없음을 인정하는 것일 수도 있었다.

그렇게 어쩌지 못하는 하루가 갔다.

아들이 내준 숙제 열 개 중 네 개를 했다.

그 다음 날도 갔다.

숙제를 마쳤다. 숙제 때문에 시간이 잘 갔다. 아들의 숙제는 송선녀가 하고 싶은 것 열 가지를 찾아 메모하고 실천하기였다.

사흘째 되는 날 선녀는 전화를 걸었다.

수화기 속에서 자연의 소리가 들린다. 새소리, 물소리가 귀를 맑게 해 주었다.

"조강지처클럽에 전화 주셔서 감사합니다. 무엇을 도와드릴까요?"

자연의 소리만큼 맑은 목소리가 묻고 있다.

무엇을 도와달라고 할까? 가입? 취소?

"여보세요? 말씀하세요!"

"저기, 한미옥 씨 부탁드립니다."

"50대 간사 한미옥 님 말씀입니까? 잠시만 기다려 주세요."

"네."

다시 자연의 소리가 귀를 통해 온몸으로 전달되고 있다. 새소리, 계곡물 흐르는 소리, 듣기 정말 좋다. 자연을 좋아하게 되면 늙었다는 증거라는데. 자연을 가까이해 본 것이 언제던가? 물을 싫어하는 남편과 살면서 강도 바다도 계곡도 함께 놀러 간 기억이 없다. 월요일부터 토요일까지 재봉틀과 보낸 선녀는 일요일 하루는 가족을 위해 집 안 청소며 빨래, 음식 만드느라 평일보다 더 바쁘게 보냈다.

"한미옥입니다."

자연의 소리가 멈췄다. 소리에 심취해 있던 선녀는 약간 아쉬웠지만 본론으로 들어가야 했다.

"저, 죄송합니다. 저는 송……."

"송선녀 씨? 우리 내일 통화해요."

단칼에 싹둑 말을 자른 한미옥은 차가웠다.

"내일이요?"

벌써 사흘이 지났는데 또 하루가 가면 돌려받는 금액이 줄어들 텐데 하면서도 선녀는 딱 부러지게 대답을 못했다.

"회장님이 출장 중이십니다. 돌아오시는 대로 연락드리겠습니다."

탁!

이쪽의 대답은 듣지도 않고 한미옥은 무례하게 전화를 끊었다. 그래도 화를 낼 수는 없다. 어쨌든 운은 띄워놓았으니 내일 가면 덜 미안할 것 같았기 때문이다.

남편은 신문을 던져놓고 나간 이후 집에 들어오지 않았다. 외박도 자주 접하니 괜찮았다. 늘 저녁 준비는 하지만 다음 날 자신이 먹기에 아깝지 않다. 또 하나, 혼자 있는 시간도 나쁘지 않았다. 더 솔직히 말하면 남편이 들어오지 않아서 좋다.

숙제 한 개를 추가해야겠다.

4. 누군가의 아내로 살지 않기!

두 번째의 조강지처클럽 방문은 익숙했다. 무엇이든 한 번만 보면 선녀의 기억 세포는 정확하게 저장했다. 선녀는 전처럼 초라하지도 않았다. 그녀 자신이 만든 이름난 디자이너의 브랜드 옷을 입었다. 하지만 타고난 얼굴과 몸매는 어쩔 수가 없다.

옷이 주인 잘못 만나 고생한다.

돼지 목에 진주가 웬 말이냐?

참새가 그 옷 입는다고 봉황 되냐?

남편의 빈정거림이 들린다. 남편의 말처럼 좋은 옷도 선녀가 입으면 폼이 나지 않은 것은 사실이다. 그래서 선녀는 입지 않았다. 게다가 마땅히 입을 일이 없기도 했다. 늘 일하기 편한 옷과 운동화를 신던 선녀에게 몸에 딱 맞는 정장은 상당히 불편했지만 참아야 했다. 오랜만에 신는 구두 역시 뒤꿈치를 아프게 했지만 그것 역시 참아야 했다.

아들의 숙제 중 여덟 번째, 정장 입고 구두 신고 외출하기를 실행 중이다.

일주일 만에 다시 보는 조강지처클럽의 건물 유리창은 여전히 깨끗했다. 유리창에 비친 여자는 잘 맞는 옷을 입었음에도 빌려 입은 것처럼 어색했다. 선녀는 두리번거리며 노인을 찾았다. 사람들의 왕래는 많았지만 노인은 한참을 기다려도 나타나지 않았다.

엘리베이터는 막 도착한 선녀를 못 보았는지 냉큼 올라갔다.

남편이 생각났다. 키가 큰 남편은 보폭도 커서 함께 걸어가려면 선녀는 뛰다시피 걸어야 했다. 25층 아파트에 살 때 먼저 도착한 남편은 선녀가 뒤따라가도 절대 기다리지 않았다. 선녀가 출입구에 나타나도 혼자 올라갔다.

12층은 조용했다. 소파에 기다리는 사람도 없었다. 문 너머도 아주 조용했다. 너무나 조용해서 선녀는 불길한 예감이 들었지만 크게 심호흡을 하고는 노크를 했다.

조용하다. 선녀는 다시 노크를 했다. 그래도 조용하다.

'분명 오늘 5시에 방문하라고 했는데… 혹시 그 돈 안 주려고 문 닫았나?'

선녀는 조심스레 도어를 돌렸다. 문은 잠겨 있지 않았다. 안으로 들어간 선녀는 또 한 번 놀랐다. 밝고 아늑한 분위기는 여전했지만 사람 그림자 하나 없는 사무실은 깊은 물속처럼 조용했다. 당황한 선녀가 다시 나가려고 할 때 면접실에서 기침 소리가 들렸다. 선녀는 재빨리 면접실로 달려갔다. 그리고 노크 없이 문을 열었다.

"어서 오세요. 기다리고 있었습니다."

창가에 서서 밖을 바라보고 있는 회장이 돌아보지 않고 선녀를 맞았다. 오늘 선녀가 한껏 꾸민 것과는 반대로 회장의 콘셉트는 대충이었다. 어깨를 덮는 긴 머리도 뒷목에서 하나로 묶었고 회색의 폴로셔츠에 검정 바지를 입었다. 그래도 회장은 세련된 모습이다. 선녀는 달라진 회장의 모습에 처음 만났을 때처럼 다시 얼음이 되었다.

"앉으세요."

회장이 돌아서며 자신 앞에 있는 의자를 뺐다. 그 얼굴에 온화한 빛은 없다. 일주일 전 선녀의 울음보를 터지게 했던 회장은 없다.

'기억하세요. 모든 일은 마음먹기 달렸어요' 하며 자신의 거친 손을 힘껏 잡아주던 회장의 모습은 아직 출장에서 돌아오지 않은 것일까?

선녀는 자석에 끌려가듯 회장이 빼준 의자에 앉았다. 회장은 말없이 실내의 불을 모두 껐다. 그리고 마치 영화를 상영하듯 컴퓨터를 켰다. 선녀의 맞은편 벽에 낯익은 사람들의 모습이 나타났다. 남편과 김숙경이었다.

"잠깐만요!"

"앉으세요. 오래 걸리지 않습니다."

회장의 목소리는 낮았지만 선녀를 다시 얼어붙게 만들었다. 화면 속의 두 사람은 전에 선녀가 보았던 모습 이상으로 다정했다. 누가 보아도 정다운 부부 같았다. 마트를 함께 다니고 음식점, 영화관, 백화점까지, 그리고 회사와는 정반대인 일산의 아파트로 들어가는 모습도 있었다. 그 두 사람이 살고 있는 아파트의 동과 호수도 화면은 보여주고 있었다.

그런데 참 이상했다. 그 모습을 보면 무척 화가 나야 정상인데 먼 남의 일처럼 느껴졌다.

회장이 컴퓨터를 끄고 불을 켰다.

"놀라지 않네요? 알고 있었군요?"

'아니, 몰랐습니다. 짐작 같은 것도 하지 않았습니다.'

그랬다. 선녀는 정말 모르고 있었다. 남편 역시 자신에게 못되게 굴고 있지만 가정을 깨고 싶은 생각은 없을 것이라고 믿었다. 늘 차갑지만 이 세상에 하나밖에 없는 아들에게 슬픔을 주지 않으리라 믿었고, 탄탄한 회사의 대표이사 자리를 박차고 싶지 않을 것이라고 믿었다.

'혹여 민 서방이 바람이 들면 모른 체해라. 모르고 있는 척하면 미안해하다가 바람이 잘 수도 있지만 그 일로 난리를 치면 그날로 내놓고 바람피우는 것이 사내들 심보니라. 봐라. 민 서방 인물이 웬만해야지. 니 그 인물 땜에 속 좀 아플 게다.'

"바람이겠죠. 일시적인."

끝말은 자신이 없다. 과연 그럴까?

"남편의 바람은 절대 일시적인 것이 아닙니다. 나중에 더 설명하겠지만 더 중요한 것은 송선녀 씨의 피땀으로 이룩한 회사가 안전하지 않습니다."

"무슨 말씀……."

"비밀리에 매각 절차를 밟고 있어요."

회장의 목소리는 빠르고 단호했다.

"매각이요? 누구 맘대로 회사를 팔아요?"

선녀는 용수철처럼 튀어 올랐다.

"민병관, 송선녀 씨의 남편이자 주식회사 신영의 대표이사님
이시죠."

"그럴 리가 없어요!"

"워낙 알짜로 소문난 회사이고 송선녀 씨의 그간의 명성으로
매수자가 여러 명입니다. 그들 모두 눈독을 들이고 서로의 눈치
를 보고 있는 중입니다."

"말도 안 돼요! 내 동의 없이는 회사를 팔 수가 없는데요?"

말은 그렇게 하지만 선녀의 뇌리에서는 남편이라면 그럴 수 있
다고 술렁거렸다. 선녀가 생각하도록 회장은 다시 창가로 갔다.
다시 의자에 주저앉은 선녀는 눈을 감았다.

얼마나 시간이 흘렀을까? 회장이 다시 선녀 곁으로 다가왔다.
선녀는 찬바람을 몰고 오는 회장과 조강지처클럽이 두려워졌다.

"당신들은 도대체 누굽니까?"

"우리 클럽은 송선녀 씨가 짐작하는 것이 무엇이든 그 이상입
니다. 훨씬 방대하고 큰 힘을 가지고 있죠."

"……."

"비록 짧은 시간이었지만 우린 이 일을 실행해야 했습니다."

"왜요?"

"당신이 조강지처이기 때문입니다. 한 사람의 조강지처라도
지키는 것이 우리 클럽의 의무이자 사명입니다."

'그랬구나. 만나주지 않은 이유가 이거였어.'

"민병관은 아들이 군대에 있을 때 모든 일을 감행할 것입니다.

시간이 별로 없어요."

선녀는 눈앞이 캄캄했다. 자신보다도 아들이 받을 상처가 더 걱정이다. 아들은 남편이 냉담하지만 그것은 자신을 강하게 키우려고 일부러 그런다고 생각하고 있다. 물론 선녀가 그렇게 유도하기도 했다.

"조강지처로 살아가기 위해 결단이 필요합니다."

"어쩌란 말입니까? 남편 마음 돌려주는 마술이라도 부리나요?"

선녀가 자라목이 되어 기어들어 가는 목소리로 중얼거리는 동안 회장이 컴퓨터에서 SD카드를 꺼내며 말했다.

"필요하면 마술뿐 아니라 그보다 더한 것도 해야죠. 하지만 선택은 송선녀 씨가 해야 합니다."

"……."

대답을 못하는 선녀의 짧은 목은 더 이상 들어갈 곳이 없었다.

"내일 3시에 티타임이 열립니다. 이건 내가 파기합니다. 그리고 여기서 보았던 모든 일은 잊어야 합니다."

5. 조강지처로 살아가기

조강지처클럽을 나온 선녀는 당장이라도 남편을 찾아가 회사를 엎고 싶었다. 하지만 다른 방법을 택해야 했다. 남편의 일이 알려지면 회사도 타격을 받을 것이고 회사의 신뢰도에 문제가 생기면 지금까지 쌓은 모든 것이 한순간에 무너질 수도 있었다.

미래어패럴의 강현구를 찾아갔다. 그는 선녀를 정말 반갑게 맞았다. 미래어패럴은 회사 설립 10개월 된, 그쪽 계통으로는 신생아나 다름없었다. 강현구는 사람들을 불러 선녀를 소개시키고 이틀 후 오후 4시에 강의를 하기로 했다. 정말 파격적인 제안이었다. 보잘것없는 자신의 이야기를 듣기 위해 회사의 모든 업무를 중단한다는 사실을 선녀는 믿을 수가 없었다. 강의는커녕 사람 많은 곳조차 두려워하는 선녀지만 조강지처로 살아가기 위해 용기를 내야 했다.

보물 2호인 낡은 수첩을 뒤져 공중파 방송 최무선 피디에게 강의 날짜와 시간을 알려주었다. 최무선 피디는 선녀의 재봉틀 솜씨를 '신화의 손'이라는 방송에 내보내겠다고 찾아왔었다. 선녀의 거절로 매우 아쉬워했던 터라 그는 선녀의 전화에 기뻐했다.

이틀 후 선녀는 3시 30분쯤 미래어패럴에 도착했다.

"어서 오세요, 송 여사님."

"안녕하세요? 잘 부탁합니다."

선녀는 떨리는 가슴을 진정시키느라 가슴에 손을 얹었다.

"어떻게 알았는지 방송국에서 나왔어요. 지금 강당에서 법석을 떨고 있습니다!"

강현구의 흥분한 목소리는 떨리기까지 했다.

"송 여사님, 정말 대단하십니다. 저야말로 잘 부탁합니다. 송 여사님 덕분에 우리 회사가 방송을 타게 됐습니다. 지금 너무너무 떨립니다."

선녀는 그저 목례로만 답을 했다. 진짜 떨고 있는 사람은 자신이기 때문이다.

조강지처클럽의 티타임을 다녀온 후 선녀는 이틀 동안 끙끙 앓았다. 어금니가 아프도록 자신을 다스리고 또 다스렸다.

그리고 태어나 처음으로 강의라는 것을 하지만 무슨 말을 어떻게 할까 고민하지 않았다. 있었던 사실, 일어난 사실 그대로 솔직하게 말할 생각이다.

강연장은 선녀의 생각보다 넓었다. 강당을 즉석 개조해 만든 강연장은 약 100석 정도였지만 서 있는 사람도 많았다. 단상 위 의자에 앉은 선녀의 가슴은 금방이라도 심장이 밖으로 튀어나올 것처럼 펄떡였다. 사람들의 모습이 뿌연 안개 속에 갇혀 있다. 선녀의 얼굴은 점점 굳어가고 있었다. 그때 선녀와 눈이 마주친 최무선이 오른손을 올리며 소리 없는 파이팅을 외쳤다.

"의류업계의 살아 있는 전설, 재봉틀의 달인, 하늘에서 내려오신 선녀! 송선녀 씨를 소개합니다!"

강현구의 아부성 발언에 사람들의 웃음이 빵 터졌다.

시작이 좋았다. 그들은 아낌없는 박수로 선녀를 연호했다. 선녀는 후들거리는 다리를 애써 숨기며 단상의 연설대로 갔다. 깊은 절을 하고 자신을 소개했다.

"안녕하세요? 평범한 인간이고 싶은 소나무 선녀 송 선녀입니다."

사람들이 또 웃었다. 사람들의 따뜻한 웃음소리 때문일까? 선녀에게 떨림이 사라졌다. 앞에 앉은 사람은 물론 멀리 뒤에 서 있는 사람들의 얼굴까지 다 보였다. 아는 얼굴이라고는 최무선 피디밖에 없지만 마음은 평온을 찾아가고 있었다. 선녀는 마이크를 들고 선녀의 작은 키를 배려해 강현구가 만들어 놓은 디딤판을 내려섰다. 그리고 사람들 앞으로 더 가까이 갔다. 강당은 숨죽이고 있었다.

"저는 가방끈이 짧습니다. 중학교 졸업이 최종 학력입니다. 집안이 가난했지만 제가 원하면 고등학교는 갈 수도 있었습니다. 하지만 저는 공부가 정말 싫었어요. 우리 반이 42명이었는데 한 번도 40등 안으로 들어가 본 적이 없었지요."

사람들의 작은 웃음소리가 들렸다.

"물론 지금도 숙제라는 말만 들어도 머리가 아픕니다. 제가 41등을 해도 아버지께서는 기뻐하셨습니다. 뒤에 한 명 더 있구만 하셨지요. 어느 날은……."

선녀는 마커 펜으로 벽에 걸린 화이트보드에 시험지처럼 직사각형을 그리고 그 안에 큰 동그라미와 그 동그라미 밑에 줄을 나란히 두 개 그었다.

"이거 뭔지 아시죠?"

"빵점!"

사람들이 합창을 했다.

"네, 맞아요. 빵점 맞은 시험지입니다. 혹시 이 중에 빵점 맞아 본 분 있으세요?"

아무도 없다.

"물론 빵점 맞는 것도 백 점 맞는 것만큼 어렵습니다. 저는요,

아버지와 어머니께서 뭐든 잘한다 잘한다 하시니까 제가 정말 잘하는 줄 알았습니다. 이 시험지를 들고 시속 100킬로보다 더 빠른 속도로 집으로 달려갔습니다. 그리고 마루에 앉아 계시는 두 분에게 큰 소리로 말했습니다. 나 빵점 맞았어요!"

선녀의 솔직한 이야기에 사람들이 또 웃었다. 웃음은 선녀에게 힘이 나게 했다.

"아버지는 껄껄 웃으셨습니다. 저는 그때 정말 아버지가 기뻐하시는 줄 알았어요. 그 다음 날 어머니는 시집올 때 가져오신 재봉틀을 저에게 주셨습니다. 제가 재봉틀 돌리는 걸 좋아했거든요. 여자가 바깥일을 하면 팔자가 사납지만 어쩌겠냐면서 이거라도 배우라고 하셨지요. 중학교를 간신히 졸업하고 서울로 올라온 저는 친구 언니의 소개로 의류 회사의 시다, 아니, 보조로 입사했습니다. 그리고 밤에는 복장 학원을 다녔습니다. 학원을 다녀오면 그날 배운 것은 꼭 복습을 해서 내 것으로 만들었습니다. 완성품이 안 나오면 밤을 새우기도 했습니다. 하나의 옷이 탄생할 때마다 저는 아버지, 어머니께 감사 편지를 썼습니다. 특히 어머니께 감사드렸습니다. 재봉틀을 공짜로 주셨거든요. 보시다시피 제가 얼굴과 몸매가 별로잖아요."

사람들이 또 웃었다. 긍정이다. 하지만 부끄러울 것 없다.

"그 흔한 애인도 없었어요. 제가 못생긴 데다가 키까지 작으니까 남자들이 저를 아직 덜 자란 어린아이로 보아서 애인 만들기는 포기했죠. 외모 덕에 재봉틀과 친한 친구가 된 겁니다. 밤낮없이 붙어 있다 보니 우리는 서로를 잘 알게 되었습니다."

선녀는 자리를 옮겨 다니며 모든 사람들과 골고루 시선을 나누었다. 화장을 하지 않고 미장원도 다녀오지 않고 좋은 옷을 입지도 않았지만 선녀는 빛나고 있었다.

"부모님이 물려준 못생긴 외모는 보조로 입사한 지 채 2년도 안 돼서 저를 사원 포함 일인 사장으로 승격시켰습니다. 기숙사를 나와 연립주택 지하실에 방을 얻고 제품을 만들었습니다. 본사에서 잘한다 잘한다 하니 정말 잘하고 싶어 연구하고 연습하고 또 연구하고 연습하고, 밥 먹는 시간도 아깝고 잠자는 시간도 아까워 날밤을 새우다가 어머니한테 걸려서 재봉틀을 몰수당할 뻔하기도 했습니다."

선녀는 숨을 고르기 위해 물을 마셨다.

"그렇게 밤낮 없이 재봉틀에 빠져 있던 여름 어느 날, 전투경찰에게 쫓기던 나무꾼이 제 방으로 숨어들었습니다."

그때였다. 선녀가 먼 곳으로 시선을 보냈을 때 누군가 사람들 사이로 몸을 숨겼다. 얼굴은 보지 못했지만 머리카락이 온통 하얗다는 것은 알 수 있었다. 선녀는 모른 체하고 다시 사람들에게 시선을 맞추며 이야기를 계속했다.

"제 나이 열여덟 살이고 남편은 군대를 다녀온 대학교 3학년이었는데 저보다 더 가난한 복학생이었습니다. 공순이에게 대학생 애인은 로망이었죠. 저를 오늘 이 자리에 있게 한 사람이기도 합니다. 대학생 애인을 만족시키기 위해 더 많은 노력을 해야 했지요. 노력은 대가를 지불했습니다. 일감은 계속 늘어났고 일감이 늘어난 만큼 제 손은 더 빨라져야 했습니다. 아들 민신영이 태어났습니다. 아들과 함께 이 송선녀 평생의 꿈 신영도 태어났지요. 저는 아플 수도 아파서도 안 되는 무쇠의 몸이 되어야 했습니다."

1시간 10분 정도를 예상했던 강의는 90분을 향해 가고 있었다.

"아들의 이름으로 탄생한 주식회사 신영은 지금까지는 물론 앞으로도 변함없는 제 삶이며 목표입니다. 보잘것없는 제 이야기를 들어주셔서 감사합니다."

민병관은 비가 쏟아지는 강변북로를 달리고 있었다. 아직 이른 새벽이라 도로는 한산했지만 자동차들은 속력을 내지 않았다. 오로지 1차로의 민병관의 자동차만 마치 날아가듯 달리고 있었다. 그의 내비게이션이 감시카메라가 있음을 다급하게 알렸다.

"시끄러!"

화가 머리끝까지 난 민병관은 내비게이션을 확 잡아 뜯어 바닥으로 내던지며 고함을 질렀다. 그는 선녀의 강의와 방송출연을 김숙경과 여행을 다녀오느라 몰랐다. 지인의 연락을 받고 부랴부랴 귀국한 그는 오늘 새벽에야 송선녀의 방송을 보았다.

"송선녀! 나를 엿 먹이겠다고? 네 주제에 감히 나한테 도전장을 내밀어?"

민병관의 자동차는 너무 빨라 비틀거렸다. 앞서 달리는 차도 뒤따르는 차도 없어 민병관의 차는 독주를 했다. 멀리 1차로와 3차로의 차선에 앞서거니 뒤서거니 달리는 트럭이 보였다. 트럭들을 순식간에 따라붙은 민병관은 2차로로 차선을 바꾸려 했다. 하지만 3차로의 트럭이 먼저 2차로의 차선을 반쯤 걸치며 달렸다. 민병관이 다시 사선으로 3차로로 바꾸려 할 때 트럭이 다시 3차로로 방향을 틀었다. 트럭은 졸음운전을 하는 것 같았다. 2차로와 3차로 두 개의 차선을 넘나들며 진로를 방해했다.

"씨팔 새끼야, 죽고 싶어 환장했냐?"

민병관은 신경질적으로 경적을 울려댔다. 그때 트럭의 운전석 창으로 손이 쑥 나왔다. 그리고는 알았다는 듯이 속력을 내기 시작했다. 그래도 분이 풀리지 않은 민병관이 계속 경적을 울려대며 다시 트럭을 바짝 따라붙는 그 찰나 트럭 뒷문이 열리며 사람이 떨어졌다. 깜짝 놀란 민병관은 반사적으로 브레이크를 밟으며 핸들을 오른쪽으로 틀었다. 그러나 빗물이 가득한 도로는 수막현상을 일으켜 브레이크의 작동을 곧바로 받아들이지 않았다. 자동차는 그 속력 그대로 가드레일을 들이받고 하늘을 날아 시커먼 한강으로 떨어졌다. 민병관의 차가 하늘을 날 때 트럭에서 떨어졌던 162센티미터의 키에 예쁜 얼굴을 가진 진짜 사람 같은 고무 인형도 줄과 함께 공중 부양해 트럭 속으로 빨려들어 갔다.

강물은 잠시 옥신각신하다가 민병관과 그의 자동차를 아무도 모르게 조용히 숨겼다.

6. 선택

똑똑똑.

"대표이사님, 등기우편물입니다."

"고마워요."

선녀는 바람 때문에 우수수 떨어지는 은행잎을 바라보며 간결하게 말했다.

"제가 열어드릴까요?"

"됐어요!"

김숙경의 말이 끝나기도 전에 날아간 선녀의 답은 짧지만 가시가 들었다. 몰라보게 핼쑥해진 김숙경은 빠르게 걸어 우편물을 책상 위에 놓고 나갔다. 김숙경이 나가자 선녀가 돌아 섰다.

3개월의 혹독한 몸만들기는 선녀를 다른 사람으로 만들었다. 갈색의 바지 정장과 5센티의 밤색 구두는 다이어트와 운동으로 다듬어진 몸매를 돋보이게 했다. 전문가의 손길이 느껴지는 짧은 머리는 선녀를 세련된 도시 여성으로 만들었다. 아주 조금 손을 댄 얼굴 역시 자신감이 넘쳤다. 비록 늦었지만 아내의 십계명 중 첫 번째 계명을 충실히 지키기 위해 선녀 특유의 인내와 끈기로 참아내서 얻은 보상이다.

선녀는 의자에 깊숙이 앉아 방금 김숙경이 가져온 서류 봉투를 열고 내용물을 꺼냈다. 내용물은 꼼꼼하게 붙인 작은 서류 봉투였다. 작은 서류 봉투를 다시 열자 간결하고 수수한 명함이 딱 한 장 들어 있었다.

조강지처클럽 40대 간사 송선녀.

선녀는 명함을 들어 뒤집었다. 그곳에 손으로 직접 쓴 글씨가
있었다.

내일 3시 티타임.

「조강지처 클럽」 END.

범죄와 피해의 상관관계에 대한 연구

김범석

1989년생. 서울에서 태어나서 평범하게 살던 중, 갑자기 추리 소설가가 되고 싶다고 생각해서 시행착오 끝에 계간 미스터리 2012년 여름호 〈찰리 채플린 죽이기〉로 계간미스터리 신인상을 수상했다. 그 밖에 발표한 단편으로는 〈죽마고우〉, 〈재간둥이〉, 〈챔피언〉이 있다.

벤자민 멘델손의 6가지 피해자 유형

1. 완전히 무고한 피해자

2. 약간의 잘못을 한 피해자

3. 범죄자만큼 잘못을 한 피해자

4. 범죄자보다 더 잘못을 한 피해자

5. 가장 악의적인 피해자

6. 상상의 피해자

〈A-1〉

최근 들어 악몽이 더 심해지고 있다. 같은 내용의 악몽을 일주일에 3회 정도 꾸는데, 점점 더 잔혹하고 집요하게 변하고 있다. 어제 꾼 꿈에서는 마침내 칼에 찔려 죽음을 맞이했다. 이제 끝인가 싶었는데 아니었다. 나를 칼로 찌른 그녀는 내 귀에 속삭였다.

"꿈이니까 금방 깰 것 같지? 아직 멀었어."

그녀는 내 위에 올라타서는 내 가슴에 꽂힌 칼 손잡이를 빙빙 돌려댔다. 내가 고통에 숨 막혀 하며 입을 벌리자 그녀는 내 입이며 얼굴 전체에 대고 시뻘건 내장을 토해냈다. 나는 고개를 휘저으며 한참을 발버둥 치다가 깨어났다. 이불이 눅눅해질 정도로 땀을 흘렸다.

일어나자마자 샤워를 했지만 찜찜한 기분은 떨어져 나가지 않았다. 나는 아침을 먹으면서 악몽에 대해 생각했다. 그것은 분명히 내가 탐정이 되기 이전에 저질렀던 잘못에 대한 죄의식이 불러일으킨 악몽이다. 탐정이 되기 전의 나는 사실 꽤 질이 나쁜 인간이었다. 그런데도 경찰에게 검거당한 적만은 없는데, 그것은 순전히 당시의 내가 처한 사회적 특수성이란 놈 덕분이다.

그런데 하필 이제야 죄의식을 느끼다니. 왜일까? 게다가 다른 사람도 아니고 왜 하필 그녀에게 미안함을 느끼는 걸까? 내가 더 심하게 고통을 준 다른 사람도 많은데. 아니, 이유는 아무래도 좋다. 이대로 며칠을 더 끌다간 악몽이 더 심해질 것만 같았다. 나는 오늘이라도 그녀를 찾아가서 용서를 구하고 싶었다. 내가 군대 갈 때 의도적으로 연락을 끊어서 소식은 알 수 없지만 찾으려고 하면 찾을 수 있을 것이다. 그래, 오늘 스케줄만 바쁘지 않다면 지금이라도 그녀가 사는 곳을 조사해서 오늘 오후에라도 찾아가…….

따르르르르릉!

식탁 옆의 벽에 붙은 벽걸이형 전화가 울렸다. 나는 일어나서 전화를 받았다.

"여보세요."

"거기가… 그… 탐정 사무소인가요?"

중년 여자의 목소리다. 이런 곳에 처음 전화해 보나 보다. 목소리가 떨리고 있다.

"그렇습니다. 의뢰를 하고 싶으신가요?"

"네, 그게… 거기가 어디죠? 저희가 찾아가야 하나요?"

내 집이자 사무실인 이곳은 좀 지저분해서 가급적 밖에서 만나고 싶다.

"면담을 원하시면 사무실로 오셔도 좋고, 신원 노출이 꺼려지신다면 전화만으로도 의뢰가 가능하시고요. 아니면 의뢰인 분이 알고 계신 카페 같은 곳이라도 좋습니다."

"음, 그럼 루미 아파트 앞 상가의 카페에서 뵐 수 있을까요? 저희는 루미 아파트 주민회인데요, 실은 저희 아파트에 얼마 전부터 문제가 생겨서."

"어떤 문제죠?"

"자세한 것은 만나서 이야기하고 싶어요."

보다 상세하게 약속 장소와 시간을 정하고 전화를 끊었다. 아무래도 꿈속에 나온 그녀, 전에 사귀던 애인의 흔적을 찾고 사과하는 것은 다음으로 미뤄야겠다.

⟨B-1⟩

축축한 비 냄새가 난다. 나는 차가운 빗줄기를 느끼며 몸을 떨었다. 몸 상태가 위험하다는 희미한 자각만이 머리를 맴돈다. 조금 아래로 기울어진 단단하고 거친 땅에서 몸을 일으킨다. 그때 남색의 승용차가 맹렬한 속도로 나를 향해 날아왔다.

나는 다리를 들썩거린 다음 잠에서 깨어났다. 꿈이었다. 잘은 모르지만 내가 당한 사고의 기억이다. 억지로 기억해 내려고 해도 떠오르지 않는 기억이건만 가끔 이렇게 꿈속에서 영화처럼 보이곤 했다. 밤중에 우리 아파트 단지에 찾아오는 어느 미친놈이 고래고래 소리 지르고 가는 밤이면 특히 그렇다. 창문을 닫고 방음을 위해 커튼까지 치고 자도 잠결에 그 목소리가 들리면 잠에서 깬다. 다시 억지로 잠을 청하면 곧잘 이런 꿈을 꾸게 된다.

침대에서 몸을 일으키고 눈을 뜨자 바늘로 찌르는 것 같은 두통이 머리를 훑고 지나갔다. 전두엽 부분에서 뿜어져 나오는 것만 같은 두통은 일상이 되었건만 늘 견디기 어렵다.

나는 이마를 문지르며 기억을 더듬어본다. 혹시 자면서 기억이 또 사라진 건 아닐까 걱정이었기 때문이다. 어제와 그제 모두 다 기억이 난다. 이런 걸 보면 의사 말이 맞다. 기억 상실은 사고의 충격으로 한 번 찾아왔을 뿐 그걸로 끝인가 보다.

나는 4년 전 큰 사고를 당했고, 기억상실증에 걸렸다. 어쩌다 사고를 당했는지, 어쩌다가 기억이 사라졌는지 그 이전과 이후에 관한 기억이 전혀 없다. 부모님 말씀에 의하면 주차장에서 올라오던 차에 치였다고 한다. 더 자세한 것은 가르쳐 주시지 않았는데, 부모님도 내가 어쩌다 차에 치이게 된 것인지는 모른다고 하셨다. 아는 거라곤 4년 전 비오는 날, 차에 치었다는 것뿐이다.

띠디디디! 알람 소리가 울려 퍼졌다. 이 소리는 안방에서 울리는 소리다. 소리가 크기도 하다. 월요일부터 금요일까지만 울리고 주말에는 알아서 쉬는 전자 알람시계다. 평소에는 부모님이 알람이 울리기 전에 일어나 껐기 때문에 이 알람 소리를 듣기가 쉽지 않았는데 오랜만에 들으니 참 기분이 묘했다. 나는 소리가 알아서 멈추도록 내버려 뒀다.

⟨C-1⟩

 햇빛을 못 본 지 한참 되었지만 아무래도 좋았다. 이제는 이 몽롱하고 텁텁한 느낌이 편안하게 느껴진다. 배변 욕구조차도 그저 묵직한 느낌만 날 뿐, 견디면 그만인 것이다. 정 급하면 페트병을 이용하면 되고.

 그보다 이제 다들 눈치챘을까. 이 아파트의 주민들이 내가 어떤 마음으로 비명을 지르는지 이해하고 있을까? 나의 심정을, 나의 마음을. 내 진짜 심정을.

⟨A-2⟩

 루미 아파트 앞 루미 상가 2층에 위치한 카페. 내가 테이블 한쪽에 앉아서 기다리고 있자 얼마 안 있어 루미 아파트 주민회 소속의 아주머니 여럿이 우르르 몰려오더니 맞은편에 앉았다. 인사를 나누고 음료를 시킨 뒤 주민회 회장이 간략하게 사정을 설명했다.

 "소리를 지른다고요?"

 "그렇다니까요. 도대체 뭐라고 외치는지는 잘 모르겠어요. 어떻게 들으면 나를 용서해 주시오 그러는 것 같고, 어떻게 들으면 또 그냥 울분에 차서 꽤액 소리를 지르는 것 같기도 하고."

"구체적으로 뭐라고 하는지는 듣지 못하셨군요."

"네. 아무래도 저희 아파트가 다닥다닥 붙어 있어서 그런지 소리가 벽에 부딪치면서 웅웅 울려가지고……. 한밤중에 잠이 까막까막 들고 있는데 갑자기 그 우렁찬 목소리가 울려 퍼지면 뱃속이 선뜩할 정도라니까요."

"으음, 많은 분들이 밤잠을 설치시나 보군요."

내 말에 맞아요, 무서워요, 신경이 다 곤두선다니까요 등등의 동의하는 목소리가 나왔다.

"좋습니다. 이 정도면 확실히 경찰에 수사를 의뢰하긴 좀 그렇고 가만히 참고만 있을 수도 없는 종류의 사건이군요. 그야말로 탐정이 나서서 조사할 만한 일인 것 같네요. 아, 그런데 루미 아파트에는 경비원이 없습니까?"

"있죠. 하지만 죄다 할아버지들이라 그런지 무능해서 원. 학원 갔다가 오던 우리 큰아들이 봤는데 꾸벅꾸벅 졸고 있다고 하더라고요."

"그렇군요."

나는 사건 의뢰를 정식으로 받아들이기 위해 종이를 꺼내고 기본 계약금과 성공 보수, 추가로 발생할 수 있는 조사 경비 등에 대해 설명했다. 주민회가 조금씩 모아서 비용을 충당하기로 이미 결정이 났는지 비싸다 싸다 말이 없었다. 계약서에 서명까지 다 끝나자 주민회 사람 몇이 책을 꺼내서는 내 앞에 내밀었다. 나는 실소했다. 내가 쓴 책, '범죄가 면책되는 사람들의 궁상'이다.

"실은 이 책을 보고 의뢰하기로 결정이 난 거거든요. 사인 좀 해주시겠어요?"

내가 쓴 이 책은 탐정이 되기 이전의 내가 수년간 실제로 겪은 경험을 약간 각색하여 쓴 단편집이다. 한창 막 나가던 시절 직접 겪거나 눈앞에서 목격한 범죄들, 그리고 그것을 피하려 하거나 저항하다가 된통 당했던 경험, 마지막엔 어떻게 그들을 마침내 엿 먹였는지에 관한 이야기, 성희롱, 재물 손괴, 절도, 폭행, 사기 등 하여간 살인과 방화 빼고 온갖 생생한 범죄 이야기가 가득하다. 너무나 리얼하게 범죄를 묘사한 것이 장점이자 단점이 되었는지 교사와 학부모들이 항의하러 온 적이 있어서 유명해졌다.

나는 책을 가져온 사람들에게 사인을 다 해줬다. 그중에 스스로를 부회장이라 소개한 아주머니는 악수까지 청했다. 뾰족한 인조손톱을 달고 있었는데, 손등을 파고들어서 아팠다.

"사인 고마워요. 아, 혹시 층간 소음 문제나 이웃 세대 악취 문제 같은 것도 맡으시나요? 저희 집 맞은편 사는 집이 요즘 악취를 풍기는데 어찌나 심한지 코가 다 아프다니까요."

사실 내 입장에선 이 아주머니가 뿌리고 온 향수가 무척 독해서 코가 약간 아팠다. 나는 친절하게 웃으며 소리 지르는 남자 사건이 다 끝난 다음에 말씀해 주시면 상담에 응해 드리겠다고 했다.

〈C-2〉

조용하다. 아침과 저녁은 시끄럽지만 어중간한 오후 시간대는 늘 조용하다. 초등학생쯤 된 것 같은 아이들 뛰어노는 소리가 들린다. 학교에 안 가는 날인가?

"야, 공 돌려줘!"

몇몇 아이가 한 아이의 공을 가지고 장난을 치는 모양이다. 공을 빼앗긴 쪽은 울상을 지으며 공을 쫓아 뛰어다니는 것 같다. 어디나 저렇게 짓궂은 장난을 치는 아이들은 있다. 그때였다.

"아!"

쿵! 하고 가벼운 충격이 느껴졌다. 공이 내가 있는 곳을 때린 모양이다. 이 녀석들이 공을 어디다 차는 거야? 나는 신경질이 났다. 당장 나가서 혼쭐을 내줄까?

"아아, 지하 주차장까지 굴러갔잖아."

"누가 찬 거야? 찬 사람이 내려가서 가져와."

아이들은 옥신각신하다가 결국 모두 함께 내려가기로 결정한 듯했다. 나는 방금 전까지 느끼던 신경질이 싹 가라앉는 게 느껴졌다. 조심해라. 차를 조심해. 특히 지하 주차장 입구에선 조심해야 해. 나는 아이들의 안위를 걱정했다.

"너희 뭐하는 거니?"

어디서 앙칼진 목소리가 들렸다. 중년 여성의 목소리다. 누군가가 있었구나.

"지하 주차장에는 무슨 장난을 치려고 내려가는 거니?"

아이들이 공이 떨어져서 주우러 가는 것이라고 말했다. 그러자 아주머니는 뭐라고 안전에 대한 당부를 하며 내려가는 것을 말렸다. 아이들은 착하게 네 하고 대답했다. 구두 소리를 내며 아줌마가 사라지자 아이들은 아줌마를 욕하고 비웃으며 지하 주차장으로 내려갔다. 뭐, 괜찮겠지. 이 시간에는 오고 가는 차가 없으니까. 정말 위험한 때는 비가 내리는 밤이다.

⟨B-2⟩

아침을 먹고 설거지를 하고 집 안 청소를 했다. 나는 무의식중에 아침 일과를 다 끝내놓은 상태다. 그런데 오늘 따라 몸 상태가 이상하다. 배가 아프다. 뭘 잘못 먹었을 때와는 다른 종류의 복통이다. 마치 갈고리로 아랫배를 긁는 것 같았다. 스트레스가 솟구치는지 이마 안쪽이 간질간질하면서 머리까지 덩달아 아파왔다. 눈썹만 조금 찡그려도 머리가 터질 것 같다. 생각을 하지 말자. 이런 날에는 최대한 조용하게 음악도 듣지 않고 가만히 누워서 생각없이 쉬는 것이 낫다.

그때였다. 누군가가 문을 두들겼다.

쾅쾅쾅! 나는 소스라치게 놀라서 문을 바라봤다. 쾅쾅쾅! 누군가가 다시 문을 두들긴다. 문이 떨리는 게 느껴질 정도다. 귀를 때리는 소리며 문이 떨리는 모양 하며 이건 호의적이지 않다. 적의에 찬 두들김이다. 나는 문 두들기는 소리가 또 울리면 어쩌나 걱정하면서 우왕좌왕하다가 식탁에 놓인 작은 과도를 발견했다. 다치지 않게 주머니에 숨긴 채 문으로 다가갔다. 혹시 모르니 도어체인을 걸고 문을 열었다.

"누, 누구세요?"

문을 비스듬히 열자 문틈으로 하얗게 분칠한 중년 여자가 인상을 찌푸린 채 서 있다. 옷차림이나 화장, 향수의 짙은 향기로 보아 어떤 모임에 나갔다 돌아오는 것처럼 보였다. 나는 한 번 더 누구시냐고 물었다.

"주민회 부회장인데요. 옆집 사는 사람입니다."

그녀는 이런 말 하기 싫은데 억지로 하는 거라는 티를 팍팍 내면서 말하기 시작했다. 그녀가 말하길, 냄새가 너무 심한 거 아니냐, 방금 외출했다가 다시 돌아오는데 엘리베이터에서 내리자마자 악취 때문에 머리가 다 아프다 등등 질문인지 비난인지 모를 말들을 퍼부었다. 나는 늘 그렇듯이 긴 머리카락으로 얼굴을 가리며 우물우물 대답했다.

"아니, 젊은 사람이 왜 이렇게 말 하나 똑바로 못해요? 우물거리지 말고 똑바로 말해봐요. 거기 부모님 안 계세요?"

그녀가 말하며 내 얼굴을 들여다보려고 한다. 나는 머리카락을 쓸어 내렸다. 그녀가 또 뭐라고 입을 열려는 순간 내가 선수 쳤다.

"자, 잠시만, 체인 좀 풀게요."

나는 문을 닫았다가 도어체인을 풀고 문을 확 열었다. 갑자기 열어젖힌 문에 중년 여자가 쾅 부딪쳐서 비틀거렸다. 나는 그녀가 비명을 지르기도 전에 그녀의 머리채를 붙잡고 확 안으로 끌어들였다. 그녀는 무의식중에 저항하려 했지만 소용없었다. 내가 더 빨랐다. 말할 틈을 줘서는 안 된다. 여자를 끌어들이고 문이 닫힌 것을 확인하자마자 무릎차기로 그녀의 면상을 여러 방 찍었다. 내가 입고 있는 회색 운동복 바지가 검게 물들고 무릎이 축축해지는 게 느껴졌다. 나는 그녀를 거실 쪽으로 끌어다가 내동댕이쳤다. 휴우, 힘들다. 179cm라는 제법 높은 신장을 지닌 나지만 상대방 면상에 무릎차기를 하면 골반이랑 옆구리가 쿡쿡 쑤신다. 맞는 쪽은 어떻게든 머리를 뒤로 빼려고 하고 나는 양손으로 그 머리를 단단히 붙잡은 다음 무릎을 올려서 찍어야 하니 키가 어지간히 커도 힘든 것은 당연지사다.

여자는 기절한 척을 하는 건지 기절한 건지 거실 바닥에 덩그러니 누워 있었다. 나는 잘됐다는 생각을 하면서 주머니에 든 칼을 꺼냈다. 큰 식칼은 아니지만 이걸로도 목은 충분히 딸 수 있을 것 같다. 가까이 다가가 목에 칼을 대는 순간 갑자기 그녀가 눈을 뜨면서 손톱을 세우고 벌떡 일어났다. 나는 얼른 얼굴을 들어서 얼굴이 할퀴어지는 것을 피했다. 어느새 그녀는 일어남과 동시에 야생 고양이처럼 손톱을 세우고 경계 자세를 취했다. 전율이 일었다. 가만히 있으면 죽을 걸 알기에 싸우려는 것일까. 코피를 뚝뚝 흘리면서도 나를 노려보는데, 나로서는 가소롭다. 아무래도 경험치가 다르다. 체격 차이, 무기의 유무, 심리 상태 등으로 따져 봐도 차이가 크다.

나는 몇 번 허공을 찌르는 시늉을 하면서 상대를 움찔거리게 했다. 물러서던 아줌마가 입을 열었다. 도대체 왜 이러는 거냐고 우물거리며 물었다. 입을 열었다는 건 말로써 어떻게든 생의 희망을 찾겠다는 건데, 오답이다. 마음이 풀렸어, 아줌마. 싸우려거든 싸움에만 집중해야지.

나는 일부러 머리카락을 쓸어 올려서 맨 얼굴을 보여줬다. 저 아줌마는 이게 무슨 의미인지 알려나? 교통사고와 수술 후유증으로 완전히 망가진 내 얼굴을 보자 아줌마의 얼굴이 하얗게 변했다.

시간이 좀 걸렸지만 결국 여러 번 찔러서 죽이는 데 성공했다. 우리 집에 있는 과도는 끝이 뾰족해서 다행이었다. 끝이 뭉툭한 과도였으면 나도 저 손톱에 치명상을 입었을지도 모른다. 가볍게 얼굴을 긁히긴 했으나 머리카락으로 가릴 수 있었다. 인조 손톱인지 아닌지 붉은 손톱이 무척 크고 예리하다.

나는 과도에 감사를 보내며 그 피를 아줌마의 바지에 닦다가 문득 거실 전체가 피바다가 된 것을 보았다. 이게 뭔 꼴이냐. 이건 어떻게 청소가 되려나? 나는 일단 시체부터 처리하기로 했다.

안방 문 앞에 서서 방문에 붙여둔 청 테이프를 뜨득뜨득 소리 나게 뜯어냈다. 기분 탓인지 그 틈새로 냄새가 더 심하게 나는 것 같았다. 나는 심호흡을 하고 안방 문을 열었다.

"으엑!"

생각보다 더 끔찍하다. 냄새만으로도 구역질이 났다. 사람이 죽으면 뱃속에 있는 배설물을 흘리는 것으로 알고 있었는데, 그게 이 정도인 줄은 몰랐다. 화장실용 방향제나 향수라도 좀 뿌려둘 걸 그랬나? 아니다. 시체가 서서히 썩어갈 때의 시취를 막기 위해서는 방향제나 향수 정도로는 어려울 것이다. 속이 메슥거리면서 머리가 아파왔다. 내 부모의 시체라서 그런지 왠지 더 견디기가 힘들군.

⟨A-3⟩

나는 정보를 얻기 위해 경비실로 향했다. 경비실은 아파트 단지 한가운데에 딱 하나가 있었다. 아파트 단지 크기에 비해 너무 작았다. 이곳 루미 아파트는 1동부터 12동까지 있는 모양인데, 최소한 두 개는 되어야 하는 거 아닌가?

나는 다짜고짜 경비실 안으로 들어갔다. 경비는 세 사람이 앉아 있었다. 모두에게 명함을 돌리고 사정을 설명했다.

"반상회, 아니, 아파트 주민회가 고용한 탐정이시라고요? 그럴 예정이라는 이야기를 듣기는 했습니다. '범죄가 면책되는 사람들의 궁상' 이란 책의 작가님이라던데."

백발의 경비가 말했다. 루미 아파트 주민회가 반상회였던 시절부터 경비를 맡아온 사람처럼 보인다. 그는 이 상황이 마뜩치는 않지만 한편으로는 후련해하는 것 같아 보였다.

"그렇습니다. 사실 작가 활동은 탐정하기 전에 잠깐 했던 일이고 본업은 탐정입니다. 에, 맨땅에 헤딩하는 식으로 조사를 시작하는 것보다는 이곳 경비원 분들의 이야기를 듣고 싶군요."

백발의 경비는 한숨을 길게 내쉬고는 이야기를 시작했다. 최초의 사건 발생은 2주 전, 자정 지난 새벽 2시쯤이었다. 잠에 취해 있던 경비들은 그것이 짐승의 울음소리인 줄 알고 깨어났다고 한다. 하지만 그것은 분명히 사람의 목소리였다. 경비들은 손전등을 들고 소리의 진원지를 찾아서 캄캄한 아파트 단지를 훑고 다녔다. 목소리는 아파트 외벽에 부딪쳐 웅웅 울렸다. 그날 밤은 범인을 잡을 수 없었다. 소리 지르는 남자는 이틀, 사흘에 한 번 꼴로 소리를 질러댔다.

경비가 무능하다는 소리를 듣게 된 것은 여태 그 범인을 못 잡았기 때문만이 아니라, 구체적으로 어디서 소리를 지르는지 알아내지도 못했기 때문이다. 그렇게 몇 번이고 반복되었는데도 범인의 위치를 좁혀내지 못한 것이다. 아무래도 1동, 2동 근처인 것 같아서 그쪽에 두 명이 플라스틱 의자를 가지고 가서 대기하고 앉아 있으면 이번에는 5, 6동 쪽에서 소리가 울려 퍼진다. 혹시 몰라서 한 명을 남겨두고 수색을 해도 범인을 잡을 수가 없었다.

그렇게 밤중에 우왕좌왕하다 보니 어느새 2주라는 시간이 흘렀고, 밤중에 잠을 못 자서 인내심이 고갈된 아파트 주민회는 책까지 낸 탐정이라면서 추천하는 부회장의 제안에 따라 나를 고용하게 된 것이다.

"그 범인이 정확히 뭐라고 소리 지르는지 아십니까? 주민 분들은 정확히 알아듣지 못한 것 같더군요."

"알아들을 수가 없지요. 그냥 의미 없는 고함을 치는 것 같습니다."

그러자 옆에 있던 경비가 아니, 아니야 하고 말을 잘랐다.

"내가 듣기로는 씨바아아알! 하고 소리쳤어."

이번에는 또 다른 경비가 손을 내저었다.

"욕설은 아니었어. 내가 듣기로는 죽여 버리고 싶다, 아니면 죽어버리고 싶다였어."

도무지 알 수가 없군. 일단 소리 지르는 이유에 대해서는 보류해 두자. 누가 소리를 지르는가, 어떻게 경비에게 들키지 않고 요리조리 빠져나갔는가에 대해 조사해 보자.

"무례한 질문입니다만, 수색은 샅샅이 하셨겠죠?"

"당연하지요. 야간 근무 서는 네 사람은 지상에 설치된 저수조, 보일러실, 화단의 수풀, 나무 꼭대기, 자동차와 자동차 사이는 물론이고 손전등으로 자동차 창문 안쪽도 다 비춰 보고 혹시 몰라 자동차 밑에 숨었나 하고 자동차 밑에까지 다 살펴봤습니다. 아시다시피 아파트 단지에는 숨을 곳이 마땅치가 않아요. 그래서 이 범인 놈이 1동 쪽에서 소리를 지르고 우리가 나타나면 냉큼 지하 주차장으로 숨는 게 아닌가 싶었죠. 1동은 단지의 끝에 위치해 있고 지하 주차장 입구와도 아주 가까우니까요. 하지만 그것도 아니었습니다. 우리는 새벽 1시가 되면 바퀴 달린 철책을 밀어서 주차장 입구를 막습니다. 그전에 미리 잠복시켜 둔 친구가 있었는데, 그 친구 말이 새벽에 철책을 제거할 때까진 철책은 흔들리지도 않았다고 합니다. 낡은 철책이라 툭 건들기만 해도 쇠 긁는 소리가 나는 철책이라 틀림없습니다. 또한 지하 주차장에는 각 아파트 내부로 통하는 문이 있습니다만 이건 카드 키로 인증하지 않으면 오고 갈 수가 없지요. 따라서 지하 주차장만큼은 범행 장소가 아님을 좁힐 수 있었습니다."

"외부인인 경우는?"

"그럴 리 없습니다. 루미 아파트 단지는 차량 진입로가 하나뿐이거든요. 집값이 싼 이유가 진입로가 하나라 출퇴근 병목 현상이 일어난다는 겁니다."

"음, 그렇다면… 아파트 주민 중에 소리 지르는 사람이 있을까요?"

"그것도 아닙니다. 각 동 입구마다 게이트 키퍼가 설치되어 있는데, 열리고 닫히는 기록이 모두 저장됩니다. 자정 전후로 해서 아파트 내부로 들어가는 사람은 있을지언정 어중간한 심야 시간대에 나오는 사람은 없었습니다. 여기 기록을 확인해 보시죠."

경비가 컴퓨터로 뽑은 출입 기록을 보여줬다. 몇 동 몇 호에 해당하는 카드 키가 인식되었는지가 기록된 간단한 표였다. 경비들이 표를 조작했을 가능성은 없다고 봐도 되겠지. 자기네들 일자리가 걸린 일인 데다가 소동을 부려봐야 이득이 없다. 잠깐, 이득? 이득이라……. 그걸 생각 못했군. 첫째, 범인이 소리를 질러서 이득을 얻는가? 둘째, 범인이 소리를 질러서 누군가가 손해를 보는가? 첫째, 이득이 없다면 둘째에 해당하는 가능성을 보자. 만약 그렇다면 과거에 이 아파트에서 무슨 사건이나 사고가 있었던 것 아닐까.

"최근 수년 동안… 이 아파트 단지에서 무슨 사건이나 사고 없었습니까? 특히 원한이 남을 만한 것 말입니다."

〈B-3〉

일주일 전, 나는 내 부모님의 목을 벌초할 때 나무를 제거하던 도끼로 찍어 죽였다. 왜 죽였는가? 첫째 짜증이 나서, 둘째 부모님이 이럴 바엔 다 죽자, 죽어 하고 외쳤기 때문에. 이 두 가지 이유 때문이다. 한밤중에 지상 주차장에서 어떤 놈이 소리를 지른 지 2주 가까이 된다. 나는 물론이고 부모님도 신경이 곤두섰다. 특히 어머니가 그랬다. 어머니는 모든 책임을 아버지에게 돌려가며 히스테리를 부렸다. 묵묵히 비난을 견디던 아버지도 결국 소리를 빽 질렀다.

"이럴 바엔 그냥 다 죽자, 죽어!"

그래서 나는 못 참고 방문을 박차고 베란다로 나갔다. 햇살이 찬란해서 허공에 떠다니는 먼지가 생생하게 보였다. 창밖의 지하 주차장 입구가 내려다보인다. 꼭 입을 벌린 것 같다. 조롱당한 기분이 든 나는 커튼을 쳤다. 베란다 구석에 모셔둔 벌초용 장비를 뒤져서 도끼를 꺼냈다. 도끼 날 부분이 비닐에 감겨 있어서 떼어내는데 찍찍 소리가 났다.

나는 울면서 싸우고 있는 부모님을 찍어 죽였다.

자식이 부모보다 먼저 죽는 것은 최악의 불효라고 들은 적이 있다. 그 말을 진리라고 치면 나는 최악보다는 조금 나은 불효를 한 셈이다. 다 같이 죽자고 한 부모님을 먼저 보내드린 거니까. 나는 그보다는 조금 늦게 죽을 것이다. 부모님에게나, 나에게나 그 사실이 위안이 되는지 안 되는지는 잘 모르겠다.

부모님의 머리통은 사이좋게 찌그러져 있고, 목은 아직도 덜렁덜렁 붙어 있다. 도끼질은 공평하게 분배했다. 부모님 머리통에 각각 한 방씩 쳐서 반쯤 죽인 다음 옆으로 쓰러진 어머니에게 세 번, 뒤로 넘어진 아버지에게 세 번씩 했다. 사실 도끼질을 더 해서 목을 완전히 절단해 드리고 싶었지만 그럴 수는 없었다. 왜냐하면 꿍꿍 울리는 도끼질 소리를 이 이상 냈다가는 아랫집이 화를 내고 찾아올 것 같아서였다. 이런 사려 깊음에도 불구하고 결국엔 코가 예민한 옆집 아줌마 년이 찾아오긴 했지만. 아차차, 감상에 빠져 있을 시간은 없다. 어서 거실의 시체를 끌고 와야지.

나는 방금 항의하러 왔다가 죽은 아줌마 시체를 질질 끌고 안방에 집어넣었다. 그리고 아버지 옆에 눕혔다. 잠시 아줌마의 얼굴을 바라본다. 내 무릎차기에 당한 얼굴이 볼 만하다. 훗, 내 얼굴 정도는 아니지만.

나는 아줌마의 가방과 바지 주머니를 뒤졌다. 지갑, 동전 몇 개와 집 열쇠, 핸드폰, 그리고 무슨 책이 한 권 나왔다. 제목은 범죄가 면책되는 사람들의 궁상. 특이한 제목이다. 흥미가 갔다. 나는 피 묻은 손으로 책을 넘겼다. 앗! 사인본이네? 와, 신기하다. 사인본은 처음 본다. 누구 책이지? 이 이름은 어디서 많이 본 것 같은데. 아아, 머리 아파. 누구였더라? 생각이 날 것 같은데…….

〈C-3〉

소변을 보다가 조금 흘렸다. 역시 이런 자세로 페트병에 대고 소변을 본다는 것은 쉬운 일이 아니다. 또한 이렇게 페트병에 오줌을 모아 인적이 드문 때가 되면 결국 나가서 하수구에 다시 버려야 하고……. 그나저나 지금이 몇 시인가? 슬슬 점심 먹을 때인가. 나는 소리가 나지 않게 미리 사둔 샌드위치를 뜯었다. 가만히 우물우물 먹기가 좀 그래서 나는 노트북을 켰다. 소리를 최소로 맞춘 다음 저장해 둔 영화를 실행시켰다. 이 정도로 작은 소리라면 밖에서는 결코 듣지 못하겠지. 나는 이 캄캄한 곳에서 공포 영화를 보면서 샌드위치를 먹었다.

〈A-4〉

"최근에 있었던 사건이라면 역시 그거죠. 몇 년 전에 있었던 교통사고."

"교통사고요?"

경비들은 말했다. 3년인가 4년 전쯤에 지하 주차장 출입구에서 한 젊은 여자가 무척 빠른 속도로 올라오던 승용차에 부딪쳐서 치명상을 입은 사건이다. 여자는 죽지는 않았지만 두개골이 깨졌다던가, 하여간 치명상을 입어서 병원에 오래 있다가 퇴원했다고 한다. 운전자 측은 피해자의 가족들과 일단 합의를 봤지만 문제는 그것이 끝이 아니었다. 하필이면 피해자와 가해자가 같은 아파트 주민이라 아파트 주민들이 우르르 집 앞으로 몰려가 손가락질을 했던 일이 있다고 한다. 그 운전자와 그의 형은 손가락질이 무서워 도망치듯 이사를 갔다고 한다. 나는 일단 그 운전자를 용의자에 올려뒀다. 과거의 죄에 대한 죄책감에 정신 이상자가 되어 밤마다 사죄의 외침을 지르는 게 아닐까 하는 의문을 일단 머리에 새겨뒀다.

"자동차가 내려갈 때 사람을 친 건가요?"

"아뇨. 올라올 때라고 합니다."

"올라올 때요? 허어, 그나저나 그 여자는 왜 주차장 입구에서 알짱댄 거랍니까?"

"그건 저도 모릅니다. 그게 신문에서 본 건데요, 여자네 부모 말로는 딸이 우울증이었다고 하기도 하고."

"음, 그밖에 다른 사건은요?"

말이 없던 경비 하나가 아, 하더니 말하기 시작했다. 주차 문제로 인한 싸움이었다. 지하 주차장에는 수도관이 터져서 생긴 진흙 때문에 아직 바닥이 좀 지저분한 상황이었다. 그래서 주민들은 청소 회사가 치우기 전까지는 가급적 지상에 주차를 하려고 하는데, 그 주차 자리 가지고 싸움이 난 것이다. 늘 대던 자기 자리를 빼앗았다는 둥, 내 자리 네 자리가 어디 있느냐는 둥…….

"옛날에 말이지요?"

내 질문에 경비는 쓴웃음을 지었다.

"4년 전도 그렇고 지금도 그렇고 아주 그냥 연례행사입니다. 지하 주차장 수도관은 거의 매년 한 번은 터져요. 아파트가 낡아서 그런가."

"그래요……."

"아무래도 그 소리 지르는 놈 때문에 신경이 다들 곤두선 상황이라 부부 싸움도 늘어난 것 같다고도 하고요. 뭐, 그런 겁니다."

"그랬군요. 그보다 수년 이내에 발생한 사건은 그게 다입니까?"

경비들은 서로 눈치를 봤다. 말을 못하는 것을 보니 어느 정도 자기네 책임이 있는 사건인 걸까.

"별것 아닌 건지도 모르는데, 얼마 전 스티커 바구니가 사라졌습니다.”

“…네?”

경비들은 입을 모아서 이 자리에 없는 다른 경비를 욕하고 탓하면서 그에게 책임을 떠넘겼다. 그리고 사건의 전말을 알려줬다.

열흘 전쯤의 일이다. 경비들은 소리 지르는 남자에 대비하여 심야 순찰을 철저히 돌기로 작정했다고 한다. 그리하여 네 명의 경비는 순찰을 잘 돌고 돌아왔는데, 경비실의 뭔가가 이상했다고 한다. 우선 문이 활짝 열려 있었던 점, 그리고 많이 어질러져 있었던 점.

경비들은 도난 사건임을 인식하고 문단속을 안 하고 나간 마지막 경비를 나무랐다. 지금 이 자리에 없는 그 경비다. 하여간 경비들은 허둥지둥 정리를 해서 뭐가 도난당한 것인지를 확인했다.

범인은 놀랍게도 스티커만 모조리 가져갔다. 스티커는 종류가 다양한데, 그것은 경비들이 주민에게 직접 큰소리를 낼 순 없으니 스티커로 경고, 조언하려는 의미에서 만들어진 것이다. 아파트 주민으로서의 상도덕을 어긴 사람들에게나 특히 주의해야 할 사항을 이야기하고자 할 때 스티커를 붙였다. 스티커는 크기나 모양부터 색깔까지 다양했다. 네모난 주차 위반 경고 스티커는 물론이고 화재 예방 스티커, 각 세대의 소독을 확인하는 녹색 스티커, 아파트 주민의 차임을 증명하는 앞 유리에 붙이는 스티커, 심지어는 쓰레기 분리수거를 제대로 안 한 집을 추적해서 그 집 앞에 붙이는 붉은 스티커까지. 그 스티커들이 든 바구니째 범인이 훔쳐 간 것이다.

“그래서 우리는 어이가 없었죠. 당장 가격이 비싼 무전기나 보안 키, 하다못해 내가 먹다가 남긴 과자 같은 것은 내버려 두고 하필이면 스티커를 훔쳐 갔느냐고."

"음, 확실히 이상하군요. 하지만 저는 이걸 불행 중 다행이라고 해석하겠습니다."

"불행 중 다행이라고요?"

"네. 범인을 압축할 좋은 단서가 되니까요."

〈B-4〉

두통이 싹 사라지면서 기억이 떠올랐다. 이 책을 쓴 남자는 과거에 나를 잔인하게 배신한 남자와 이름이 같다. 하지만 책의 내용을 잠깐 훑어봤는데 나에 대한 이야기는 없다. 이 책은 작가 자신이 직접 겪은 범죄를 각색해서 소개한 책이라고 했는데……. 이 남자는 나에게 한 짓을 범죄라고 인식하지 못하는 걸까? 아니면 이미지를 관리하기 위해 내 사건만 싹 생략한 것일까? 아니면 이름만 같은 동명이인인 걸까? 아니야. 동일인물이다. 반항적이기 짝이 없는 책의 묘사나 문체도 그렇고, 책에 나오는 사건 중 내가 들어서 아는 것도 있다. 내가 있던 시기에 일어난 일들도 소개되어 있었다. 제한된 공간에서 발생한 폭력과 도난과 사기……. 심각하다면 심각하지만 세상은 별로 신경 쓰지 않는 일들. 이 책을 쓴 사람은 내가 아는 그가 맞다. 나는 어떻게 그를 찾을지 생각했다.

그때 핸드폰 벨 소리가 울렸다. 나는 흠칫 놀랐다. 이제 보니 내가 죽인 부회장 아줌마의 핸드폰이다. 발신인에 '루미 아파트 주민회 회장님'이라고 뜬다. 나는 소리가 그치길 기다린다. 핸드폰이 우는 것을 멈춘 직후 동일인에게서 메시지가 날아왔다. 이번에는 핸드폰을 열어서 확인해 봤다.

–정희 엄마, 지금 어디야? 탐정님이 빨리 모여달래.

탐정님이라……. 이토록 안 어울리는 존칭이 다 있을까 하는 생각을 하는데 퍼뜩 뭔가가 떠올랐다. 나는 '범죄가 면책되는 사람들의 궁상'이라는 책을 다시 펼쳐봤다. 책 자체는 여러 번 본 흔적이 있다. 그런데 앞 페이지를 보면 사인 받은 책이다. 소중한 책이니 주로 집에 두고 다니는 게 상식이다. 그런데 그게 가방 안에 있었다. 그 말은 이전에 구입한 책을 오늘 어딘가에 들고 가서 그 작가에게 사인을 받았다는 의미다. 그리고 탐정님이 모여 달라는 말.

"탐… 정은, 그놈은 이 근처에 있어."

나는 학질 걸린 사람처럼 부들부들 떨면서 옆으로 넘어졌다. 그 순간, 비가 오던 그날 무슨 일이 일어났는지 모조리 기억이 났다.

다시 몸을 일으켰을 때 창밖이 시끌시끌했다. 꼬마들이 자기들끼리 싸우고 있었다.

〈C-4〉

요 근처에서 꼬마들이 싸우는 소리가 들린다. 축구공 가지고 싸우는 것 같다. 지하 주차장에 굴러 떨어졌던 축구공이 더러워졌나 보다. 축구공 주인인 아이가 다른 아이들에게 깨끗하게 씻어내라고 새된 목소리로 소리를 지른다. 소리 지르고 싸우는 소리가 격해졌다. 그러다 한 아이가 때리기 시작한 것 같다. 보이지는 않지만 특유의 괴롭히는 느낌은 전해져 왔다. 아이들은 아이들답지 않게 표독스러운 말을 외치며 한 아이를 때리고 발로 찼다. 맨눈으로 보는 것보다 가까이서 듣기만 하는 게 이토록 괴롭다니! 누구 없나? 누가 좀 말려야지! 하지만 주차장의 자동차들이 시야를 차단한 곳에서 일어나는 폭력이다. 말려줄 사람은 없었다.

나는 심호흡을 했다. 이르지만 하는 수 없다. 매일 밤 좀 더 오랫동안 경찰이나 기자들이 올 때까지 소리를 질러댈 생각이었지만 나는 나가기로 했다. 혹여 사람들에게 들키더라도 눈앞에서 저런 집단 폭력을 두고 참을 수는 없다.

나는 버튼을 누르고 나갔다. 햇살이 얼굴을 덮치고, 나는 눈을 감은 채로 외쳤다.

"이 나쁜 놈들! 여럿이 한 놈을 괴롭히면 어떻게 해!"

호통 소리에 놀랐나? 싸움 소리가 단박에 그쳤다. 나는 햇살에 대항하여 억지로 눈을 떴다.

"…어?"

싸우는, 정확히는 싸우는 척하던 아이들과 아이들에게 거짓으로 싸움을 붙인 것으로 보이는 경비 몇 명, 그리고 아파트 반상회 소속으로 보이는 아줌마 다수가 나를 노려보고 있었다.

"역시 제 예상이 맞았군요."

시야 밖에서 목소리가 들렸다. 고개를 돌려 보니 젊은, 아니, 그보다 어려 보이는 사내가 옆에서 나를 내려다보며 만족스러운 표정을 짓고 있다. 그는 방금 내가 열고 나온 문을, 자동차의 트렁크 문을 손으로 통통 두들기면서 내게 손을 뻗었다.

"자, 나오십시오. 어떻게 찾아냈는지 궁금하시죠?"

나는 그의 손을 잡으면서 무의식중에 고개를 끄덕였다.

〈A-5〉

나는 이야기 속 탐정처럼 좌중 앞에서 내 추리가 어떤 경로로 범인에 도달했는지 설명하기 시작했다. 범인 당사자부터가 궁금해해서 딱히 거칠게 제압하거나 할 필요가 없다는 것이 특히 좋았다.

"밤마다 소리가 들린 위치가 달랐던 것이 의문이었죠. 원격 스피커를 이용한 트릭이 아닐까 했지만, 딱히 아파트 외벽 어디에도 그런 게 보이지 않았습니다. 또한 경비들은 물론이고 대다수의 주민 모두가 기계를 통하지 않은 사람의 목소리였다고 증언했습니다. 그렇담 범인은 정말로 매일 밤 위치를 바꿔가면서 소리를 질렀다는 의미인데, 그렇게 꼬리가 길었는데도 잡히지 않은 이유가 무엇인가 생각해 볼 필요가 있었습니다. 이곳은 아파트 단지의 출입구가 하나뿐입니다. 그래서 범인은 잘 도망쳤다기보다는 잘 숨었다는 쪽으로 추리를 전개했습니다. 그렇다면 어디에 숨었는가? 아파트 내부가 아니고 지하 주차장도 아니면 마땅히 숨을 곳이라곤 화단의 나무 그림자나 지상에 설치된 저수조 뒤편 같은 곳밖에 없지요. 경비가 숨겨주는 게 아니라면 경비실에도 숨을 수가 없고요. 그때 최근 일어난 사건에 대해 듣게 됩니다. 지상 주차장에서의 다툼, 그리고 스티커 바구니의 도난. 반드시 그런 것은 아니지만 아파트라든가 다세대 주택 같은 경우 주차 장소는 어지간하면 바뀌지 않습니다. 늘 자기가 차를 대는 익숙한 위치에 주차하지요. 그런데 최근 주차 위치 때문에 싸움이 일어났다는 건 변수가 개입된 겁니다. 새로운 차가 끼어든 거지요. 그렇다면 끼어든 그 차의 정체는 무엇인가? 이 문제를 푸는 데는 스티커 바구니의 도난이 힌트가 되었습니다. 스티커가 도난당했다는 것은 범인이 그것을 사용하기 위해서라는 의미입니다. 굳이 경비로 하여금 스티커를 사용하지 못하게 하려 훔쳤다고 보긴 어려웠습니다. 스티커야 다시 주문해서 만들든, 아니면 종이에 글을 써서 붙이든 하면 되니까요. 범인은 모든 스티커가 필요했던 것이 아니라 그중에 딱 하나가 필요했습니다. 하나만 훔치면 들킬 것이 뻔하니 바구니째 훔쳐 간 겁니다."

나는 관중의 시선을 의식하며 말을 이었다.

"범인에게 꼭 필요했던 것은 아파트 주민임을 인증하는 스티커였습니다. 자동차 앞 유리 안쪽에 붙이는 스티커죠. 범인이 열흘 전 이것을 훔친 이유는 다름이 아니라 경비들이 본격적으로 수사에 나섰기 때문입니다. 범인은 경비들이 손전등을 들고 자동차 안을 비추고 자동차 밑까지 뒤지는 것을 봅니다. 그러자 범인은 자신의 차 앞 유리에만 스티커가 없다는 것을 경비들이 눈치챌 거라 생각합니다. 기회를 봐서 과감하게 스티커를 모조리 훔친 겁니다. 뭐, 여기까지 왔으면 범인을 찾기는 쉽죠. 우선 첫째, 외제차이거나 국산이라도 최근에 나온 차일 것. 왜냐하면 자동차 트렁크 안에 갇힐 경우 스스로 나오기가 옛날에는 불가능했습니다. 실수로 갇혔다가 목숨을 잃는 경우도 있었죠. 하지만 고급 외제차나 최근에 나온 차의 경우에는 실수로 트렁크 안에 갇히더라도 안에서 스스로 버튼을 누르고 나올 수 있도록 제작되어 있는 것이 대부분입니다. 둘째, 앞 유리에 블랙박스가 설치된 차량일 것. 이것은 외부 상황을 외우는 데 필요한 사양입니다. 범인이 인적이 드문 순간을 틈타 슬쩍 트렁크에서 나와서 블랙박스에 저장된 데이터를 USB 단자로 연결해서 노트북으로 복사, 자동차 주위 상황을 볼 수 있죠. 뭐, 앞에만 장착된 것이라 전방 상황만 볼 수 있지만 그래도 주위 상황을 살피는 데는 큰 도움이 될 겁니다. 사람들의 출퇴근 시간과 순찰 패턴만 외워도 큰 도움이 되니까요. 마지막으로 셋째, 아파트 주차장의 경우 전면 주차를 권장하는 경우가 많습니다. 후면 주차를 할 경우 화단이 오염되고 1층의 살림집에 매연이 들어가기 때문이죠. 하지만 범인의 경우, 전면 주차를 해야 하는 곳에서도 후면 주차를 했습니다. 블랙박스로 볼 수 있는 가시 범위를 넓게 해야만 트렁크에서 나올 때와 나오지 말 때를 알 수 있으니까요. 세 가지 경우에 모두 부합되는 경우는 놀랍게도 한 대밖에 없더군요. 지금은 한창 사람들이 출근한 낮 시간대라 차량 자체가 적어서 그런 것 같습니다. 그다음으로는 아이들에게 거짓으로 싸움을 시켰습니다. 말리러 나오는지 나오지 않는가를 보고 범인이 어떤 종류의 악당인가 확인하기 위해서였습니다. 정 안 되면 신문지를 자동차 아래에 깔아놓고 불을 붙인 다음 경비원들에게 크게 소동을 일으킬 생각이었습니다. '재활용 쓰레기 수거하는 자동차에 불이 나서 주차장이 불바다가 되어버렸어!' 하는 식으로 말이죠. 그런데 당신이 아이들의 바르지 못한 집단 폭력을 말리기 위해 나온 것을 보면 제 생각이 맞았습니다. 당신은 극악무도한 악당이라 주민들을 괴롭히기 위해서가 아니라 어떤 억울함을 하소연하기 위해, 울분을 표출하기 위해 소리를 지른 겁니다. 내 말이 맞습니까?"

트렁크에서 나온 남자는 고개를 숙였다.

〈B-5〉

베란다에 비스듬히 서서 아래를 내려다봤다. 나는 이렇게 추해졌는데 너는 변하지 않았구나 하는 생각에 우울했다. 어떻게 저 탐정을 여기로 불러낼지 생각했다. 아니, 잠깐. 여기는 좀 곤란하다. 거실은 지금 피범벅이니까. 현관에서 거실이 보이니 그는 들어오자마자 바로 도망치거나 경계 태세를 갖출 것이다. 그럼 복수할 수 없다.

옳지! 저 아줌마를 이용하면 되겠군. 저 아줌마의 핸드폰과 주머니에 들어 있는 집 열쇠를 이용하면 될 것이다. 나는 무척 아픈 아랫배를 감싸 안으며 회심의 미소를 지었다.

〈C-5〉

탐정이 나에게 스스로 변호할 기회를 줬다. 범행 동기에 대해 자세히 설명해 보라는 의미일 것이다. 내가 바라던 바다. 나는 고개를 들고 모두와 한 번씩 눈을 마주쳤다. 사람들의 표정에서 내가 누군지 알아챈 사람이 몇몇 있다는 것을 알 수 있다. 이곳 루미 아파트는 한때 내가 살던 곳이니까.

"제가 밤마다 소리를 지른 이유는… 과거에 있었던 한 사고에 대해서 하고 싶은 말이, 하지만 아파트 주민들을 찾아가며 침착하게 하기는 힘든 말이라 이렇게 소리를 지르게 된 겁니다. 내심 경찰이 와서 경위를 묻거나 기자들, 방송국 PD 같은 사람들이 와 주길 바랐습니다만 이렇게 된 것, 여러분에게 털어놓겠습니다."

나는 사람들의 따가운 시선을 애써 무시하며 말했다.

"4년 전, 한 남자가 있었습니다. 몇몇 대박 영화의 시나리오를 쓴 시나리오 라이터였던 남자죠. 그는 이곳 루미 아파트 주민이었습니다. 아파트에서 걸어서 25분쯤 떨어진 곳에서 그는 자축하는 의미의 술을 마셨습니다. 한 시간가량 홀로 술을 마시고 나오는데 비가 무척 많이 내리고 있었습니다. 그래서 그는 같이 살고 있는 그의 동생을 불러냈습니다. 그 동생은 차를 몰고 와서 술에 잔뜩 취한 남자를 차에 태워 아파트로 돌아갔습니다. 시나리오 라이터는 동생에게 지하 주차장으로 내려가라고 시켰습니다. 동생은 시키는 대로 했죠. 근데 지하 주차장의 수도관이 터졌는지 시뻘건 진

흙이 지하 주차장을 뒤덮다시피 했습니다. 차도 더러워질 것이고 내리면 신발이며 바지가 더럽혀지는 것은 당연지사였죠. 그래서 시나리오 라이터는 자신이 지하로 내려가라고 시켰음에도 동생에게 화를 냈습니다. 일단 그 차는 동생과 같이 쓰는 차였지만 돈 주고 산 것은 돈 많은 시나리오 라이터였기 때문입니다. 술에 취한 시나리오 라이터는 신경질이 나서 빨리 다시 올라가라고 버럭 소리를 치고 앞좌석 의자를 주먹으로 쳤습니다. 운전을 맡은 동생은 동생대로 예상치 못한 지하 주차장 상황과 뒤에서 고함치는 형에게 놀랐습니다. 허둥지둥 차를 돌려 다시 지하 주차장 출입구로 빠르게 올라갔습니다. 그때였습니다. 빠르게 출입구에서 나옴과 동시에 뭔가를 차로 세게 쳤습니다. 시나리오 라이터도 동생도 얼어붙었습니다. 두 사람이 차에서 내려 보니 여대생쯤 되어 보이는 한 젊은 여자가 심하게 다친 상태로 빗줄기 속에 쓰러져 있었습니다. 시나리오 라이터는 핸드폰을 꺼내서 119에 신고했습니다. 다행히 뺑소니가 아니라 바로 그 자리에서 경찰에 신고한 덕분에 징역만은 면했습니다. 하지만 차에 부딪친 여성은 사흘간 의식 불명이었고, 두개골과 안면 골격을 포함하여 스무 군데가 넘게 부러졌다고 합니다. 엎친 데 덮친 격으로 그녀는 임신 3개월의 임산부였다고 합니다. 주간지 기자들은 그 사실에 열광했죠. 병원 대기실에 앉아 있는 운전수에게 녹음기를 들이댔을 정도로. 하여간 마라톤 수술을 거친 끝에 그녀는 겨우 살아났다고 합니다. 물론 아이는 사산했지만요. 그에 대한 수술비며 합의금, 손해 배상금은 자동차 뒷좌석에 앉아 있던 시나리오 라이터가 전 재산을 털어서 대신 지불했습니다. 운전수는 돈이 별로 없었으니까요. 운전수는 물론이고 뒷좌석에 앉아 있던 시나리오 라이터까지 오래도록 기자들에게 시달림을 당했습니다. 아파트 주민들에게 욕을 먹은 것도 당연한 일이었죠. 시나리오 라이터와 운전수는 다른 곳으로 이사를 가게 됩니다. 이사 가기 전 마지막으로 들은 소식은 차에 치었던 여자는 기억상실증이 와서 왜 하필 비오는 날 주차장 입구에 있었는지 기억이 안난다고 증언했다는 것입니다. 그리고 운전수는 얼마 안 가 죄책감을 못 이겨 자살했습니다. 여러분, 이제 눈치채셨겠지요. 나는 여기에 사죄하러 온 것이 아닙니다. 나는 그때 운전했던 그 운전수가 아닙니다. 나는 뒷좌석에 앉아 있던 그 시나리오 라이터입니다. 뒷좌석에 앉아서 동생을 닦달했던 그놈입니다. 여러분은 아직도 어리둥절하실 겁니다. 이렇게 질문을 던지실 수도 있겠죠. 과거에 있었던 사건은 명백히 운전수와 뒷좌석에서 닦달한 시나리오 라이터의 잘못인데 왜 찾아와서 밤중에 소리를 지르는가? 내가 여기 와서 소리를 지르는 진짜 이유, 그것은……."

나는 잠시 말을 멈췄다. 한마디로 정의할 수가 없는 복잡한 심정이었기 때문이다.

"가장 큰 이유는 억울해서입니다."

〈A-6〉

분노에 찬 야유가 터져 나왔다. 사람을 차로 치어놓고 뭐가 억울하다는 거냐고 손가락질하며 따지고 있다. 역시 경비나 아파트 주민들은 소리 지르는 남자를 이해하지 못하고 있다. 하지만 나만은 이해하고 있다. 나만은. 직접 범죄를 저지른 것도 아니고 극단적인 상황을 바란 것도 아니지만, 결국엔 그 상황을 일으킨 것이나 다름없는, 그러나 누구에게도 이해받지 못하는 그 심정 말이다.

소리 지르는 남자는 소리쳤다.

"세상 사람들은 나를 가해자라고 합니다! 운전수 딸린 차를 굴리는 시나리오 라이터, 젊은 여자를 차로 치어서 혼수상태에 빠뜨리다! 주간지, 월간지, 영화 전문 잡지까지 죄다 나를 나쁜 놈으로 몰아갔습니다. 하지만 나는 동의하지 않아요. 나는 뒷좌석에 타고 있을 뿐이었어요. 그 때문에 내 동생은 죽고 저축해 둔 돈은 다 날리고……. 나도 차에 치인 그 여자만큼 피해자입니다. 더군다니 밤중에 차로 달려든 것은 우리가 아니라 그녀입니다. 그녀 과실이 더 크단 말입니다! 나도! 나도 그녀 못지않은 피해자라고!"

주민회 사람들이 달려들 기세로 남자를 비난했다. 경비들이 나서서 소리 지르는 남자를 보호해야 할 지경이었다.

"저런 미친놈을 봤나!"

"무슨 소릴 하나 들어봤더니만 저런 개소리를!"

"너는 여자뿐만 아니라 그 뱃속에 든 아기까지 죽인 살인자야!"

나는 우르르 달려들려는 주민들을 말렸다.

"진정하세요, 여러분. 우선 제가 중재를."

중재고 뭐고 저런 놈은 몰매를 때려서 쫓아내야 한다는 여론이

대세였다. 하지만 그래서야 주민들의 한 남자를 향한 집단 폭행이 될 뿐이다. 하는 수 없이 나는 남자를 불러서 차문을 열라고 시켰다. 남자를 먼저 차 뒷좌석에 밀어놓고 나도 그 옆에 앉았다. 좋은 차인지 문을 닫자 외부의 소음이 완전히 차단되었다. 조용한 차 안에서 남자는 숨을 몰아쉬었다.

"이해합니다."

나는 나도 모르게 불쑥 말했다. 남자는 반신반의하는 표정으로 내 얼굴을 들여다봤다.

"그… 가해자도 피해자도 될 수 있는 어중간한 위치가 어떤 것인지 이해한다는 의미입니다. 그런 경우는 많이 접해봤으니까요."

나도 모르게 한 말이다. 소리 지르는 남자는 이제 입을 다문 채 코로 숨을 몰아쉬었다.

"에, 아실런지 모르겠지만 그에 관해서 책도 하나 썼는데요, '범죄가 면책되는 사람들의 궁상'이라는 책인데."

내가 말하자 남자의 눈이 번쩍 뜨였다.

"아! 그거 읽어봤습니다. 책 후기에 '저자는 오늘날 탐정으로 활동하고 있다'고 쓰여 있었죠. 당신이 그 책 저자입니까?"

"제 책을 읽어보셨나 보군요."

"네, 정말 놀랐습니다. 그 책의 결말 부분의 반전이 상당히 인상적이었어요. 맨 마지막 줄에 이렇게 적혀 있죠? '이 책에 나온 모든 범죄는 C 중학교와 K 고등학교에서 실제로 일어난 일을 소설 형식을 빌려 작성한 것입니다'라고."

"맞습니다. 에피소드는 모두 제가 중학교, 고등학교 시절에 겪었던 일을 쓴 겁니다. 논란이 될 만한 에피소드는 생략했는데도 책이 제법 두꺼웠죠?"

그 책에는 대화문이 존재하지 않고 피해자와 가해자의 정체도 드러나지 않는다. 예를 들자면 이렇다. '나이 많은 교사가 머리가 긴 여학생을 교탁으로 불러내더니 뺨을 때리고 내일까지 깎고 오라고 명령했다'고는 쓰지 않았다는 의미다. '나이 많은 남자가 머리카락이 긴 어린 여자를 머리가 길다는 이유만으로 사람들 앞에서 뺨을 때리고는 내일까지 머리를 깎고 다시 찾아오라고 명령했다'는 식으로 쓴 것이다. 그리고 책의 후반부에 가서야 범죄가 일어난 장소와 가해자와 피해자의 정체를 밝혔다.

한 학생이 다른 학생을 협박해서 학교 앞 편의점에서 컵라면을 훔쳐 오라고 시킨다. 모범생처럼 생긴 학생은 교무실에 숨어들어 용지 보관함의 자물쇠를 따고 시험 문제를 외워서 사기를 친다. 체육교사가 뚱뚱한 남학생의 뱃살을 더듬는다. 여학생이 다른 여학생이 마음에 안 든다는 이유만으로 체육복 갈아입는 시간에 몰래 사진을 찍어서 인터넷에 올린다. 교사가 교생에게 커피를 타 오라 시킨다. 교사는 가난한 집의 학생이 그냥 마음에 안 들어 트집 잡아 괴롭히고, 그 학생은 교사의 자동차가 주차된 곳에 상습적으로 벽돌을 던진다. 앞 유리를 찍고 튕겨 나간 벽돌이 교장의 백미러에 손상을 입히자 다음 날 주차장에는 CCTV가 설치된다.

하지만 내 기억으로는 어느 누구도 형사처벌을 받지 않았다. 학교 내부에서 일어난 일의 경우, 경찰이 와서 조사조차 하지 않았다. 정말이지 이해가 안 가는 부분인데, 우리나라 사회는 왜 교사와 학생이란 이유만으로 봐주는 걸까. 그 모든 범죄가 일어난 장소가 학교가 아니었다면, 그들의 신분이 교사와 학생이 아니었다면 어땠을까?

이제 와서 그런 말을 하는지 사실 의미는 적다. 이미 지난 일이기도 하고 지금은 사람들의 인식이 많이 변화했다. 내가 겪은 말도 안 되는 상황은 점점 줄어들 것이다. 그리고 무엇보다도 나도 그들 중 하나이다. 나 또한 피해자이면서 가해자였다. 이제 와서 그들을 욕하는 건 누워서 침 뱉기다. 내가 그 책을 쓴 것은 말하자면 누운 채 고개만 살짝 돌려서 침을 뱉은 행위라고 할 수 있었다. 침을 삼키기는 싫고 뱉자니 얼굴이 더러워질 것 같아서 선택한 비겁하고 어중간한 방법.

"그 책을 보고 이 작가가 무척 하고 싶은 말이 많았던 것처럼 보였습니다."

그가 말했다.

"사실입니다. 하지만 하고픈 말이 많다고 해서 딱히 피해자였던 건 아닙니다. 나도 꽤 불량한 학생이었죠. 와하하하!"

내가 크게 웃자 남자도 입가에 웃음기가 걸렸다. 나는 웃음을 멈추고 물었다.

"이제 어쩌실 겁니까?"

"나는 그저 내 진짜 심정을 세상에 알리고 싶었습니다. 4년 전 기자들 앞에서는 죄인인 척 고개를 숙였지만 사실 나의 진심은 억울했습니다."

"그렇다고 정말 본심을 말했다간 사람들이 또 이기적인 놈이라고 욕할 테고요."

"그렇죠. 하지만 이젠 아무래도 상관없습니다. 이젠 정말로 주민들에게 피해를 끼친 나쁜 놈이 되어버렸으니 자수할 생각입니다. 고성방가 죄라는 게 실제로 있던가요? 아니, 없어도 뭐가 되었든 죄인이 되어볼 생각입니다. 그렇게 정해지는 게 차라리 편할 것 같아요."

내가 뭐라고 말해줘야 할지 고민하고 있는데, 창문을 두들기는 소리가 났다. 주민회장이다. 내가 창문을 열어보니 급한 일이니 빨리 좀 와달라고 한다.

"의뢰인이 부르니 잠시 실례하겠습니다."

"그러죠. 기다리겠습니다."

나는 차에서 나왔다. 회장에게 무슨 일이냐고 묻기도 전에 회장이 핸드폰 문자 메시지를 보여줬다.

—긴급 상황! 탐정 한 사람만 즉시 우리 집으로 올 것!

"도대체 무슨 긴급 상황인지는 몰라도 무척 급한가 봐요. 같은 메시지가 1분 단위로 날아오고 있는데 왠지 무서워서⋯⋯."

"제가 처리하죠. 여기서 기다려 주십시오."

우선 나는 경비들에게 범인이 차 밖으로 못 나오게 하라고 지시했다. 그리고 주민회 회장이 빌려준 카드키를 가지고 아파트로 진입했다.

〈B-6〉

나는 부회장 아줌마의 집에 숨어서 숨죽이고 기다리고 있다. 문자를 10분 동안 열 번도 넘게 보냈건만 왜 올라온다는 소리가 없어? 그때였다. 띵동! 초인종 소리가 울렸다. 아하, 카드키를 가지고 1층 현관문은 알아서 열었나 보군. 띵동! 띵동! 초인종 소리가 연신 울린다.

철컥 문이 열렸다. 당연하지. 나는 일부러 문을 잠그지 않았으니까.

"계십니까."

아아, 이 남자 목소리. 맞아. 잊지 못할 목소리. 이걸로 확실해졌어. 이 목소리야. 내가 기다리던 목소리.

"아무도 안 계세요, 부회장님?"

나는 숨은 자세에서 손만 뻗어 미리 세팅해 둔 실을 잡아당겼다. 땡그랑! 내가 숨어 있는 곳과 반대편인 주방에서 냄비가 바닥에 떨어진다. 큰 소리에 남자가 놀라서 뛰어가는 기척이 느껴졌다. 나는 숨어 있던 안방에서 살금살금 나왔다. 남자는 주방에서 떨어진 것이 냄비이고 아주 가느다란 하얀 실이 냄비 손잡이에 묶여 있는 것을 발견했다. 실이 어디로 연결되었는지 확인하기 위해 고개를 돌리려는 순간,

퍼억! 남자는 내가 휘두른 도끼 뒷부분에 의해 머리를 맞았……. 이런, 약간 빗맞았다. 남자는 기절하지 않고 바닥에 넘어

지기만 했다.

남자가 손을 머리에 짚은 채 나를 올려다봤다. 나를 기억 못하는 것 같다.

"나, 기억 못해?"

"…누군데?"

나는 화가 났다.

"오호라, 내 얼굴이 망가져서 기억이 안 나는 거야? 잘 봐. 기억 안 나? 네가 고등학교 졸업하면 같이 결혼하기로 했잖아."

남자의 눈이 휘둥그레 떠졌다. 그래, 이제 기억이 나나 보군.

〈A-7〉

"왜… 이런 모습이?"

나는 정말로 궁금해서 물었다. 도대체 그녀는 어쩌다가 이런 몰골이 되었단 말인가? 그토록 아름다웠던 그녀가?

그녀는 내가 고등학교 다니던 시절의 교생이다.

당시의 나는 선생들이라고 하면 다 싫었고, 어떻게든 모욕을 주고 싶었다. 나만큼이나 불량했던 친구들 앞에서 자랑하고 싶은 마음 반, 세상 물정 모르는 그녀를 더럽히고 싶다는 마음 반으로 접근했다. 교생이라고 해봐야 아직 20대 초반, 온갖 더러운 꼴을 보면서 자란 불량 학생의 꼬임에 넘어가서 교생 신분도 잊고 불장난에 빠져 버렸다. 그렇게 나는 그녀와 고교 시절 내내 장난처럼 사귀었다. 졸업하면 결혼하자는 말도 안 되는 소리를 서로 지껄였던 것도 기억이 난다.

"왜 이런 모습이 된 거야?"

내가 물었다.

"기억 안 나? 4년 전의 일?"

4년 전이라면 내가 그녀에게 헤어지자고 통보한 날인가? 내가 고등학교를 졸업하고 남들보다 빨리 군대 가기 얼마 전의 일일 것이다. 나는 군대를 가면서 자연스럽게 고등학교 때부터 사귀던 그녀와 헤어지길 바라고 있었다. 나는 그것을 자연스럽게 여겼는데 그녀는 아니었나 보다. 그녀는 자신이 임신했다며 군대 가기 전에 결혼하길 요구했다. 나는 그걸 애인에게 미련이 남은 여자의 발악 정도로 여기고 무시했다. 설령 나와의 관계 때문에 임신을 했더라도 어쩌란 말인가? 아직 군대도 가지 않은 열아홉 살의 남자가 무슨 부양 능력이 있다고? 정말로 졸업하면 결혼할 작정이었나? 더군다나 성관계 자체는 강압적인 게 아니라 상호 합의하에 이루어졌던 것이다. 첫 번째 성관계 때는 확실히 애원 반, 강제 반으로 저질렀지만 그건 보통 아닌가. 그 이후로 어쩌다 결혼 이야기가 나오고부터는 그녀도 즐겼다. 피임은 늘 신경 썼으나 하필 마지막 날 샀던 콘돔이 불량이었던 탓이다. 결국 나는 잘못이 적다. 없진 않지만 내 죄가 많다고 누군가가 손가락질한다면 억울하다. 이 정도야 흔한 일 아닌가?

내가 입대하기 하루 전, 비가 내리던 그날 밤에 그녀는 내게 전화했다. 당장 만나러 오지 않으면 집에서 뛰어내리겠다고 엄포를 놓았다. 나는 코웃음치고 마음대로 하라고 했다. 어차피 나는 그녀가 사는 집이 어딘지도 몰랐기에 신경도 쓰이지 않고 편했다. 나는 그대로 핸드폰을 끄고 일찍 잠들고 다음 날 입대했다.

그 이후로 그녀와 연락은 이루어지지 않았으며, 최근의 악몽에 그녀가 등장하기 전까지는 까맣게 잊고 있었다.

"난 뛰어내렸어. 마음속 한구석에서는 3층이니까 죽지는 않겠지 하고 생각했던 마음도 있었지. 그냥 내 몸을 다치게 하고 싶었어. 죽지는 않지만 심하게 다치고 싶다는 마음으로 지하 주차장 쪽으로 뛰었지."

그녀는 자기 집 3층 베란다에서 1동 앞 지하 주차장 내려가는 출구를 향해서 뛰어내린 것이다. 그냥 뛰어내리는 것보다 그렇게 뛰어내리면 더 깊이 떨어진다.

"아, 아아아!"

나는 무시무시한 상상을 하고 말았다. 그리고 그녀는 망가진 얼굴을 더욱 일그러뜨리며 웃었다. 그 웃음이 곧 내 상상이 사실임을 인정하고 있었다.

"맞아. 방금 밖에서 당신이 잘난 척하면서 추리하던 것, 베란다를 통해서 다 보고 들었어. 범인이 자백하는 것도 다 봤고. 그때 차에 치었던 사람이 나야. 분명해. 나는 3층에서 뛰어내려서 지하 주차장 입구에 떨어졌지. 엄청 아팠던 것이 기억나. 빗줄기가 몸을 적시던 것, 축축한 비 냄새까지도 이젠 다 기억나. 겨우 몸을 일으켰을 때 갑자기 차가 나를 쳐 날린 것도."

나는 아무 말도 할 수가 없었다. 그녀가 도끼를 어루만졌다.

"누구 잘못이라고 생각해? 뛰어내린 내 잘못일까? 아니면 나를 임신시키고 궁지에 몰아넣은 네 잘못일까? 역시 고등학생이던 너와 반 장난으로 사귀었다가 이 꼴이 난 나의 자업자득일까? 아니면 나를 차로 직접 친 운전자? 운전자를 닦달한 뒷좌석의 남자? 어쩌면 나를 태어나게 한 내 부모 책임으로 돌릴 수도 있겠지. 아무래도 상관없어. 한 가지 확실한 건 너를 쉽게 죽이진 않을 거라는 거야. 우선 팔과 다리를 일주일에 하나씩만 잘라내야지. 과다 출혈로 죽으면 곤란하니까. 우흐흐흐흐!"

그때였다. 문가에서 누군가가 비명을 질렀다. 주민회 회장과 경비다. 내가 안 내려가서 걱정되어 찾아온 걸까? 도끼를 든 내 옛 애인은 망설이다가 우선 그들을 향해 돌진했다. 나를 느긋하게 죽이려면 그들을 처리해야 하기 때문이다. 회장은 물론이고 경비들도 예상외의 광경에 공황에 빠져 버렸다. 굳어버린 경비들이 현관을 가로막아서 회장은 뒤로 도망가지도 못하게 되었다.

"이야압!"

나는 누운 자세로 주방에 있던 식탁 의자를 집어 던졌다. 바닥에 한 번 튕겨서 날아간 그것은 거실 복도를 질주하던 그녀의 다리에 걸렸다. 그녀는 양손으로 쥔 도끼를 머리 위에 치켜 든 상태라 그 자세 그대로 넘어졌으며, 도끼는 손에서 미끄러져 현관으로 날아갔다. 경비와 회장은 한마음으로 허리를 숙여서 도끼를 피했다. 날아가던 도끼는 맞은편의 옆집 현관을 찍고 멈췄다.

이제 그녀는 맨손이다. 나이 많은 경비들도 그 사실에 용기를 얻고 어깨를 맞대며 현관을 막았다. 회장은 떨리는 손으로 핸드폰을 꺼냈다. 나는 머리에서 자꾸만 흘러나오는 피를 막으며 일어났다.

"이제 다 끝이야. 포기해."

"포기……?"

그녀는 멍한 얼굴로 나를 돌아봤다. 나는 그녀의 얼굴을 똑바로 바라보기 어려웠다. 저렇게 만든 책임은 내게도 있으니까. 나는 조심스럽게 다가가서 그녀의 어깨에 손을 얹었다. 회장이나 경비의 귀에 들어가지 않게 조용히 말했다.

"잔인하게 이별 통보한 부분은 미안해. 임신시켰던 것도. 그땐 나도 어렸잖아. 그때는 세상이 다 썩었다고 생각했어. 뭐든지 다 부수고 더럽히고 싶었어. 그건 내 잘못이야. 사과할게."

나는 여기서 말을 멈춰야 했다. 여기가 사과와 변명을 가르는 분수령이다. 알면서도 내 입은 멋대로 움직였다.

"하지만 책임은 너에게도 어느 정도 있잖아? 교생이면서 미성년자인 학생이랑 사귀려고 한 너도 상식적이지 못한 거……."

그 순간, 그녀는 주머니에서 작은 과도 같은 것을 꺼내더니 내 오른쪽 가슴에 박아 넣었다.

"어억……."

나는 그대로 쓰러지고, 비명과 고함이 울려 퍼졌다. 그리고 의식을 잃었다.

〈에필로그〉

나는 어떻게든 살아남았다.

애초에 내가 잡으려 했던 소리 지르는 남자는 마음을 바꾼 모양이다. 내가 뒷좌석을 나가고 몇 분 뒤 쏜살같이 앞좌석으로 몸을 날려서 차에 시동을 걸고 그대로 달아났다고 한다. 그 과정에서 주민 몇 사람이 피하다가 넘어져 타박상을 입었다. 도망친 그는 아직도 행방불명이다. 경비와 주민회 회장은 도망가는 그를 보고 서둘러서 나를 찾기 위해 3층으로 올라왔다가 도끼를 들고 나를 죽이려 하는 키가 큰 여자를 마주하고 상황에 휘말린 것이다.

불행 중 다행으로 그녀는 내 가슴에 꽂힌 식칼을 뽑아내려는 순간 달려든 경비들에게 붙잡혔다. 곧 도착한 경찰에 그녀는 넘겨졌다. 나중에 경찰을 통해 알게 된 사실인데, 그녀는 나를 공격하기 전에 이미 자신의 부모와 부회장을 바로 옆집인 자기 집에서 죽였다고 한다. 이미 그녀는 이성을 잃은 괴물이 되어 있었던 것이다. 살인의 이유에 대해 묻자 그녀는 밤중에 시끄러워서 잠을 못 잤기 때문이라고 증언했다고 한다. 그건 아무래도 좋다. 다만 그녀가 경찰에다가 나에 대해 뭐라고 말할지 좀 신경 쓰인다. 뭐라고 하든지 나는 극구 부인할 생각이다.

경비와 주민회 회장의 증언으로 나는 영웅이 되었다. 기자들은 이 시대의 진정한 젊은 탐정의 악전고투에 대해 자세히 보도했다. 나는 내가 나온 신문을 몇 번이고 다시 보면서 하나뿐인 폐로 힘겹게 웃었다. 지금 내 폐는 한쪽만 기능을 한다. 내일 오전에 큰 수술이 있다. 의사가 말하길 성공하면 망가진 폐 기능이 복구되지만, 실패하면 영영 한쪽 폐로만 살아야 한다고 한다. 만에 하나 수술이 실패하면 나는 미련없이 자살할 생각이다.

나는 신문을 접고 TV를 틀었다. 마침 9시 뉴스에 내가 나오고, 루미 아파트의 전경이 나왔다. 저렇게 아파트 이름까지 나오면 집값 떨어지지 않을까 걱정하고 있는데, 뒤이어서 아파트 주민회의 인터뷰가 나왔다.

―그 사람은 진짜 영웅이에요, 영웅. 수술비가 얼마가 들든 저희 아파트 주민회에서 전액 지불할 예정입니다!

주민회 회장이 카메라 앞 인터뷰에서 단호히 말했다. 나머지 주민회 아줌마들이 회장의 팔을 당기며 전액은 무리라며 말리는 순간 화면이 전환됐다.

―정말이지 그런 사람은 처음 봤어요. 우리나라에도 명탐정이란 게 정말로 있더구먼. 그나저나 마지막 설득에서 실패해 가지고 중상을 입었는데, 병원 측은 그 사람을 우선 수술시켜 줬으면 좋겠습니다.

백발의 아파트 경비도 말했다.

이 모든 사건의 진실을 낱낱이 밝혀낸 탐정이며 모든 사건을 일으킨 최악의 가해자이자 가장 고통스러운 피해를 입은 나는 힘겹게 웃었다.

「범죄와 피해의 상관관계에 대한 연구」 END.

설인(雪人)

김재성

추리소설가. 치과의사. 현 의정부 샌프란시스코 치과 원장. 2009년 〈목 없는 인디언〉으로 계간 미스터리 신인상 수상. 장편소설 〈호텔 캘리포니아〉 발간. 치과의사가 쓴 치과 동화 시리즈 〈마녀치과의사와 이빨요정〉, 〈이빨왕국의 헨젤과 그레텔〉, 〈밤새 이빨들이 도망갔어요〉, 〈초콜릿 괴물과 이빨실〉 발간, 네이버 장르소설에 〈LA 아라비안나이트〉 연재, 단편 월셔 홈즈 시리즈 5편과 〈앙코르와트 살인사건〉등을 발표하였다.

재미교포 사립탐정인 윌셔 홈즈가 한국에 온 지 석 달이 흘렀다. 그가 한국에 온 것은 아프간 사막에서 날아온 한 발의 탄환 때문이었다.

사립탐정이 되기 전 그는 아프간에서 탈레반 잔당을 쫓는 미군 수색병이었다. 무더운 사막에서 수색 작전을 펼치고 있을 때, 어디선가 날아온 총알이 그의 가슴을 파고들었다. 한순간에 모든 것이 정지되며 사막의 모래바람처럼 무너져 내렸다. 총탄이 왼쪽 쇄골을 으스러뜨리며 동맥을 파괴했던 것이다. 그는 수술을 받고 몇 주 후에야 의식을 회복했다. 그때 군수사관이 그의 몸에서 아군의 탄환이 제거되었다고 알려주었다.

윌셔 홈즈는 자신에게 날아든 총탄이 오발탄이었는지 의도된 공격이었는지를 직접 밝히고 싶었다. 그러려면 탐정 면허가 필요했다. 미국 사립탐정은 용의자의 모든 인적 사항을 조회하고 총기를 휴대하여 추적할 수 있는 막강한 권한을 가진다. 그는 사립탐정 라이선스를 획득한 후 범인을 추적했다. 그리고 일 년 만에 자신을 쏜 스미스 상사를 체포해 진실을 밝혀냈다. 유색 인종을 혐오하던 범인이 아프간에서 연속적으로 저지른 증오 범죄였다. 이와 같은 '아프간의 미스터리 저격자' 스토리가 언론에 소개되자 월셔 홈즈는 천재 탐정으로 명성을 떨치게 되었다. 그 후 LA 한인 타운, 월셔 가에서 탐정 사무실을 운영하던 그에게 '월셔 가의 홈즈'라는 애칭이 생겨났다.

십여 년간 수많은 미제 사건을 명쾌하게 해결한 그에게 한국 법무부가 협조를 요청했다. 그는 범죄 수사의 거시적인 면과 미시적인 면을 겸비한 몇 안 되는 수사관이었다. 미제 사건의 초동 수사를 되짚어가는 과정부터 모든 것을 포괄했다. 프로파일러의 시각으로 현장 증거를 수집하고 전체를 보면서도 부분을 놓치지 않았다. 생화학을 전공한 그는 자료 분석도 직접 하는 경우가 많았다. 하지만 가장 중요한 것은 한 번 가동되면 사건이 해결될 때까지 멈추지 않는 회색 두뇌와 야수 같은 민첩성이었다. FBI에서 포기한 사건들까지 해결해 내자 그의 이름은 김산에서 월셔 홈즈로 굳어졌다. 그런 홈즈가 한국의 미제 사건 해결 프로젝트에 초청된 것은 당연한 결과였다.

월셔 홈즈는 한국에 오자마자 치아를 통해 사건을 해결한다는 괴짜 탐정 라동식 원장을 찾아갔다. 치과 진료보다 추리소설 읽는 시간이 더 많은 라동식 원장은 국과수 자문위원으로 지방 치과대학에서 법치의학을 강의하는 시간강사이기도 했다. 셜록 홈즈에게 외과의사 파트너 왓슨이 필요했듯이 월셔 홈즈에게 라 원장은 꼭 필요한 존재였다. 다방면에 전문가적인 지식을 가진 월셔 홈즈가 명석한 추리를 진행하기 위해서는 한발씩 뒤따라오며 수사를 보완해 줄 파트너가 필요했다. 그래서였는지 월셔 홈즈는 라동식 원장을 라왓슨이라 부르며 라치과 원장실에 사립탐정 사무실을 개설하고 미제 사건을 해결하기 시작했다.

"라왓슨, 이 사진 좀 봐봐."

아침 일찍 원장실을 점령한 홈즈가 짓궂은 미소를 지었다. 훤칠한 키에 근육질 몸매를 가진 중년 탐정에게 어울리지 않는 천진한 표정이다. 각지고 넓은 이마 아래에서 상대방을 압도하는 눈동자가 빛났다. 그가 내민 것은 흐릿한 흑백 사진이었다.

"오래된 사진이네요."

맑고 투명한 피부와 높은 콧날이 인상적인 삼십대 초반 치과의사인 라왓슨이 미간을 찌푸리며 사진을 바라보았다.

"두 줄 발자국 같은데요. 눈 덮인 산에 난 발자국 맞죠?"

"1899년 히말라야에서 발견된 설인 발자국 사진이야. 이 설인이 나타나 산악인을 살해한 사건이야."

월셔 홈즈가 한쪽 입꼬리를 올리며 말했다.

"설인이라고요?"

라왓슨이 놀라움 가득한 눈으로 홈즈를 바라보았다.

홈즈는 A4 종이 한 장을 자료 더미에서 집어 라왓슨에게 건네었다. 라왓슨이 종이에 인쇄된 기사를 읽기 시작했다.

"2011년 10월 11일 영국 데일리 메일은 '러시아 시베리아 남부 케메로보 지방정부가 쇼리아 산맥에 설인 예티가 살고 있다는 부인할 수 없는 증거를 발견했다'고 전했다.설인 예티는 1899년 히말라야에서 최초로 발자국이 발견된 이후 수많은 목격담이 흘러나왔다. 시베리아 케메로보 지방정부는 예티의 실체를 확인하기 위해 지난 6일부터 3일간 7개국 학자들을 동원한 역대 최대 규모의 조사단을 파견했고, 그 결과 아자스카야 동굴에서 예티가 존재한다는 증거를 발견했다고 발표했다."

이 년 전의 인터넷 기사를 읽는 라왓슨의 얼굴에 어색한 미소가 떠올랐다. 홈즈가 갑자기 설인에 관련된 사진과 기사를 보여주는 이유가 궁금했다.

하지만 홈즈는 말없이 원장실을 좌우로 둘러보고 있었다. 생각을 정리할 때면 버릇처럼 하는 행동이다. 좁은 원장실 벽은 사건 파일과 추리소설로 가득했다. 데스크 위에는 설인의 사진과 기사로 어지러웠다. 잠시 후 라왓슨과 마주친 홈즈의 두 눈이 푸른 광기로 번뜩였다. 사냥을 나서는 야수의 눈빛이었다.

곧 라왓슨이 진료를 시작하자 헌팅 캡을 쓴 홈즈는 마포경찰서로 향했다.

월셔 홈즈가 마포경찰서를 방문한 것은 기묘한 전화 한 통 때문이었다. 히말라야 실종 사건 수사에 도움을 부탁한다는 전화였다. 굵은 전화 음성의 주인공은 마포 경찰서 독고영 형사였다. 네팔 현지 경찰은 단순 실종으로 결론 내렸으나 외무부에서 목격자 진술에 신빙성이 없다는 이유로 독고영 형사에게 사건을 의뢰해왔다. 사건 당시 함께 등반했던 목격자가 설인을 봤다는 주장을 했다는 것이다. 미확인 생명체인 설인이 실종자를 살해했다는 말은 정말 터무니없었다. 어디서부터 손을 대야 할지 막막해진 독고영 형사가 명탐정 홈즈에게 전화를 한 것이다.

"나도 설인이나 한번 봤으면 좋겠어요."

독고영 형사가 잿빛 인버네스를 입은 홈즈를 맞이하며 말했다. 구레나룻이 난 네모난 얼굴에 자조가 가득했다.

히말라야 트래킹이 중년 남성들의 문화 코드가 되고 있었다. 세계의 지붕을 향해 참선하듯 오르는 사람들이다. 하지만 독고영 형사처럼 원룸 촌 골목에 코를 박고 일주일간 잠복하는 사람도 있었다. 범행 전에 기타 연주를 한다는 발바리, 그 발바리는 덧신을 신어 족적을 남기지 않았고 범행 후 진공청소기로 체모까지 수거해 갔다. CSI 프로그램을 많이 본 녀석임이 틀림없었다. 이렇게 영악한 발바리도 검거되지 않았는데 네팔에서 일어난 실종 사건까지 해결해야 했다. 은근히 여유로운 자들을 향한 질시가 임산부만 한 복부에 똬리를 틀었다.

"설인 사건은 참고인 진술만 대충 끝내고 발바리에게 전념하려 했어요. 그런데 자료 조사를 하면 할수록 미궁으로 빠져들어요. 일개 형사의 제한된 시간과 능력으론 해결할 수 없는 사건입니다. 홈즈 선생님, 참고인 조사를 도와주시겠습니까?"

독고영 형사의 부탁에 윌셔 홈즈가 가볍게 머리를 끄덕였다. 곧 참고인 진술이 시작되었다. 취조실에서 독고영 형사와 윌셔 홈즈가 산사나이를 마주하고 앉았다.

"눈보라 치는 수직 절벽에서 진영이가 소리쳤어요. 설인이라고."

인천공항에 도착하자마자 경찰서로 달려온 산사나이 정도승이 진술을 시작했다. 큰 키에 호리호리한 몸매, 정도승의 피부는 히말라야 태양에 달궈진 초콜릿색이었다. 그는 은행원 직업에 맞게 호의적이고 정돈된 표정을 유지하려 노력했지만 괴물의 존재를 목격한 핏발 선 두 눈은 공포로 빛났다. 그의 목소리는 히말라야 고지를 맴도는 바람처럼 차가왔다.

"설인이요? 정말 설인을 봤나요?"

독고영 형사의 질문에 모든 시선이 정도승에게 집중되었다. 사람들은 목울대를 오르내리며 마른침을 삼켰다. 잠시 후 정도승이 가볍게 고개를 끄덕였다.

"허!"

독고영 형사의 놀라움이 한 음절로 표현되었다. 옆에서 팔짱을 끼고 앉은 윌셔 홈즈의 두 눈이 기묘하게 빛났다.

"어디서 설인을 목격했나요? 차근차근 말씀해 주세요. 두 분이 어떻게 등반을 시작했고 어쩌다 사고가 났는지."

독고영 형사의 멘트에 따라 정도승은 함진영과 히말라야를 오르게 된 계기부터 말하기 시작했다.

두 아마추어 산악인에게 히말라야는 동경의 대상이었다. 각기 히말라야로 향하는 이유는 달랐다.

삼십대 초반 고교 교사 함진영이 히말라야에 가려는 이유는 특이했다. 어릴 때 암브라스병(Ambras Syndrome) 환자처럼 털이 많아 별명이 설인이었다는 그는 설인의 고향 히말라야를 방문하고 싶다고 했다. 함진영은 설인보다는 아기 오랑우탄이란 별명이 더 어울릴 듯한 작은 체구의 과학 선생님이었다. 항상 나비넥타이 정장을 하고 일주일에 한두 번은 우쿨렐레 가방을 들고 다녔다. 하지만 등산 때문에 삶의 목표가 바뀌었다. 하와이에서 유래한 작은 기타 우쿨렐레를 포기하고 히말라야로 목표를 바꾼 것이다.

사십대 초반 은행원 정도승은 딸 효지가 일 년 전에 자살한 뒤 히말라야 등정에 모든 것을 걸었다. 효지는 그의 삶의 가장 큰 의미였다. 얼굴마저 죽은 엄마를 꼭 빼닮았다. 한쪽 볼우물을 만들며 웃는 모습은 아빠의 근심을 잊게 해주었다. 중학교에 들어가면서부터는 요리도 하며 아빠를 챙겨주는 살뜰한 딸이었다. 그런 효지가 어느 날부턴가 말수가 줄어들더니 일 년 전 아파트 옥상에서 뛰어내렸다. 정도승은 딸의 죽음을 받아들일 수 없었다. 효지를 따라 뛰어내리고 싶었다. 그는 직장에 휴직계를 내고 술에 절어 살았다. 그런 그를 일으켜 세운 것은 효지와의 약속이었다. 효지가 죽기 전 부녀는 히말라야 트래킹을 가기로 약속했다. 정도승은 혼자서라도 그 약속을 지키기 위해 날마다 헬스클럽에서 몇 시간씩 땀을 흘렸다. 히말라야에서 효지를 만나고 싶었다. 눈 쌓인 정상에 가면 딸 효지의 영혼이 그를 기다릴 것만 같았다.

동기는 달랐지만 두 사람 모두 다음 기록에 목말랐다. 하지만 히말라야 팔천 미터 정상을 정복하려면 전문인의 도움을 필요로 했다. 등반인의 실제적인 눈과 발이 되어주는 것은 셰르파라 불리는 네팔계 고산족이었다. 그들은 요리를 해주고 정상까지 짐을 운반하며 가이드를 해주었다. 경험이 많은 셰르파들을 한 달 정도 고용하는 것과 식량, 장비에는 많은 비용이 들었다. 함진영과 정도승은 이 프로젝트를 수행하기 위한 최상의 파트너였다. 십 년 이상 풍부한 암벽 등반 경험이 있는 함진영과 주식 투자로 많은 현금을 보유한 정도승은 서로의 필요를 충족시켜 주었다.

일 년간의 준비 끝에 카트만두 공항에 도착한 두 사람을 세 명의 셰르파가 기다리고 있었다. 등반 전문 여행사를 통해 예약해 둔 가이드들이라고 했다.

"나마스테."

두 손을 합장하며 환영하는 찬드라는 사십대 나이에 맞지 않는 간결하고 군더더기 없는 몸매였다. 이십대와 삼십대의 보조 셰르파 또한 검게 그을린 얼굴과 다부진 몸매가 믿음직스러웠다.

"그런데 함진영과 셰르파들이 너무 닮았어요. 형제간이라고 해도 믿을 정도로."

정도승이 함진영과 셰르파들의 유사성을 설명하기 시작했다. 그들이 공유한 가장 큰 신체적 특징은 무성한 눈썹이었다. 양쪽 눈썹은 중간 부위에서 끊김 없이 이어졌다. 낮은 콧잔등을 향해 V자로 구릉을 형성했을 뿐 그들의 이마에는 검은 모발의 산맥이 거의 일자로 그어져 있었다.

"찬드라와 함진영은 서로의 유사성에 자신들도 놀라는 표정이었어요. 마치 오랫동안 헤어져 지내던 가족들이 다시 만나는 분위기와도 같았어요. 하지만 잠시 후 그들의 우호감은 미묘한 경계심으로 변했어요. 같은 극끼리 반발하는 자석처럼 그들은 좀처럼 말을 섞지 않았어요."

함진영은 무언가를 두려워하는 것 같았다. 자신을 닮은 어떤 형상을.

그들은 이 주간의 트래킹을 통해 히말라야에 적응하며 오천사백 미터 베이스캠프 파이브에 도착했다. 다시 육천삼백 미터 베이스캠프 포에 도착하는 데는 삼 일이 걸렸다. 베이스캠프 포에서 짐을 푼 저녁은 을씨년스러웠다. 부족한 산소와 낮은 기압으로 대원들의 얼굴이 부어올랐다. 거센 눈보라가 야수의 울음소리를 토하며 텐트를 흔들어댔다.

"설인, 설인이다. 네팔인 찬드라가 캠프로 뛰어들며 소리쳤어요."

정도승이 악몽을 꾸는 듯한 표정으로 말했다. 윌셔 홈즈의 꿰뚫는 듯한 눈빛은 미세한 안면 근육 경련도 놓치지 않았다. 하지만 정도승의 악몽을 방해하지는 않았다. 독고영 형사가 뭔가 질문하려 했지만 손을 들어 제지한 것도 윌셔 홈즈였다. 그렇게 참고인의 참혹한 진술은 계속되었다.

악마를 닮은 설인을 최초로 목격한 것은 등반팀에서 가장 나이 많은 셰르파 찬드라였다.

초점 잃은 그의 두 눈이 사방을 두리번거렸다. 동상에 검게 탄

콧방울이 씰룩거렸다. 우는 듯 웃는 듯 입꼬리가 치켜진 입술 위로 차가운 침방울이 흘렀다. 한 손으로 움켜쥔 왼쪽 어깨에서 피가 흘러 설원을 붉게 물들였다.

캠프에서 뛰쳐나온 정도승과 함진영은 찬드라의 상처를 치료했다. 네 겹 등산복을 찢고 어깨 근육을 파고든 상처에서 붉은 피가 흘렀다.

지혈을 한 뒤 가제와 반창고로 응급조치를 했다.

"찬드라, 무슨 일이야?"

따뜻한 우유 한 잔을 들려준 뒤 정도승이 물었다.

"설인이 나타났어요. 저 캠프 밖을 보세요."

그의 목소리 톤은 공포로 오르내렸다.

캠프 밖으로 나갔다. 함진영과 정도승 앞의 두 줄기 발자국이 산 정상 쪽으로 이어져 있었다. 길이가 삼십 센티미터가 넘는 거대한 유인원의 발자국이었다. 과학 교사인 함진영은 카메라로 발자국 사진을 찍었다. 플래시가 터질 때마다 그의 얼굴이 파랗게 빛났다. 지옥의 입구를 바라보듯 구겨진 표정이었다.

"엄지발가락과 다른 발가락이 V자처럼 넓게 벌어져 있어요. 그래요, 이탈리아에서 발견된 네안데르탈인의 발자국 화석과 비슷해요."

잃어버린 세계를 탐사하는 과학자가 결정적인 증거를 발견한 것 같았다. 오십만 년 전에 히말라야에 살았던 기간토피테쿠스라는 인류와 비슷한 원인의 후손이라는 말도 덧붙였다. 정도승은 다른 두 명의 셰르파에게 망을 보게 한 뒤 캠프로 들어왔다. 하얀

게 얼굴이 질린 함진영과 정도승은 등산 칼을 손에 들고 찬드라 앞에 둘러앉았다. 버너 앞에서 게걸스럽게 우유 잔을 비운 찬드라가 하얗게 번들거리는 입술을 열었다.

"커다란 발자국(Big Foot)을 봤나요?"

찬드라가 물었다. 함진영은 대답 대신 발자국을 찍은 카메라를 들어 올렸다.

"저녁 식사를 하고 캠프 주위를 점검했어요. 갑자기 등 뒤가 서늘해서 돌아보았더니 거대한 악마가 미소 짓고 있었어요. 미루나무처럼 크고 갈색과 검은 털로 뒤덮인 설인이 나를 바라보았죠. 순간 두 발이 얼어붙고 혼이 빠져나갔어요. 나를 내려다보는 털북숭이 얼굴은 고릴라와 비슷했고 이마는 비스듬하고 머리는 뾰족했어요. 배에만 털이 없는 것이 신기했어요. 설인은 나를 향해 무언가를 말하려는 듯 낮게 그르렁거렸어요. 두 발로 똑바로 서서 긴 팔을 움직이며 무언가 설명하려는 모습은 학교 선생님과도 같았어요. 그제야 정신을 차린 나는 랜턴을 휘두르며 소리쳤어요. 그러자 설인이 내 어깨를 할퀴고 산 쪽으로 달아났어요."

캠프를 뒤흔드는 히말라야 고지의 바람이 괴수의 울음소리 같았다. 두 사람은 찬드라가 말해주는 설인의 전설에 빠져들었다.

네팔의 한 마을에 고빈다 마이나리라는 양치기가 살았다. 그에게는 풀마야라는 열여섯 살 외동딸이 있었다. 그녀는 어느 고산 식물보다 고왔다. 흰 코끼리보다 하얀 목살, 쌍꺼풀이 없는 정감 깊은 눈이 마음을 끌어들였다. 그런데 고산 언덕이 온갖 야생

화로 가득한 어느 봄날 풀마야가 절벽에서 뛰어내렸다. 마이나리는 딸이 뛰어내린 암벽에 올라갔다.

마지막으로 딸의 이름을 외치는 순간, 누군가가 그의 옷깃을 잡아당겼다.

"집착은 봄날의 아지랑이야."

향초 냄새가 남자 옷깃에서 진동했다. 마을에서 본 적이 없는 승려였다. 검은 적삼과 구렁이가 똬리를 튼 것 같은 지팡이가 섬뜩했다. 눈두덩이 시커멓고 저승꽃으로 뒤덮인 해골같이 마른 얼굴은 괴기스러웠다. 노승은 비틀거리는 마이나리를 부축해서 산을 올랐다. 한참을 올라가니 깊은 산골짜기에 암자가 하나 나타났다. 바위 밑을 파서 만든 혈굴 안에서 도승이 마법으로 풀마야의 마지막 모습을 보여주었다. 풀마야는 동네 청년에게 더럽혀진 후 자살했던 것이다. 마이나리는 노승에게 복수할 방법을 물었다.

"보름달에 열 마리 양가죽을 벗겨라. 악마의 산에서 불어오는 바람에 가죽을 말려 설인의 탈을 만들어라. 무쇠 갈고리로 손톱을 만들고 곰 발바닥으로 신발을 만들어라. 바늘로 네 손톱 밑을 찌르며 가죽을 꿰매라. 마음속 온갖 증오로 설인을 만들어라. 완성된 탈을 쓰고 잔칫집에 가거라."

일주일 뒤 마이나리는 설인의 탈을 완성했다. 긴 부츠처럼 생긴 곰 발바닥 신발에 한 쪽씩 다리를 끼워 넣었다. 장단지가 뻐근해지며 알 수 없는 힘이 실렸다. 거대한 스웨터 같은 설인의 상체를 입었다. 상체를 입고 나자 가슴속에 또 하나의 심장이 들어온 듯 강한 박동이 느껴졌다. 새로운 심장은 거대한 괴수처럼 강력하게 뛰었다. 마지막으로 설인의 머리 탈을 썼다. 설인의 눈을 통해 보는 세상은 핏빛이었다. 코에서는 비릿한 선지 냄새가 났다. 귀에서는 계속해서 괴물의 울부짖음이 들려왔다.

"죽여라. 처참하게 찢어라."

설인의 탈을 쓴 마이나리는 청년의 결혼식으로 달려갔다. 결혼식 마당에서 자리를 펴고 술을 마시던 사람들이 경악했다.

"괴물이다!"

사람들이 이리 뛰고 저리 뛰었다.

"비켜! 앞길을 비키란 말이야!"

마이나리가 소리쳤지만 그의 목소리는 야수의 울부짖음으로 포효했다.

"어흐흐응, 어흥!"

상이 엎어지고 접시가 깨졌다. 음식이 사방으로 날리고 사람들이 정신없이 도망갔다. 그때 안방에서 곱게 차려입은 신랑과 신부가 나왔다. 설인을 보고 신랑의 얼굴이 하얗게 질렸다. 바로 풀마야를 더럽힌 그 남자가 칼을 휘두르며 막아섰다.

"저리 비켜! 어흐흥."

마이나리가 신랑을 향해 강철 손톱을 휘둘렀다. 신랑의 목에서 피가 솟구쳤다. 정의로운 복수의 피였다. 곧 마을 남자들이 설인 주위로 긴 창을 들고 몰려왔다. 마이나리는 있는 힘껏 노승의 암자를 향해 달렸다. 하지만 노승의 암자는 흔적 없이 비어 있었다. 가슴속에서 주체할 수 없는 저주와 분노가 끓어올랐다. 설인의 옷을 벗으려 했지만 가죽이 벌거벗은 피부에 달라붙은 뒤였다. 그와 한 몸이 된 가죽이 점점 더 조여 숨 쉬기가 벅찼다. 무쇠 갈고리 끝에서 날카로운 감각이 느껴졌다. 곰 발바닥으로 된 발바닥에서는 가려움이 느껴졌다. 이제 그는 완전한 설인이었다. 설인이 된 마이나리는 히말라야 만년설로 사라졌다. 그 뒤 설인이 사람으로 돌아오기 위해 살인을 저지른 사람들을 죽인다는 소문이 돌았다. 백팔 명의 살인자를 죽여야 다시 사람이 될 수 있다고 했다. 가끔 히말라야로 도주한 살인범들이 잔혹한 시체로 발견되었다고도 했다.

그 설인이 나타나 네팔 가이드 찬드라에게 상처를 입힌 것이다. 설인은 베이스캠프를 향해 손짓하며 분노를 표시했다고 한다. 두 사람에게 히말라야를 오르지 말라고 경고하러 왔다는 것이 찬드라의 결론이었다. 설인의 전설을 들으며 함진영의 얼굴이 창백해졌다. 그의 이마에는 식은땀이 몽글몽글 돋아났다.

"보스, 우리 내일 마을로 내려가요."

그을린 찬드라의 얼굴은 차갑게 굳어 있었다.

"계약은 지켜야 하지 않소?"

정도승은 계약서를 들이밀었다.

"너무 위험해요. 모두 가족이 있어요."

찬드라가 말했다.

"형, 그만 내려가는 건 어때?"

함진영이 두 사람을 돌아보며 말했다.

"너 정신 나갔니? 일 년간 준비했는데 여기서 포기해?"

정도승의 의지는 완고했다.

"당신들 체력과 등반 기술이라면 베이스캠프 투까지 오를 수 있어요. 충분해요."

찬드라가 히말라야 정상 방향을 올려보며 말했다.

"휴, 어쩔 수 없지. 정상에 오르면 성공 사례로 오십 퍼센트를 더 주지."

정도승이 힘들게 말을 내뱉었다.

"백 퍼센트."

찬드라가 열 손가락을 들어 보였다.

"그래, 정상까지 간다면."

정도승과 찬드라가 힘겹게 손을 맞잡았다.

함진영과 정도승은 다음 날 등정을 위해 축축한 바닥에서 잠을 청했다. 밤새 뒤척이다 새벽녘에 깜박 잠이 들었다.

"보스! 큰일 났어요!"

찬드라의 비명에 두 사람이 눈을 떴다. 캠프 밖에는 눈보라가 무섭게 휘몰아쳤다. 찬드라가 찢겨진 텐트 하나를 들여다보고 있었다. 이십대 셰르파가 잠들었던 텐트는 갈기갈기 찢겨져 바람에 휘날렸다. 피에 젖은 침낭은 텅 비어 있었다.

"셰르파가 잡혀갔어요."

함진영이 히말라야 정상을 향해 점점이 이어진 핏자국을 바라보며 말했다.

"보스, 같이 가요. 동료를 구하러 가겠어요."

찬드라의 구릿빛 얼굴이 결의로 빛났다.

"형, 하지만 너무 위험해. 경찰에 연락하자."

마뜩찮은 표정으로 함진영이 말했다. 하지만 연락할 방법이 없었다. 사라진 셰르파와 함께 무전기도 사라지고 없었다.

"가자. 정상에 가서 셰르파를 구해내야 해."

정도승이 함진영을 다독이며 베이스캠프 포를 떠났다. 두 사람은 산의 윤곽을 기억하며 지도에서 등반 루트를 거듭 확인했다. 두 명의 셰르파가 노새에 장비를 싣고 두 사람을 뒤따랐다. 얼마간 지나자 설인의 자취는 눈보라에 씻겨 보이지 않았다. 주위를 경계하며 묵묵히 정상을 향해 발을 내디뎠다.

경사 사십오 도 이상의 바위 면인 슬래브를 백 미터 오른 뒤 암벽을 선반처럼 가로지르는 바위 밴드를 왼쪽으로 돌았다. 밴드에서 시작되는 오십 미터의 완경사 트레일을 오르면 수직 절벽이 시작되었다. 오십 미터가 넘는 수직 암벽을 넘어 다시 평탄한 경사 길이 시작되었다.

눈보라가 얼굴에 얼음판으로 쌓였다. 하지만 두 사람은 눈에 뒤덮인 슬래브를 묵묵히 타고 올랐다. 등반 도중 함진영은 자주 주위를 둘러보았다. 이따금씩 주머니 속 등산 칼을 만졌다.

"악! 설인이다!"

삼십 대 셰르파의 비명이 울렸다.

"형, 저기!"

뒤따르는 셰르파 앞에 달려드는 검은 털 뭉치를 바라보며 함진영이 소리쳤다. 거센 눈발 속에 오십여 미터 떨어진 곳에서 세 개의 그림자가 빠르게 움직였다. 한 그림자가 달려들자 나머지 두 개의 그림자가 산 아래를 향해 달렸다. 노새를 팽개치고 두 셰르파가 마을을 향해 달리고 있었다.

"달려! 정상으로 달려!"

정도승이 설인을 피해 달리며 소리쳤다. 설인을 등지고 있던 정도승과 함진영은 정상 쪽으로 피해야 했다.

얼마나 달렸을까. 점심때가 되어서야 수직 암벽 앞에 다다랐다. 그곳에서 텐트를 치고 점심을 해결했다. 나머지 반나절의 암벽 타기를 위해 따뜻한 음식과 커피 한 잔으로 몸을 녹였다.

"형, 사람에게 운명이 있는 걸까? 피할 수 없는 운명 말이야."

김이 오르는 커피 잔을 들여다보며 함진영이 힘없이 말했다. 정도승은 대꾸 없이 히말라야의 바람 소리만 듣고 있었다. 잠시의 휴식 후 암벽 타기가 시작되었다.

"여기서는 내가 톱을 맡을게."

정도승이 먼저 자일을 잡은 것은 의아했다. 지금까지는 더 젊고 경험이 많은 함진영이 톱을 맡아왔기 때문이다. 정도승은 대답을 기다리지 않고 주저 없이 절벽을 올랐다. 하켄을 박고 자일을 걸었다. 눈보라 치는 암벽을 만져 빈틈을 찾았다. 순식간에 심해와 같이 어두운 하늘이 두 사람을 내려다보았다. 도저히 대낮이라는 것을 느낄 수 없었다. 잠시 후 머리 위에 거대한 그림자가 비춰졌다.

"칸테다."

"왼쪽으로 트랜스버스 해야겠어."

절벽의 거대한 돌출부 칸테가 가로막았다. 그 돌출부를 피해 왼쪽으로 돌아가는 트랜스버스 등반을 결정했다. 하지만 바람이 심해 자일에 매달려 있기도 힘들었다. 손끝에서 발끝까지 힘이 빠지며 심장까지 얼어붙었다.

"일단 비박(Biwak) 하자."

수직 암벽의 약간 움푹한 지점에 발을 딛고 주머니 모양의 비박 텐트를 뒤집어썼다. 두 사람은 한 줄 자일에 매달린 채 텐트 속에서 눈보라를 피했다. 절벽에 매달린 두 개의 누에고치 같았다. 그렇게 한 시간 정도 지났을 때다. 지친 정도승은 쭈그린 채 까무룩 잠이 들었다.

"설인, 설인이 나타났어!"

찢어지는 듯한 비명 소리가 발밑에서 들려왔다.

텐트를 젖히고 발아래를 살폈다.

"진영아."

발아래 매달려 있던 함진영이 보이지 않았다. 검은 눈보라만이 크레바스를 뒤덮었다.

힘겹게 수직 절벽을 내려온 정도승은 반나절 동안 함진영을 찾아 헤맸다. 하지만 붉은 핏자국만이 절벽 아래에 떨어져 있었다. 베이스캠프 포를 지나 내려온 정도승은 어둡기 전 셰르파들에게 구조되었다. 그의 신고를 받은 네팔 경찰이 실종자 수색을 시작했지만 눈보라가 심해 현장에 접근할 수 없었다. 계속되는 악천후로 실종자 구조를 기다릴 수 없었던 정도승은 혼자 귀국해야 했다.

참고인 진술이 끝나자 정도승은 대형 여행 가방을 밀고 집으로 향했다. 휘청거리는 발걸음이었다.

　"어느 부분까지가 진실일까요?"

　독고영 형사가 월셔 홈즈에게 말했다. 그는 네팔 한국영사관에서 보내온 정도승 인터뷰 보고서와 관련 자료들을 테이블 위에 펼쳐 놓았다.

　"참고인 정도승의 진술에 신빙성이 없어 보입니다. 등반 중 실종으로 진술해도 문제가 없을 텐데 굳이 설인이라는 괴물이 나타나 실종자를 살해했다고 합니다. 정도승이 함진영의 실종이나 사망에 직간접적으로 관련되어 있는지 조사를 의뢰 드립니다. 아울러 참고인의 정신 감정도 고려 사항입니다. 영사 K?"

　영사관에서 보내온 편지가 먼저 눈에 띄었다.

　"이 사건은 등반 중 산악 사고이기에 실종 처리하기에 좋은 사건입니다. 하지만 단 한 가지가 걸려요. 정도승의 증언에 등장하는 미확인 생물체 설인이죠. 설인에 대한 생각을 거듭할수록 정도승이 의심스러워집니다."

　독고영 형사가 말했다.

　설인의 존재 이외에 월셔 홈즈의 직감에 걸리는 것이 있었다.

　"독고영 형사님, 혹시 등반 사고에 관련된 증거물은 없나요?"

　월셔 홈즈가 한참 만에 입술을 떼었다.

　"정도승의 등반 장비는 여기 있습니다."

　정도승이 두고 간 등산 배낭과 자일, 그리고 모든 장비가 경찰서 한구석에 놓여 있었다. 월셔 홈즈는 등산 배낭을 뒤집어 내용

물을 쏟아냈다. 하나씩 아이템을 조사하고 수첩에 적어 내렸다.

월셔 홈즈가 다음으로 살핀 것은 십일 밀리미터 직경의 자일이 었다. 팔자 형태로 감아진 오십 미터 길이의 자일을 모두 펼치는 데는 다른 형사들의 도움이 필요했다. 펼쳐진 자일은 강력반을 두 바퀴나 돌았다.

"특별한 이상은 없어 보여요. 중간 부분에 약간 마모된 흔적은 바위에 반복적으로 긁힌 부분이고, 아, 그런데 한쪽 끝이……."

펼쳐진 자일을 따라 강력반을 돌던 월셔 홈즈가 자일 끝에 멈 춰 섰다. 자일 끝은 비스듬하게 잘라져 있었다. 절단면은 날카로 운 칼날에 단번에 베인 듯 깨끗했다.

"자일이 잘렸군요?"

절단면을 함께 바라보던 독고영 형사의 얼굴이 창백해졌다.

"배낭에선 칼이 나오지 않았어요. 다시 한번 찾아보세요."

월셔 홈즈가 말하자 정도승의 등산 장비를 샅샅이 뒤졌다. 수 색을 몇 번이나 반복했지만 그들이 찾는 물건은 나오지 않았다.

"아까 정도승이 셰르파의 전화번호를 남겼지요?"

월셔 홈즈가 분주히 배낭을 뒤지는 독고영 형사에게 말했다. 월셔 홈즈는 곧 정도승의 등반을 도와주었던 셰르파에게 전화를 걸었다.

"찬드라입니다."

상대방은 뚝뚝 끊어지는 제3세계 억양으로 말했다.

"사립탐정 월셔 홈즈입니다. 정도승과 함진영의 등반에 관해 조사 중입니다. 몇 가지만 대답해 주실 수 있습니까?"

"네, 제가 아는 것은 다 말씀드리죠."

셰르파 찬다르의 증언에 의하면 베이스캠프를 출발할 때 정도승의 배낭에는 JDS라는 이니셜이 새겨진 등산 칼이 있었다고 한다. 정도승은 등산 칼을 배낭에 넣고 다니다가 자주 꺼내 보는 버릇이 있었는데 찬드라가 이유를 물은 적이 있다고 했다.

"이 칼은 제사용 칼(Ritual knife)이요."

그때 찬드라는 정도승의 대답을 이해할 수 없었다고 말했다. 그가 본 제사용 칼은 양을 잡는 커다란 칼이나 흑요석 칼밖에 없다고 했다.

찬드라와 통화를 마친 윌셔 홈즈는 노트에 메모를 시작했다. 자살한 정도승의 딸, 제사용 칼, 날카롭게 잘린 자일, 사라진 등산 칼. 여러 개의 단어가 의식의 흐름으로 연결되었다.

"그런데 정도승의 배낭과 등산 장비에서는 왜 그 칼이 나오지 않았을까요?"

어색한 침묵을 견디지 못해 독고영 형사가 물었다.

"스피커폰으로 정도승에게 전화를 하세요. 그 사람에게 물어봅시다."

윌셔 홈즈가 말했다.

스피커폰으로 정도승의 음성이 울려 나오는 순간까지 두 사람의 머릿속에는 두 단어가 떠다녔다. 사라진 등산 칼과 날카롭게 잘려진 자일. 정도승이 등산 칼로 자일을 자른 뒤 절벽에서 칼을 버리지 않았을까? 그렇다면 정도승은 왜 함진영을 죽였을까? 일 년간 함께 히말라야 등정을 준비한 친구를 죽이려면 납득할 만한 이유가 있어야만 한다.

"왜 함진영을 죽였나요?"

통화가 연결되자마자 월셔 홈즈가 정도승에게 물었다.

잠시 팽팽한 긴장감이 흘렀다.

"저는 죽이지 않았어요. 설인이 죽였어요."

정도승이 떨리는 목소리로 대답했다.

"설인, 설인 하지 마세요! 이러면 당신에게 더 불리해지는 거 알죠? 당신은 참고인에서 용의자가 될 수 있어요!"

옆에서 독고영 형사가 소리쳤다. 하지만 정도승은 굳게 입을 다물었다. 실종 수사가 미궁에 빠지는 순간이다. 정도승을 용의 자로 지목하기에는 아직 일렀다. 시체도 발견되지 않았고 사건 발생 장소도 네팔 경찰의 관할이다. 잘려진 자일도 함진영의 실 종과 반드시 연관된다고는 할 수 없었다. 이제 바랄 것은 함진영 의 시체뿐이었다. 죽은 자는 말이 없지만 시체는 침묵 속에 많은 것을 알려줄 수 있기 때문이다.

현지 일기가 좋아지자 마침내 구조팀이 함진영의 시체를 발견 했다. 실종 사고로부터 일주일 만의 일이다. 육십 킬로그램이었 던 함진영은 크레바스 안에서 백 킬로그램의 얼음덩이가 되어 있 었다. 시체는 무겁기도 했지만 증거 훼손 없이 옮겨져야 했기에 이동이 힘들었다. 항공기 냉동 칸에 실려 인천공항에 도착한 시 체는 다시 냉동 트럭에 실려 국과수에 도착했다.

시체의 부검 결과, 추락의 충격으로 추정되는 외상과 장기 파

열이 사인으로 추정되었다. 시체의 외부에 교살이나 흉기의 흔적
은 없었다. 척추와 두개골, 갈비뼈가 골절되었고 간장, 비장과 신
장이 파열되고 뇌출혈이 심했다. 신체의 한 면에만 심한 타박상
이 있어 추락사로 단정하기에 무리가 없었다. 독극물 검사도 정
상으로 나와 타살의 용의는 없었다.

숨진 함진영의 오른손에 등산 칼이 쥐어져 있었다. 죽는 순간
까지도 그가 칼을 놓지 않았던 이유는 무엇일까? 그 등산 칼 손
잡이에는 JDS라는 글자가 새겨져 있었다.

"문제가 해결되었습니다. 함진영의 시체가 발견되었어요."

국과수 부검 결과를 듣고 독고영 형사가 윌셔 홈즈에게 전화
했다.

"타살의 정황은요?"

라왓슨 원장실에서 색소폰을 연주하던 윌셔 홈즈가 가쁜 호흡
으로 전화를 받았다.

"정도승은 범죄와 관련이 없어 보여요. 타살의 흔적이 보이지
않고 결정적인 것은 함진영이 정도승의 칼을 쥐고 죽었다는 겁니
다. 본인 스스로 자일을 잘랐다는 거죠."

독고영 형사는 자부심 어린 목소리로 말했다. 세계적인 명탐정
윌셔 홈즈의 도움 없이도 어려운 사건을 해결했다는 성취감이 느
껴졌다.

독고영 형사와 통화를 마친 윌셔 홈즈는 알토 색소폰을 내려놓
고 소프라노 색소폰을 집었다. 케니지의 색소폰 곡이 라왓슨의
치과에 울려 퍼졌다. 새로운 아이디어가 떠오를 때 그는 소프라

노 색소폰을 하늘 높이 쳐들고 불곤 했다.

그날 오후 라왓슨 원장은 진료를 취소하고 윌셔 홈즈와 같이 국과수로 향했다. 국과수 부검팀 치과 파트를 담당한 라왓슨은 함진영의 부검 자료를 살펴보았다. 독고영 형사의 말대로 타살의 증거는 없었다.

"시체와 같이 발견된 물품은 없었나요?"

윌셔 홈즈가 국과수 팀장에게 물었다.

"함진영의 비박 텐트와 배낭이 발견되었습니다. 그런데 특별히 타살의 의혹이 가는 물건은 없었습니다."

색소폰 살인 사건 수사 때 명탐정 콤비의 능력에 감탄했던 부검팀장이다. 그는 조심스럽게 윌셔 홈즈의 얼굴을 살피며 함진영의 물품들을 가져왔다. 검은 매직펜으로 번호가 쓰인 비닐봉지 하나에 윌셔 홈즈의 눈길이 머물렀다. 설인 인형이 든 봉지였다. 손바닥만 한 인형은 털북숭이 갈색 설인의 모습이었는데 얼굴은 붉은 도자기로 만들어져 있었다.

"역시 명탐정은 다르시군요. 유일하게 지문이 나온 물건입니다. 설인 인형의 도자기 얼굴에서 지문이 나왔어요. 물론 함진영 본인의 것이죠."

부검팀장이 말했다.

"팀장님, 잠시 제가 인형을 관찰해도 될까요?"

라왓슨이 라텍스 장갑을 끼고 설인의 인형을 관찰했다. 얼굴에는 확대경 루페를 쓰고 있었다.

"인형의 배에 칼자국이 있군요. 홈즈 선생님, 털에 가려졌던 인형의 턱 부분 도자기에 희미한 자국이 있어요. 혹시 반쪽짜리 지문이 아닐까요? 알루미늄 분말을 사용하면 어떨까요?"

"잠재 지문을 현출할 때는 알루미늄보다는 CA(Cyanoacrylate) 법을 이용하거나 형광 분말을 이용하면 육안 식별이 용이하지. 기화된 순간접착제를 이용해서 검체에 부착된 지문을 현출하거나 형광 물질 분말을 칠한 후 가변 광원기로 잠재 지문을 확인하는 방법들이지."

홈즈의 요청에 의해 부검팀장이 턱 모서리 도자기에 형광 분말을 뿌렸다. 그리고 가변 광원기를 비추자 반쪽짜리 지문이 털 밑에서 희미하게 모습을 나타냈다.

지문 채취가 끝나고 윌셔 홈즈와 라왓슨은 시체 보관소로 향했다. 금속 서랍을 잡아당기자 함진영의 모습이 나타났다. 해동된 뒤 부검이 끝났지만 추가 조사를 위해 보관 중인 시체다. 가슴이 Y자로 열리고 머리도 두 조각으로 잘린 시체는 인간의 형상을 상실하고 해부학 명칭으로 존재했다. 라왓슨은 시체의 입술을 젖혀 치아를 살폈다. 위아래 앞니 여섯 대가 외상으로 치경부 부위에서 부러져 나갔다. 나머지 여섯 대의 앞니도 부분적으로 파절되거나 파절선이 명확하게 형성되어 있었다. 라왓슨이 깨진 치아에서 한 겹씩 껍질을 벗겨냈다. 작은 치아에 덧붙인 라미네이트 보철물이었다. 라미네이트를 벗겨낸 치아들을 치과용 알지네이트 인상재로 본을 떴다. 인상재 치아 자국에 석고가 부어졌다.

경찰청 과학수사센터의 지문 감식 프로그램이 가동된 지 하루 만에 반쪽짜리 지문의 주인이 밝혀졌다. 지문은 일 년 전 자살한 여고생 정효지의 것이었다.

월셔 홈즈는 정효지 사건 조사를 라왓슨에게 위임하고 여행을 떠났다. 행선지와 기간은 알려주지 않았다.

라왓슨이 경찰 사건 기록을 조회해 보니 정효지의 변사 사건은 영등포 경찰서 관할이었다.

"박종규 형사님, 국과수 부검팀 라동식 원장입니다. 일 년 전 여고생 자살 사건 때문에 찾아왔습니다."

"여고생 자살 사건이라면, 정효지?"

헝클어진 머리의 박 형사가 충혈된 눈자위를 번뜩였다. 후줄근한 잠바에 초벌구이 도자기 같은 피부. 박 형사는 라왓슨 원장을 반갑게 맞았다.

창살문이 달린 강력반 안에는 십여 개의 책상이 놓여 있었다. 이 빠진 것처럼 군데군데 빈자리는 외근 나간 형사들의 자리였다. 장부 정리하는 형사, 범인을 앞에 두고 취조하는 형사들로 분주했다.

"그런 일이면 전화하시지. 바쁘실 텐데."

"그럴까 했는데 발품을 팔아야 할 것 같아서요."

"정효지 자살 사건이라……. 어쩐지 자살로 덮기에 찜찜하다 했더니 발품 파는 사람이 생기네요."

"찜찜하다뇨?"

"여고생이 옥상에서 떨어졌어요. 유서가 든 일기장을 품에 안고서요."

"의문의 여지가 없는 자살 아닙니까?"

"명백한 자살로 보고 현장감식팀도 출동하지 않았죠. 그런데 찜찜했던 것은 여고생 아버지의 태도였어요."

박 형사는 앞에 놓인 커피를 들이켜며 잠시 생각에 잠겼다가 말을 이었다.

"아버지는 이상하게도 부검을 요구했어요. 자살 케이스에서는 두 번 죽이는 것이라 해서 부검을 꺼리는 경우가 대부분인데 말이죠."

"부검 결과는요?"

"임신 육 개월째였어요. 약간 비만형이어서 임신 사실을 주위에서 몰랐던 모양이에요."

"성폭행에 대한 조사는요?"

"그것이 찜찜해요. 여고생 아버지가 거기에 대해서는 극구 반대했어요. 부검까지 요구하던 아버지가 왜 성폭행 수사에는 반대했을까요? 그런데 사실 우리가 더 반가웠어요. 살아 있는 여자의 성폭행범 검거도 힘든데 죽은 여고생을 누가 폭행했는지 어떻게 찾아냅니까? 그냥저냥 자살로 처리, 의견서를 검찰에 넘겼고, 검찰의 승인이 떨어졌어요. 그 여고생은 자살 통계 수치가 되었죠."

"엄밀하게 여고생의 죽음은 타살이에요. 그녀를 죽음으로 내몬 남자를 찾았어야죠."

라왓슨이 주먹에 힘을 주며 말했다.

"저도 안타까워요. 실정법상 자살 원인 제공 죄는 없으니까요. 요행히 범인을 잡는다 해도 미성년자 성폭행 죄로 몇 년 살다 나오면 끝이죠. 죽은 애만 불쌍하죠. 참, 여고생 유서와 일기를 복사해 둔 게 있어요. 읽어보겠어요?"

박 형사는 서류 캐비닛에서 복사지 뭉치 하나를 꺼냈다.

"참, 여기 사진도 하나 있네. 왼쪽 어깨에 난 이빨 자국 사진이에요. 치흔으로 보아 치아가 무척 날카로운 사람이에요. 누군지 밝혀내지는 못했지만."

독고영 형사는 가볍게 목례를 나누고 영등포 경찰서를 나왔다. 한 손엔 유서와 일기장, 그리고 사건일지가 들려 있었다. 라치과로 돌아오자마자 복사지 뭉치를 펼쳤다.

사랑하는 아빠,
엄마 없이 나를 키우느라 고생 많았지?
못난 딸 용서해 줘.
그냥 편안히 눈감고 싶어.

유서에서는 옥상에서 뛰어내리기 전 정효지의 마지막 고뇌가 느껴졌다. 굳은 획으로 시작되었으나 뒤로 가면서 눈에 띄게 흐트러진 필체였다. 눈물 자국에 번진 글자가 애처로웠다.

일기장을 펼쳐 보았다. 여고생의 감수성이 묻어나는 글귀가 섬뜩했다. 이렇게 꿈 많던 여학생을 자살로 몰고 간 것은 무엇이었을까?

"그는 전설을 믿었다. 히말라야에 설인이 있다고 했다."

"사람마다 가치관과 목표가 다르다. 그런데 나는 어떤 목표를 가지고 있을까? 나는 모든 것을 잃어버렸다. 내 안의 소중한 것을 도둑맞은 듯 텅 빈 느낌이다. 내 안에 이미 그가 들어 있다."

"아빠에게 모든 것을 털어놓고 싶다. 몇 번이나 이야기를 꺼내려고 했다. 하지만 아빠는 너무나 바쁘다. 힘들게 시작한 말인데 시간이 없다며 다음으로 대화를 미룬다. 모두가 원망스럽다."

이 일기를 쓴 지 일주일 후 그녀는 아파트 옥상에서 몸을 날렸다.

일 년 전 사건 수사 당시 그녀의 일기에 등장한 '그'에 대한 의혹이 제기되었다. 하지만 일기에 표현된 정황이 불명확하고 충분치 않았다. 결정적으로 그녀의 아버지 정도승이 더 이상의 수사에 동의하지 않았기에 사건은 자살로 종결되었다고 사건일지에 적혀 있었다.

다음 날 라왓슨은 정도승과 이른 오후 약속을 했다. 용의자와 탐정의 만남이 아니라고 하자 정도승은 흔쾌히 응했다. 치과의사와 산사나이와의 만남이었다.

두 사람이 마주한 곳은 종로통 선술집이었다. 두 사람은 막걸리와 빈대떡을 앞에 두고 한 사발씩 우윳빛 액체를 들이켰다. 검게 동상에 물린 정도승의 코끝이 히말라야의 혹독함을 짐작케 했다.

"정말 설인이 있다고 생각하세요?"

라왓슨은 보자기처럼 얼굴을 감싸는 술기운을 느끼며 물었다.

"설인은 존재합니다."

기다렸다는 듯이 정도승이 대답했다. 확신 어린 말투였다.

"설인이 효지 양의 복수를 해주기를 바라셨죠?"

"네."

이번에도 정도승이 주저하지 않고 대답했다.

"설인은 모든 사람의 마음속에 존재합니다."

정도승의 부연 설명이 라왓슨에게 더 많은 궁금증을 불러일으켰다. 마치 선문답 같았다.

"왜 함진영을 감싸주었나요? 효지를 죽게 한 사람이 함진영이라는 것을 알고 있었죠?"

"함진영이 효지를요?"

정도승이 태연하게 두 눈을 껌벅였다.

"효지 양이 죽은 뒤 함진영은 치아 모양을 바꾸기 위해 치과 진료를 받았더군요. 효지 양 어깨에 치흔을 남긴 것이 걱정되었겠죠. 그런데 라미네이트를 벗겨낸 치료 전 함진영의 치아 모형이 효지 양의 어깨에 난 치흔과 일치했어요. 효지 양에게 치흔을 남긴 사람이 효지 양을 임신하게 만든 사람이 아닐까요?"

라왓슨의 말에 정도승은 두 눈을 지그시 감고 조개처럼 입을 다물었다.

"베이스캠프에서의 설인 해프닝과 발자국, 모두 당신이 꾸민 거죠? 함진영에게 공포심과 자책감을 주어서 사고사 당하게 할 의도였죠?"

"······."

"함진영은 왜 당신의 칼을 들고 죽었죠? 그리고 그의 배낭에서 효지 양 지문이 찍힌 인형이 발견된 이유는요?"

폭풍처럼 몰아치는 라왓슨의 질문에 침묵을 지키던 정도승이 그제야 빙그레 미소를 지었다. 한쪽 보조개가 들어가는 중년의 얼굴이 아름답게 느껴졌다. 의당 해야 할 일을 완수한 충족감 때문이었을까? 어떤 어려움도 이겨내며 신념을 완수한 기쁨이 얼굴에서 배어나왔다.

"한 가지 알려 드리죠. 딸애의 자궁에서 나온 것은 털북숭이였어요. 나는 털북숭이 인형에 칼을 꽂아 함진영의 배낭에 넣었어요. 오십 미터 수직 암벽을 오르기 직전에."

그는 이글거리는 두 눈을 부릅떴다.

"형사님, 성폭력으로 딸을 잃은 부모의 심정을 알 수 있나요? 어느 날 갑자기 그 애가 사라진 빈방에 들어갈 수 없었어요. 당장에라도 '아빠' 하고 방문을 열고 나올 것 같아 빈방 앞에 밤새 서 있어요. 죄 없는 아이를 죽게 만든 털북숭이가 처참하게 죽기를 바랐어요. 감옥에 몇 년 수감되었다 면죄부를 받게 할 수는 없었어요. 비밀리에 해결사를 고용해서 효지 친구들을 탐문했어요. 효지와 접점을 가졌던 남자 중 우쿨렐레를 연주하는 털이 많고 작은 체구의 남자가 있다는 것을 알아냈어요. 그는 효지 친구의 담임선생이었어요. 출생 조회 결과 그는 네팔 왕국의 메룸체(Melumche) 집안에서 입양된 고아였어요. 설인과 인간의 성관계에 의해 그 가족이 탄생했다는 전설이 있더군요. 저주받은 피웠죠. 그는 어려서부터 남다른 외모로 따돌림을 당했어요. 그때마다 히말라야로 돌아가고 싶다고 했어요. 한 번은 초등학교 친구들이 원숭이의 탈을 쓰고 그를 놀려줬다고 했어요. 그때 함진영은 거품을 품으며 기절했어요. 설인의 존재를 믿고 있었던 겁니다. 이제 그를 단죄할 일만 남았죠. 나는 그가 히말라야 등정을 후원할 사람을 찾는다는 것도 알게 되었죠. 나는 개인 트레이너에게 암벽 등반에 대한 하드트레이닝을 받은 후 암벽등반가로 거듭났습니다. 그가 등록한 산악회에 가입해 자연스럽게 접근했습니다. 그리고 그와 히말라야 등정 준비를 시작했어요. 히말라야에 가기로 한 효지와의 약속도 지키면서 함진영에게 복수할 수 있는 좋은 기회를 잡은 거죠. 자, 제가 드릴 말씀은 끝났습니다. 탐정님, 저를 체포하시렵니까?"

그는 두 팔목을 들어 라왓슨에게 내밀었다. 라왓슨은 할 말을 잃고 멍하니 그를 바라보았다. 잠시 후 정도승은 작은 상자를 남기고 선술집을 나섰다.

홀로 남은 라왓슨은 히말라야의 수직 절벽을 떠올렸다.

공포에 휩싸인 함진영이 절벽에서 비박을 준비하며 배낭을 열어보았다. 배낭 속에 그가 효지를 유혹할 때 주었던 설인 인형이 들어 있었다. 그것도 정도승의 칼이 꽂힌 인형이. 정도승과 효지의 얼굴이 오버랩 되었다.

"맞아, 정도승은 효지의 아버지야. 내가 효지를 죽게 한 것을 알고 있어. 인형에 칼을 꽂은 것은 복수의 의미야. 위에서 내가 매달린 자일을 자르겠다는 경고야."

함진영은 패닉에 빠졌다. 마음속 온갖 공포가 기어 나와 그를 삼켜 버렸다. 그때 그의 눈앞에 검붉은 털 뭉치가 나타났다. 거대한 털 뭉치는 스멀스멀 비박 텐트로 들어왔다.

"사람 살려! 설인이다!"

공포에 질린 그는 칼을 휘둘렀다. 텐트가 갈기갈기 찢겨지며 눈보라가 들이쳤다. 감당할 수 없는 공포가 검푸른 아가리를 벌렸다. 계속되는 칼질에 자일마저 잘려 나갔다. 함진영은 찢겨진 비박 텐트에 휩싸여 빙벽 아래로 떨어졌다.

절벽에서의 광경이 라왓슨에게 한 편의 추리소설을 떠올리게 했다. 범인에게 극도의 공포심을 심어주어 죽게 하는 심리 트릭이 아니었을까?

라왓슨은 정도승이 주고 간 상자를 열어보았다. 상자 속에서 단단히 밀봉된 검은 비닐봉지 하나가 나왔다. 봉지에는 메시지가 적힌 노란색 포스트잇이 붙어 있었다.

"연극은 극본대로 진행되지 않습니다. 배역에 없는 배우가 무대에 등장하니까요."

메모를 읽으며 비닐봉지 한쪽을 벗기자 비릿한 냄새가 진동했다. 로드 킬(길가에 방치된 야생동물 시체) 냄새였다. 허겁지겁 봉투를 열었다. 봉투가 찢겨지며 검붉은 털 뭉치가 툭 떨어졌다. 검게 변색된 날카로운 손톱, 적회색 골수가 노출된 중간 마디뼈. 털 뭉치는 날카로운 칼에 잘린 거대한 집게손가락이었다. 순간 설인의 손가락 화석을 발견했다는 시베리아 지방정부의 발표가 생각났다.

"악마를 너무 오래 바라보지 말게. 그러면 우리도 악마가 된다네."

늦게 나타난 홈즈가 라왓슨의 어깨를 잡았다. 홈즈는 집게손가락이 든 상자를 들여다보았다.

"정도승이 함진영에게 심리 트릭을 준비했다고 자백하던가? 그런데 정말 결정적인 순간에 설인이 나타났다고 했겠지? 설인의 등장이 면죄부를 부여했다는 말이겠지."

"아니, 그것은 어떻게 아셨어요?"

"정도승의 참고인 진술은 매우 침착했어. 마치 정해진 궤도를 달리는 기차와 같았지. 발단, 전개, 위기, 절정, 결말이라는 정차역을 순서대로 밟아가며 작은 디테일조차 정확한 단어로 설명했어. 그의 이야기를 듣다 보면 마치 현장 검증을 하는 듯한 느낌이었다네. 너무 완벽한 것은 부족한 것이야. 그의 완벽한 진술이 다음 수순을 예측하게 했어."

홈즈는 상자에 든 집게손가락을 쓰레기통에 던져 버렸다.

"홈즈 선생님, 그것은 설인의 존재를 알려주는 단서인데요."

라왓슨이 깜짝 놀라며 말했다.

"설인의 손가락인지 침팬지 손가락인지는 중요하지 않네. 중요한 것은 효지 양의 죽음에 대한 단죄가 이뤄졌다는 거야."

윌셔 홈즈가 사진 한 장을 내밀며 말했다.

"라왓슨, 네팔 경찰에게서 현장 사진을 얻어 오느라 늦었네."

윌셔 홈즈가 내민 사진은 깎아지른 듯한 빙벽 사진이었다.

"이 사진으로 함진영의 죽음을 밝혀냈지."

"설인이 죽었나요?"

라왓슨이 얼떨떨한 표정으로 물었다.

"설인이 죽였는가 하는 것은 내 추리를 듣고 나서 판단하기 바라네. 지난 일주일간 내가 발견한 것들은 다음과 같네. 첫째, 함진영이 크레바스에서 발견된 것은 물리의 법칙에 위반된다네. 함진영의 체중을 육십 킬로그램으로 잡고 수직 절벽의 중간 높이에서의 위치에너지를 계산하면 바닥에 충돌했을 때의 모멘텀이 나온다네. 이것을 날카로운 돌이 깔린 바닥의 마찰계수로 상쇄시키면 함진영이 바닥에 미끄러져 얼음계곡으로 굴러 떨어질 확률은 제로라네."

"그렇다면 누군가가 함진영을 크레바스에 던졌다는 결론이군요?"

실마리를 잡은 듯 라왓슨의 얼굴에 미소가 떠올랐다.

"또 한 가지 의심스런 점은 절벽에서 떨어진 함진영의 손에 어떻게 등산 칼이 쥐어져 있었는가 하는 점이야. 국과수에서 함진영의 시체를 살펴보았을 때 알았지. 시체의 손에 칼이 쥐어졌다는 것은 정확한 묘사가 아니야. 칼 손잡이 끈이 함진영의 손목에 감겨 있었던 거야. 그리고 칼자루가 손바닥에 접착되었을 거야."

"칼자루와 손에서 접착제가 검출되지 않았어요."

"영하의 기온이었을 테니 물을 접착제로 사용하지 않았을까?"

"아! 그 생각을 못했군요."

라왓슨이 신음을 토해냈다.

"세 번째 발견한 사항은 수직 절벽에서 떨어졌을 때 함진영이 살아 있었다는 점이야."

"네? 그럴 리가?"

라왓슨이 의아한 표정을 지었다.

"네팔 경찰에게서 받은 이 사진은 해상도가 매우 높은 사진이지. 자, 이 부분을 자세히 보게. 수직 절벽의 바닥에 몇 줄 긁힌 자국이 있지. 국과수에서 본 함진영의 손톱 기억나?"

"찢겨진 손톱 속에 흙이 채워져 있었어요. 그렇다면 부상당한 함진영이 누군가로부터 달아나려고 손톱으로 바닥을 긁었다는 말이군요."

"자, 이제 마지막 질문에 도달했네. 그렇다면 함진영은 누구로부터 달아나려던 것이었을까?"

"정도승이 딸의 원수를 갚고자 함진영을 크레바스에 던졌군요? 그런데 왜 그는 설인이 죽었다고 했을까요? 본인이 의심을 받을 텐데요."

"성폭력으로 딸을 잃은 부모의 심정을 생각해 보게. 설인 인형에 칼을 꽂으며 살을 저미는 고통을 느꼈겠지. 풀마야의 복수를 하기 위해 설인이 된 마이나리의 심정이었을까? 복수에 심취한 정도승이 또 하나의 괴물이 된 거지. 정도승은 함진영이 설인에 의해 정의롭게 처벌되었다는 것을 알리고 싶었던 것은 아닐까?"

월서 홈즈의 목소리가 비장하게 울렸다.

"정도승이 스스로 법의 심판을 받으려는 것은 아닐까요?"

라왓슨이 말했다.

"블로그에서 불리한 글들을 지우지 않은 것을 보면 그렇게도 생각되네. 그는 원칙을 지키는 사람이야. 스스로 복수를 행하는 사람들로 무법천지가 되는 것을 원하지는 않겠지. 정도승의 블로그를 프린트해 왔네. 한번 읽어보겠나?"

홈즈가 프린트된 종이를 내밀었다.

메룸체 혈통을 찾습니다. 네팔 왕국 메룸체 혈통을 가진 사람에게 사례금을 지급합니다.

"이 글은 지하철 무가지 광고를 퍼온 것이군요. 날짜는 일 년 전으로 되어 있어요."

한글과 네팔어로 프린트된 글을 읽고 라왓슨이 말했다.

"함진영과 히말라야 등반 준비를 시작하던 시기지. 정도승이 메룸체 혈통의 가이드들을 일 년 전에 모집했다는 증거야. 그들을 설인 목격자로 훈련시켰던 거야. 함진영과 꼭 닮은 사람들에 의한 잔인한 복수극이었지. 이 글도 읽어보게."

"이 글은 설인의 전설이군요. 그런데 포스팅된 날짜가 육 개월 전이에요."

"날짜로 미루어볼 때 설인의 전설은 정도승이 직접 창작했어."

"딸을 잃은 아버지의 심정이 설인의 전설로 태어났군요."

"자, 이제 마포 경찰서로 가볼까? 정도승이 체포되어 용의자로 조사받고 있네. 내가 발견한 자료들을 검찰에 넘겼더니 체포영장이 발부되었어."

　월셔 홈즈의 얼굴에 희붐한 햇살이 비추었다. 히말라야의 복수
에 물든 핏빛 석양이었다.

「설인」 END.

세상에 공짜는 없다

김주동

2008년 미스터리 매거진에 〈동성로〉로 신인상을 받으면서 등단. 이후 단편소설로 꾸준한 활동을 하고 있다.

나는 정미 집으로 왔다. 불안해서다.

내가 연출한 영화가 히트하고 나서 나는 한껏 들떠 있었다. 이번이 장편 데뷔작이었는데 보기 좋게 성공했다. 범죄 영화를 특별히 선호하는 건 아니지만 감독으로 데뷔할 수 있는 기회를 그냥 날릴 수는 없었다. 연쇄살인범 얘기였는데, 물론 유행에 발맞추어 실화를 바탕으로 한 것이다. 살인범은 젊은 여자들을 대상으로 삼았고, 한낮에도 사람만 없다면 범행을 저지르고 보는 대범한 놈이었다. 특별히 어떤 장소를 무대로 활동하지는 않아서 범인에게 따로 붙여진 별칭 같은 건 없었다. 물론 영화상에서는 특정 장소를 배경으로 펼쳐진다. 복구동을 중심으로 밤낮 가리지 않고 단 몇 개월 만에 영화를 찍어냈다. 후반 작업이 예상외로 길어 곤란을 겪었지만 다행히 여름 한철에 상영관을 잡을 수 있었다.

복구동은 술집과 노래방이 밀집한 번화가로 멀지 않은 곳에 가정집들이 자리 잡고 있다. 범행은 이들이 한눈에 내려다보이는 야산에서 벌어졌는데, 범인은 여자에게 마취제를 주사한 뒤 산으로 끌고 가서 일을 저질렀다.

범인도 잡히지 않은 살인 사건을 소재로 영화를 만든다는 게 좀 찜찜했지만 감독 데뷔가 꿈이었던 나는 크게 망설이지 않았다. 잡히지 않은 범인이다 보니 물론 상상이 가미되었다. 범인은 최대한 사악한 존재로 그렸다. 동시에 세상에 나서지 못하는 겁 많고 비겁한 이중적인 존재로 그렸다. 무엇보다 희생자의 가족에 의해 비참한 최후를 맞는 것으로 그렸다. 이런 결말이 썩 마음에 들지는 않았지만 작품성보다는 대중성을 생각하다 보니 어쩔 수 없었다. 사실 이 영화를 만들라고 나를 설득한 건 아내였다. 나보다 두 살 많은 30대 후반의 여자였는데, 사실 내가 이 여자와 결혼한 건 장인 때문이었다. 장인은 제작사 하나를 꾸려 나가고 있었다. 시류에 발맞추어 항상 한발 늦게 영화를 제작했기 때문에 큰 성공은 못 거두었다 하더라도, 그렇다고 크게 망해본 적도 없는 제작사였다. 이번에도 타 제작사에서 제작, 몇 개월 전 히트한 범죄물에 자극받은 장인이 영화 기획을 추진하게 된 것이다. 가족끼리 하면 돈을 절약할 수 있지 않을까 하는 꼼수로 장인은 내게 영화를 맡겼다.

영화가 완성되고 나서도 무척 신경 쓰였는데 의외로 영화는 히트를 쳐서 나는 안심했고, 잘난 척 기자들 앞에서 거들먹거렸다.

"영화 만들지 마. 당장 그만둬. 누가 죽어도 난 책임 못 진다."

실은 영화를 완성하기 전 이런 협박 전화를 받았다. 무시하려 했는데 막상 영화가 성공하고 보니 무슨 일이 생기는 건 아닌지 불안했다.

방금 영화 잡지사 기자와 그럴듯한 인터뷰를 끝냈다. 밤늦게 일이 끝날 때는 허탈했고, 그럴 때면 집으로는 돌아가고 싶지 않았다. 아내는 내게 자주 덤벼들곤 했는데 결혼 전 남자관계가 빈번한 헤픈 여자였다. 매일 밤 잠자리를 요구하는 아내에게 싫증이 났던 차, 1년 전쯤 우연히 대학 후배를 만나게 된 것이다. 그녀가 집안 사정으로 휴학하고 나서는 얼굴을 보지 못했는데, 무척 반가웠다. 그날 그녀와 밤늦게까지 술을 마셨고, 그녀가 배우 지망생이란 걸 알게 됐다. 나는 영화 만드는 일을 하고 있다고 수줍게 떠벌렸고, 그녀는 놀라면서도 뭐랄까, 대단하다는 그런 얼굴로 나를 보았다. 배역을 핑계로 그녀와 잠자리를 가지게 된 건 아니지만, 어쨌든 배역 하나를 주겠다는 무언의 약속을 하게 되었다.

실제 희생자처럼 자신이 욕실에서 끔찍하게 살해당하는 역할이라는 사실에 실망한 눈치였지만 나는 그녀를 설득했다. 최대한 자세히 클로즈업 잡아 대중에게 확실히 얼굴을 알리겠다고. 관객들에게 심리적 충격을 안겨줄 수 있다고. 그녀는 내 사탕발림에 넘어갔고, 배역을 맡았다. 영화의 흥행으로 그녀에게도 관심이 집중되었다. 주연급까지는 아니더라도 괜찮은 조연급 섭외가 밀려들고 있었던 것이다.

정미는 낯선 남자가 자기를 미행한다는 말을 한 적이 있다. 영화를 만들지 말라고 협박 전화를 걸어왔던 자가 그 스토커일지도 모른다. 누군가 죽을 것이므로 영화 만들지 말라던 그의 말이 뇌리를 스치고 지나갔다. 그때는 스토커가 붙은 거 아니냐며 축하한다고 농담을 건넸다. 스타라면 당연히 스토커가 있는 거라고. 그녀도 슬쩍 웃긴 했다. 앞으로 일거리도 많이 들어올 테고, 그러면 가로등도 없는 이런 후미진 낡은 단층 아파트에서 살지 말고 방범 시설이 잘 갖춰진 곳으로 이사를 하라고 권했다. 그러면 그녀는 정이 든 곳이라 싫다고 귀엽게 말했다. 더욱이 우리가 만나기엔 이만한 곳도 없다고 그녀는 덧붙였다. 어쨌든 불안한 마음에 확인하고 싶었다.

나는 방을 둘러보고는 조금 열린 욕실 문으로 다가갔다. 문을 밀었다. 나는 순간 고개를 돌리고 말았다.

물 빠진 욕조에 그녀는 있었다. 나체로 엎어져 있었고 다리는 구겨진 듯 욕조에 딱 닿아 벌려져 있었다. 젖은 머리칼 사이로 눈이 보였고, 크게 뜨고 있었다. 팔 한쪽은 욕조에 걸쳤고, 목 주위에는 멍 자국이 보였다. 허벅지와 엉덩이 부근이 벌겋게 부어 있었다. 그 모습에 심장이 요동치던 나는 화장실 문을 세게 닫고 말았다.

어떻게 해야 좋을지 몰랐다. 이런 짓을 저지를 만한 자를 알 듯하다.

나는 그녀의 죽음을 모른 척하고 싶었다. 아내가 정미와 나 사이를 알게 되는 게 두려웠고 영화 한 편 히트 쳤다고 내 앞길이 확실히 보장된 것도 아니다. 도저히 경찰에 신고할 용기가 나지 않았다.

나는 행여 정미가 나와 깊이 관련된 물품을 두지 않았는지 방 곳곳을 뒤적였다. 다행히 없었다. 혹시나 싶어 손수건을 꺼내서 내 지문이 묻었음직한 곳을 열심히 닦아내고 집을 돌아보고 난 뒤 나왔다.

문을 열쇠로 잠그고 잽싸게 아파트를 빠져나와 차로 돌아왔다. 운전석에 털썩 앉았을 때는 온몸이 땀투성이였다. 호흡은 거칠었다.

기자와 인터뷰하고 그냥 집으로 간 걸로 하면 돼. 걱정할 거 없어.

차를 몰며 집으로 오는 중에 머릿속은 터져 버릴 듯 복잡하게 굴러가고 있었다. 텅 빈 듯하다 끝 모를 망상이 밀려들었다. 그러다 인도에서 여자아이 하나가 뛰어들었다. 신호등이 파란불로 바뀌었는데 내가 못 본 것이다. 급정차했다. 아이의 엄마가 쫓아와 나를 노려보곤 소중히 아이를 꼭 껴안고는 내 앞을 지나갔다. 핸들에 머리를 박았다. 한순간 인생이 끝장날 뻔한 것이다.

아파트 엘리베이터에서 내려 현관문을 열고 집으로 들어섰다. 거실 불은 켜져 있었고 아내는 거실에 앉아 소리를 죽여놓고 텔레비전을 응시하고 있었다. 슬쩍 내 쪽을 보다가 텔레비전으로 시선을 돌린다. 새벽 한 시를 훌쩍 넘긴 시간이다. 아내는 최근 잠자리를 거부당한 데 대해 무척 화가 나 있었다. 여자로서 자존심이 상할 만도 하긴 하다. 그걸 모를 리 없지만 아내를 달래주고 싶은 생각은 없었다. 다행히 내게 다른 여자가 생겼다는 의심까지는 하지 않는 것 같았다. 하지만 그것도 모를 일이긴 했다. 모든 걸 짐작하고도 모른 체하고 있을지도. 내게 심하게 화를 내기엔 아내는 자존심이 강한 편이었다. 냉랭하고 싸늘한 표정이 아내에게는 차라리 어울렸다.

나는 그런 아내에게 정나미가 떨어져 있었고, 말없이 화장실로 들어가 이를 닦았다. 반복적으로 이를 닦으며 정미를 생각했다. 생각하지 않으려 해도 떠오르는 것을 어쩔 수 없었다. 물기 축축한 욕조를 내려다보니 욕조 속 죽어 있던 정미가 자연히 떠올랐다.

뚜껑 닫힌 변기 위에 앉으며 눈을 끔뻑거렸다. 영화를 만들지 말라는 경고성 전화를 받았을 때만 해도 장난 전화로만 여겼다. 그래서 대꾸조차 않고 전화를 끊어버렸다. 그따위 전화에 신경쓸 시간이 없었다. 정말 열심히 영화를 만들었고, 그런 중에 그런 전화 따윈 까맣게 잊어버렸다. 영화가 히트하고 나서는 매일매일 이 구름 속을 걷는 기분이었기 때문에 더욱이 불길한 전화 따윈 맘에 품고 있지 않았다. 하지만 가끔 생각났다.

전화를 건 정체불명의 남자, 그는 누구인가.

'맞아. 그의 짓이다.'

나는 속으로 되뇌었다. 복잡한 머리를 달래려 담배를 피우려다 그만두었다. 아내의 잔소리가 듣기 싫었다.

불을 끄고 화장실을 나왔을 때 거실은 비어 있었다. 아내는 안방으로 들어간 모양이다. 나는 작업실로 쓰는 내 방으로 들어왔다. 책상 의자에 앉아 또 불길한 생각에 사로잡혔다. 당연히 그럴 수밖에 없는 게 내가 눈을 붙이려는 지금에도 정미는 차가운 욕조 속에 엎어져 죽어 있는 것이다. 정미가 언제 발견될지도 모르는 상태이다. 내가 해줄 수 있는 건 한시라도 빨리 정미가 누군가에 의해 발견되기를 간절히 기도하는 것뿐이다.

의자에 몸을 묻고 책상 옆에 놓인 침대에 발을 뻗고 눈을 감았다. 영화를 만들지 말라고 경고했던 그놈이 만일 정미를 죽였다면 정미 하나로 끝내지는 않을 것이다. 정미는 영화에서 조연급에 불과했다. 영화에서 살인범에게 살해당하는 여자는 정미 말고도 주연급인 최선화란 배우도 있었다.

나는 머리를 벅벅 긁었다. 생각은 이상한 방향으로 내뻗고 있었다.

정미 선에서 끝나지 않는다면 최선화도 위험할 수 있다.

화장실 문을 열고 안으로 들어가 욕조 앞으로 다가갔다. 벌거벗은 여자가 욕조에 몸을 담그고 나를 보고 미소 짓고 있었다. 나도 여자를 따라 웃었다. 벌려진 허벅지 안으로 여자의 손이 올라왔다. 나는 그 허벅지 안으로 손을 가져갔다. 물에 손을 담그고 소스라치게 놀라고 말았다. 심장이 얼어붙을 만큼 차가웠다. 어떻게 이렇게 차가운 물속에 이리도 웃으며 들어가 있을 수 있을까. 여자의 얼굴을 살폈다. 정미였다. 정미는 물을 출렁이며 내쪽으로 몸을 돌렸다. 정미가 희미하게 웃는 듯하다 일그러진 표정을 지었다. 나는 화장실을 뛰쳐나가려 했으나 물에 잠긴 손이 어쩐 일인지 빠지지 않았다. 물이 얼어버린 듯 손을 빼낼 수가 없었다. 정미에게서 달아나려 미친 듯 발버둥 쳤다. 정미가 점점 내 쪽으로 어깨를 기울이고 있었다. 정미의 차가운 기운이 내 볼에 닿는 순간 소름이 끼쳤다.

눈을 떴다. 조용했다. 발을 침대에 올려놓은 상태로 의자에서 깜빡 잠들어 버린 것이다. 나는 식은땀을 닦으며 의자에서 일어났다. 아직 새벽 4시도 안 된 시간이다. 침대로 갔지만 다시 잠들지는 못했다. 꿈에 정미가 나올까 두려웠다.

그날 아침 배달된 조간신문을 살폈다. 벌써 정미가 발견될 리는 없었지만 살폈다. 그날 석간신문도 살폈다. 욕조에서 죽은 여자 기사는 없었다.

지금이라도 신고를 해야 하지 않을까 하는 일말의 가책이 들었지만 그뿐, 행동으로 옮기지는 못했다. 지금 이 시간에도 정미의 몸은 썩어들어 가고 있겠지. 꿈속에서 정미의 얼굴은 끔찍하게 일그러져 있었다.

내게 협박 전화를 걸었던 놈이 정미를 죽였다는 생각을 하며 나는 내가 만든 영화를 보았다. 그놈도 영화를 보았을 것이므로.

정미가 피살되는 장면만을 몇 번이고 돌려 보았다. 그놈은 영화를 보면서 흥분했으리라. 진짜로 죽이고 싶었겠지.

살인범은 정미를 목 조르고 있었다. 그녀는 반항했고, 살인범은 안 되겠다 싶었는지 허리춤에서 식칼을 꺼내 들었다. 무자비

한 칼질에 쓰러진 정미는 욕조에 피를 쏟으며 엎어진 채 눈을 뜨고 죽어 있다. 살인범은 욕조로 흘러내리고 있는 벽에 튄 핏물을 샤워기로 씻어내고 있다. 영화는 조용히 흘러가고 있었다.

최선화가 피살되는 장면으로 빠르게 화면을 돌렸다. 최선화는 한밤 야산으로 끌려온다. 마취 주사를 맞은 뒤여서 정신을 잃고 있다. 잔인하게 칼질을 당한 뒤 목이 떨어져 나간다. 영화를 찍을 때는 몰랐는데, 내가 만든 걸 여러 번 보다 보니 너무나 끔찍하다는 생각이 들었다. 죄의식과 두려움이 교차했다. 왜 이딴 걸 만들어 가지고. 나는 후회마저 들었다. 하지만 곧 나 스스로에게 중얼거렸다. 뻔뻔해지자. 이건 설정일 뿐이고 영화일 뿐이잖아.

내게 전화를 건 그놈이 누굴까 곰곰이 생각해 보았다. 혹시 잡히지 않은 진짜 범인이라면.

며칠을 끙끙 앓았다. 정미가 발견됐다는 뉴스는 나오지 않고 있었다. 정말 초조했다. 지금쯤 정미의 시체는 썩어들어 가고 화장실은 악취로 진동하고 있을 텐데. 여름이니까 부패는 더 빨리 진행될 것이다.

내가 혼자서 속만 태우고 있을 때 전화 한 통이 걸려왔다. 상대는 말이 없었다. 나는 그놈이란 걸 직감했다. 이제야 의문을 푸는 건가 하는 반가운 생각마저 들었다.

대답이 없다.

"너, 누구야?"

풋, 하는 비웃음이 들렸다.

"누구냐니까?"

"내가 만들지 말라고 했잖아, 영화."

나는 대답을 못했다.

그때 전화가 뚝 끊어져 버렸다.

신경이 곤두섰다. 놈은 나를 심리적으로 압박하고 있었고, 이런 상황을 즐기고 있었다. 이대로 가만히 있어서는 안 되겠다는 생각이 들었다.

다음 날 일찍 나는 정미의 친구에게 전화를 걸었다. 정미가 연락이 안 된다고 넌지시 말했고, 그 친구는 알겠다며 전화를 끊었다. 그리고 한참을 초조하게 기다린 끝에 그날 저녁 그 친구에게서 전화가 왔다.

정미가 욕조에서 썩어들어 가고 있다는 걱정은 이제 하지 않아도 되었다. 이렇게라도 해서 정미에 대한 마음의 짐을 덜었다.

그러던 차 누군가가 나를 찾아왔다.

형사 두 명이 내 사무실로 들이닥쳤다. 사무실엔 아내도 있었다. 왜 하필 이때. 나는 슬프고도 곤혹스러운 표정을 지으며 형사를 맞았다. 한 형사는 40대였는데 말쑥한 정장 차림으로 어깨를 양옆으로 흔들며 들어왔다. 나머지 한 명은 30대 같았는데, 영화에서 흔히 보듯 수염도 깎지 않은 청바지 차림의 지저분한 외모다.

40대 형사가 내가 내준 커피 한 잔을 살짝 맛본 뒤 입을 뗐다.

"김정미 씨가 사망하신 건 알고 계시죠?"

"예."

"그러시군요. 근데 김정미 씨를 마지막으로 본 게 언젭니까?"

"그게… 그러니까… 보름 전쯤입니다. 잡지사 기자와 인터뷰하는 자리였는데 같이 있었거든요."

"그게 몇 시쯤?"

"늦은 오후였는데, 이거 정확한 시간은 기억이 안 나네요. 간단히 식사를 하고 헤어졌습니다."

"김정미 씨는 혼자 갔습니까?"

"예, 택시로요."

내가 바래다주고 싶었지만 기자 새끼가 쳐다보고 있어서 정미를 택시에 홀로 태워 보낸 것이다. 있는 사실을 그대로 얘기했기 때문에 목소리엔 여유가 있었다.

"음. 그렇군요. 그리곤 못 보셨다?"

"예, 그렇습니다."

형사는 한숨을 가볍게 내쉬었다. 그럼 그렇지. 물어볼 말도 없겠지. 30대 형사는 침묵으로 아까부터 나를 유심히 보고 있었다. 나는 가급적 그와 눈이 마주치지 않으려 애를 썼다. 가끔 마주칠 땐 어색하게 미소를 지었다. 나는 기회를 봐서 영화를 만들지 말라고 협박한 놈에 대해 입을 열 작정이었다.

그런데 40대 형사가 내 뒤통수를 쳤다.

"김정미 씨와는 대학 선후배 사이라면서요?"

나는 순간 당황하고 말았다. 나는 재빨리 아내의 눈치를 살폈다. 이걸 어찌 알아냈지.

"아, 예. 맞습니다."

나는 책상 아래로 손을 내렸다. 손가락을 꼼지락거리는 걸 보이고 싶지 않았다. 30대 형사는 여전히 날카롭게 나를 보고 있었다. 나는 속으로 침착하라고 스스로를 다그쳤다.

"꽤 친한 사이였다면서요?"

"그렇죠, 뭐. 그게… 대학 후배니까."

"음, 알겠습니다. 그럼."

내 가슴은 무섭게 방망이질을 하고 있었다. 그런데 문 쪽으로 향하던 40대 형사 새끼가 또 돌아본 것이다.

또 뭐야!

"아, 잊을 뻔했는데 여기 제 명함입니다. 혹시 생각나시는 게 있으면 이리로."

"아, 예."

어색한 미소로 명함을 받으며 문까지 배웅했다. 그들이 사라지고 나서 어찔한 현기증을 느꼈다. 아내를 무시해 버리곤 소파로 쓰러졌다.

'꽤 친한 사이였다면서요?'

도대체 어디서 주워들은 거야.

스태프들 가운데서 누군가 지껄인 게 틀림없었다.

정미 역으로는 다른 배우가 있었다. 그 배우를 밀어내고 정미에게 맡긴 것이다. 비중 있는 역도 아닐뿐더러 살인까지 당하는 역이라 정미를 앉히는 데 큰 어려움은 없었지만 애초 그 역을 맡으려 했던 배우는 그래도 속이 상했던 모양이다. 정미가 대학 후배라는 사실이 주위에 알려지고 난 뒤 일사천리로 해결됐지만 스태프 중에는, 특히 여자들 중에는 정미와 내가 아마도 그렇고 그런 사이일 거라 짐작하는 이가 있긴 했다. 그들 중 누군가가 형사에게 입을 열었을 것이다.

막강한 재력을 가진 장인의 도움으로 감독이 되었다는 사정을 아는 사람은 다 안다. 정미를 죽일 만한 이유가 내게는 충분히 있었던 것이다.

그런데 이런 생각은 다행히 우려에 그쳤다.

다시 40대 형사가 찾아왔을 때 나는 잔뜩 긴장하며 움츠러들었지만, 뜻밖에도 형사는 내가 깜빡 잊고 있던 얘길 먼저 꺼냈다.

"김정미 씨한테 스토커가 있었다던데, 혹시 아십니까?"

"스토커요?"

"예. 조사 과정에서 알게 된 건데 스토커가 있었다는군요. 김정미 씨가 혹시 그런 얘길 꺼낸 적 없습니까?"

나는 반갑게 맞장구쳤다.

"아, 그러고 보니 그런 얘길 한 적이 있네요."

"어떻게, 심각해 보였습니까?"

"돌이켜 보니 그런 거 같네요. 당시는 정미한테 그 얘길 듣고 대수롭지 않게 생각했습니다. 왜, 배우들한테는 적든 많든 그런 팬들이 있지 않습니까? 좀 극성스러운."

나는 속으로 쾌재를 불렀다.

"아, 정미가 그 얘길 꺼냈을 때 가볍게 여긴 게 걸리네요. 진지하게 들었어야 하는데."

그러면서 형사의 눈치를 살폈다.

"혹시 스토커와 관련해서 김정미 씨가 더 말한 거 없습니까?"

"다른 것보다 누가 자기를 미행해서 무척 불안하다고 했습니다."

형사는 그렇게 돌아갔다.

나는 한결 가뿐한 마음이다.

그러던 중 최선화의 지인과 술자리를 갖게 되었다. 그녀에 대한 소식을 들을까 해서 자리를 가졌다. 영화 개봉 후 그녀는 공식적인 자리 외에는 일체 모습을 드러내지 않았다. 무슨 일이 있긴 있는데 그게 뭔지는 정확히 알 수 없는 상황이었다. 내가 지인으로부터 들은 얘기는 다시 그 병이 도졌다는 것이다. 우울증.

다음 날 오후 최선화의 집으로 찾아갔다. 그녀도 혹시 나처럼 이상한 전화를 받거나 아니면 정미가 그러했듯 모르는 남자로부터 미행을 당하지는 않는가 하는 의문을 달고.

그녀는 2층 단독주택에 살고 있었는데 언니네 집이었다. 언니 가족이 아이들 어학연수로 외국으로 나간 사이 그녀가 잠깐 머물게 된 것이다. 자신의 답답한 오피스텔보다는 마당이라도 있는 주택이 우울증을 가시게 하는 데 좀 더 낫지 않을까 하는 이유에서였다.

대문 앞에서 몇 번이나 벨을 누른 다음에야 문이 열렸다. 괜히 왔나 싶기도 해서 돌아서려 할 때 문이 열린 것이다.

현관문을 열고 최선화가 모습을 드러냈다. 나와 얼굴이 마주치자 희미하게 웃음을 보였다. 하늘색 원피스 차림에 슬리퍼를 신고 있었다. 머리는 대충 뒤로 묶었기에 머리카락이 이마에 흘러

내려 있었다. 화장조차 하지 않은 핏기 없는 얼굴이었으나 아름
다웠다.

"어쩐 일이세요?"

"요즘 통 못 봐서."

"우선 들어오세요."

그녀가 안내하는 대로 거실로 들어섰다. 거실 정면에는 대형
텔레비전이 있었는데, 드라마가 나오고 있었다. 소리는 죽어 있
었다. 나는 장식용 벽난로가 놓인 반대편 황토색 소파에 앉았다.

"잠시만요."

그녀가 오렌지주스 한 잔을 내왔다. 그녀가 맞은편에 앉았을
때 내가 입을 열었다.

"몸이 별로라면서."

그녀는 굳이 부인하지 않았다.

나는 조심스레 물었다.

"영화 때문이야?"

그녀가 고개를 들며 나를 보았다.

"꼭 그런 건 아니에요. 신경 쓰지 마세요."

"하지만 그런 생각이 드네. 영화 출연 뒤에 자기 배역에서 벗
어나지 못하는 배우들이 있잖아."

"맞아요. 정신과 상담을 받긴 했어요. 하지만 그건 출연한 영
화 때문이 아니에요. 영화 출연 전부터 정신과 상담을 받아왔어
요. 우울증 때문인지 자살 충동에 시달렸으니까. 그때 감독님이
찾아오셨고. 의사에게 말했더니 한번 출연해 보라고 권했어요.

영화에서나마 죽음을 경험해 보면 자살 충동에서 벗어나는 데 도움이 될 거라고. 저도 그렇게 생각했고요."

"그런데 실패라도……."

"모르겠어요."

그녀는 차분히 이어나갔다.

"분명 촬영이 끝난 직후엔 후련한 느낌이었어요. 연기에 대한 열정을 다시 얻었으니까요. 아, 내가 살아 있구나 하는 느낌이요. 하지만 영화가 개봉되고 조금씩 시간이 지나다 보니 다시 제자리로 돌아온 거예요. 축 처져서 만사가 귀찮기만 해요. 한 가지 일에 모든 열정을 쏟고 나면 허탈한 기분을 느끼는 게 당연하대요. 의사는 자연스럽게 받아들이라는데, 쉽지 않아요. 예술도 어쩔 수 없는 것 같아요."

"그래도 연기밖에는 없을 거야."

'정말 그럴까요?' 하는 회의의 눈길을 그녀가 보냈다.

"그런데 말이지, 혹시 이상한 전화나 아니면 누가 따라오고 그러지 않았어?"

"아니요. 왜 그러시죠?"

최선화가 걱정스러운 얼굴로 물었다.

"아니면 됐고."

그녀를 피곤하게 하고 싶지 않았다.

나는 화제를 돌렸다.

"운동 같은 거 하면 어때?"

그녀가 피식 힘없이 웃었다.

"다들 그렇게 얘기하더라고요, 운동하라고. 수영이나 뭐 그런 거요."

나는 뻔한 말을 했나 싶어 멋쩍게 웃었다.

우리는 소리 나오지 않는 드라마를 지켜보았다. 드라마 속 배우는 입을 한껏 벌리며 화를 내고 있었다.

정미가 피살된 얘기는 하지 않았다. 약속이라도 한 듯 의식적으로 그 얘긴 꺼내지 않았다.

실속 없는 얘기를 주고받았고, 나는 잠시 뒤 최선화의 집을 나왔다.

철문을 닫고 차를 세워놓은 쪽으로 걸어오는데 저 멀리 예진 미용실이 보이는 골목에서 어떤 이가 서 있는 게 보였다. 그는 야구 모자를 눌러쓰고 있었다.

그러다가 휙 사라졌다. 왠지 기분이 나빴다. 소름이 끼쳤다. 놈일지도 모른다는 생각이 스쳤다.

흥분으로 다리가 떨렸다. 허겁지겁 차를 세워놓은 도로가로 달려와 운전석에 처박혔다. 창문을 꼭 닫았다.

한동안 얼이 빠져 차를 출발시키지 못하고 있는데 누군가가 창문을 두드렸다. 나는 깜짝 놀랐다. 팔만 보였다. 그 새끼란 생각이 엄습했다. 다급히 시동을 걸었고, 재빨리 액셀을 밟았다. 그런데 얼마 가지도 못하고 신호에 걸려 버렸다. 주변에 주차단속요원이 여럿 보였다. 나는 스스로를 한심한 놈이라 비난했다.

풀어헤쳐진 머리칼, 볼이 가려진 여자가 의자에 묶여 있고 그 앞을 웬 남자가 어슬렁거리고 있다. 남자의 손에는 식칼이 들려 있는데, 여자는 두려운 눈길로 그 남자를 올려다보고 있다. 남자는 그런 여자의 눈길을 즐기듯 바라보며 브래지어를 벗겨낸다. 브래지어가 미끄러지며 바닥에 떨어진다. 그 모습을 보던 나는 흥분이 되었다. 브래지어 흔적을 따라 칼이 이동한다. 여자가 몸을 비틀 때 남자는 여자의 머리칼을 거머쥐고 의자 뒤로 잡아끈다. 목덜미가 드러나자 칼을 쳐든다. 나뭇가지 틈으로 달이 비쳐 보이고, 그 가지를 헤치며 여자는 뛰어간다. 맨발은 돌에 채여 상처투성이다. 이런 아픔쯤은 아무것도 아니다. 여자는 뭔가에 걸려 미끄러진다. 나는 그녀에게서 눈을 떼지 못한다. 숨을 헐떡이며 다시 일어나려는 순간 여자를 막는 검은 물체가 있다. 그것은 눈 깜짝할 사이 여자의 머리칼을 거칠게 잡고 여자를 끌고 간다. 발이 바닥에 질질 끌린다. 발에는 덕지덕지 시커멓게 흙이 붙어 있다. 여자는 별장에 처박히고 기절한다. 여자는 눈을 뜬 채 자신의 목을 긋는 칼을 본다. 핏방울이 칼을 따라 흘러내린다. 그러더니 여자의 목이 반쯤 떨어져 몸통에 붙어 있다. 나는 윽, 억눌린 비명을 지르며 눈을 떴다. 내 방이었다. 문은 닫혀 있고, 선풍기만이 홀로 돌아가고 있었다. 집에 도착해 바로 방으로 돌아와 옷도 벗지 않고 침대에 누웠던 것이다. 선풍기 바람 때문인지 악몽 때문인지 머리가 지끈거렸다. 꿈은 자세히 기억나지 않았지만 꿈속 여자가 최선화란 것은 분명했다. 최선화가 피살되는 영화 속 한 장면이 뒤범벅되어 꿈에 재연된 것이다. 무서운 기분이 들었다. 최선화의 집 앞을 어슬렁대던 놈이 기억났다.

말똥한 정신으로 책상 앞에 앉았다. 새벽 3시 반이다. 잠은 다 잔 것 같았다. 본능적으로 컴퓨터 전원을 켰다. 부엌에라도 가서 물이라도 들이켜고 싶었지만 부스럭거리는 소리에 아내가 깰까 그만두었다. 아내는 예민한 사람이었고, 괜히 신경 쓰이게 하고 싶지 않았다. 네이버 창을 열어놓고 잠깐 있다가 내가 만든 영화를 검색해 봤다. 주변 사람들은 보지 말라고 했지만 그럴수록 보고 싶은 건 어쩔 수 없었다. 히트한 것에 비해 평점은 5점도 채 되지 않았다. 간간이 괜찮은 평이 있었지만 악평이 대다수였다. 침이 말랐다. 주변 사람들이 지껄인 호평은 다 뭐야. 내 영화를 씹어놓은 닉네임들을 보면서 욕을 뱉었다. 그때 놈이 떠올랐다. 그 새끼가 닉네임을 바꿔가며 악평을 올리는 것이라고. 그 새끼가 그런 거라고. 그럴 줄 알았다.

그때 등줄기에서 소름이 쫙 끼쳤다. 누군가가 나를 지켜보고 있다는 느낌이 강하게 들었다. 선뜻 돌아볼 엄두가 나지 않았다. 가까스로 용기를 내어 돌아봤다. 놀랐다. 아내였다. 아내인 줄 알면서도 놀란 내 마음은 쉽게 가라앉지 않았다.

"당신 왜 그래?"

아내의 목소리는 평소와 다름없었다.

"그딴 건 신경 쓸 것도 없어."

아내가 말했다.

"나도 알아."

나는 나직하게 중얼거렸다.

"근데 왜 그래?"

그러면서 아내는 가까이 다가와 창을 닫았다. 나는 바탕화면을 노려보고 있었다.

"무슨 걱정 있어?"

"아니. 그냥 좀 나가줄래. 나 혼자 있고 싶은데. 미안해."

아내는 포기한 듯 방을 나갔다.

며칠 뒤, 심장이 내려앉는 참담한 소식을 들었다.

최선화의 자살 소식이다.

그녀는 자기 집 욕실에서 목을 맸다고 했다. 인터넷에서는 그녀의 자살을 다룬 기사가 넘쳐났고, 그에 따른 네티즌의 댓글도 쏟아졌다. 나는 기사를 보면서 강한 의구심을 떨쳐내지 못했다. 놈이 죽였을 거라는, 목 졸라 죽이고 자살로 위장했을 거라는. 나는 내 목을 만졌고, 설명하기 힘든 두려움을 느꼈다.

결단을 내려야 했다.

형사가 주고 간 명함을 계속 만지작거렸다.

결국 형사에게 털어놓을 작정이다. 그 개새끼가 정미를 죽이고 나까지 괴롭히고 있다고.

형사는 자기가 직접 사무실로 온다고 했다. 나는 사무실로 온 40대 형사에게 말했다. 30대 형사도 옆에 있었다.

"그게 말이죠, 실은……."

정미를 죽인 살인범한테 협박당한다는 내용이다.

"그러니까 그놈이 왜 자기 얘길 영화로 만들었냐면서 괴롭힌다, 뭐 그런 겁니까?"

"예. 허락도 안 받고 만들었다고요."

내가 흥분해서 말하니까 40대 형사가 눈만 끔뻑였다. 나는 형사의 다음 말이 떨어지길 기다렸다. 흘긋 30대 형사를 보았다. 그는 나를 비웃고 있었다. 분명 비웃고 있었다. 내가 쳐다보는데도 얼굴을 바꾸지 않았다.

"예, 자알 알겠습니다."

그러면서 40대 형사가 일어서는 것이다.

순간 바보가 된 것 같았다.

그래, 형사를 믿는 게 아니었어. 영화대로잖아. 영화에선 언제나 쓸모가 없는 것들이지. 이 새끼들. 나는 내 말을 믿어주지 않는, 도리어 날 이상한 놈 취급하는 형사들에게 속으로 욕을 해주었다. 분했다. 뭔가 살인범 그 새끼에게 말려들고 있다는 생각이 들었다. 그 새끼는 날 가지고 장난치고 있다. 도대체 어찌하면 좋을 것인가.

낮 시간에 동네 도서관에 들러 서가 안쪽에 처박혀 시간을 보내다 저녁 시간 혼자 술을 마시고 밤늦게 집으로 돌아왔다. 그런데 있어야 할 아내가 없었다. 아무리 불러봐도 없었다. 아내의 흔적은 사라지고 없었다.

이리저리 둘러봤다. 아내도 놈에게 뭔가 연락을 받았나? 아내의 방으로 뛰어 들어가 아내의 책상을 뒤적였다. 별 쓸데없는 짓이란 걸 알면서도. 잠겨 있는 서랍을 부숴 버렸다. 노트가 있어 그것을 펼쳤다.

나는 빈 노트를 뒤적거리다 거기에 꽂힌 여러 장의 사진을 발견했다.

카페에서 정미가 나를 보고 웃는 사진, 모텔 앞에 세워진 내 차 등 정미와 내가 관련된 모든 게 찍혀 있었다. 그리고 마지막 사진. 욕조에 처박혀 있는 정미의 시체 사진. 손에서 사진을 놓쳤다. 이 사진이 어떻게…….

누구 짓인가? 혹시 놈이 아내에게?

놈이 내 뒤를 줄곧 밟아온 것이라면……. 나를 함정에 빠뜨리려 이런 짓을 저지른 것이다. 나와 정미가 사귀었고, 결국엔 내가 정미를 죽인 것처럼 보이게 하려고 정미의 시체 사진까지 아내에게 보낸 것이다. 작정하고 나를 파멸시키려 한 것이다. 영화를 만들지 말라는 자신의 경고를 내가 무시했다고 여겼을 테니까. 온몸이 부들부들 떨렸다. 그런데 지금 아내는 어디에 있는가. 아내에게 사진까지 보낸 걸 보면 놈은 아내도 틈나는 대로 미행했을 것이다. 그렇다면 지금 아내 뒤를 따르고 있을지도 모른다. 정미, 최선화, 그리고 아내가 위험하다. 아내가 있는 곳에 놈이 있을 가능성이 컸다.

그 즉시 아내에게 전화를 걸었다.

신호만 갈 뿐 받지 않는다. 나는 다급한 마음에 계속 전화를 걸었다. 포기하려던 그때 누군가 전화를 받았다. 아내다.

"어디야!"

"아빠 별장."

"거긴 왜?"

"좀 쉬고 싶었어."

해명해야 했다.

"그 사진 말인데……."

아내는 전화를 끊어버렸다.

속이 탔다.

한시도 지체할 여유가 없었다.

집을 나와 별장으로 차를 몰았다.

아내는 창가에 서 있었다. 내가 들어오자 고개를 돌렸다. 나를 싸늘하게 보고 있었다.

"다행이야. 나는 무슨 일이 있는 줄 알고."

나는 사진 얘기는 바로 꺼내지 못했다. 망설이다 입을 열려던 그때 아내와 눈이 마주쳤다.

"당신 짓이란 거 다 알고 있어. 당신이 정미 죽인 거 잘했어. 당신이 안 죽였으면 내가 죽였을 테니까. 그 애 죽은 사진도 내가 찍었지. 근데 그 여잘 죽이고 당신이 그년 집에 다시 가더라. 뭣 때문에 갈까 싶었는데 생각해 보니 별거 아니었어. 범인은 범행 현장으로 다시 돌아간다. 불안했지? 당신과 관계된 걸 놓친 건 없는가 하고. 어쨌든 확인하고 싶었겠지. 굳이 그럴 필요까지는 없었는데. 당신이 모르고 놓고 온 물건들은 내가 가져왔는데. 영화 만들지 말라는 장난 전화를 건 인간한테 뒤집어씌우려는 당신 모습에 코웃음이 터지더군. 그놈 짓이라고 당신 스스로에게 열심히 주입이라도 했던 모양이지. 경찰 앞에서는 태연히 잘해내더군. 근데 명심할 게 있어. 난 언제 이 모든 걸 경찰한테 털어놓을 지 몰라. 당신은 나한테 평생 빚을 지고 살아가게 된 거야. 당신 을 절대 놓아주지 않을 테니까."

아내 말마따나 장난 전화에 불과한 것을. 야구모자도 그렇고 모든 것이 내가 만들어낸 강박의 산물이다.

하지만 아내에게 변명 같은 건 할 생각은 추호도 없었다. 나는 나를 경멸하듯 보는 아내를 뒤로하고 문 쪽으로 향했다. 오는 중 간에 도마에 놓인 식칼을 보았다. 당장 그걸로 아내를 찌르고 싶 었으나 그러지 못했다.

우울했다. 길가를 따라 걸었다. 계속 걸었다. 이대로 끝낼 수는 없겠다는 다짐이 공허한 마음에 일었다. 별장으로 다시 가자. 아 내를 죽이자.

그 생각을 하고 돌아서는데 앞쪽에서 승용차 한 대가 달려오고 있었다. 그냥 지나갈 줄 알았는데 아니었다. 전조등 불빛이 내게 돌진해 왔다. 피할 새도 없었다. 쏜살같이 달려온 차가 내 앞에서 속도를 올렸다. 나는 범퍼에 부딪치고 바닥으로 쿵 떨어져 굴렀 다. 혼미했다. 차 멎는 소리가 고막을 때렸다.

문소리. 저벅저벅. 고개를 들었다. 뜻밖에도 야구모자였다. 그 는 말없이 나를 내려다보고 있었다. 한 손에 큰 보자기를 들고.

그가 말했다.

"내가 영화 만들지 말라고 했잖아. 넌 날 왜곡하고 모욕했어. 네 내키는 대로 날 묘사했지. 돈벌이에 혈안이 된 놈. 너도 나하 고 다를 바 없어. 돈도 꽤 벌었을 텐데 왜 나한텐 한 푼도 없는 거지! 그거 알아? 세상에 공짜는 없다는 걸."

"그건 영화일 뿐."

나도 모르게 튀어나온 변명이 허공에 날렸다.

그가 풋 하고 비웃었다.

그때 그가 보자기를 풀어헤쳤다. 아내의 피투성이 머리가 눈앞에 떨어졌다. 나는 끔쩍 놀라 아내의 얼굴에서 눈을 돌렸다.

그가 차로 걸어간다.

그렇게 갈 줄 알았던 차가 내 쪽으로 방향을 틀었고, 나를 향해 달려왔다. 나는 피하려 몸부림쳤고, 그것은 헛된 발악에 불과했다.

「세상에 공짜는 없다」 END.

악마의 은둔

성성명

계간미스터리 2012년 겨울호 〈흐린 날의 증오〉로 신인당 당선. 단편 〈산행〉 외 꾸준한 집필 활동을
하는 신인 작가.

1

딱, 딱, 딱.

내력벽을 타고 흐르는 둔탁한 파열음은 북소리같이 이곳저곳에 울려 퍼졌다. 리듬이 일정한 소음은 나른한 일요일 오후에 묻힌 아파트촌의 적막함을 깨고 있었다.

누구라도 소음의 정체를 파악해서 잠재우길 바랐지만, 그것은 단지 내 희망일 뿐이었다. 아마도 주변의 누군가가 나서서 초인종을 거칠게 누르거나 심하게 항의하는 따위의 일은 결코 생기지 않을 것이다. 소음의 진원지 바로 위층에서 보복성 뒤꿈치 굴림도 하지 않을 테고, 나 역시 작대기로 천장을 쿡쿡 치는 소심한 항의조차 하지 못할 게 분명하다.

그랬다. 지금껏 그래 왔기 때문에 앞으로도 그런 변화는 없을 것으로 생각했다. 그런데 하필이면 이렇게 중요한 순간에 위층의 소음은 내 집중력을 단숨에 흩트려 버렸다. 산만하게 부서져 버린 머릿속은 도무지 어느 한곳에 집중할 수가 없는 상태가 되었다. 20년이 넘은 아파트라 벽에 못질하면 그 주변은 큰 종 안에 들어앉아 있는 것처럼 고통이 컸다.

나는 신경질적으로 스피커의 볼륨을 올렸다. 지속해서 가해지는 그 고통을 상쇄시키려는 듯이.

바닥에 깔린 상대의 패는 같은 숫자나 같은 그림이 없는 각자 패였다. 히든이 뜨더라도 트리플이나 투 페어 정도일 것이다. 다른 놈들은 일찌감치 기어들어 가고 마지막으로 나를 포함한 두 명만 남았다.

이제 판돈은 서로가 감당하기 버거울 만큼 커졌기 때문에 지는 쪽은 게임 머니를 모두 잃는다. 내 패는 액면에서 상대를 이기고 있었다. 마지막 히든에서 6 한 장만 오면 6포커인데, 아니, 6이 과분한 욕심이라면 J만 와줘도 풀 하우스가 된다. 그 정도면 상대의 깔린 패로 짐작하건대 충분히 승산이 있다.

나도 모르게 마른침을 꼴깍 삼켰다. 눈을 치켜뜨고 모니터만 뚫어지라 쳐다보며 온 정신을 집중했다. 드디어 모니터 저편에서 히든이 넘어오는가 싶더니 6 스페이드 한 장을 화면 가득 보여주었다.

'6포커! 드디어 잡았다! 역시 행운의 여신은 나를 버리지 않았

어! 흐흐.'

저절로 웃음이 나왔다. 이 판에서의 승리는 나에게로 낙찰되는
가 보다. 여기서 포커머니를 모두 끌어모은다면 내 랭킹은 사이
트 내에서 다섯 손가락 안에 들어갈 수 있다.

'몇 백만 명 중의 다섯 번째라……'

나는 긴장으로 축축해진 손바닥을 추리닝 바지에 문질렀다.

히든을 받은 상대가 과감하게 하프로 베팅을 하면서 마지막 랠
리가 시작되었다.

나도 하프, 상대도 맞받아치며 하프.

서로 하프 베팅을 두 번 주고받으니 내 게임 머니는 벌써 삼분
의 일로 줄어들었다. 게임 머니 랭킹으로 따지자면 열 손가락 안
에 드는 내 돈이 이렇게 줄어든 경우는 좀처럼 없었다. 상대의 게
임 머니도 내 형편과 크게 다를 바 없었다.

포커에서는 기선 제압이 가장 중요하다. 특히 상대의 표정을
읽을 수 없는 온라인 게임이라면 더더욱 그랬다. 나는 상대의 기
를 완전히 누르기 위해 다시 하프를 던졌다. 그런데도 상대는 전
혀 거리낌 없이 다시 하프로 베팅을 걸어왔다.

나는 순간적으로 망설였다.

'여기서 콜을 할까? 이 새끼! 도대체 뭘 들고 있는 거지?'

굳이 게임 랭킹이라는 자존심 때문만이 아니라도 더는 물러설
곳이 없었다. 결국 하프로 맞받아치면서 내 게임 머니는 올인이
되고 말았다.

게임의 특성상 한 사람이 올인이 되면 상대방도 자동으로 콜이

되면서 카드가 공개된다.

갑자기 형형색색의 애니메이션이 현란하게 보이는가 싶더니 8이 쓰인 카드 넉 장이 크게 확대되면서 놈이 승리했다는 축하 음악이 스피커에서 울러 퍼졌다.

한동안 망연자실하게 모니터만 멍하니 쳐다보고 있었다. 근 2년 동안 두문불출, 밤잠을 설치며 모은 게임 머니를 한순간에 털린 것이다.

뭐, 꼭 게임이 아니더라도 편하게 처자빠져 잘 일도 없었지만.

대상이 누구인지도 모를 분노가 치밀어 올랐다. 손이 부들부들 떨리고 심장이 두근거렸다. 한참 동안 공황상태에 빠져 있었던 것 같다.

나는 온라인 포커 게임에서만큼은 절대적인 권위자였다. 아무도 나를 괄시하지 못했고, 보이지 않는 경외심이 네트워크 선을 타고 나에게 전해져 왔다. 그 세계에서 누릴 수 있는 명예와 부는 전부 내 것이었다. 그렇게 보낸 2년은 내가 살아온 인생에서 가장 독보적인 세월이었다.

온몸에 힘이 빠지는 것을 느끼며 방바닥에 쓰러지듯 드러누웠다. 그렇게 몇 시간 동안 꼼짝하지 않고 간간이 한숨을 내쉬며 천장만 바라보았다.

벽을 치는 소음은 잠잠해져 있었지만, 이번에는 발뒤꿈치로 방바닥을 찧는 소리가 들리기 시작했다.

쿵, 쿵, 쿵!

형광등이 부르르 떨리며 위에 있던 먼지가 흩어져 내렸다. 그

소리는 마치 게임 머니를 모두 잃은 것에 대한 축포이자 패자를 향한 조롱으로 들렸다.

여기 이사 온 지 얼마 되지 않았을 때, 온 집 안을 둥둥 울리는 소음에 시달리다가 참다못해 위층으로 찾아갔었다.

"아파트에서 그 정도 소음은 참아야지. 정 시끄러우면 이사를 가든가."

연배가 비슷한 그는 처음 본 나에게 몹시 시건방진 말투로 타박하듯 무안을 주었다.

"그래도 밑에서는 너무 심하게 울립니다. 걸으실 때 뒤꿈치만이라도 안 찧으면 안 될까요?"

기가 죽은 나는 공손하게 부탁했다.

놈은 주머니에서 담배를 꺼내 입에 물었다.

"그래서? 한번 해보자는 거야, 뭐야?"

담배 연기를 내 얼굴에 대고 내뿜는 그의 목소리는 다분히 시비조였다.

적반하장이라고 해야 하나. 말이 통하지 않는 인간이었다.

나는 조용히 물러서 집으로 돌아왔다.

내가 이 집에 사는 동안 위층은 이웃에 대한 배려라는 것이 없었다. 자정이 넘어서 세탁기를 돌리는 일은 다반사였다. 한창 게임에 몰두할 때 세탁기의 진동 소리는 정말이지 사람을 미치게 만들었다.

잠자리에 들기 위해 자리에 누웠다.

소리만으로 놈의 움직임이 모두 파악되었다. 거실에서 안방으로, 다시 안방에서 화장실로…… 몇 분 후 화장실 물 내리는 소리가 들렸다.

나는 나직이 한숨을 내쉬었다. 난생처음으로 살의라는 걸 느꼈다. 내 살의의 대상은 소음이었다. 오늘처럼 중요한 순간에 내 집중력을 흩트린 그 소음 말이다.

또 다른 곳에서 소음이 들렸다. 이번에는 가슴이 저릴 만큼 심장을 요동치게 만드는 소리였다.

아래층에 사는 젊은 연놈들은 초저녁부터 그 짓을 해댔다. 그들이 신혼부부인지 동거 중인 연인 사이든지 나에게는 관심 밖이다. 단지 그런 소음으로 아래층에 찾아가 항의할 수는 없었다.

'당신들 그 짓 하는 소리에 나도 흥분되오'라고 말할 수 있겠는가.

방바닥에 가만히 귀를 대었다. 여자의 신음이 매미 소리처럼 들려왔다. 조그맣게 들리는 여자의 흥분된 비음은 내 욕망에 불을 지폈다.

아랫도리가 불끈 용솟아 오르자마자 팬티 속으로 손을 넣었다. 가끔 엘리베이터나 주차장에서 마주친 그녀의 몸매나 치마 위로 비친 허벅다리의 실루엣을 떠올리며 그들과 같이 쾌락의 나락으로 빠져들었다.

여자의 신음이 잦아들 때 내 욕망도 한껏 불출되며 팬티를 흥건히 적셨다. 이불 안에서 젖은 팬티를 벗자니 갑자기 비참해졌다. 나이 사십 줄에 자위로 대리만족을 느끼는 내 자신이.

'아, 나의 끝은 어디인가? 누군가가 그랬다지. 악마에게 영혼이라도 팔겠다고.'

악마가 존재한다면 제발 내 영혼을 가져가길 간절히 바랐다.

2년 동안 이 집구석에서 온갖 소음을 들으며 살았던 시간이 주마등처럼 지나갔다. 기억이 꼬리에 꼬리를 물며 끝없이 이어졌다. 그동안 내가 당해왔던 고통에 대한 분노가 활화산처럼 폭발하고 있었다.

아래층 연놈을 죽이고 싶었다. 따분한 일상에서 소소하게나마 듣는 즐거움을 선사해 주었지만, 그들 역시 소음으로 나를 미치게 한 장본인들이기 때문이다.

또 죽이고 싶은 인간이 생각났다. 옆집에 사는, 나보다 나이가 많아 보이는 고릴라같이 생긴 놈이다. 그놈은 밤낮없이 시끄러운 음악을 틀어놓고 노래를 불렀다. 좋은 음악도 하루 이틀이지 똑같은 장르에, 똑같은 목소리에, 똑같은 리듬을 365일 매일 듣는다면 정상적인 사람도 미칠 일이다. 방 안에서 24시간을 보내는 내 정서는 점점 더 암울해져 갔다.

내가 정신적으로 황폐해져 있다면 그 인간은 정서적으로 황폐해져 있는 것 같았다. 어디서 무슨 일을 하며 먹고사는지 그놈의 돼지 멱따는 소리는(적어도 나에게는 그렇게 들렸다)……. 아! 정말 미치도록 견디기 어려운 일이었다.

사람들은 나 같은 인간을 일컬어 은둔형 외톨이라고 말하는 것 같다. 그것도 정신병의 일종일까?

모르겠다. 그렇지만 굳이 정신의학적인 표현을 빌리지 않더라도 내 자신이 은둔형 외톨이가 되어 있다는 걸 스스로 느끼고 있다.

처음에는 강하게 도리질을 쳐봤지만 모든 정황이 나와 맞아떨어졌다. 내가 은둔형 외톨이가 아니라고 부정하면 할수록 그 확신은 더 깊어져 갔다.

2년 동안 아무도 나를 찾지 않았다. 타인의 기억 속에 나의 존재가 잊혔다는 건 자명한 사실이다. 그래서 나 스스로 외부와 단절된 족쇄를 채웠다. 이제 그것을 풀고 세상 밖으로 나올 시간이 된 것 같다.

2

사십 줄이 되자마자 내 의지와 상관없이 직장을 잃었다. 몇 달 동안 세상과 동떨어져 지내는 동안 제일 먼저 마누라가 나를 버렸다. 십여 년 동안 켜켜이 쌓아온 부부의 정은 고작 실업자 생활 몇 달 만에 모두 잠식되고 만 것이다.

실업수당과 저축해 놓은 돈을 야금야금 까먹으며 집에서 빈둥거리기만 했던 건 아니다. 여기저기 기웃거리며 수백 통의 이력서를 디밀었으나 지금의 경제 상황에서 나를 받아줄 곳은 한 군데도 없었다.

그래서 그동안 모은 돈이 바닥을 드러내기 전에 사업을 할까,

자영업을 할까 하며 집에 틀어박혀 이것저것 더듬어보았다. 한 직장에서 15년이 훌쩍 넘는 동안 쌓인 퇴직금도 든든한 밑천이 되어 자영업에 대한 자신감을 실어주었다.

결국 특별한 기술이나 별다른 노하우가 없던 내가 호기 있게 선택한 것이 편의점이었다. 인터넷상에서 편의점 운영이 힘들다는 경험담과 신판 노예라는 매스컴의 시사 보도에도 콧방귀만 뀌었다.

"열심히 노력을 안 해서 그런 거야. 경쟁 점포들이 자꾸 생기니 자기네 기득권을 보호하려고 우는소리 하는 거지."

"그래도 남들이 다 어렵고 힘들다고 하는데 꼭 편의점을 고집해야겠어? 편의점 때문에 자살하는 사람도 있다던데……."

"여보, 내가 열심히 노력하면 반드시 성공할 거야. 걱정하지 마!"

아내는 편의점 창업에 적극적으로 반대했다. 하지만 난 아랑곳하지 않고 마지막 남은 인생을 걸고 혼신의 힘을 쏟아붓겠노라며 아내를 안심시켰다. 지금에서야 돌이켜 보면 어디서 그런 무모한 자신감이 생겼는지 아직도 이유를 모르겠다.

내가 생전 초짜인 편의점 자영업을 시작하게 된 계기에는 프랜차이즈 영업사원의 달콤한 말도 한몫했던 것 같다.

계약서에 도장을 찍던 날 월 순수입 500만 원도 끄떡없다는 그의 말에 우리 부부는 금방 부자가 된 것처럼 마음이 설레었다.

편의점을 개업하자마자 시간제 근무 아르바이트생을 세 명 고용하고 두세 달은 그럭저럭 보냈다. 넉 달째 되던 어느 날, 길 건

너에 경쟁사 프랜차이즈 편의점이 들어서면서부터 매출이 급격히 떨어졌다.

아르바이트생을 두 명으로 줄이고, 다시 한 명으로 줄였다가 종래에는 나와 아내가 12시간씩 맞교대하는 처지가 돼버렸다. 그렇게 해서 돈이라도 벌면 좋겠지만 프랜차이즈 본사에 미납금까지 쌓이기 시작하면서 한 달 동안 우리 부부의 인건비조차 못 버는 지경에까지 이르렀다.

편의점을 시작한 지 정확하게 1년이 되던 해, 우리 부부는 편의점을 접었다. 그와 동시에 노후 자금으로 모은 돈과 그나마 조금 남아 있던 퇴직금을 빚 갚는 데 써야 했다. 편의점 양도 계약서에 도장을 찍던 그날 밤 아내는 결혼 후 처음으로 다른 방에서 잠을 잤다.

자영업에 실패한 나는 모든 의욕과 삶에 대한 동기를 잃고서 그저 하루 밥 세끼만 찾는 소위 삼식이가 되었다. 그것도 사십대 초반밖에 안 된 나이에.

보다 못한 마누라가 자기라도 돈을 벌겠다고 밖으로 돌아다니기 시작했다. 보험 영업 한답시고 몇 달 돌아다니더니 누군가의 소개로 다단계에 발을 들여놓았다. 수완이 좋았던지 수입이 꽤 많았지만 밤마다 술을 마시고 들어오는 날도 많아졌다. 그러다 어디서 돈 많은 홀아비를 물었는지 갑자기 이혼을 요구해 왔다.

'아무것도 묻지 말고 그냥 이혼해 줘요.'

이혼 서류를 들이밀며 아내가 했던 첫마디다.

나는 아무 말 없이 안방으로 들어갔다. 밤새도록 고민을 해봐도 나에게 별다른 선택은 없어 보였다.

여러 날 전부터 아내의 외도를 짐작하고 있었고, 이미 나에게서 마음이 떠났다는 걸 느꼈다. 그나마 다행이라면 둘 사이에 자식이 없다는 것이다.

뜬눈으로 밤을 새운 나는 아침이 되자마자 바로 이혼 서류에 도장을 찍어주었다. 그날로 미련 없이 깨끗하게 갈라서고 나중에 아파트 처분한 돈을 반으로 나눠 가졌다. 평범했던 한 가정이 이렇게 한순간에 무너질 거라고는 상상도 하지 못했다.

그 이후 내가 남은 돈을 가지고 알음알음 월세로 들어온 곳이 여기 18평짜리 아파트이다. 월세 보증금을 제하고 남은 돈을 쪼개서 2년 동안 집구석에 처박혀 살아왔다.

얼마 전부터 통장 잔고도 바닥을 드러내고 있었다. 아파트 월세는 이사 첫 달부터 밀리기 시작해서 보증금을 거의 까먹은 상태이다. 집주인은 진작부터 방을 비워달라고 요구해 왔다. 아파트 관리비와 도시가스 요금, 전기 요금은 평균 두 달씩 밀렸다. 관리사무소에서 며칠 간격으로 단수, 단전 예고장을 현관문 앞에 붙여놓았다. 그런데도 인터넷 요금만은 꼬박꼬박 납부해 왔다.

방 안은 몇 달씩 청소를 하지 않아 바퀴벌레와 음식 찌꺼기, 생활 쓰레기가 여기저기 굴러다녔다. 꼭 게임 머니를 다 털리지 않았더라도 내 생활에 대한 한계가 여기저기서 툭툭 올라오고 있던

참이다.

오프라인에서 실패한 인생이라면 그래도 지난 2년 동안 온라인에서는 그야말로 성공한 인생이었다. 어느 누구도 내 나이와 외모를 문제 삼지 않았다. 내 학벌과 직업, 재산, 정신건강조차도 관심 밖이었다. 오직 내가 모은 게임 머니만이 내 인격과 능력을 대변해 주었다. 그런데 이제는 온라인에서조차 온전히 밑바닥으로 추락해 버리고 말았다. 이 세상 어디에도 내가 서 있을 곳이 없다는 걸 느꼈다.

3

다음 날 해가 중천에 떠서야 부스스 일어나 추리닝을 입은 그대로 아파트를 나섰다. 초여름의 오전 햇살이 눈부시게 다가왔다. 30분을 걸어서 대형마트에 도착했다.

나와 지옥에 함께 갈 예쁘고 잘생긴 놈을 고르고 싶었다. 마트 귀퉁이에 놓인 ATM기에서 마지막으로 남아 있는 몇 만 원의 잔고를 인출하고선 어슬렁거리며 돌아다녔다. 마트를 산책하듯 거닐다 보니 마음도 점점 평온해져 왔다. 그렇다고 어젯밤에 나를 에워싼 살의가 수그러든 것은 결코 아니었다. 그저 좋은 놈으로 골라야 한다는 마음과 식지 않는 내 열기가 더 끓어오르길 바랐을 따름이다.

한참을 돌아다니다 눈에 띄는 몇 놈을 발견하고선 이리저리 둘러보았다. 가장 마음에 드는 놈을 발견했지만 내가 가진 돈으로는 어림도 없었다.

나는 차츰 마음이 바뀌어 마음에 드는 놈보다 가진 돈에 맞춰서 진열대를 들추었다. 한참을 뒤적거리다 마음에 드는 놈들은 한 개도 고르지 못하고 나처럼 무리에서 처지는 놈 하나를 겨우 잡을 수 있었다. 지금껏 가지고 싶은 것을 한 번도 가지지 못했던 것처럼 지금도 그랬다. 그놈의 돈, 돈은 내 인생에 있어서 마지막까지 절대 악이었다.

계산대에 올려놓은 놈의 몸체에서 푸르스름한 광채가 뿜어져 나왔다. 그놈을 바코드에 갖다 대는 캐셔 아주머니의 눈빛에 긴장감이 스쳐 지나갔다.

"손님, 이백 원이 모자라는데요?"

여자는 표정 없이 딱딱하게 굳은 얼굴로 내 눈길을 피했다.

내 추리닝 때문일까, 아니면 내가 고른 놈의 형상이 볼품없어서일까. 무심코 고개를 돌리다 고객센터 옆의 전신 거울에 비친 내 모습을 보게 되었다. 몇 달 동안 자르지 않은 덥수룩한 머리에 비듬이 잔뜩 앉아 있었다. 때에 전 추리닝과 얼굴을 뒤덮은 수염에 작달막한 키까지 보태어 영락없는 상거지 같은 모습이다.

나는 여자에게 씩 웃음을 던졌다.

"이 돈이 가진 게 다요. 아주머니가 대신 내주쇼."

내 입에서 뿜어져 나오는 누런 악취가 코로 스며들어 왔다.

여자는 고개를 돌리며 놈에게 바코드를 갖다 대었다.

계산을 치르고 놈을 건네받아 손에 쥐어보았다. 나와 한 몸이 된 것처럼 손잡이의 촉감이 꿈틀거렸다.

　나도 모르게 이놈을 캐서 여자에게 사용해 보고 싶은 욕망이 치밀어 올랐다. 여기서 놈을 한 손에 들고 신나게 춤추듯 휘두르고 싶었으나 그 욕망을 애써 잠재웠다. 그 이유는 나도 알지 못했다. 그놈을 손에 쥔 순간 내 안에 잠재된 악마적인 본성이 수면 위로 떠올랐기 때문일까? 아니다. 그것보다 아직은 현실적인 감각을 잃지 않아서라고 짐작했다.

　내가 짐작한 현실적인 감각이라는 것은 마트에서 아파트까지 너무 멀어서였다. 아파트까지 도착하기도 전에 손에 쥔 놈과 함께 모든 것이 끝날 것 같았다. 나의 최종 목표를 이루기 전까지 여기서 모든 것을 끝낼 수는 없었다. 이 여자가 내 종착역은 아니었다.

　제2의 인생을 다시 사는 이 여자에게 축복이 있기를……

　아파트로 돌아와 날이 어두워지기를 기다렸다. 시간이 지날수록 처음에 품었던 살기의 농도는 더 짙어져 갔다. 확고하게 굳어진 부동의 마음만이 내 전신을 감싸고 있었다. 이렇게 걷잡을 수 없는 분노와 살의는 어디서부터 기인한 것일까.

　불 꺼진 방에 멍하니 앉아 내 게임 머니를 잃게 만든 위층 놈을 먼저 찾아갈지, 내 정서를 짓뭉갠 옆집 고릴라를 먼저 찾아갈지 고민해 보았다. 지금까지 살아온 세월 동안 이렇게 신나기는 처음이다. 앞으로 일어날 일에 내 상상까지 더해져 온몸이 흥분으로 뜨겁게 달아올랐다. 그동안 쌓였던 분노와 살인에 대한 기대감이 내 마음속에 모두 공존하며 서로 부대끼고 있었다.

4

'자! 이제 시작하자.'

아랫집부터 찾아가기로 마음먹었다. 싱크대에서 적당한 크기의 빨간색 김치통을 꺼냈다. 거기에 냉장고에서 몇 달간 묵힌 썩어빠진 채소와 곰팡이 핀 식자재 이것저것을 쓸어 담았다.

마트에서 산 놈을 등 뒤 허리춤에 숨긴 다음 김치통을 들고 집을 나섰다. 아래층 현관문 앞에 도착하자마자 망설임 없이 벨을 눌렀다.

"누구세요?"

여자의 목소리다.

"아, 위층인데요. 좀 드릴 게 있어서 왔습니다."

여자는 방범 고리를 걸어둔 채 문을 살짝 열고 빠끔히 내다보았다.

"안녕하세요? 위층에 사는 사람인데요. 시골에서 김치를 너무 많이 보내와서 좀 나눠 드리려고요."

당황한 여자의 눈빛이 내가 들고 있던 김치통으로 향했다. 잠시 망설이던 그녀는 내가 김치통을 무겁게 들고 있는 모습을 보고선 방범 고리를 벗기고 문을 열었다.

"저희 집에도 김치가 많아서 안 주셔도 돼요."

극구 손사래 치는 그녀를 김치통으로 세차게 밀치며 현관으로 들어갔다.

"악! 왜 이러세요?"

"연희야! 왜 그래?"

여자의 비명에 연이어 남자가 황급히 소리치며 나타났다. 옆집에서 이 소리를 듣더라도 모두 관심 밖일 것이다. 내가 아는 이 아파트 단지의 분위기는 '나만 아니면 돼'였다.

나는 김치통을 그에게 던지며 허리춤에서 칼을 뽑아 휘둘렀다. 젊디젊은 탄탄한 그의 가슴을 그으며 심장을 향해 파고들었다.

'억' 하는 외마디 소리를 지르며 남자는 맥없이 뒤로 쓰러졌다. 그는 가슴에 꽂힌 칼을 부여잡고 눈만 껌벅이며 꿈틀거렸다. 붉게 변하는 그의 눈빛은 이런 상황이 생긴 현실을 아직 이해하지 못하고 있는 모습이다.

나는 남자로부터 재빨리 칼을 뽑았다. 어디서 그런 민첩함이 생겼는지 나도 모를 일이다.

그는 심장을 정확하게 찔렸는지 칼이 뽑힌 가슴에서 피가 분수처럼 솟아나왔다. 입에서 피를 쏟으며 계속 경련을 일으켰다. 그러다 조금씩 움직임을 멈추면서 거친 숨소리가 잦아들었다.

내가 마트에서 선택한 이놈은 역시 나를 실망시키지 않았다.

피가 묻은 칼을 여자에게 겨누고 천천히 다가갔다.

"아, 아, 아저씨!"

여자는 남편의 숨이 넘어가는 모습을 보며 충격을 받은 듯 보였다. 비명조차 지르지 않고 입만 벌린 채 부들부들 떨며 서 있었다. 그녀는 나와의 거리가 가까워지자 갑자기 고함을 지르며 문 밖으로 뛰쳐나가려고 했다.

나는 뛰어가서 여자의 목덜미를 움켜쥐고선 바닥에 내동댕이
쳤다.

"아저씨! 잘못했어요! 제발 살려주세요!"

그녀는 무엇을 잘못했는지도 모르고 무조건 살려달라고 울부
짖었다. 그 소리는 내가 늘 방바닥에 귀를 대고 들었던 그녀의 비
음 섞인 신음과 흡사했다.

"흐흐! 그동안 네년 때문에 내가 얼마나 외로웠는지 알아? 시
키는 대로 하면 살려줄 수도 있어."

마음에도 없는 말을 뱉으며 '이 여자를 어떻게 데리고 놀까' 라
고 생각했다.

'바로 죽일 필요가 있겠어? 흐흐.'

거실 바닥에 쓰러진 그녀는 턱을 벌벌 떨며 고개를 끄덕였다.
모로 반쯤 누운 그녀의 허연 허벅다리가 플레어스커트 사이로 내
비쳤다. 검정 치마 색상과 매끄럽고 하얀 피부가 극명하게 대조
되었다. 초여름이라서 그런지 그녀가 입고 있는 옷은 한마디로
조악했다. 브래지어를 차지 않아 티셔츠 위로 유두가 봉긋 솟아
올라 있었다. 그녀의 허벅지를 본 순간 망설이지 않고 명령했다.

"옷 벗어!"

나지막한 내 목소리에 그녀의 놀란 눈이 더 크게 휘둥그레졌
다. 잠시 망설이더니 앉은 자리에서 손을 덜덜 떨며 옷을 벗었다.
속옷이라고는 달랑 팬티 한 장만 입었을 뿐이다.

그녀의 피부는 희고 눈부셨다. 아직 아기를 가지지 않은 몸매
는 석고상처럼 볼륨이 살아 있었다.

"다리도 벌려야지. 흐흐, 지금껏 내 입맛만 다시게 했잖아!"

이제부터 그녀는 내 것이라 여겼다. 내 손에 들고 있는 이놈이 그녀의 모든 것을 허물어뜨리고 내 앞에 굴복하게 할 것이라는 걸 절대 의심치 않았다.

피투성이가 된 그녀의 남편도, 사랑도, 신혼의 달콤함도 내 칼 앞에서는 개미보다 더 못한 나약한 존재라고 믿었다. 난 적어도 그렇게 생각했다. 하지만 그것은 순전한 내 착각이었다.

나는 바지춤의 허리띠를 풀었다. 그녀는 새파랗게 질린 입술을 덜덜 떨며 연신 살려달라고 흐느끼며 애걸했다. 흥분된 내 것을 밖으로 꺼내니 그녀는 양손으로 다리 사이와 가슴을 가린 채 고개를 돌렸다.

그녀의 손가락 사이로 무성한 숲의 검은 올 몇 가닥이 삐져나왔다. 그녀의 주요 부위가 완전하게 보이는 것보다 손에 가려진 모습이 내 욕정을 더 자극했다.

잘 다듬어진 둔부의 굴곡과 눈부신 살결을 쳐다보며 그 위에 엎드리기 위해 몸을 숙이는 순간 그녀의 무르팍이 내 명치끝을 올려쳤다.

'턱!'

갑자기 숨이 막히며 나도 모르게 모로 굴렀다. 그 순간 그녀는 후다닥 일어나서 베란다로 향했다.

"아악! 살려주세요!"

그렇게 몇 번 외치던 그녀는 내가 베란다로 다가가자 갑자기 태도를 바꾸었다.

벌거숭이 몸을 베란다 틀에 기대고 서서 나를 매섭게 쳐다보았다. 나에 대한 증오와 현실에 대한 체념이 그 눈빛에 모두 담겨 있었다. 투명한 눈망울에서 이슬 같은 눈물이 후드득 떨어졌다.

그녀의 그런 태도에 오히려 내가 당황했다.

나는 멈칫거리며 베란다로 나가는 유리문 앞에서 멈춰 섰다.

"죽어서도 당신에게 복수할 거야!"

그녀는 그 말을 나에게 던지듯이 남기고 베란다 밖으로 모습을 감추었다. 찢어지는 비명 소리가 길게 이어졌다. 18층. 살아남기 어려운 높이다.

그녀의 마지막 말이 왠지 마음에 걸렸다.

'죽어서도 복수한다?'

만약 저승이라는 곳이 존재한다면 죽어서라도 그녀를 다시 만나고 싶었다. 그녀의 저주로 저승에서 악마가 된다 한들 어떠리.

예기치 못한 상황에 잠시 혼란스러웠지만, 곧바로 정신을 차리고 현관문 밖으로 뛰쳐나갔다.

이 아파트는 한 층에 16가구가 모여 사는 복도식 구조였다. 마침 저녁때라 대부분의 가정에서 가족들이 모여 있을 시간이다. 그녀의 비명을 들은 사람들 몇몇이 막 복도로 나오고 있었다.

그 집 현관문을 나서는 나를 보고 사람들은 혼비백산했다. 좁은 복도는 일순간에 혼잡해지며 경황없이 집으로 들어가고 있었다. 피에 물든 긴 회칼을 손에 들고 복도를 천천히 걸어갔다. 사람들의 기가 찬 비명 소리가 곳곳에서 들려왔다.

내가 사는 층으로 다시 올라가 고릴라 집 앞에 멈추어 섰다. 복도에 난 부엌 창문으로 보이는 집 안은 불이 모두 꺼져 있었다.

너무나 아쉬웠지만 시간이 없어 고릴라는 포기하는 수밖에 달리 방법이 없었다. 나 역시 고릴라에게 저주를 퍼부으며 다시 위층으로 올라갔다.

5

이제부터 내 인생을 송두리째 망가뜨린 위층 놈을 잡을 것이다. 아주 신속하고 잔인하게 말이다.

위층에서도 여러 사람이 복도에 나와서 수군거리고 있었다. 대부분이 주부이거나 학생이고 남자는 몇 명뿐이었다. 그들은 내가 저지른 일을 아직 모르고 있는 것 같았다.

중앙 계단에서 세 번째 집. 분명 그놈이었다. 나는 칼을 등 뒤로 숨기고 천천히 다가갔다.

두 번째 집 현관문 앞에 서 있던 중년 여자가 나를 힐끗 쳐다보는 것과 동시에 비명을 질렀다.

"어머! 강도야! 저 사람 피 좀 봐!"

여자는 내 정체를 알지도 못하고 나오는 대로 소리를 질렀다. 나는 여자의 비명을 무시하고 뛰다시피 그놈 앞에까지 다가가 칼을 휘둘렀다.

내 공격을 받은 그놈은 만만치 않았다. 그는 내가 휘두르는 칼날을 맨손으로 붙잡았다. 놈의 손에서 흘러나온 선지피가 바닥으로 비 오듯이 떨어졌다.

그 와중에도 이런 격투가 영화의 한 장면 같다는 생각에 나도 모르게 웃음이 흘러나왔다. 영화는 영화일 뿐이다. 현실과 괴리된 장면을 떠올리며 사람들은 가끔씩 착각하곤 한다. 영화 장면과 현실이 오버랩되는 것처럼 느끼는 것이다.

나는 칼을 세게 비틀며 아래로 긁어내렸다. 칼은 놈의 손바닥을 너덜거릴 정도로 깊게 베며 쑥 빠져나왔다.

"아아악! 내 손!"

놈은 고통스러운 비명을 질렀다.

그와 동시에 주변 사람들의 고함이 터져 나왔다.

"누가 좀 빨리 말려요!"

"저놈 잡아야 해!"

"칼을 뺏어!"

말은 말로써 끝날 뿐이다. 그렇게 말하는 그 누구도 나에게 다가서지 못했다.

통로 반대쪽으로 도망가려는 놈을 쫓아가 등짝에 칼을 깊이 쑤셔 넣었다. 다시 외마디 비명을 내뱉던 놈이 갑자기 돌아서는 바람에 칼 손잡이를 놓치고 말았다.

놈은 등에 칼을 꽂은 채로 달려들더니 내 위에 엎어졌다. 중심을 잃고 바닥에 쓰러진 내 위에서 힘껏 목을 조르고 있어 정신을 차릴 수가 없었다. 역시 나보다 젊은 그놈은 힘이 좋았다. 어디서 그런 힘이 나오는지 정말 순식간에 일어난 일이었다. 오히려 내가 놈에게 당할 수 있는 상황이 되고 말았다.

나는 있는 힘을 다해 놈의 등 뒤로 손을 돌려 칼을 빼냈다. 그리고 다시 옆구리에 칼을 몇 차례 찔러 넣었다.

잠시 후, 목을 조르던 손에 힘이 풀리더니 내 몸 위에서 축 늘어졌다.

놈을 밀쳐내고 일어서니 주변에 있던 남자 두 명이 나에게로 다가왔다. 한 명의 손에는 야구방망이가 들려 있었다.

온몸이 피로 물든 내가 물러서지 않고 웃으며 다가가자 그들의 기세는 어디로 갔는지 뒷걸음질로 도망가기에 정신이 없었다.

멀리서 들리는 날카로운 사이렌 소리가 점점 가까이 다가오고 있었다. 내가 중앙 계단 쪽으로 걸어가자 남자들은 반대쪽으로 주춤주춤 물러섰다. 조금 전까지 악다구니를 쓰던 여자들은 아무도 보이지 않았다.

나는 중앙 계단을 통해서 옥상까지 올라갔다. 옥상으로 통하는 문은 항상 개방되어 있다는 걸 알고 있었다. 낮에 가끔 담배를 피우러 옥상에 올라가 보면 여기저기 불을 피운 흔적과 담배꽁초, 소주병 등이 나뒹굴고 있었다. 아마 중, 고등학생으로 여겨지는 애들이 저지른 것이라 짐작되었다.

옥상 문은 열려 있었다. 난간으로 다가가 멀리 시내의 밤 풍경을 바라보았다.

호주머니에서 담배를 꺼내 입에 물었다. 피에 절은 손 때문에 담배 필터에도 피가 묻었다. 담배는 피 맛과 합쳐져 찝찔한 맛이 배어 나왔다. 길게 몇 모금의 담배를 피우며 아래를 내려다봤다.

아파트 입구에서 경찰 순찰차 몇 대와 119구조대 구급차가 요란한 사이렌을 울리며 들어서고 있었다.

옥상 바로 밑 까마득하게 보이는 화단에 희뿌연 물체가 널브러져 있는 모습이 보였다. 아까 뛰어내린 여자의 벌거벗은 몸뚱이가 심하게 구겨져 있었다.

아쉬움이 진하게 남았다. 나로서는 어떤 아쉬움인지 정확하게 알지 못했다.

여자를 가지지 못한 미련 때문인지, 아니면 고릴라까지 없애지 못해서인지, 그동안 살아온 내 인생에 대한 후회인지 알 수가 없었다.

하지만 지금 내 모습을 바라보고 있노라면 벌써 여자의 저주가 내려졌음을 깨달을 수 있었다.

"흐흐흐, 낄낄."

갑자기 마음이 평온해지며 헛웃음이 나왔다. 옥상 난간에 걸터앉아 다시 담배를 피워 물었다.

경찰 몇몇이 순찰차에서 내려 동 입구로 뛰어오고 있었다.

두어 모금 피운 담배를 손으로 튕기며 허공에 몸을 날렸다. 빠르게 낙하하는 내 육체와 비례하여 지금까지 살아온 추억이 주마등처럼 스쳐 지나갔다.

눈을 크게 뜨고 아래를 내려다보았다. 바닥이 점점 다가왔다. 사람들 사이로 몸을 비집고 화단에 있는 여자를 보기 위해 다가서는 남자가 보였다.

그는 무엇인가 이상한 낌새를 느꼈는지 고개를 들고 위를 쳐다보았다. 그의 놀란 눈과 내 눈이 마주쳤다. 예상대로라면 그의 위치는 내가 떨어지는 낙하지점과 정확하게 일치된다. 고릴라의 놀란 큰 눈이 바로 내 눈앞으로 다가왔다. 내 인생의 마지막 희열을 느끼는 순간이었다.

「악마의 은둔」 END.

현관 앞 방문객

양수련

시나리오 작가, 대중예술저술가, 추리문학가, 문학적글쓰기 강사로 활동 중에 있다. 모바일 영화 시나리오 공모 수상작 [마이 굿 파트너]가 영화로 제작되면서 시나리오 작가로 데뷔했으며 단편영화 [버스를 타다] 제6회 대한민국영상대전 우수상을 수상했다. 대중예술서 〈시나리오 초보작법〉, 〈시나리오 Oh! 시나리오〉 및 장편소설 〈하얀 심장을 가진 사람들〉, 〈용화에서 숨바꼭질하다〉, 창작집 〈G빌라〉외 다수의 책을 썼다.

"네가 생각하는 것처럼 새로운 생명의 탄생만이 기적은 아냐. 새로운 생명에게 자신을 내주는 일이야말로 진짜 기적을 이루지." −양 작가의 현재 집필 중인 책 내용 중에서.−

내 집 앞에만 오면 사람들은 고약한 냄새가 난다고 토하듯 비명을 질러댔다. 저들은 오만상을 쓰는 것은 물론이요, 손을 코앞에 대고 무례하게 부채질을 해댔다. 역한 냄새를 조금이라도 날려보겠다는 심사다.

그러나 내게는 아무런 냄새도 나지 않는다. 도대체 무슨 냄새가 난다고 저리들 호들갑인지. 듣고 있는 나로서는 여간 억울한 일이 아니다. 게다가 무슨 탐정 놀이라도 하는 양 저들이 냄새의 정체를 밝혀내고야 말겠다며 나의 현관에 바짝 코를 들이대고 킁킁거릴 때면 내 인내심도 바닥을 긴다. 이해심이라고는 눈곱만치도 없는 저들. 나는 현관문을 퍼뜩 열고 나가 그들의 뒤통수를 한대 멋지게 갈겨주고 싶다는 생각을 한다.

냄새 없는 집이 어디 있고 냄새 없는 사람이 또 어디 있단 말인

가. 오래된 것들은, 아니, 오래되지 않았어도 자신의 존재를 체취로 드러내며 또한 풍기기 마련이다. 무취로 태어난 그르누이[1]가 아니라면 말이다. 그는 자신의 체취를 갖고 싶어 끝내 향수 제조사가 되지 않았던가. 체취란 중요하다. 나의 존재를 드러내는 일이며 그것은 다른 이의 것과 확실하게 다르다. 어쨌거나 냄새를 풍기지 않는 이들보다 냄새를 간직한 내가 훨씬 더 인간적이다.

그래, 그렇게 계속 사냥개처럼 킁킁거리라구. 나의 냄새를 잔뜩 처먹고 제발 얌전히 있지는 말아달란 말이지. 나는 냄새나는 당신들의 이웃이니까.

저들은 아직도 나의 현관 앞에서 킁킁거린다. 그러나 저들이 알아내는 것은 아무것도 없다. 그저 남다른 냄새가 난다는 것 말고는. 저들이 무엇을 알아내든 나는 신경을 거두기로 한다. 킁킁대다 끝내는 어떤 냄새도 맡지 못하는 병에 걸리게 될지도 모르지만 그게 나와 무슨 상관이란 말인가. 저들의 두뇌는 현관 앞에 머물러 있을 터인데. 고작 내 존재의 냄새를 감지하는 것에 불과할 터인데.

나는 집에 혼자 있다.

내 집을 찾아온 마지막 방문자가 나의 현관을 빠져나간 이후로 나는 밖으로 나가본 적이 없다. 나를 찾아오는 그 어떤 누구에게도 나는 문을 열어주지 않는다. 결코.

나는 친구 승우를 기다리는 중이다.

---

1) 파트리크 쥐스킨트(독일 소설가) 소설 [향수]의 주인공 이름.

우리가 아직도 친구라는 이름으로 엮여져 있는 것인지는 알 수 없다. 승우는 그날 이후 나의 현관에서 사라졌다. 그날이라니? 궁금할 것이다. 그날 무슨 일이 있었냐고 다그치지는 말아 달라. 언젠가는 모두가 알게 되는 공공연한 비밀 같은 것이니까.

승우가 나의 집을 떠난 지 열흘 하고도 이틀이나 지났다. 그래도 한 번은 다시 찾아올 것이라고 나는 믿는다. 어쩌면 이런 나의 기다림이 진한 냄새가 되어 이웃으로까지 퍼져 나가고 있는 것은 아닌지 나 또한 알 수 없다.

내 기다림의 냄새 말고 고약한 냄새를 풍길 만한 것이 내 집 어딘가에 있는지 나는 찾기 시작한다. 현관 앞 저들의 잡소리를 치우기 위해서라도 나는 찾아야 했다. 음식물 쓰레기 수거 일에 미처 버리지 못해 부패되어 가고 있는 쓰레기는 일단 없었다. 부패를 방지하는 냉장고 또한 아무런 이상 없이 잘 돌아간다. 베란다에는 세탁기를 돌린 흔적으로 잡내를 벗은 빨래가 건조대에 잘 매달려 있다. 베란다 창으로 내비치는 햇살을 머금고. 주방과 욕실은 매일이 아니더라도 일주일에 한 번씩은 빼먹지 않고 락스로 살균 소독 청소를 한다. 방과 거실은 청소기로 잡먼지를 빨아들인 다음 물걸레질을 하는 것도 거르지 않는다. 남자 혼자 사는 집에 이만하면 청소는 수준급이라고 자부한다.

어디에도 냄새가 숨어 있을 만한 곳은 없다. 그런데도 참아낼 수 없는 냄새가 난다니? 잘못된 것은 저들의 코라고 떠넘겨 본다. 그 한편으로 드는 나의 의구심 또한 어쩌지 못한다. 한두 명이면 그런가 보다 하겠으나, 나의 현관을 지나는 모든 사람이 그

러니 환장할 노릇이 아닌가. 집단으로 시력을 잃기도 하고 집단
으로 신체를 강탈당하는 일도 있다. 어디까지나 사람들이 만들어
낸 이야기일 뿐이다. 그럼에도 나의 현관 앞에서 쿵쿵대는 저들
은 나의 현실이다. 저들이 나의 현관에만 오면 집단으로 후각을
상실하거나 불쾌한 냄새에 집단으로 중독되는 것은 아닐까? 그
것도 아니라면 나의 현관 틈에 누군가 나 몰래 냄새를 발라놓는
것인지도 또 모르지 않는가 말이다.

　저들의 행동에 신경을 거둔다는 것은 나의 허튼소리임을 알겠
다. 나 또한 냄새에 민감하고 저들에게 그 어떤 피해도 주고 싶은
마음이 없다.

　딩동, 딩동.

　초인종이 울린다. 쿵쿵대가 물러간 다음이다. 나는 칩거 중이
고 내가 기다리는 승우 외에는 나의 현관을 열어주고 싶은 마음
이 없다. 나는 현관을 뚫고 밖으로부터 들어오는 소리를 가만히
듣기만 한다. 몇 번의 초인종이 더 울려도 나는 조용하여 반응을
보이지 않는다. 아무도 없는 집을 가장한 채로 정적이다.

　방문자가 누구인지 확인할 수 없는 나는 답답함을 느낀다. 그
리고 속이 타들어가는 나의 방문자는 초인종 다음으로 완력을 사
용한다. 억센 주먹으로 나의 현관을 깨부술 듯이 쿵쾅댄다. 방문
자의 목소리와 함께이다.

　"이봐, 총각, 안에 있는 거 맞지? 내가 다 알아. 어서 이 문을
열라구."

　나의 은둔을 확신하는 방문자. 여간해서는 직접 찾아오는 일이

없는 집주인이다. 목소리만으로 나는 저를 안다. 여기까지 왜 왔을까는 오래 생각할 것도 없다. 돈과 관계된 것이 아니면 득달같이 오는 법이 없으니까. 그리고 나는 아차 했다. 월세 납부일이 어제로 이미 지나 버렸다. 월세를 걸러본 적도 없고 늦어본 적도 없는 나는 착실한 세입자다. 고작 하루, 아니, 반나절 늦었을 뿐인데 집주인은 중죄인이라도 잡으러 온 것처럼 오전 나절부터 큰 소란이다. 내가 그새 월세를 떼먹고 도망이라도 갔을까 봐 저러는 것인가 싶기도 하다. 오늘따라 집주인의 야멸친 태도가 나를 기분 상하게 만든다.

월세가 문제인 집주인에게 나는 나의 현관을 열어주지 않았다. 내가 집에 은신해 있다는 기척은 더욱 하지 않았다. 집주인은 상스런 말을 입에 담더니 끝내 과격해진다. 오후에 다시 오겠다며 큰소리를 치고 돌아간다. 그래봤자 집주인이 술래 노릇만 하게 될 것이라는 생각이 들자 나는 피식피식 나오는 웃음을 참지 못했다. 다른 사람을 골탕 먹이는 일에 이런 재미가 숨어 있었다니. 새삼스레 알게 된 나다.

두 달 전까지만 해도 나는 우체국의 택배 직원이었다. 8개월 동안 내가 해온 일이며 오토바이를 타고 골목골목을 누비는 일은 재미가 쏠쏠했다. 임시직의 택배원이지만 정직원까지는 아니더라도 영구 계약직이 되기를 희망했던 것은 그런 이유에서였다. 그리고 정확히 그때부터 나는 쏠쏠한 재미를 잃어버렸다. 빗길의 골목모퉁이에서였다. 내가 탄 오토바이가 막 모퉁이를 튀어나오는 우비꼬마를 피하려다가 그만 자빠지고 말았다. 일어서려는데

다리가 말썽이다. 아프다는 생각은 하지도 못했다. 이렇게 택배원 배지를 놓치고야 것인가? 그 생각뿐이었다.

의사는 내게 3개월 동안 깁스를 하고 있어야 한다고 설명했다. 오토바이가 넘어지면서 그 밑에 깔린 내 왼쪽 다리에 금이 가서였다. 아무 생각도 할 수 없었다. 임시직이 3개월씩이나 쉰다면 그 누가 환영할 것인가. 재수가 없다. 헛웃음은 제멋대로 허공을 날아다녔다.

누군가 또 나의 현관을 구박한다. 발로 걷어차고 쌍욕을 나의 현관에다 처바른다. 집에만 오면 집 안의 물건을 마구잡이로 내던지고 마누라에게 폭력을 일삼는 옆집의 개망나니다. 오늘뿐이 아니다. 전에도 걸핏하면 나의 현관에 대고 분풀이를 해댔다. 내가 집에 없는 틈을 어찌 그렇게 잘 아는지 신통할 정도이다.

그러다 한 번은 집에 오는 나와 정면으로 딱 마주치고 말았다. 개망나니는 나를 보자 뭘 그렇게 째려보냐는 식이었다. 그가 나의 현관 앞을 막아서고 있어서 내가 들어가지 못한 채 서 있다는 사실에는 깜깜했다. 개망나니는 남 사정 같은 것은 안중에도 두지 않는다. 모든 것이 자신의 분풀이 대상이었다. 그의 집기도, 그의 마누라도, 그의 자식들도, 그리고 나의 현관도. 생각은 도통 하지 않는 다혈질적인 그는 생각보다 폭력이 앞서서 나오는 그런 사람이었다.

그의 뱃속에 검은 불꽃이 들어 있어서 그런 것이라고, 화통을 삶아 먹은 사람처럼 그의 뱃속은 날마다 검은 불길이 활활 올라오고 있다고. 그러니 생각이 머물 여유가 없는 게 당연했다. 뱃속의 불이 생각이란 것을 죄 태워 버렸을 테니까.

더러운 성질을 내게 들킨 이후로 옆집의 개망나니 아저씨는 한동안 잠잠했다. 그랬는데……. 요즘은 나의 현관을 지나는 아침저녁으로 매일 발길질이다. 더구나 은둔해 있는 내가 아무런 저항도 안 하니 그의 발길질은 나날이 용솟음이다. 나의 현관은 온몸을 바쳐 개망나니의 발길질로부터 나를 보호한다. 혼자서 억울하고 혼자서 분노하고 혼자만 옳은 그다. 그의 발길질을 말리는 마누라를 그는 또 '재수 없는 년'이라고 윽박지르고 분을 삭이지 못한다. 동네를 집어삼키기라도 할 것처럼 고래고래 악을 쓴다. 그의 분은 과연 어디서부터 오는 것일까? 나는 잠시 생각했다. 저토록 분을 다스리지 못하니 무슨 일이 났어도 벌써 났어야 한다. 그러고도 그는 아직 멀쩡하게 살아 있다.

나의 현관 냄새보다 더 지독한 것일 텐데도 이웃들은 항의 한번 않는다. 투서 한 번 하지 않고 그저 개망나니를 에둘러 다닌다. 나처럼 조용한 이웃은 짓밟고 귀찮게 하면서 시끄러운 개망나니는 버젓이 활개치고 다니도록 놔둔다. 나라도 어떻게 나서보고 싶지만 순전히 마음뿐이고 생각뿐이다. 그리고 또 그를 피하는 편이 훨씬 낫다고 나 역시 그렇게 여긴다.

아직 승우는 오지 않고 있다.

승우가 내게 온 것은 지금으로부터 정확히 6개월 전이다. '정확히'란 표현을 쓰기는 하지만 내 기억이 정확한지는 나도 잘 모른다. 그럼에도 나는 '정확히'란 말을 사용하기 좋아한다. 특별한 이유가 있어서는 아니다. 그저 내가 정확한 사람이 못 되어서

일 수도 있고 그렇게 되기를 바라는 마음에서일 수도 있다.

계산을 해야 하는 일에는 천성적으로 타고나지 못했다. 정확하지 않은 일들이 내게로 왔고, 정확하지 않은 감정들이 넘나들었고, 정확하지 않은 관계들을 신뢰했다. 그래서 또한 정확하지 않은 일들이 나의 집과 나의 일상 곳곳에 난무하게 되었다.

승우가 내게 오던 그날, 정확히 6개월 전에 내 집에 있게 해달라는 그의 부탁 아닌 통보를 내가 정확하고 확실하게 거절했어야 한다고 이제야 후회한다. 멋대로 불쑥 찾아와 내 집의 방 하나를 차지해 버린 승우를 나는 어떻게 해보지 못했다.

결혼을 약속한 정순과 곧 살림을 합치기로 한 상황이었다. 그 결혼이란 것이 그저 몸만 오는 일임에도 소심한 내게 그 과정은 더디고 겁나는 일이기도 했다. 한 여자의 남편이 되어 평생을 책임져야 한다는 그 일이 한편으로는 두려웠다. 내가 정순을 사랑하지 않아서가 아니다. 나는 진실로 그녀를 몹시도 사랑한다고 여긴다. 내게 사랑은 오로지 그녀뿐이라는 생각도 한다. 모든 사랑이 그 순간은 다 절절한 것처럼. 그럼에도 주변머리 없는 나는 미적거렸고, 그사이 승우가 정순의 자리를 꿰차고 말았다.

"나 결혼해. 그녀가 내 집으로 곧 들어올 거야."

"난 괜찮아. 넌 여자랑 같은 방 쓰고 난 건넌방을 쓰면 되잖아. 방해하지 않을게."

승우는 내 말의 의미를 제대로 받아들이지 못했다. 방해하지 않겠다니? 신혼집에 얹혀살려고 하는 쪽은 저면서, 눈치를 봐야 하는 쪽은 저면서, 괜찮지 않아야 하는 쪽은 저면서 내게 후한 호의라도 베푸는 것처럼 득의양양했다.

어쨌거나 그동안의 승우는 내게 항상 갑이었다. 짜장면 배달원에서 택배사의 일꾼 아니면 이삿짐센터의 짐꾼으로 전전하는 내게 우체국 택배원이라는 제법 근사한 일자리를 알선해 준 것도 다름 아닌 승우였다. 정작 일자리가 필요한 쪽은 승우였음에도 그는 마다했다.

"네게 더 잘 어울리는 일이야. 나는 그런 일에 취미가 없어. 내가 원하는 것은 아주 큰 한 방이거든."

승우와 내가 처음 만난 것은 중국집 배달원을 할 때였다. 소위 짜장면 배달원의 모임이 같은 동네에서 있었고, 거기서 승우를 만났다. 그때도 승우는 왠지 모를 남다른 겉멋을 풍기고 다녔다. 지금 생각하자면 한량이나 하는 일들을 그가 하고 다녔는데 그때의 승우는 내게 멋있게만 보였다는 것이다. 그날그날을 사는 나와는 달리 뭔가 거창하고 대단한 일을 해낼 것처럼 보였다.

"나 떠난다."

어느 날의 승우가 배달을 관두고 나를 찾아와 말했다.

"어디로?"

내가 물었지만 승우는 여유작작한 웃음만 흘렸다. 그런 승우는 왠지 폼이 나 보였다.

나는 부러웠다. 우체국 택배원 자리쯤은 아깝지도 않게 내게 넘겨줄 수 있는 승우가. 우체국 택배원은 중국집의 짜장면 배달원과는 확실히 달랐다. 이삿짐센터의 일꾼하고도 비교가 안 되었다. 짐을 옮기거나 배달하는 일은 거기서 거기였지만 우체국이라는 이름만큼은 번듯한 직장처럼 여기게 했다.

어디 나가냐고 아는 이들이 물으면 나는 '우체국이요' 하고 자랑스럽게 또박또박 말했다. 누구보다 좋아한 사람은 정순이었다. 하는 일은 다 거기서 거기라고 별것 아닌 듯이 말했지만 나역시 그 차이를 알고 있었다. 정순은 임시라거나 계약직이라거나 하는 말은 뒷전에 두었다. 일 년을 잘 넘기면 재계약을 해줄 것이고, 또 일 년을 넘기게 되면 영구 계약직도 바라볼 수 있다는 사실에 정순은 기대를 품었다. 일 년도 못 채우고 밀려나는 바람에 정순의 기대는 물거품이 되고 나의 뿌듯함도 묵사발이되고 말았지만.

어쨌든 승우가 찾아오기 전까지 내게 별다른 문제는 발생하지않았다. 우체국은 잘 다니고 있었고 정순과 한집 살이 계획을 실행 중에 있었으므로.

"내가 좀 있다고 달라질 건 없을 거야."

승우는 나를 밀치고 안방으로 발걸음을 했다.

"이만하면 괜찮네."

정순이 내일 이 집으로 들어올 것이기에 안 된다고 말해야 했다.

"여긴 내 방…… 건넌방은 저쪽."

나는 어이없는 일을 저지르고 말았다. 건넌방은 저쪽이라는 내말은 승우의 입주를 인정한다는 것이다. 그리고 그때는 전혀 알아채지 못했다. '사람이 온다는 건 실은 어마어마한 일'[2]이라고

----

2) 정현종 시인의 詩 '방문객' 중에서

어느 시인이 읊었던 것처럼 내게 그가 왔다는 것은 그의 일생이 함께 온 일이었음을. 승우를 들인 것이 그의 인생을 송두리째 들인 것과 다르지 않다는 뜻이라는 것을. 그리고 부서질 나의 미래를 그가 지고 왔다는 것을.

나의 집 한 귀퉁이에 승우는 둥지를 틀었다. 내가 우체국으로 출근하고 나면 그는 집에 혼자 남았다. 그가 무슨 일을 하는지, 외출은 하는지 나는 도통 알 수 없었다. 집에 둬서는 안 되는 불법무기를 남몰래 감춰둔 사람처럼 나의 하루하루는 불안하고 초조했다. 출근하는 일은 왠지 불안하고 퇴근하는 일도 기쁘지만은 않았다. 집에 오면 승우는 항상 있었다.

"종일 집에만 있었던 거야?"

"계획을 세우는 중이야. 끝날 때까진 시간이 아깝지."

"무슨 계획?"

"두고 보면 알아."

그때까지만 해도 승우가 뭔가 내게 보여줄 만한 것을 계획하고 있다고 여겼다. 밖에 나가 일하는 것 같지는 않은데 월말이 되자 방세라며 얼마간의 돈을 내게 쥐어주었다. 나는 내심 감격했다. 겉으로는 이러지 않아도 된다고 사양했지만 돈을 돌려달라고 할까 봐 받자마자 주머니에 챙겨 넣었다.

"그래서, 계획은 잘 진행 중인 거야?"

"기다려 봐."

승우는 진지했다. 진실로 대단한 일을 하고 있는 사람 같아 보였다.

내가 직접 일하지 않았음에도 가외로 생기는 돈은 로또 당첨금이라도 받은 양 나를 뿌듯하게 만들었다. 알짜배기 땅을 사둔 것처럼 듬직한 구석이 있었다.

승우가 건넨 돈이 미끼나 다름없다는 것을 알지 못했다. 그에게 받은 돈 때문에 나는 정확한 선을 긋지 못했다. 승우가 내 운동화를 신고, 내 면도기를 사용하고, 내 옷을 입고, 내 컴퓨터를 사용하고, 내 집에 내가 모르는 사람들을 불러들여도 나는 바보처럼 한마디 하지 못했다. 그가 월세를 냈다는 이유만으로. 그리고 승우가 내 방을 차지하게 되고 내 곁에 줄곧 붙어 있게 된 그날이 오고서야 나는 겨우 용기를 냈다.

"내 방에서는 나 혼자 있고 싶어."

"여자랑 같이 쓸 거였잖아. 그럼 혼자가 아닌데……."

개운치 않은 내 기분 따위를 승우는 살피지 않았다.

"그게 아니고……."

나는 머뭇거렸고 모자라게 굴었다.

"알았어, 인마. 여자를 데려오면 그때 내 방으로 갈게."

승우는 뻔뻔스럽게도 나를 제압하고 내 방을 차지했다. 그를 견디지 못하고 건넌방으로 옮겨간 쪽은 나였다. 동물이 자신의 소변을 나무기둥에 쏴두는 것으로 인해 자신의 영역을 표시했다고 여기는 것처럼 승우는 나의 물건을 자신이 사용함으로써 권리를 주장했다.

나는 내 방을 빼앗겼고, 나의 컴퓨터를 빼앗겼고, 나의 매트리스를 빼앗겼고, 면도기를 빼앗겼고, 냉장고 안의 먹을 것들을 빼앗겼다. 내 것이라고 여겼던 내 집안의 모든 것은 끝내 승우의 차지가 되었고, 나만의 영역은 무참하게도 점령당했다.

나의 모든 것을 승우가 차지했다. 내 집에 더부살이를 하던 그는 이제 주인처럼 굴었다. 나는 승우의 집에 더부살이를 하는 객식구가 되어버렸다. 기가 찰 노릇이었지만 승우와 나는 모든 것을 공유했다. 그나마 다행인 것은 그것으로 빌붙어 사는 쪽이 어느 쪽인가 하는 물음을 던지지 않아도 된다는 사실이었다.

승우는 이제 내게 방세를 납부하지 않는다. 내 집을 마음대로 휘젓는다. 거주 유지를 위해 지불해야 하는 월세와 모든 살림 비용은 온전하게 내 몫으로 남았다. 그것만이 내가 이 집의 주인이라는 것을 증명했기에 나는 군말 없이 부담했다. 그것은 적어도 내가 쫓겨나는 사태만은 발생하지 않을 것임을 입증하는 것이었다.

오토바이 사고 이후로 다리에 깁스를 한 나는 종일 승우와 시간을 보냈다. 정순과의 행복한 보금자리를 꿈꾸던 집은 불편하고 불쾌하고 또 두려움이 어슬렁거리는 곳이 되었다. 혀를 날름거리며 나무를 오르는 뱀은 눈을 뜨지 못한 아기 새의 둥지를 노린다. 어미 새가 출타한 그 시각, 눈을 뜨지 못한 아기 새는 발악해 보지만 잡아먹히는 것은 수순이다.

승우는 내 컴퓨터 앞에서 종일 게임을 했다. 끼니때가 되면 피시방 주인인 내게 먹을 것을 요구했다. 불편한 다리를 질질 끌고 나는 주방에서 그에게 줄 라면을 끓인다. 어떻게 하면 승우를 내보낼 수 있을까를 고민하면서. 그사이 라면은 퉁퉁 불고 승우는 팅팅 불은 라면을 타박한다. 라면을 맛없게 끓인 내게 지청구를 해댄다. 라면을 끓일 때는 어떻게 하면 탱탱한 면발을 유지하는가에 대해 일대 연설을 늘어놓았다.

"라면이 끓는다 싶으면 바깥바람을 쐬줘야 돼. 어떻게? 젓가락으로 라면을 건져 냄비 위로 들어 올렸다가 났다 반복해야 한단 말이지."

"다음엔 그렇게 할게."

나의 대답 또한 가관이다. 그렇게 할게라니. 나는 승우 앞에 내 모든 권리를 갖다 바친 것과 다르지 않았다. 배를 곯든 말든 그의 라면까지 끓여 바쳐서는 안 되었다. 먹고 싶으면 직접 챙겨 먹으라고 정확하게 말해야 했다.

나는 싸움이 싫었고, 그에게 고분고분했다. 어떻게든 승우가 조용히 제 발로 나가는 일이 생겨주기만을 기다렸다. 그것이 내가 우체국의 정직원이 되는 것만큼이나 이뤄지기 힘든 소원이라는 것을 알면서도 말이다.

승우와 보내는 하루하루는 그야말로 눅눅하고 꾸역꾸역하게 흘렀다. 어떻게 하면 승우를 내보내고 정순을 집으로 데려올 수 있을까? 밤낮으로 고민하고 궁리하면서도 승우가 '야, 물!' 하면 나는 접혀지지 않는 다리로 엉거주춤 일어났다. 컵에 물을 따라 그에게 갖다 주었고, '배고픈데……' 하면 쌀을 씻어 밥을 안치거나 냉장고를 뒤져 뭐라도 먹을 것을 만들었다.

그의 전 인생을 걸고 내게 온 승우는 나의 현재를 훔치고 나의 미래를 망가뜨려 가고 있었다. 내가 모르는 원한이 그에게 있는 것은 아닐까 생각해 보지만 그런 것은 있을 수 없었다. 승우란 녀석은 원래 그렇게 생겨먹었다.

내가 할 수 있는 일이라고는 그의 말에 따라 움직이는 꼭두각시 노릇뿐이었다. 그리고 불편함을 더는 감수하기 힘든 나는 밀리고 밀려 좋은 꾀 하나를 생각해 냈다. 내 딴에는 옳다구나 싶은 것이기도 했다. 그것은 승우가 외출을 하면 문을 걸어 잠그고 열어주지 않거나 그사이 현관의 비밀번호를 아예 바꿔 버리는 일이었다.

"집에만 있기 답답하지 않아?"

나는 은근히 승우의 마음을 떠보며 외출을 종용했다.

"짜아식, 깁스한 다리 때문에 집에만 있으려니까 좀이 쑤시나 보네. 조금만 참아. 있다 보면 다 괜찮아져."

나의 묘안에도 승우는 외출할 생각이 없다. 먹을 게 떨어졌다고 해도 다리병신이 되어 있는 내 대신 사러 갈 의사 같은 것은 전혀 없었다.

"전화로 주문하면 돼."

그게 다였다. 승우는 또다시 게임과 마주했고 날밤을 새우는 일은 다반사였다.

나는 나의 현관을 나가지 못했다. 내가 나간 다음 승우가 현관의 비밀번호를 바꿀 리 만무했지만 또 모르는 일이다. 내가 생각하는 것들을 승우가 생각하지 않을 리 없다. 나는 나 자신의 꾐에 빠졌고, 내 일상은 총체적인 난국에 처했다.

내 첫 번째 계획은 무용지물이었다. 나는 다른 방법을 생각해

냈다. 내가 미적거렸던 일을 추진하기로 한 것이다. 정순을 집으로 들이는 일. 그녀가 오면 승우는 자연스레 건넌방으로 쫓겨 갈 것이고, 우리의 세가 커지면 내 집에서도 나가게 될 수밖에 없을 것이다. 모든 것이 내 뜻대로, 내 생각대로 된다는 보장은 없었지만 나는 상상만으로도 통쾌했다.

정순은 세를 올려달라는 집주인의 말에 세가 싼 집을 알아보고 다니는 중이었다. 나는 정순에게 그럴 것 없이 나의 집으로 들어오라고 했다. 함께 살기로 약속한 사이인데 이제 와 더 미룰 게 뭐냐고 간질였다. 사랑한다는 말도 덧붙였다. 정순은 그날로 용달차에 이삿짐을 싣고 내게로 왔다.

그리고 정순의 이사를 핑계 삼아 나는 소기의 목적을 이룰 수 있었다. 승우는 안방에서 건넌방으로 물러났고, 나는 주인의 위세를 잠시 회복했다. 슈퍼에 간다거나 우리에게 필요한 물품을 사온다거나 하는 일은 정순이 다 해결했기에 내 두려움은 줄었다. 이제 승우의 외출이 있기만 하면 모든 게 완벽할 듯했다.

승우가 외출하고 나면 현관의 비밀번호를 바꾸고 시치미를 뚝 떼면 되었다. 계획은 내 편이 아니었다. 승우의 눈초리는 정순에게 들러붙어서 떨어지지 않았다. 아뿔싸. 그동안 승우가 내 모든 것을 사용함으로써 그의 것이 되었다는 것을 새삼 깨달았다.

정순이 집에 있음에도 승우는 보란 듯이 삼각팬티 차림으로 화장실을 오갔다. 민망해 얼굴을 들 수 없는 쪽은 나였다. 옷 좀 제대로 입고 다니라고 했지만 알몸도 아닌데 뭐가 어떠냐는 식이었다.

"정순 씨도 가만있는데 네가 웬 참견이야? 안 그래요, 정순 씨?"

끝도 없이 능글맞은 승우는 음흉한 눈길을 정순에게 들이댔다. 그의 삼각팬티가 터질 듯이 튀어나왔다. 그럼에도 나의 분노는 화가 되어 배출되지 못했다.

그리고 도를 넘은 승우의 사건은 그날에 있었다. 한밤에 화장실에 다녀온 그는 건넌방으로 가지 않고 안방으로 들어와 잔 것이다. 정순의 자지러지는 고음의 비명에 나는 눈을 떴다. 기겁하고도 남을 그 사태를 정확히 목격했다. 승우는 정순의 옆에 예의 삼각팬티 차림으로 누워 있었다. 그것도 딸딸이를 치면서.

정순은 경악했다. 그 길로 분연히 일어나 나의 현관을 박차고 나갔다. 깁스한 나의 다리가 승우를 걷어찼다. 그제야 황홀경에서 빠져나온 승우가 내게 눈을 부릅떴지만 나는 무시했다.

"내 집에서 썩 꺼져!"

승우는 사태의 심각성을 깨닫지 못했다. 녀석에게는 모든 일이 그럴 수 있는 일이었고, 셋이 한 이불 속에서 뒹굴었다고 해도 중차대한 일이 되지 못했다.

"고작 이까짓 것 가지고 날더러 꺼지라는 거야?"

"그래, 꺼져! 당장 꺼져, 이 더러운 자식아!"

나의 분노가 드디어 걷잡을 수 없는 화로 번졌다. 승우가 정순 옆에서 벌인 자위행위 때문도 아니고 정순이 집을 나가서도 아니었다. 승우가 나가기를 바라는 내 계획이 한 치도 제대로 들어맞지 않는 것에 대한 분노이고 화였다. 옆집의 개망나니처럼 나는 승우를 발길질했다. 깁스한 다리가 그토록 내 말을 잘 들을 줄은 꿈에도 상상하지 못했다.

승우는 내 발길질을 피해 내 방에서 나갔다. '멍청한 자식'. 내게 쫓겨나는 승우가 내뱉은 말이다. 그렇게 내 방에서 그가 나간 지 열흘 하고 이틀이 지났다.

생뚱맞은 물건들이 내 집 곳곳에 숨어 있었지만 그것들은 모두 정순의 것이다. 승우가 나갔음에도 그녀는 돌아오지 않았다. 내 전화를 받지도 않았다. 정순이 받은 정신적 충격이 어느 정도인지 나는 모른다. 적어도 그런 일까지 당하고 살 만큼 그녀의 생이 험하지 않다는 것만은 안다. 내가 기다리고 있는 사람이 승우가 아니라 정순은 아닐까? 내 속은 웬만해서는 잘 드러나지 않고 나는 내 속을 들여다보는 일에 서툴다. 나는 정확한 것을 좋아하는 하지만 정확하게 살지 못하는 사람이니까.

초인종은 경쾌하게도 울린다.

이제 더 찾아올 사람도 없는 집인데도 말이다. 혹시 승우를 찾아온 사람은 아닐까? 이번에도 나는 문을 열어주지 않을 작정이다. 설령 기다리던 승우가 왔다고 해도 열어주지 않을 것이다. 내가 기다리는 사람은 승우가 아니고, 나의 현관을 함부로 열어주면 안 된다는 것을 알기에.

나의 현관을 통해 들어올 이가 가져올 과거와 현재, 그리고 미래를 감당할 자신이 내게는 없다. 승우에게 빼앗겨 버린 나의 현재와 미래를 되찾을 수 있게 되기를 바랄 뿐이다. 그나저나 승우는 나의 방을 나가 어디로 간 것일까? 녀석의 짐은 그대로다. 애초부터 녀석의 짐은 없었다. 그의 것이라고는 오로지 그의 몸뚱이 하나뿐이라는 것을 주지해야겠다.

나의 현관 앞이 무던히도 시끄럽다. 나가보고 싶지만, 열어보고 싶지만 나는 그렇게 하지 않는다. 저들의 쑥덕거림이 또렷하게 가까이 들려온다.

"정확하지는 않지만 못 본 지 몇 달은 된 것 같은데……."

"나는 한 달 전에 본 것 같은데……."

"사근사근하니 참 친절한 총각이었는데 무슨 일인지 정말 모르겠네."

"그런데 이거 무슨 냄새인지는 알겠어요?"

"글쎄요. 청국장 냄새가 아닌 것만은 확실해요."

"여기 이 문 좀 따 봐요."

내 생각마저 얼어붙어 버린 건 그때였다. 문 좀 따 봐요. 누군가 나의 현관을 망가뜨리고 내 허락도 없이 내 집에 강제로 발을 들이려는 것이다. 나의 현관을 막무가내로 부수는 저들은 승우가 아니다. 정순이 아니다. 내가 먼저 밖으로 나가 저들의 못된 행동을 저지시켜야 한다. 나의 현관을 가만 좀 놔두라고. 그러나 저들은 내가 어떤 짓도 하지 못하리라는 것을 짐작한다.

저들은 나의 현관에 결국 상처를 입히고 집 안으로 들어섰다. 저들 또한 나의 미래를 갖고 오는 방문객일 터였다. 나의 현관을 자빠뜨리고 들어온 것은 경찰이었다. 뒤이어 아는 얼굴이 하나둘씩 보였다. 저들은 차마 나의 현관을 통과해 집 안으로 발을 들여놓지 못했다.

구둣발로 들어선 경찰은 코를 틀어쥐었다.

나는 나가라고 소리쳤지만 소용없었다. 저들은 마른 피를 몸에 두르고 싱크대 옆에 쓰러져 있는 나를 발견했고, 혀끝을 끌끌 찼다. 그리고 나는 보았다. 저들 안에 정순이 있음을. 그녀는 눈의 초점을 잃고 멍한 얼굴이었다.

"어쩌다 이런 봉변을 당한 거야?"

"어째 수상쩍더라니. 신고하길 잘했지."

"그게 다 시체 썩는 냄새였군."

뜨악한 내 입이 턱에 걸린다. 그것은 집단 최면이 아니었다. 저들의 코를 쥐게 만든 냄새는 내 몸에서 나는 것이었다. 나만 맡지 못한 그 냄새였다.

승우가 변태 짓을 하던 그날 아침, 나는 정순을 붙잡기 위해 어정쩡한 다리로 성급히 뛰었다. 깁스한 다리는 내 뜻대로 조종되지 않았고, 나는 싱크대를 지나다가 앉은뱅이 밥상에 걸려 넘어졌다. 엎치락뒤치락 버둥거렸다. 싱크대에 걸쳐 있던 주방용 식칼이 떨어져 내 등에 꽂혔다. 이제야 모든 게 생각이 났다. 일어서기 위해 안간힘을 썼지만 누군가 내 등을 지그시 누르고 있었다. 나는 일어서지 못했다.

정순은 나의 현관을 이미 빠져나갔고 승우는 보이지 않았다. 내 안에 남아 있던 화가 내 온몸을 붉게 물들였다. 나를 친구로 여겼다면, 내 현실에 방문객으로 찾아왔었다면 내 앞에 한 번쯤 모습을 드러내야 했다.

경찰은 내 집에서 나와 정순의 흔적 외에 다른 것은 발견하지 못했다. 그럼에도 박승우란 사람에 대한 말들을 저들은 주고받았다.

"박승우?"

경찰이 승우의 신분을 찾아낸 것은 그야말로 놀라운 일이었다. 좀처럼 자신의 흔적을 남기지 않는 녀석이 실수를 다 하다니. 그리고 경찰의 '박승우' 라는 읊음에 '네' 라고 대답하고만 나는 또 멍청한 짓을 한 것이다. 뒤늦게 자책해도 소용없는 일이다.

녀석의 거창한 계획이라는 게 나를 그 자신으로 믿게 만드는 것이었나 보다. 내 존재가, 내 인생이 송두리째 날아가 버리고 말았다. 승우가 왔을 때, 그의 인생 전부를 걸고 내게 왔다는 것을 나는 알아챘어야 했다. 그리하여 내 인생 전부를 가져가게 될지도 모른다는 것을 나는 알아챘어야 했다.

인생 전부를 걸고 내게 와야 할 이는 정순이어야 했다. 정순이 아닌 엉뚱한 이를 내 집에 들임으로 해서 내 일상은 위험에 빠졌고, 내 미래를 송두리째 빼앗겼다. 내 마음은 바위에 부딪쳐 사그라지는 파도였고, 내 미래는 나무 밑동처럼 뎅강 잘려 나갔다.

누군가 당신을 찾아와 방을 내달라고 한다면 조심해야 한다. 끝까지 경계해야 한다. 당신의 빈틈을 차지한 손님이 어느 사이엔가 당신의 생을 송두리째 삼킬지도 모르는 일이기에.

피로 물든 나는 119구급대원의 손에 의해 옮겨졌다. 정순은 사람들 틈에서 아직도 실감나지 않는 멍한 채로 있었고, 내게서 점점 멀어져 갔다. 그리고 나는 또 보았다.

저들 틈에 섞여서 내게 흰 미소를 흘리는 승우를. 정순의 뒤편에 서 있는 승우를 말이다. 심장의 격노에도 나는 벌떡 일어나지 못했다. 나의 미래는 이미 그의 손아귀에 들어가 버렸고, 내 현관 앞의 방문객들과 더 이상 실랑이를 벌이지 못한다, 나는.

「현관 앞, 방문객」 END.

지옥문을 여는 방법

이상우

언론인이며 추리작가. 〈화조 밤에 죽다〉, 〈악녀 두 번 살다〉, 〈안개도시〉, 〈신의 불꽃〉 등 200여 편의 추리 소설을 발표, 제3회 한국추리문학 대상을 수상했다. 1983년 한국추리작가협회를 창설하여 18년 간 회장직을 맡아 한국추리소설의 대부로 불리웠다. 또한 〈김종서는 누가 죽였나〉, 〈대왕 세종〉, 〈정조대왕 이산〉 등 역사 소설가로도 활약하고 있다. 〈권력은 짧고 언론은 영원하다〉는 언론 비사를 비롯한 많은 저서를 펴낸 원로 언론인으로 한국일보, 서울신문, 국민일보, 일간스포츠, 스포츠서울, 굿데이 등에서 편집국장, 대표이사, 회장을 역임하기도 하다.

1

한수영은 마침내 남편 고형진의 비밀을 알아내는 키를 찾아냈다. 결혼한 지 1년 6개월 만이다. 한수영은 극도의 흥분으로 심장이 벌렁거려 잠시 마우스를 멈추고 소파에 등을 깊숙이 기대고 편안하게 앉았다. 심호흡을 하고 맞은편 벽에 걸린 결혼사진을 바라보았다. 남편 고형진의 웃음 띤 얼굴이 갑자기 간교하고 음흉하게 보였다. 무서운 남자지만 무서움이 도를 넘으면 비굴하고 간교하게 보인다는 생각이 들었다.

그러나 이제는 남편 고형진에 관한 모든 비밀을 알아냈기 때문에 더 이상 겁날 것이 없었다. 이 비밀을 알아내기 위해 1년 6개월 동안 몸과 마음을 서슴없이 바친 한수영은 분노로 경련이 일어날 지경이었다. 남편의 비밀을 알아내는 것에 자신의 목숨이 달렸다는 것을 시시각각 느끼고 있었다.

'나쁜 자식. 이렇게 나쁜 놈이 이 세상에 떳떳하게 살아 있다는 것이 너무도 기가 막히다. 이제 복수의 칼을 휘두를 일만 남았다.'

남편은 과거 두 여자를 살해한 살인범이었다. 그것도 사랑한다는 가증스러운 거짓말을 앞세워 구렁텅이에 몰아넣고 잔인하게 목숨을 빼앗고는 시치미를 뚝 떼고 또 다른 희생양을 찾아 나선 악마였다.

'내가 지옥문을 여는 방법을 알아냈단 말이야. 고형진, 이제 너는 내가 여는 지옥문으로 들어가고 말 거야.'

한수영은 일어서서 벽에 걸린 사진 속의 남편 얼굴을 손톱으로 박박 긁었다. 그리고도 분이 안 풀려 남편이 쓰는 컴퓨터 앞으로 갔다. 그리고는 책상 위에 놓인 은 십자가를 들어 방바닥에 던져 버렸다. 대학 시절 폴란드에 여행 갔다가 사온 것이라는데 10여 년 동안 애지중지하던 장식품이다. 그의 십자가 문양 애호도 광적이었다. 기독교 신자가 아니기 때문에 신앙의 상징인 십자가와는 아무 관계가 없는 사람이다. 그냥 스위스 국기를 비롯해 크로스 마크가 달린 장식물은 다 좋아했다. 열쇠고리, USB 고리에도 십자가 문양 장식품이 달려 있다. 그의 설명은 십자가가 아니고 플러스 기호이고, 그것은 자기 인생에 플러스가 된다는 어처구니없는 주장을 했다.

한수영은 화장실로 들어가 거울에 비친 자신의 얼굴을 바라보앉다. 복수심으로 이글이글 불타는 자신의 눈을 보자 섬뜩한 느낌이 들어 또 한 번 놀랐다.

남편의 비밀을 알아내기 위해서는 남편이 쓰는 컴퓨터의 비밀번호를 알아내야 한다는 것을 결혼 초부터 계산해 두었다. 남편은 한수영이 잠든 뒤에는 늘 컴퓨터 앞에 앉아서 자판을 두드렸다. 처음에는 그냥 회사 일을 집에 가져와서 하는 것이라고 생각했다. 그러나 어느 날 밤 남편이 두드리고 있는 것이 일기를 쓰고 있다는 것을 알았다.

"여보, 당신 언제부터 일기를 썼어요?"

어느 날 아침 식사를 하다가 한수영이 지나가는 말처럼 물었다.

"응, 나 말야, 초등학교 때부터 일기를 썼어. 아마 거의 하루도 안 빠지고 20년 가까이 썼을걸. 나 이래 봬도 문장력이 꽤 있어. 원래 문학 지망생이었거든."

"초등학교 때도 컴퓨터를 썼어요?"

"컴을 쓴 것은 중학교 들어가서부터야. 어머니가 처음 컴퓨터를 사 주셨을 때 얼마나 좋은지 매일 밤을 새우다시피 글을 썼지."

"그럼 초등학교 때 쓴 일기도 지금 보관하고 있어요?"

"그럼. 노트에 볼펜으로 썼던 것을 모두 내 컴에 옮겨놓았지. 내가 이 세상에 왔다 간 흔적인데 꼭 남겨두어야지."

"컴퓨터가 해킹 당하거나 바이러스가 침범하면 다 날아가는 수도 있잖아요?"

한수영이 남편을 흘금흘금 쳐다보며 대답을 기다렸다. 무엇인가를 알아내려고 물어본 것인데 고형진은 눈치채지 못하는 듯했다.

"그래서 말이야, 클라우드에 모두 자동 저장해 두었거든. 내 컴이 망가지거나 해킹되어도 클라우드 기록은 남아 있을 테니까."

한수영은 마음속으로 쾌재를 불렀다.

'이제 실마리는 찾았으니 지옥문을 여는 일만 남았어.'

2

한수영이 남편의 비밀 일기를 찾아내는 데는 1년이 걸렸다. 1년 반 전, 한수영이 시집왔을 때부터 남편은 자기 물건에 손대지 말라는 당부를 여러 번 했다. 특히 은 십자가 장식물과 책상 밑에 있는 상자에 신경을 썼다. 그 상자는 30센티미터 정도의 크기인데 자물통이 채워져 있었다. 한수영은 그 상자 속에 커다란 비밀이 들어 있을 것이라고 생각했다.

한수영이 고형진에게 시집 온 것이 순전히 복수하기 위한 계략 결혼이라는 것을 남편이 알 리 없었다. 그런데도 고형진은 습관적으로 비밀을 단속하는 데 신경을 쓰는 것 같았다.

한수영이 고형진의 비밀 상자를 여는 데는 그리 힘들지 않았다. 남편이 회사 일로 하이난에 출장을 간 뒤였다. 남편은 고객들을 데리고 해외 골프 원정을 자주 다녔다. 회사가 골프 용품을 만드는 회사이기 때문이다.

한수영은 남편이 출장 간 다음날 그 상자를 안고 황학동 만물 상 거리에 있는 열쇠 가게로 갔다. 집이 있는 서초동 근방 열쇠 집에 갔다가는 의심 많은 남편에게 언젠가 들킬 가능성이 있기 때문에 아예 먼 곳으로 간 것이다.

열쇠 집 아저씨는 간단히 상자를 열어주었다. 한수영은 큰 보물이라도 얻은 듯 두근거리는 가슴을 안고 집으로 와서 상자 속 물건들을 꺼내보았다. 상자 안에서 나온 것은 오래되고 낡은 80년대 공책 두 권이었다. 일기장이었다. 학생 시절에 쓴 일기다.

한수영은 공책을 넘겨보았다. 몇 군데 읽어보았으나 특별한 내용이 없었다. 한수영은 크게 실망했다. 그런데 이 오래된 별 내용 없는 일기장 두 권을 왜 이렇게 오랫동안 간직해 왔으며, 아무도 못 보게 철저히 보안까지 하고 있었을까? 하기는 남편 고형진은 일기 쓰는 것을 초등학교 시절부터 지금까지 하루도 빠지지 않았다는 것을 자랑으로 늘 얘기하지 않았던가. 한수영 은 공책에 없는 부분은 어딘가에 보관하고 있을 것이라는 생각 이 들었다.

공책을 이리저리 넘겨보던 한수영은 공책 속에서 툭 떨어진 사 진 두 장을 발견했다. 한 장은 라일락 나무 아래서 빨간색 원피스 를 입고 미소 지으며 서 있는 20대 여자 사진이었다. 다른 한 장 은 머리를 길게 늘어뜨린 여자와 함께 찍은 남편 사진이다. 사진 관에서 찍은 사진으로 보였다.

사진 뒤를 보았다. 라일락 나무 앞의 여인 사진 뒤에는 볼펜 글씨로 도영주라고 적혀 있었다. 여자 이름 같았다. 다른 한 장은 '2007. 8. 4. 약혼 기념. 김현지와 함께'라고 쓰여 있었다.

도영주와 김현지가 남편의 과거 여인이라는 얘기를 결혼식 날 누구에겐가 들은 것 같았다. 결혼식장에서 화장을 하다 잠깐 화장실에 갔다가 우연히 두 아주머니가 하는 얘기를 들었다.

"약혼자가 둘이나 죽더니 이번엔 괜찮겠지? 영주나 현지 걔들도 모두 제 운명이지, 뭐."

"걔 사주에 여자가 셋이라고 하지 않았어? 다 자기 팔자지."

한수영은 그때 무심코 들어 넘긴 이야기가 문득 떠올랐다.

'그러면 내가 세 번째 여자란 말인가?'

한수영은 시집 온 뒤에도 명절 같은 날 시누이들이 자기들끼리 하는 말을 우연히 엿들은 일이 있었다. 그때 몇 마디씩 그들끼리 주고받은 말을 종합해 보면 남편 고형진이 결혼 전 여자들을 사귀었는데, 두 여자 모두 결혼 직전에 사별하게 되었다는 것이다. 그래서 팔자가 사나운 남자라는 말을 여러 사람이 했다. 그러나 한수영은 팔자타령 같은 것은 믿지 않았다.

오로지 복수를 하기 위해 고형진과 결혼했을 뿐 팔자나 자신의 장래와는 상관이 없었다. 한수영은 고형진에게 복수만 한다면 자신의 운명은 어떻게 되든 상관이 없었다. 아니, 복수 이후의 자신은 생각해 본 일도 없다.

한수영은 두 여자의 사진을 자신의 핸드폰으로 촬영했다. 그리고 두 권의 일기장을 꼼꼼히 읽어보았다. 그러나 별다른 내용이 없는, 보통의 학생 생활이 적혀 있을 뿐이다.

한수영은 사진과 일기장을 본래의 모습대로 넣고 상자를 제자리에 가져다 두었다.

3

한수영은 고형진이 다니는 회사의 입사 후배였다. 입사 첫날부터 한수영에게 관심을 가진 선배 남자 사원이 여러 명이었다. 그 중에서도 고형진과 윤성혁이 가장 적극적이었다. 입사 1년이 채 지나기도 전에 한수영은 윤성혁과 급속도로 가까워졌다. 한수영은 윤성혁을 사랑하게 되고 마침내 결혼하겠다는 결심을 하게 되었다.

그러나 고형진은 한수영과 윤성혁이 깊이 사귀고 있다는 것을 알면서도 포기하지 않았다. 여러 가지 방법으로 한수영에게 접근해 왔다.

"선배, 나는 윤 선배를 좋아해요. 그러니 이제 그만 놔 주세요."

회사 안에서나 밖에서나 줄기차게 접근해 오는 고형진에게 단호한 태도를 보인 것이 한두 번이 아니었지만 고형진은 포기하질 않았다. 퇴근하면 아파트 앞에 차를 세워놓고 기다리는 것이 일주일에 한두 번이 아니었다. 출근해서도 점심을 같이하자는 말을 거의 매일같이 했다. 고형진의 이런 행동을 윤성혁도 눈치채고 있었다. 그 때문에 퇴근 후 술집에서 두 사람이 싸운 일도 여러 번 있었다.

팽팽한 삼각관계, 아니, 삼각관계라기보다는 일방적인 스토킹이 계속 되던 어느 날 마침내 큰 변화가 생겼다. 뜻밖의 사고로 윤성혁이 목숨을 잃은 것이다.

회사 입사 동기 중 미혼인 네 명이 연휴가 낀 어느 주말을 이용해 오대산으로 캠핑을 갔다. 2박 3일 코스의 마지막 날 사고가 났다. 등산을 하던 윤성혁이 실족해서 20미터 아래로 추락해서 사망한 것이다.

세 사람이 비로봉 정상에 오른 것은 오후 4시쯤이었다. 정상에서 종이팩에 넣어 온 소주를 마시며 쉬다가 윤성혁이 소변을 보러 정상 가장자리로 갔다가 실족해서 20미터 아래로 추락해 즉사한 것이다. 고형진이 뛰어 내려가서 산악구조대를 불렀을 때는 윤성혁이 이미 숨을 거둔 뒤였다. 너무나 허무한 죽음이었다.

한수영은 하늘이 무너지는 것 같은 절망을 느꼈다. 온 세상을 다 잃은 것 같았다. 너무나 기가 막혀 윤성혁의 빈소에도 가지 못했다. 하루 종일 혼자 방 안에 앉아 눈물만 흘렸다. 자신도 윤성혁을 따라 저세상으로 가고 싶었다. 장례식 날 겨우 영안실에 찾아간 한수영은 이제 더 이상 눈물도 나지 않았다.

어릴 적 부모를 잃고 고아처럼 자란 윤성혁의 장례식장은 쓸쓸했다. 고형진을 비롯한 동기생들은 죄인처럼 고개를 떨구고 있었다.

한수영이 며칠을 쉬고 있을 때 고형진이 찾아왔다.

"모두가 내 잘못이오. 실족이라고 결론이 났지만 내가 보았을 때는 실족이 아닐지도 모른다는 생각이 들었어요."

"예? 그게 무슨 말씀이에요? 실족이 아니라면 누가 떠밀었나요?"

한수영이 놀라 벌떡 일어서면서 소리쳤다.

"아니, 아니, 그런 뜻이 아니라……."

고형진은 갑작스러운 한수영의 반응에 놀라는 것 같았다.

"아니라면 뭐예요?"

"혹시 독한 맘을 먹고… 요즘 뭐 고민이라도 있었나요?"

"그러면 윤 선배가 자살이라도 했단 말입니까?"

"아니, 꼭 그렇다는 것은 아니고……."

두 사람의 대화는 더 진전되지 않았다. 그러나 한수영은 고형진의 말에서 윤성혁의 죽음에 무엇인가 비밀이 있는 것은 아닌가 하는 생각을 하게 되었다.

한수영은 외숙모의 친정아버지인, 경찰관 시절 이름을 날리던 추 경감을 떠올렸다. 지금은 은퇴해서 사립탐정 사무실을 운영하고 있다. 한수영은 추 탐정을 찾아갔다.

추 탐정의 사무실은 열 평도 안 되는 조그맣고 초라한 오피스텔이었다. 뒤통수가 툭 튀어나온 구형 모니터 앞에서 벼룩 잡듯 독수리 타법으로 문서를 정리하고 있던 추 탐정이 한수영을 반갑게 맞아주었다.

한수영으로부터 고형진의 죽음에 대한 자초지종을 듣고 난 추 탐정이 말했다.

"실족사한 사고가 아니라는 특별한 징조는 없어 보이는데… 한수영 양을 두고 삼각관계에 있었다면 살인 동기로도 좀 약하기도 하고……."

"삼각관계라는 말은 듣기 거북하네요. 하지만 고형진 선배는 그 정도 일에도 살인을 할 만한 나쁜 사람이에요."

"하여튼 내가 당시에 어떻게 처리되었는지 경찰 조사 기록을 좀 살펴보지. 우리 외동딸 나미의 생질녀인데……. 수영 양도 잘 아는 강 형사가 지금 서울청 형사과장으로 있거든. 신세를 좀 져 야지."

"그 아저씨, 문학 지망생 말씀이지요? 작품은 썼나요?"

한수영이 웃음을 머금고 물었다.

"아직 단편소설 한 편도 못 썼다네. 하지만 소설가의 꿈은 여 전히 버리지 않고 있나 봐."

추 탐정도 따라 웃었다.

며칠 뒤 추 탐정이 한수영을 불렀다.

"당시 기록을 자세히 살펴보았는데 수상한 점이 좀 있어. 소변 을 보다가 실족했다면 우선 바지 지퍼가 열려 있어야 하는데 그 렇지 않았거든. 그리고 그날 사용하던 윤성혁의 핸드폰이 주머니 에 있지 않았어. 뒤에 위치 추적에서 찾았는데 사무실 쓰레기통 에 있었거든."

"고형진이 가져가서 열어보고는 버렸을지도 몰라요. 그 인간 이 일부러 낭떠러지로 밀어서 죽였을 거예요."

한수영의 눈에 금세 물기가 돌았다.

"불쌍한 성혁 씨."

그러나 그 정도 정황으로 살인 사건이라고 단정 지을 수는 없 었다. 그런데 더욱 이상한 일이 생겼다.

4

점심시간이었다. 식욕이 없어 자리에 앉아 있던 한수영이 무심코 건너다 본 고형진의 PC 본체에 꽂혀 있는 USB가 눈에 들어왔다. USB에 달린 고리가 낯이 익었다. 조그만 백상어 모양의 열쇠 고리였다. 작년 여름 여수 해양박람회에 갔다가 한수영이 윤성혁에게 선물로 사다 준 것과 같았다. 고형진은 십자 모양 장식품 외에는 쓰지 않는 사람인데 백상어 열쇠고리가 있을 리 없었다.

한수영은 USB를 슬쩍 뽑았다. 몰랑몰랑한 촉감이 윤성혁에게 준 선물과 같은 것이었다. 늘 윤성혁이 지니고 다니던 물건이다. 그의 체온이 아직도 남아 있는 것 같았다. 더욱 가슴이 아팠다.

'나쁜 자식. 이것도 훔쳤구나.'

한수영은 USB를 자기 PC 본체에 꽂고 재빨리 복사한 뒤 그것을 다시 고형진의 컴퓨터에 가져다 꽂아두었다. 나중에 천천히 내용을 훑어볼 생각이었다.

한수영은 가슴이 메어지는 것 같아 점심 먹을 생각이 전혀 없었다. 건물 옥상으로 올라갔다. 도심 가운데 있는 건물의 옥상에는 조그만 정원이 꾸며져 있었다. 한수영은 노란색 벤치에 앉아 멀리 남쪽 하늘을 바라보았다. 양재 숲의 우거진 소나무가 먼 추억을 불러냈다. 윤성혁과 함께 숲을 거닐다가 누가 먼저랄 것도 없이 마주 껴안고 첫 키스를 하던 생각이 났다. 가슴이 미어지다 못해 무너지는 듯했다.

"무슨 명상을 그렇게 하세요?"

언제 왔는지 고형진이 옆자리에 앉으며 말을 걸었다. 한수영은 따귀를 한 대 갈기고 싶었다. 아니, 소리 안 나는 총이 있으면 쏘아 죽이고 싶었다. 그러나 그때 갑자기 엉뚱한 생각이 떠올랐다.

'복수! 그렇다. 복수를 해야지. 그렇다면 철저하게 가면을 쓰고 기회를 노려야 한다.'

한수영은 결심했다. 자기는 어떻게 되어도 좋다. 사랑하는 윤성혁을 위해 자신을 바쳐 복수를 해야겠다는 결심이 섰다. 그때부터 한수영은 고형진의 접근을 허용하기 시작했다.

"속이 좀 답답해서 옥상에 바람 쏘이러 왔어요. 그런데 배가 좀 고프네요."

"그래요? 같이 밑으로 내려갈까요?"

두 사람은 급속도로 가까워지기 시작했다.

그날 밤, 한수영은 낮에 복사해 두었던 윤성혁의 USB를 열어 보았다. 그러나 개인적인 기록은 전혀 없고 회사 업무에 관한 서류로 꽉 차 있었다. 더구나 회계 업무에 속하는 내용이 많았다. 회사 기밀에 속하는 내용이 있을지도 모르지만 한수영은 내용을 이해할 수가 없었다.

며칠 뒤 고형진과 함께 드라이브를 할 때였다.

"윤성혁이 회사 기밀을 유출한 것이 최근 들통이 났어요. 내가 윤성혁 같은 성실한 사람이 그럴 리 없다고 변명은 했지만……."

한수영은 분노가 번개처럼 머리를 스쳤다.

'나쁜 자식. 윤성혁의 USB 내용을 가지고 장난까지 치고 있었구나. 내가 그 악랄한 너의 인생을 곧 끝내주마.'

한수영은 입술을 피가 날 정도로 깨물었다.

한수영은 그로부터 3개월 뒤 고형진과 결혼식을 올렸다. 한수영은 곧바로 회사를 그만두고 1년 반 동안 날마다 복수의 칼을 갈았다.

5

한수영은 고형진의 비밀 상자에서 나온 여자들에 대해 알아보기 시작했다. 우선 윤성혁, 고형진과 입사 동기인 김미라를 만났다.

"남편이 속 좀 썩이지? 이런 얘기 나한테 들었다고 하지 말고……."

김미라는 몇 번 망설이다가 입을 열었다.

"고형진 씨가 원래 여자관계는 깨끗했어. 사귀던 여자가 있었는데 운이 없었다고나 할까……."

"운이 없다니요?"

"사귀던 여자가 결혼 직전에 사고로 죽었어. 그것도 두 사람이나……."

"사고로 죽어요? 두 사람이나?"

한수영은 갑자기 가슴이 뛰기 시작했다.

"언니가 그 여자 본 일이 있어요?"

"물론이지. 동기생 회식에 고형진 씨가 데리고 온 일이 있거든."

한수영은 핸드폰의 저장 사진을 열었다.

"혹시 이 여자 아니에요?"

남편과 함께 찍힌 김현지의 사진이 나왔다.

사진을 자세히 살핀 김미라가 물었다.

"다른 사진도 있니?"

한수영이 다른 사진을 열었다. 라일락 나무 밑에서 미소 짓고 있는 도영주의 사진이다.

"이 여자가 회식 자리에 나왔던 여자야. 다른 한 장은 그전에 사귀던 여자인가 봐."

김미라는 고형진과 나란히 찍은 사진을 보면서 말을 이었다.

"이 여자는 처음에 사귀었던 여자인가 본데, 이 여자도 해수욕장에 같이 갔다가 익사 사고로 죽었다고 들었어."

"익사 사고? 그럼 다른 여자는 무슨 사고였어요?"

"자살했대. 이유는 아무도 몰라."

김미라는 자기가 너무 말을 많이 했다고 생각했는지 갑자기 굳은 표정으로 말했다.

"내가 너무 말을 많이 했네. 모두 확실한 이야기는 아니야. 그냥 당시 그런 소문이 났을 뿐이야. 고형진 씨한테 물어봐. 나보다는 더 자세하게 알 테니까. 그런데 이 사진은 어디서 났지?"

김미라가 걱정스러운 표정으로 물었다.

"그냥, 집에 굴러다니기에, 남편에게 물어보기도 꺼려지고 그래서요."

한수영이 얼버무렸다.

"하긴 그래. 모르는 여자 사진이 집에 굴러다니면 마음 쓰이겠지."

한수영은 집에 돌아오면서 여러 가지 생각으로 착잡해졌다. 두 여자가 사고를 위장한 살인 음모에 걸려들어 희생되었을 거란 생각이 머리를 떠나지 않았다. 고형진은 벌써 세 명이나 죽였다고 생각하자 온몸에 소름이 솟았다. 네 번째 희생자가 자신이 될 수도 있다는 생각에 가슴이 떨렸다. 고형진과의 결혼을 끝까지 말리던 어머니의 얼굴이 떠올랐다. 백화점 문화센터에서 관상학과 주역을 배웠다는 어머니는 고형진이 지옥문을 여는 상이라며 끔찍해했다. 젊은 시절에 혼자되어 딸 하나만을 바라보고 살아온 어머니를 생각하면 한수영은 가슴이 메어지는 것 같았지만, 고형진을 그냥 두고 이 세상을 살아갈 자신이 없었다. 고형진 같은 악마는 이 세상에서 반드시 사라지게 해야 한다는 것이 이제 한수영의 목표가 된 것이다.

한수영은 추 탐정을 다시 찾아갔다. 그동안 알아낸 사실을 모두 이야기하고 도움을 청했다.

"고형진이 도영주는 해수욕장에서 죽이고, 김현지는 자살을 위장해서 죽인 것이 틀림없어요. 할아버지가 좀 알아봐 주세요."

외숙모의 친정아버지인 추 탐정을 한수영은 할아버지라고 불렀다. 마음씨 착한 추 탐정도 평소에 한수영을 매우 귀여워했다.

"두 여자가 죽은 시차는 1년쯤 되는군. 모두 자연사가 아니니까 사고 처리 경위가 수사 기록으로 남아 있을 거야. 강 형사, 아니, 강 과장 협조를 얻어 내가 좀 알아보지."

일주일 뒤, 한수영이 추 탐정을 찾았다.

"당시의 기록을 보니까 전혀 타살의 흔적이 없는 것으로 결론이 났더군. 도영주는 고형진과 같이 서해 법성포 앞바다의 한적한 곳에 갔다가 익사체로 발견이 되었더군. 고형진과 함께 민박을 했는데, 해수욕장 앞에 조그만 바위섬이 있었대."

추 탐정이 커피 두 잔을 타서 가지고 왔다. 그리고 이야기를 계속했다.

고형진과 도영주는 동창생 부부 몇 쌍과 함께 1박 2일 일정으로 해수욕장으로 떠났다. 법성포 해안의 조용한 해수욕장이었다. 고형진과 도영주는 낮에 바위섬에 가서 둘이서 종일 해수욕을 즐기고 돌아왔다. 바다가 얕아 썰물 때는 걸어서 섬으로 갈 수 있었다. 그런데 새벽녘에 도영주가 귀걸이를 바위섬 바위에 두고 그냥 왔다는 것을 알았다. 도영주는 혼자 바위섬으로 가고, 고형진은 모래사장 텐트에서 밤새워 고스톱을 치고 있던 동창들을 찾아갔다. 고형진은 거기서 해가 중천에 뜰 때까지 고스톱을 치다가 민박집으로 돌아왔다. 그런데 도영주가 보이지 않았다. 고형진은 이곳저곳을 찾아다니다가 바위섬으로 가보았다. 그런데 도영주가 바닷물에 머리를 박고 죽어 있었다. 사인은 익사라고 했다. 복장은 민박집에서 입고 간 수영복 차림 그대로였다.

추 탐정의 이야기를 듣고 있던 한수영이 말했다.

"고형진이 물에 집어넣어 익사시켰군요."

"그런데 그게 좀 이상해. 도영주는 부검 결과 익사한 것이 맞아. 폐에서 발견된 모래와 플랑크톤은 그곳 해수가 맞거든. 그리고 익사 시간이 아침 7시에서 9시 사이로 되어 있는데 그 시간에 고형진은 고스톱을 치고 있었다는 알리바이가 확실하거든. 더 이상한 것은 도영주는 대학 시절 학교 대표 수영 선수였는데 어떻게 익사를 할 수 있었냐는 거야. 그러나 수사 결론은 그렇게 나고 사고사로 처리되었어."

추 탐정은 이어 김현지의 사고에 대해서도 자세히 수사 내용을 알아가지고 왔다.

"김현지는 자기 오피스텔에서 수면제를 먹고 가스를 열어놓은 채 자살한 것으로 되어 있어."

"유서 같은 것도 있었나요?"

"응. 자기 노트북에 '엄마 미안해요. 먼저 갑니다······' 어쩌구 하는 유서 비슷한 글을 쓰다가 만 흔적이 있었대."

"자살을 위장한 타살일 수도 있겠네요."

"그런데 발견될 당시 오피스텔은 안으로 잠겨 있었어. 더구나 들어가는 입구의 문이 안에서 청 테이프로 봉해져 있었거든. 가스가 밖으로 새어 나가지 못하게 해놓고 가스 밸브를 열고 자살한 것으로 결론이 났더군."

"테이프를 발라 가스가 새 나가는 실수를 하지 않도록 하고 살인을 했군요."

한수영의 말에 추 탐정이 손을 내저었다.

"청 테이프가 방 안에서 붙여졌거든. 다른 사람이 그렇게 할 수는 없지."

6

한수영은 살인의 내막을 알아내자면 고형진의 일기를 찾아내야 한다고 생각했다. 고형진은 늘 자기 컴퓨터에 일기를 감추었다. 고형진의 컴퓨터를 뒤져야 하는데 비밀번호를 모르니까 답답하기만 했다.

고형진이 출근하고 나면 한수영은 고형진의 컴퓨터에 매달렸다. '내 문서'를 클릭하면 목록에 분명히 일기가 나온다. 그러나 일기는 암호로 잠겨 있어 비밀번호를 모르면 열 수가 없었다.

한수영은 고형진이 사용할 만한 단어나 숫자를 다 입력시켜 보았다.

그가 다닌 초등학교 이름, 중학교, 고등학교, 대학교 이름을 비롯해 영어 이니셜, 자동차 넘버, 아파트의 현관 키 번호, 생년월일, 핸드폰 번호, 결혼기념일 등 생각나는 것을 며칠에 걸쳐 입력시켜 보았으나 실패였다. 심지어 시골에 있는 시어머니 이름, 생년월일, 친구의 이름, 그가 사귀다가 죽였을지 모르는 도영주, 김현지까지 모두 입력해 보았으나 헛수고였다.

그러나 한수영은 포기하지 않았다. 매일 컴퓨터에 매달려 씨름했다.

내 문서에만 매달려 있던 한수영은 문득 외부 서버를 떠올렸다. 올레의 클라우드에 고형진의 컴퓨터가 가입되어 있다는 것을 아이콘을 검색하다가 알게 되었다.

한수영은 올레의 클라우드에 접속했다. 우선 ID를 알아야 했다. 그것은 아주 쉬웠다. 고형진이 늘 사용하는 '은십자가'를 쳤더니 그대로 맞았다. 고형진의 마스코트였다. 문제는 패스워드였다. 온라인 패스워드는 내 문서에서와는 달리 세 번 틀리면 자동으로 닫아버리는 바람에 20분을 다시 기다려야 했다. 엄청난 시간을 소비했으나 허탕만 쳤다.

한수영은 인터넷을 며칠간 뒤져 비밀번호를 찾는 여러 가지 방법을 알아냈다. 그중에서도 가장 알기 쉬운 방법이 'MYSQL데몬'이라는 프로그램과 'How much is my IP'라는 프로그램이었다. 그러나 이 방법도 별 소용이 없었다. 한 가지 도움을 받은 것은 예상되는 IP를 입력했을 때 가능성에 접근한 퍼센티지를 알려주는 것이었다. 가장 근접한 수치를 알려준 것은 한글 단어나 영자 단어보다는 아라비아 숫자였다. 숫자 중에서도 7자리가 가장 고형진의 IP에 가깝다고 알려주었다.

며칠간 씨름을 하던 한수영은 머릿속에 번개처럼 떠오르는 비밀 단어가 있었다. 남편 고형진이 항상 애지중지하는 십자가 문양이 떠올랐다. 아이디로 '은십자가'를 썼기 때문에 IP에는 쓰지 않았으리라고 생각했던 것이다.

'십자가.'

'크로스.'

'cross.'

'십자.'

'十字架.'

'예수.'

'그리스도.'

그러나 아무리 해도 클라우드는 열리지 않았다. 그렇게 한 달을 노력하던 한수영에게 마침내 머리에 다시 번쩍하는 영감이 떠올랐다.

'핸드폰 번호. 그렇다!'

한수영은 핸드폰 문자 송신용 숫자판에 십자 성호를 그어보았다.

345 가로로 일렬 번호, 그리고 가운데 세로 2580. 7자리가 틀림없다.

한수영이 '3452580'을 입력하자 놀랍게도 클라우드가 열렸다. 한수영은 기뻐서 고함을 질렀다. 빈집이라 누가 들을 리도 없었다.

한수영은 일기 대신 다이어리라는 목록을 클릭했다. 비밀이 열렸다. 일기는 연도별, 날짜별로 잘 정렬되어 있었다.

한수영은 도영주와 김현지가 죽던 날을 찾아 전후 일기를 정독하기 시작했다.

―도영주. 임신했다고 협박까지 했다. 이제 지구상에서 떠나게 해야겠다. 해수욕장. 밀물과 썰물의 해수면 차이. 모래찜질. 그렇다. 이

거면 충분하다. 완전 범죄.

한수영은 짐작은 했지만 이런 내용을 보자 전율했다. 앉아 있
는데도 다리가 후들후들 떨렸다.
한수영은 다시 김현지 부분을 찾아내서 살폈다.

—이제 정리할 때가 되었다. 처녀도 아니면서 나를 속였다. 애인이
두 명이나 있었다니. 그걸 뻔뻔스럽게 고백하다니. 도저히 용서할 수
없다. 김현지 너는 네 오피스텔에서 자살해야 한다. 유서는 내가 써
주마. 잘 가거라, 김현지.

그리고 글씨 뒤에 청테이프와 강력한 자석, 그리고 한 뼘 정도
크기의 동그란 쇠막대기 사진이 있었다.
한수영은 자살을 가장한 살인이라는 것이 짐작이 갔으나 구체
적인 범행 방법은 알 수가 없었다.
한수영은 일기를 USB에 복사한 뒤 클라우드를 닫았다. 이젠
다리뿐 아니라 전신이 후들후들 떨렸다. 가슴에서 분노가 치솟고
두려움으로 입술이 타는 것 같았다. 한수영은 복사한 것을 가지
고 추 탐정을 찾았다.

7

"당시의 기록을 대조하면서 살인 방법을 모두 알아냈어. 아주

교묘하고 흉측한 녀석이야. 두뇌가 범죄 심리로 가득 찬, 그 뭐야, 사이코패스라고 하던가, 그런 녀석이야."

추 탐정은 진지한 표정으로 고형진의 범죄를 재구성해서 설명했다.

서해안 법성포에서 2㎞쯤 떨어진 해변이었다. 동창생들과 함께 해수욕장에 도착한 고형진은 함께 간 도영주와 민박집에 짐을 풀었다. 낮에 동창들과 점심을 함께 한 뒤 고형진과 도영주는 따로 행동했다. 썰물 때는 걸어서 건널 수 있는 마을 앞의 무인도인 바위섬으로 건너갔다. 바위 뒤쪽은 마을에서 보이지 않아 아주 한적했다. 바다에 뛰어들어 해수욕을 즐기던 고형진이 모래사장으로 나와 새로운 제의를 했다.

"야, 모래 좋다. 모래찜질이나 할까?"

고형진이 모래 구덩이를 파고 도영주가 먼저 드러누웠다.

"어머, 이거 너무 깊은 것 아냐?"

고형진이 얼굴만 내놓은 도영주를 모래로 파묻기 시작하자 도영주가 약간 불안한지 걱정스럽게 말했다.

"아냐. 푹 파묻어야 제대로 되는 거야"

"하지만 손도 꼼짝 못하겠어요. 아이, 답답해."

"손은 꼼짝 안 해도 돼. 이제 곧 숨도 멎게 될 텐데……."

고형진은 모래에 묻혀 정말 숨 쉬기도 힘들게 된 도영주의 얼굴을 내려다보며 악마처럼 웃었다.

"도영주, 다른 놈들 품에서 놀아나다가 나를 또 가지고 놀아?

뭐, 나하고 결혼 안 하면 가만있지 않겠다고?"

"오빠, 이게 무슨 짓이야? 빨리 꺼내줘. 장난 그만 쳐요."

"장난 아니야."

고형진은 가지고 온 세면 백에서 테이프를 꺼내 도영주의 입을 막아버렸다. 그리고 혼자 마을로 돌아갔다.

이튿날 한낮, 고형진이 다시 바위섬에 도착했을 때는 도영주가 이미 숨을 거둔 뒤였다. 고형진은 재빨리 도영주를 꺼내고 입에 붙였던 테이프를 떼어냈다. 그리고 바닷물에 몸을 반쯤 걸쳐 두었다.

"근데 어떻게 익사로 결말이 났어요?"

한수영이 추 탐정에게 물었다.

"서해는 간만의 차가 1m도 넘는다는 것을 알지. 밤새 밀물이 들어와 도영주를 덮는 바람에 모래 속에 묻힌 채 바닷물을 마시고 익사한 거야. 이튿날 아침에는 바닷물이 빠져나갔으니까 감쪽같지. 그리고 밀물이 도영주를 익사시키는 시간에는 고형진이 동창들과 고스톱을 치고 있었으니까 알리바이가 완벽하지."

"나쁜 놈!"

한수영은 몸을 부르르 떨었다.

"김현지는 어떻게 죽였어요?"

추 탐정이 다시 낡은 수사 노트를 뒤지며 말을 이었다.

김현지는 조그만 개인 사무실을 가지고 프리랜서 동시통역사 일을 했다. 일하는 오피스텔은 열 평 남짓한 곳인데 구석에 데스크톱과 간이침대가 있었다. 현관 철문을 열면 안쪽에 다시 유리문이 있어서 방음이 잘되는 곳이었다. 고형진은 그 사무실에서 김현지와 자주 섹스를 했다.

김현지를 살해한 날도 한차례 정사를 치르고 난 고형진은 가지고 온 주스를 김현지에게 주었다. 수면제가 든 줄도 모르고 주스를 마신 김현지는 그대로 잠이 들었다. 고형진은 가스레인지의 도시가스 밸브를 열었다. 그리고 김현지의 노트북에 유서 같은 글을 쓰다가 두었다. 물론 자판의 지문은 모두 지웠다. 고형진은 밖으로 나와서 유리문에 청테이프 바르는 작업을 했다. 청테이프를 유리문 안쪽에 위에서 약간 걸쳐지게 붙인 뒤 문을 닫고 나왔다. 방 안쪽 테이프에 한 뼘 정도 되는 쇠막대를 대고 유리문 밖에서 강력한 자석으로 고정시켰다. 그리고 밖으로 나와 자석을 밑으로 움직이면서 쇠막대가 청테이프를 펴면서 따라 움직이게 했다. 감쪽같이 안에서 바른 것처럼 되었다. 당시 유리문 밑에 떨어져 있던 조그만 쇠막대가 무엇에 쓰였는지는 수사관이 밝혀내지 못했던 것이다.

"강 과장이 서울경찰청에서 수사 재개를 한다고 했으니까 고형진은 이제 끝장난 것 같아. 그러나 네가 고형진의 일기를 훔쳐낸 것은 통신보호법을 위반한 것이니까 증거로 쓸 수는 없을 거야. 하지만 세 사람을 죽인 진실은 모두 밝혀지고 처벌을 받게 되겠지. 어쩌면 무기나 사형이 될지도 몰라."

한수영은 추 탐정의 말이 먼 곳에서 들려오는 메아리처럼 느껴졌다. 한수영은 혼자 중얼거리며 탐정 사무실을 나왔다.

　'나는 스스로 살인범의 아내가 된 것이구나. 그러나 성혁 오빠, 나 잘했지. 칭찬 좀 해 주세요.'

　　　　　　　　　　　　　　　「지옥문을 여는 방법」 END.

너를 접수한다, 오버!

한수경

전북 김제에서 태어나다. 2005년 여성동아 장편소설 공모 〈그들만의 궁전〉이 당선, 2008년 스토리
뱅크 창작기획안 모집에서 〈대여인생〉으로 시나리오 부문 우수상을 수상하였다.
장편소설로 〈그들만의 궁전〉, 〈아라비안나이트인서울〉이 있고, 단편소설로 〈히스토리〉, 〈허스토
리〉, 〈팝콘〉, 〈거기 섬이 있었다〉 등과 시나리오 〈대여인생〉을 집필하였다.

"먹을 거 좀 주세요."

소고의 어깨를 흔들며 여자가 말한다. 하나밖에 없는 침대를 내주고 바닥에서 새우잠을 자는 소고에게 미안한 기색도 없다. 무례하군. 불쑥 남의 집에 쳐들어와서 방을 내놓으라더니 이제는 먹을 것까지 대령하라는 건가. 처음부터 딱 잘라 거절할 걸 그랬어. 때늦은 후회가 파도처럼 인다.

"배가 고파서 꼼짝도 못하겠다고요."

귀에 착착 달라붙는 저 목소리. 어젯밤 빗장을 닫아걸려던 소고를 멈추게 한 것도 바로 저 목소리였다. 처음 보는 여자인데 목소리가 낯설지 않으니 이상한 일이기도 하다.

"찾아보슈. 냉장고에 뭔가 있을지 모르니까."

이번에도 여자의 목소리에 저항하지 못하고 소고는 한 발짝 물러선다. 그리고는 그런 자신이 불만스러워 거칠게 돌아눕는다. 찬 바닥에 맞닿아 있던 한쪽 어깨가 뻐근하게 저려온다. 여자가 부스럭거리며 냉장고 안을 뒤진다. 어쩌나, 냉장고 안에 제대로 된 음식이 남아 있을 리가 없는데. 그러나 웬걸. 여자의 얼굴이 환해진다. 맥주 두 캔과 말라빠진 치즈 조각을 발견한 것이다.

소고는 더 이상 누워 있을 수가 없었다. 말라빠진 치즈 조각을 입맛 다시며 먹는 여자를 보니 밖에 나가 뭐라도 먹을 만한 것을 찾아봐야 할 것 같은 의무감이 든다. 음식다운 음식을 구하려면 폐허 지대를 사이에 두고 20킬로미터나 떨어져 있는 마을까지 가야 하지만 여자는 최소한 열흘은 굶은 것처럼 허기져 보인다.

두 동강이 나서 드러누운 건물과 부서진 차와 로봇들의 잔해가 즐비한 폐허 지대의 탁한 대기 속을 소고와 지프가 지나간다. 자동 운전 장치가 켜진 지프가 스스로 길을 찾아가는 동안 소고는 팔짱을 끼고 생각에 잠긴다. 누굴까. 아직 제대로 통성명도 못한 사이지만, 이렇게 외진 곳을 혼자서 돌아다닐 여자는 아닌 것 같다. 귀티가 흐르는 매무새며 정성들여 다듬어진 몸매, 짙은 선글라스로도 가릴 수 없는 품격이 여자에게는 있었다. 더구나 여자의 목소리는 분명 어디선가 들은 것 같은데.

해답은 언제나 가까이에 있는 법. 마침 지프의 주크박스에서 한창 유행하는 여자 가수의 노래가 흘러나온다. 이름은 루비였다. 소고는 제법 쌀쌀하던 어느 초겨울 밤의 일을 기억해 낸다. 마술에 걸린 듯 어느 여자 가수의 목소리를 따라 거리로 나와 보니 이미 사람들로 길이 막히고 광장이 가득 찼다. 그날 무대에 선가수가 루비였다. 짙은 분장을 하고 있었고 사람들의 장막에 가려 있어서 얼굴은 기억하지 못하지만, 듣는 이를 무장 해제시키는 매력적인 목소리만큼은 쉽게 잊히지 않았다. 그 밤, 소고는 그 목소리에 홀려 흐느적거리며 거리에서 새벽을 맞았다. 살다 보면 미래라는 것이 한없이 암담하게만 느껴져 거기에 눈길을 돌리는 것조차 두려워지는 때가 있다. 그때의 사람들은 이성의 활동을 중지하고 그저 미래 암담함을 외면하려 무진 애를 쓰곤 한다. 남녀 전쟁 이후의 절망의 시대 사람들이 그랬다. 루비는 그런 사람들과 교류했다. 전쟁 이전의 추억을 되살리며. 희망이란 미래를 꿈꾸는 것이 아니라 과거의 회상이라고 노래했다. 그녀의 노래는 사람들이 토해내는 슬픔의 잔해를 이불처럼 감싸주며 상처입지 말라고 속삭이는 듯했다.

그런 루비가 지금 소고의 집에 와 있다. 그리고 얼마나 굶주렸는지 믿기 어려울 정도로 식탐을 보인다. 무슨 일이 그녀에게 일어난 것일까. 마을에서 소고는 구할 수 있는 최대한의 음식을 지프에 싣고 집으로 돌아온다. 루비가 초조하게 그를 기다리다가 푸짐을 음식을 보더니 환호성을 지르며 달려든다.

식탁에 음식을 올려놓기가 무섭게 그녀 몫으로 구해 온 음식을 먹어치우더니 소고 몫의 음식을 기웃거린다. 소고가 슬그머니 자기 음식을 덜어주자 루비가 싱긋 미소 짓는다.

"어제저녁부터 못 먹었거든요."

겨우 한 끼? 소고는 믿을 수 없다는 표정으로 루비를 바라본다. 더없이 가지런한 이목구비와 깨질까 부서질까 가까이하기조차 조심스런 가느다란 몸매의 아름다운 여자가 먹어대는 엄청난 양의 음식. 소고는 현실감이 느껴지지 않는다.

어느 정도 식탐을 해소한 루비가 명랑하게 재잘거린다. 새침하고 명랑하고 슬프고 괴로워하는 루비의 표정은 방금 잡은 활어처럼 신선하다. 살아 숨 쉬는 여자와 이렇게 단둘이 마주 앉아본 것이 얼마만인가. 소고는 루비의 모든 것이 감격스럽다.

"당신 같은 유명 가수가 폐허 지대엔 무슨 일로 온 겁니까?"

"나를 아시나요?"

루비가 묻는다. 아는 정도가 아니죠. 지금 같은 절망의 시대에 삶의 유일한 위안거리로 당신 노래를 찾는 지구상의 수많은 남자 중 한 사람이 바로 나인 걸요. 이렇게 말하려다 말고 소고는 그냥 웃어넘긴다. 사실대로 말하려니 왠지 민망하다.

"당분간 여기 머물고 싶어요. 폐가 되지 않으면요."

혼자 사는 남자 집에 찾아와 여왕처럼 군림하면서 폐가 되지 않을 리가 있나. 그러나 소고는 선뜻 대답하지 못하고 주저한다. 혼자 지내는 것이 익숙해질 대로 익숙해진 마당에 새삼스럽게 누군가를 보살피고 함께 지낸다는 것은 여간 번거로운 일이 아니다. 게다가 루비가 먹어대는 엄청난 음식을 어떻게 조달한단 말인가. 그런데도 소고는 쉽게 거절하지 못한다. 어쩌면 외로움에 익숙해진다는 것은 그만큼의 그리움이 쌓여간다는 의미인지도 모르겠다. 그리고 루비는 여자다. 살아 있는 심장과 말하는 입을 가진 여자라는 것만으로도 감격스러운데, 완벽하게 아름다운 그녀에게 저항하려면 의지가 필요하다. 그는 갑자기 나타난 장애물에 급브레이크를 밟듯 가까스로 의지를 모으고 현실 감각을 되찾는다. 소고의 집은 두 사람이 함께 살기엔 비좁고 무엇보다도 침대가 하나뿐이다.

"여긴 당신 같은 여자가 머물 곳이 못 됩니다."

루비가 말없이 고개를 숙인다. 여자들이란 이유 없이 주기적으로 우울해지기도 하는 법이지. 소고는 애써 루비의 반응에 의미를 두지 않기로 한다. 하지만 가시라도 걸린 듯 목구멍이 불편하다.

정말 갈 곳이 없는 것일까? 루비는 이틀이 지나도 도무지 떠날 생각을 하지 않는다. 소고는 분주해진다. 루비를 위해 먹을거리를 구해 와야 하기 때문이다. 하루에 두세 번 마을을 들락거리지만 루비의 식탐은 밑 빠진 독처럼 채워지질 않는다. 그날도 오전 중에 벌써 10인분이나 먹어치웠다. 소고가 내심 걱정이 되어 말한다.

"당신처럼 가녀린 사람이 그렇게 많이 먹어대는 데는 뭔가 다른 이유가 있는 것 같습니다."

정곡을 찌른 모양이다. 루비가 손바닥을 마주 비비며 좁은 거실을 서성인다.

"지긋지긋해요. 어제는 5인분을 먹었고 오늘은 10인분을 먹어치웠어요. 내일은 20인분을 먹을 거고, 모레는 40인분, 그리고 또……. 아아, 이제는 끝내고 싶어요. 끝을 보아야 한다고요."

끝내다니 뭘 끝내겠다는 거지? 도무지 떠날 생각을 하지 않는 것은 무슨 꿍꿍이고. 저만한 미모에 저만한 재능까지 타고나는 게 어디 쉬운 일인가. 나약한 여자들이 상처 입었을 때처럼 잠시 스스로를 연민할 시간과 장소가 필요했던 거라고 여겼는데 그게 아닌가.

　루비가 안주머니에서 무언가를 꺼낸다. 각각 보라색과 노란색 종이로 포장된 작은 것인데, 언뜻 보아서는 초콜릿이나 사탕 같기도 하다. 그것을 손바닥 위에 올려놓은 그녀가 비장한 표정으로 몸을 떨기까지 한다. 뭔데 저렇게 겁을 먹는 거야. 소고는 뭔가 심상치 않은 물건이라고 느낀다. 잠깐 사이 루비가 눈을 감고 그것을 한입에 털어 넣으려 한다. 소고가 재빠르게 손을 뻗어 그것을 낚아챈다.

　"이게 뭐요? LC01, LC02는 무슨 뜻이고?"

　말랑말랑하고 작은 것이 사탕보다는 무슨 알약인 것 같은데 표면에 LC01, LC02라고 새겨져 있다.

　"약이에요. '최후의 선택'이라는."

　약 이름치고는 너무나 기이하군. 소고가 그것을 공중에 던졌다 잡았다 하며 루비의 표정을 살피는데 루비가 그것을 빼앗으려 달려든다.

　"이리 내요. 당신 같은 건달에겐 필요 없는 거라고요."

　소고의 행동이 분별없어 보인 모양이다. 한동안 빼앗으려는 루비와 뺏기지 않으려는 소고의 쟁탈전이 계속된다. 하지만 번번이 소고 쪽이 더 빠르다.

"약이라면 나도 좀 아는 편인데, 그런 이름은 들어본 적이 없소."

"당연하죠. 샘물박사의 비밀 금고에서 훔친 거니까."

아무렇지도 않게 훔쳤다고 말하는 루비. 소고는 바짝 호기심이 인다. 훔쳤다고? 뭔가 대단하고 값비싼 약인가 보다. 소고는 다시 한 번 자세히 살펴보지만 그저 정육각형의 평범해 보이는 알약일 뿐이다.

"샘물박사라면 혹시 WHO에서 일하던 생물학 박사를 말하는 거요?"

"그럴 거예요."

루비가 고개를 끄덕인다. 함께 일한 적은 없지만 샘물박사라면 소고도 알 만큼은 아는 사람이다. 다이어트계의 황제. 연예계의 대부. 노회해진 세포를 배아줄기세포로 되돌리는 역분화에 성공한 이후, 동료들을 배신하고 WHO를 뛰쳐나간 이단아. 늙고 병든 사람에게는 영생불사를, 젊은 사람에게는 아름답고 날씬한 몸매를 주겠다고 현혹하는 사람. 그는 신이 사라진 절망의 시대에 신의 자리를 꿰차고 앉아 신처럼 군림하고 있는 인물인 것이다. 소고는 루비가 풍기는 조각품 같은 인상을 이제는 이해할 것 같다.

"그래요. 나는 샘물박사의 작품이에요. 타고난 게 아니라 만들어진 몸매라서 실망했나요?"

"그게 아니라……."

"남자들은 다 똑같아요. 아무리 재능 있어도 못생기고 뚱뚱한 여자를 사랑하진 않죠. 당신도 마찬가지일 테고."

소고가 맞받아친다. 부당하게 공격받는다고 생각한 것이다.

"문제는 무조건 날씬해지고 싶어 하는 여자들의 욕심입니다. 그래서 샘물이라는 희대의 사기꾼이 지구의 부를 움켜쥐고 거물 행세할 수 있는 거고."

루비가 씁쓰레한 웃음을 삼킨다.

"맞는 말이에요. 나 역시 샘물박사를 찾아가 예쁘고 날씬하게만 해준다면 노예가 되든지 영혼을 팔든 뭐든 시키는 대로 하겠다고 말했으니까요."

"보아하니 원하던 것을 얻은 것 같소만."

소고의 목소리가 한층 냉랭해져 있다. 루비는 후회한다. 처음 보는 남자에게 비밀을 털어놓고 스스로 망신을 당하고 있는 꼴이라니. 루비가 이제부터라도 신중하게 경계의 빛을 띠고 자신을 보호하겠다는 태도를 취한다. 그러나 이미 늦은 모양이다.

"이게 무슨 약인지 말해요. 그렇지 않으면 밖으로 던져 버리겠소."

열린 창문을 향해 돌아선 소고가 정말로 최후의 선택을 던져 버릴 기세다.

"그러지 마세요. 제발……."

하얗게 질린 루비가 애걸한다. 그녀의 눈빛에서 절박함이 느껴진다. 소고가 내심 깜짝 놀란다.

"그 약이 없으면 나는 평생 먹는 기계로 살아야 해요. 내 몸 속에 그것들이 있어요. 하얀 괴물들. 놈들이 마음대로 내 뱃속을 헤

집고 다니고 심지어 뇌까지 들락거리면서 나를 조종한다고요."

인간의 몸속에 괴물이 산다고? 그런 공포영화 같은 이야기가 사실이라니. 소고는 절레절레 고개를 젓는다.

"놈들은 유전자 조작을 통해 만들어진 거라서 다른 어떤 방법으로도 죽일 수 없어요. 그 약만이 유일한 방법이에요."

"그렇다면 왜 망설이는 거요? 이 약만 먹으면 괴물들을 죽일 수 있는데."

루비는 곤혹스러워하면서 더 믿을 수 없는 이야기들을 털어놓는다.

"둘 중 어떤 약을 먹어야 할지 모르거든요. 그중 하나는 놈들을 죽이겠지만 또 하나는 나를 죽이는 약이에요. 그래서 폐허 지대로 들어온 거예요. 괴물을 죽이는 데 실패하면 아무도 모르게 사라지려고요."

소고의 양 미간이 좁아진다. 깊은 생각에 빠질 때의 버릇이다. 그는 한순간 루비를 갉아먹고 있는 것은 괴물이 아니라 그녀의 터무니없는 망상이 아닐까 생각해 본다. 하지만 루비를 보면 다분히 망상으로만 치부할 수 없는 진실이 느껴진다. 만약 그녀가 말하는 모든 것이 사실이라면. 다이어트에 식이요법이나 수술이 아닌 기생충을 몸속에 직접 키운다는 발상도 섬뜩하지만 그 기생충을 조종하고 죽이는 방법을 자신만이 독점하려는 샘물박사의 속셈이 두려워진다.

"당신이 말하는 그 괴물들, 당신 몸에 있다는 그것들을 실제로 본 적 있어요?"

"샘물박사의 실험실 방 한 칸을 다 차지하고 있는 시험관에 살아 있는 놈들이 들어 있어요. 세포 단계부터 각 성장 단계별로 마치 상품처럼 진열되어 있죠."

루비가 토할 듯 헛구역질을 한다. 마치 눈앞에서 꿈틀거리는 괴물을 보는 것처럼 몸을 비틀며 괴로워한다.

"역겨워요. 내 몸이 역겨워서 견딜 수가 없어요. 놈들이 언젠가는 나를 다 먹어치우고 말 거예요. 내가 괴물이 되든가 괴물이 내가 되든가 둘 중의 하나가 될 때까지 끝나지 않는 게임이라고요."

루비가 발작적으로 자기 몸을 쥐어뜯는다. 길고 날카로운 손톱이 지나간 자리에는 벌겋게 핏물이 오른다. 팔, 다리, 어깨, 목, 사정없이 손 가는대로 쥐어뜯는 루비를 보다 못한 소고가 그녀를 품에 끌어안는다. 성급하게 팔딱이던 루비의 심장이 가까스로 속도를 늦춘다. 그녀가 낮게 흐느낀다. 소고는 아프게 자신을 탓한다. 잘 알지도 못하면서 상대를 의심한 자신의 편협함을 후회한다. 그러나 이제 와서 달리 어쩔 도리가 없다. 루비가 마음껏 울 수 있도록 언제까지나 가슴을 내어주는 수밖에.

어느 순간부터 두 사람 사이에 따뜻한 전류가 흐르기 시작한다. 루비의 몸을 돌고 돌아 울음 끝에 실려 나온 더운 숨결이 소고의 셔츠와 피부를 가로질러 심장까지 파고든다. 고통도 전이되는 모양이다. 한쪽 가슴이 마비된 듯 둔중한 압통이 느껴진다. 소고의 피가 더워져 온몸에 전사(戰士)같은 기운이 솟아난다. 이 여자를 지켜주고 싶다. 이 여자의 고통을 감당하고 싶다. 어미 새가 알을 품듯 이 여자를 품고 모진 세상으로부터 보호해 주고 싶다. 그리고 아……. 안고 싶다. 아마도 출생 이전부터 DNA에 심어졌을 수컷의 본능. 오랜 세월 깊은 곳에 꾹꾹 눌러두었던 그것이 지금 막 깨어나는가 보다.

"당신만 괜찮다면 여기 머물도록 해요. 언제까지라도."

소고가 저도 모르게 피가 흐르는 루비의 상처에 입술을 댄다. 가녀린 목덜미와 곡선을 이루며 뻗어 나간 어깨, 볼록한 젖가슴, 솜털이 보송한 팔, 그리고 겨드랑이까지 그녀가 할퀸 모든 상처에 위로의 키스를 퍼붓는다.

"나를 혐오하지 않는군요."

루비가 소고의 허리에 팔을 두르더니 그의 품에 세차게 파고든다. 소고의 머릿속이 하얘지며 생각이 멈추고 몸 안의 감각중추가 예민하게 깨어난다. 루비의 머리카락에서 낯설고도 그리운 향기가 난다. 그 향기에 이끌려 소고가 루비의 이마에 입을 맞춘다.

파도처럼 밀려드는 풍요. 몸의 어디에서 이처럼 더운 기운이 만들어지는 걸까. 초원의 야생마처럼 동물적이고 거칠기 짝이 없으면서도 동시에 지극히 자연스런 미지의 열망으로 인해 소고의 가슴은 터질 것만 같다.

"당신을 원하오. 원하고 있소."

성급하게 소고가 그녀의 입술을 찾는다. 또 다른 향기가 그를 덮친다. 닿을 듯 닿을 듯, 만져질 듯 만져질 듯 감질나게 하다가 저만치 달아나 버리는 향기. 부드럽고도 따뜻하다. 마음과 마음이, 피부와 피부가 닿는 느낌. 그토록 오랜 시간 고독에 길들여졌음에도 시들지 않은 열망이 소고는 신기하기도 또한 원망스럽기도 하다. 이제는 멈출 수 없다. 한번 타오는 열망은 제 나름의 운명을 향해 달려나가고, 손과 손, 가슴과 가슴으로 체온이 넘나들며 그들을 하나로 묶는다. 오직 육체적 욕망만이 삶의 유일한 진실로 믿어지는 순간이다. 파도조차 숨을 죽인 그러한 순간, 두 사람은 줄곧 서로의 존재 속에 존재한다. 그리고 마침내 태초로부터 신에게서 부여받은 선물을 경험한다.

신들의 전성시대, 남자의 고독을 염려하신 신께서는 남자의 갈비뼈 하나를 취하여 여자를 만드셨다. 그리고 흡족한 미소를 지으셨지. 둘이 하나로 어우러짐이 보시기에 좋아서였다. 하지만 과학이 신의 대지를 몰수한 지금, 신은 사라지고 없다. 그렇다면 대체 어느 누가 남자를 위해 여자를, 여자를 위해 남자를 서로에게 이끄는 것일까.

소고는 잠든 루비의 머리칼에 얼굴을 묻고 공상에 빠져든다. 태초에 아담과 이브가 있었다. 그들이 가인과 아벨을 낳고 가인이 에녹을 낳았다. 그리고 에녹은 이랏과 므드사엘을 낳고 므드사엘은 라멕을 낳았다. 라멕은 노아를 낳고 노아는 셈과 함과 야벳을 낳고…… 그리고 여기 소고와 루비가 있다. 그들도 태초의 아담과 이브처럼 대대로 자손을 낳고 영원히 살 수도 있으리라. 살다 보면 언젠가는 폐허가 된 이곳을 다시 아름답고 찬란한 것들로 채울 수 있겠지. 또 다른 미켈란젤로와 다빈치가 나오고 또 다른 고흐, 피카소가 태어나고, 또 다른 벨과 에디슨이 나타나 무언가 새로운 것을 창조하고, 또 다른 징기스칸과 나폴레옹이 나와 이곳의 찬란한 것들을 동과 서로, 남과 북으로 옮겨갈 테고. 그렇게 자꾸만 퍼져 나가면 언젠가는 지구 전체를 온전히 찬란한 것들로 채울 수도 있으리라. 그러나 또 다른 히틀러가 아우슈비츠를 만들고 또 다른 페르미가 핵폭탄을 만든다면……. 한순간의 분노에 사로잡힌 미치광이가 지하 벙커로 숨어들어 경고음을 무시하고 빨간 버튼을 누른다면……. 이 모든 것이 무슨 소용이란 말인가. 결국은 파멸을 향해 달려가는 전차일 뿐이다.

소고가 우울한 기분으로 몽상에서 깨어난다. 벌써 해가 지는 것인가. 아니, 해는 하루 종일 뜨지 않았을 것이다. 자울자울 졸고 있던 하늘이 소리 없이 하루를 닫고 있다. 검지도 희지도 않은 바다와 시계추처럼 밀려왔다 밀려나가는 파도, 그 외의 모든 것은 잠들어 있다. 녹슨 바닥을 드러낸 어선이 모래사장 위에 아무렇게나 쓰러져 있고, 남녀전쟁 전 수십, 수백 마리 물고기를 건져 올렸던 추억을 가진 그물은 찢어진 채 배의 허리춤에 둘둘 감겨 있다. 거뭇한 살결에 튼실한 팔을 가진 어느 어부의 전성기, 휘황하게 밤바다를 밝히던 LED 집어등도 이제는 녹슨 쇠기둥에 매달려 써기적써기적 종처럼 흔들거릴 뿐이다. 아아, 눈에 보이는 모든 것이 파멸의 잔해이고 과거의 흔적뿐이로구나. 무심하게 바다를 쳐다보는 일이 일상의 전부가 되고, 눈을 감으면 허망한 꿈을 꾸고, 눈을 뜨면 그 꿈의 허망함에 치를 떨며 보내는 하루하루의 연속. 그렇게 인생이 지나가는 거라고 생각했다.

그러나 이제는 아니다. 이곳에서 소고가 그려놓은 몇 장의 스케치. 그 스케치는 이미 갖가지 색깔로 채색되고 있다. 루비가 온 것이다. 함께 울고 웃고 조잘거리고 먹고 마시며 그들은 서로에게서 무한한 가치와 즐거움을 느낀다. 소고는 자신의 삶의 방식이 한순간에 변했다고 느낀다. 고독조차 이렇게 허망한 것을. 소고의 입가에 씁쓸한 미소가 번진다.

소고의 품에서 짧지만 단잠을 자고 난 루비는 훨씬 행복해진 모습이다. 그녀의 눈에는 전보다 맑고 풍부한 감성이 고인 듯하고, 입술은 핑크빛으로 반짝인다. 그녀는 좀 전의 달콤한 잠이 그리워 또다시 눈을 감는다. 그리고 훨씬 차분해진 목소리로 말을 잇는다.

"어느 날 밤, 제 방에 샘물박사가 나타났어요. 샴페인을 들고. 자신의 성공을 축하해 달라고 하더군요. 아가들을 통제할 수 있게 됐다고. 그는 괴물을 아가라고 부르며 애지중지하거든요."

소고가 피식 웃는다. 샘물다운 명명법이라는 생각이 들어서다.

"샘물박사는 괴물을 최초의 단백질 상태로 되돌리는 약과 무성생식을 활성화시켜 기하급수적으로 수를 늘리는 약, 두 가지 약을 동시에 만든 거예요. 당신이 가지고 있는 노란색과 보라색의 알약이 바로 그거예요. 나는 당장 내 뱃속에 들어 있는 그 흉측한 것들을 없애 달라고 부탁했어요. 거절하더군요. 샘물박사는 그동안의 실험 과정을 끝내고 본격적으로 다이어트 산업을 일으킬 생각을 하고 있었어요. 그러기 위해서 내가 필요했던 거지요. 나를 모델로 내세워 세상 사람들을 다 끌어들일 계획이었으니까요."

듣고 보니 샘물박사가 최후의 선택을 만든 것은 단순히 괴물만을 통제하려는 의도가 아니었다는 생각이 들었다. 혹시 루비를 비롯한 사람들, 다이어트를 시도하는 지구상의 모든 사람을 통제하고 지배하려는 야망을 가진 것은 아닐까? 소고는 문득 그런 의심이 들었다.

"그의 계획을 막아야 한다고 생각했어요. 내가 죽더라도 말이에요. 다른 사람들까지 나처럼 살게 할 순 없잖아요. 정말이지 이건 괴물의 노예, 샘물박사의 노예인 삶이니까요."

소고는 새삼스레 가슴이 벅차오른다. 기뻤다. 그동안의 갖가지 유혹과 시련에도 불구하고 인간에게 존재해야 할 귀중한 무언가가 루비에게 온전히 남아 있음을 보았던 것이다.

"그래서 약을 훔칠 결심을 했던 거예요. 늘 샘물의 비밀금고를 주시하고 있었어요. 하지만 접근도 어려운데다가 몇 개의 비밀 잠금장치까지 설치되어 있어서 쉽게 기회가 오지 않더군요. 그러던 중 정전 사고가 난 거예요. 금고의 잠금장치가 고장 난 것을 알았죠. 숨어서 지켜보다가 잠깐 실험실이 비는 사이 일을 끝내고 건물을 빠져나오기까지 정말 아슬아슬했어요."

가슴을 쓸어내리는 루비를 더없이 따뜻한 눈빛으로 소고가 내려다본다. 이제 그녀의 문제는 그녀 혼자만의 문제가 아니라 소고 자신의 문제이기도 했다.

"샘물이 생체 실험 대상으로 삼은 사람이 당신 이외에 또 있습니까?"

"샘물 자신과 사라와 유라 자매가 있어요. 샘물은 지금도 20대의 피부와 군살 하나 없이 타이트한 몸매를 유지하고 있죠. 아마도 흰머리만 빼면 당신보다 훨씬 젊어 보일 거예요. 그는 자신이 신이라도 되는 줄 착각하지만 사라와 유라가 그렇게 사라진 걸 보면 샘물은 그저 죽지 않는 또 다른 괴물일 뿐이에요."

"사라와 유라가 사라졌다고요?"

"네. 사실이에요. 샘물 연구소는 아무나 드나드는 그런 곳이 아니거든요. 빌딩 전체가 요새라고 할 수 있어요. 바깥세상과 통하는 문이라곤 지하 출입구 하나뿐인데 일일이 샘물이 통제하고 있고, 각 층마다 누가 어떤 일을 하고 있는지도 샘물 이외에는 아무도 몰라요. 그런 곳에서 나와 그 애들이 같이 살았어요. 맨 꼭대기 층에서. 그 애들이 사라진 날 밤도 잠들기 전까지 함께 있었고요. 그런데 다음날 일어나 보니 흔적도 없이 사라진 거예요. 옷도 신발도 그대로 있고 없어진 물건이라곤 하나도 없었어요. 침대 위에 그 애들이 입었던 잠옷도 입은 모양 그대로 있었다고요. 만약 어딘가에 갔다면 그렇게 맨몸으로 나갈 리가 없잖아요. 안 그래요? 그리고 더 이상한 것은 머리카락이랑 손톱, 발톱이에요. 마치 가발처럼 잠옷 위쪽에 덜렁 놓여 있었는데 그게 진짜 머리카락 같았어요. 지난밤에 애들이 꽂고 있던 나비 핀이 그대로 꽂혀 있었으니까요. 그리고 손톱과 발톱이 침대 위에 널려 있었는데 그게 자른 모양이 아니고 통째로 빠진 모양이었어요."

소고는 생각한다. 누가, 왜 밤사이 그런 희한한 퍼포먼스를 연출해 놓은 것일까. 혹시 사라와 유라가 샘물에게서 도망치기 위해 벌인 장난은 아닐까. 하지만 겨우 열두 살 소녀들의 짓이라고 여기기엔 너무나 괴기스런 면이 있다.

그때였다. 멀리서 무슨 소리가 나는 것 같았다. 소고는 듣지 못했는데 루비는 본능적으로 몸을 떨며 일어섰다. 잠시 후 검은 바다에 요란하게 헤드라이트를 비추며 낯선 자동차가 나타나자 소고가 용수철처럼 튀어 올라 옷을 입는다. 뒤따라 일어나던 루비가 말한다.

"달아나세요. 샘물박사가 결국 날 찾아내고 말았어요."

소고가 뒤돌아서 루비를 본다. 허둥대는 루비와 달리 소고는 침착하다.

"신이 살아 있던 시대에 남자들은 모두 전사였다는 걸 아시요? 여자와 어린아이를 지키기 위해서라면 기꺼이 목숨도 내놓았습니다. 당신을 지키기 위해서라면 나는 뭐든지 할 거요."

얼결에 진심을 털어놓은 셈이다. 소고는 루비를 사이에 두고 샘물과 일전을 벌일 각오까지 한다. 여자를 사이에 두고 결투를 벌일 만큼 철부지는 아니었지만 필요한 상황이라면 피하지 않겠다고 결심한 것이다.

발소리가 가까워지더니 곧이어 노크 소리가 난다. 문을 열자 하얗게 센 머리에 운동선수처럼 다부진 몸매의 샘물박사가 안으로 들어선다. 지독한 언밸런스. 샘물의 첫인상이 그랬다.

샘물이 루비를 포옹하자 루비도 웃으며 그를 맞는다. 모르는 사람이 보면 연인 사이로 여길 만큼 다정한 모습이다. 소고로서는 샘물박사보다도 루비의 행동이 더 이해하기 어렵다. 그녀는 마치 변심한 여자처럼 굴었다. 소고는 그녀를 지키기 위해서라면 결투도 불사하겠다던 자신의 결심이 무색해지기 시작한다. 루비는 샘물에게는 더할 나위 없이 사근사근하게 굴면서도 소고의 존재는 의도적으로 무시하는 눈치다.

"당신이 좋아할 음식을 가져왔지."

"오오, 빨리 주세요. 여기선 형편없는 것들만 먹었어요."

여자란 정말이지 믿지 못할 존재로구나. 소고는 불쾌하기 짝이 없다. 형편없는 것이라니. 그것이 온종일 먹을 걸 사 나르느라 수고한 사람 앞에서 할 수 있는 말인가.

"내 차에 가서 음식을 가져다주시겠소?"

샘물박사가 소고에게 말한다. 그런 일일랑 직접 하는 게 어떻겠냐고 쏘아붙이려는 순간 루비가 눈을 찡긋한다. 소고가 군말 없이 차로 간다. 이게 무슨 해괴한 짓거리인가 싶지만, 두 사람을 좀 더 지켜보기로 한 것이다.

뷔페식당을 통째로 쓸어온 것인지 차에는 어른 서른 명이 먹고도 남을 만큼의 음식이 차곡차곡 쌓여 있었다. 먹는 음식으로 사람을 조종하려 들다니, 소고는 샘물이 참으로 치사한 인간이라는 생각을 한다.

음식이 식탁 위에 놓이기 바쁘게 루비가 달려든다. 소고의 기분이야 어떻든 상관없다는 투다. 샘물도 탐욕스럽게 음식을 챙긴다. 마치 빨리 먹기 경주라도 하는 것 같다. 하긴 일백오십 살이 넘은 나이에 저렇게 팽팽하고 군살 없는 몸매를 유지하려면 거저는 안 되겠지 싶기도 하다.

어느 정도 식탐을 채웠는지 샘물이 뒤로 물러앉는다. 루비가 빈 그릇들이 아쉬운 듯 손가락을 빨며 조그맣게 웃어 보인다.

"이번엔 어려울 거라고 생각했는데 결국 찾아냈군요."

"난 당신이 우주 끝에 있어도 찾을 수 있소. 하지만 섭섭했소. 이제까지 당신이 원하는 건 뭐든 다 들어줬지 않소."

"내가 원하는 건 자유예요. 내 안의 괴물들로부터."

루비가 부드럽게 웃으며 말한다. 그러나 그 부드러운 미소 뒤에 예사롭지 않게 빛나는 눈빛이 있다. 인생을 먼저 경험한 노인네처럼 상대방의 속마음을 꿰뚫어 보려는 진지하고 사려 깊은 그 눈빛에서 소고는 샘물과 당당하게 맞서려는 루비의 의지를 읽는다.

"괴물이라니, 아가들이 화를 내겠소. 이제는 현실을 받아들일 때도 되었을 텐데. 아가들은 이미 당신의 일부요. 그 애들이 아니었다면 당신은 아직도 110킬로그램의 못생긴 여자라는 걸 잊지 말아야지. 루비, 거울을 좀 봐요. 당신은 예뻐. 눈부시도록. 가느다란 허리와 굴곡진 가슴선, 길고 날씬한 다리까지, 이렇게 완벽한 작품이 그냥 나올 순 없지. 지난 5년간 나와 아가들이 쉬지 않고 작업한 결과물이 바로 당신이란 말이요. 그런데도 당신은 은혜를 모르는구려."

"내 몸 속에 그 혐오스런 것들을 심어놓은 게 은혜라고요?"

루비가 자신의 몸매를 더듬는 샘물의 손을 신경질적으로 밀쳐내며 매섭게 쏘아본다. 루비의 시선에서 증오를 느낀 것인가. 샘물의 표정이 급속히 경직된다. 두 사람 모두 물러서지 않으리라

다짐이라도 한 것 같다. 숨 막히는 대치 상태가 계속된다. 그러다가 루비의 눈에 눈물이 흥건하게 고이는가 싶더니 기어이 샘물 앞에 푹 고꾸라지고 만다.

"제발 나를 놓아주세요. 박사님은 내게서 바라던 만큼, 아니, 그 이상 모든 걸 얻었잖아요."

루비가 샘물의 무릎 위에 얼굴을 묻고 운다. 그러나 샘물은 끄덕도 하지 않는다. 점점 더 표정이 냉랭해질 뿐이다.

"당신은 아직도 철부지야. 지금 와서 나를 떠나겠다는 건 계약 위반이란 걸 모르는 건가?"

"박사님, 제발……."

소고는 차마 루비를 바로 보지 못하고 고개를 돌려 버린다. 그의 눈에 분노의 불꽃이 일고 다시 피가 더워지는 듯하다. 그가 단호한 걸음걸이로 거실로 나간다. 어떻게든 코너에 몰린 루비를 도와야겠다고 생각한 것이다.

"세상의 어떤 계약으로도 인간이 인간을 소유할 수는 없습니다. 그건 링컨 시대 이후로 명백한 불법입니다."

샘물이 경악해서 소고를 쳐다본다. 난데없는 그의 출현이 몹시 불쾌하다는 표정이다.

"이자가 타임머신을 타고 왔나? 불법이고 뭐고, 남녀 전쟁으로 인해 지구상에는 법도 국가도 없어진 지 오래야. 설마 그걸 모르진 않겠지?"

"샘물박사, 그 대신 WHO가 있습니다. WHO의 법적 도덕적 기준에 의해서 당신들 두 사람의 계약은 심각한 결함이 있고, 때문에 처음부터 성립할 수 없는 것임을 알려드리는 바입니다."

"대체 당신이 뭐야? 뭔데 남의 일에 감 놔라 대추 놔라 끼어드는 거야? 엉?"

샘물이 이성을 잃고 화를 낸다. 그러나 소고는 시종 여유 있게 웃으며 자신을 WHO 지구재건위원회 소속 수석위원이라고 소개한다.

"쳇, 잘난 체하기는. 당신들 WHO의 문제가 뭔 줄 알아? 도무지 끼어들지 않는 데가 없다는 거야. 이건 루비와 내 문제야. WHO의 지구재건위원 따위가 끼어들 문제가 아니라고."

"아직도 모르시는군요. 루비 양이 정식으로 당신을 WHO에 제소했습니다. 그러니 이 문제는 이제 WHO의 문제인 셈이지요."

소고의 천연덕스런 거짓말에 샘물의 표정이 분노로 이지러진다. 소고는 얼떨떨한 승리감을 맛보며 다시 한 번 다그친다.

"샘물박사, 문제는 간단해요. 당신이 루비의 몸 안에 있는 그 흉측한 것들만 없애주면 됩니다. 아니, 그보다 더 간단할 수도 있어요. 보라색인가요, 노란색인가요? 괴물을 죽이는 진짜 약이 어떤 건지 그것만 말해주면 문제는 깨끗이 해결될 겁니다."

"흥, 이거 미안해서 어쩌나. 그거 둘 다 플라시보 효과를 노린 가짜 약인데."

이번엔 루비가 코웃음을 치며 끼어든다.

"거짓말!"

"거짓말인지 아닌지는 먹어보면 알 거 아니요? 그 정도로 용기가 있다면 말이야."

루비가 비장의 카드를 꺼낸다.

"나는 사라와 유라에 대해서 알고 있어요. 당신이 죽인 거라는 증거도 있고. 이미 WHO에 조사를 요청해 놓았어요."

사라와 유라 얘기가 나오자 샘물이 곤혹스러워한다. 소고가 귀를 쫑긋 세운 채 서 있다.

"여기 물이나 한 잔 가져다주시오, 소고 씨."

가까이에 있는 소고의 존재가 무척이나 부담스러웠던 모양이다. 소고가 말없이 뒤돌아서 부엌 쪽으로 간다.

"루비, 그 얘기는 조용히 집에 가서 하는 게 어떻소?"

"당신 집에는 안 가요. 절대로."

이번엔 루비를 설득하는 일이 만만치 않겠다고 깨달은 모양이다. 샘물이 애써 감정을 수습하고 다시 부드럽게 나온다.

"고집 부리지 마오. 그래봐야 소용없다는 걸 알잖소."

"사라와 유라는 어디 있죠? 대체 그 어린것들을 어떻게 한 거예요? 죽였나요?"

이런 젠장, 샘물이 죽였다는 증거 운운한 건 순전히 허방이었군. 부엌에서 소고가 한숨을 내쉰다. 샘물은 고수답게 기회를 놓치지 않고 낚싯줄을 강하게 낚아챈다.

"난 살인자가 아니야."

"유라와 사라의 실종 사건과 관련해서 당신을 의심하는 사람이 나 말고도 많다는 거 알아야 할 거예요."

"그렇다면 어디 가지고 있다는 증거를 내놓아 보시든가."

샘물은 루비를 코너로 몰며 즐기고 있다. 큰소리는 치지만 루비가 아무런 증거도 없다는 걸 꿰뚫어 본 것이다.

"그 애들이랑 내가 친하게 지낸 거 당신도 잘 알 거예요. 매일 저녁 당신의 실험에 대해서 정보를 나눴어요. 만일을 위해서 보험에 들어두는 셈치고. 그걸 WHO에 가서 다 말해 버릴 거예요. 잘 들어요, 샘물. 나는 사라와 유라처럼 가만히 앉아서 당하진 않을 거예요. 죽더라도 WHO에 가서 죽을 거라고요."

마지막 발악을 하듯 루비가 소리 지른다. 샘물은 루비를 조용히 바라보고만 있다. 안쓰럽다는 표정으로.

"좋아, 원한다면 말해주지. 진짜 약은 노란색이야. 보라색은 그냥 플라시보일 뿐이고."

소고가 자기 주머니를 뒤져본다. 보라색과 노란색 알약이 거기 들어 있다. 루비가 코웃음을 친다. 그녀는 샘물의 말을 전혀 믿지 않는 것처럼 보인다.

"그럼 사라와 유라에게 노란색을 주었나요?"

"그들에겐 보라색을 줬어. 배신자에게 주는 선물이지."

순간 소고는 뭐가 뭔지 혼란스럽다. 노란색이 진짜 약이고 보라색은 플라시보다. 사라와 유라에겐 플라시보인 보라색을 주었다. 사라와 유라는 어느 날 갑자기 사라졌다. 보라색을 먹으면 사라진다. 손 안에 두 가지 약을 쥐고 소고는 고민에 휩싸인다. 그럼 노란색을 먹어야 하나? 샘물의 말이 사실이라면 그렇다. 그러나 샘물은 거짓말쟁이다. 그가 지금 거짓말을 하고 있다면? 루비는 보라색을 먹어야 살 수 있다. 그런데 보라색을 먹으면 사라지잖아!

"상상해 보라고. 사라와 유라에게 얼마나 재미있는 일이 일어 났는지. 우하하하! 생각만 해도 우스워 죽겠어."

갑자기 샘물의 웃음보가 터지더니 멈추지를 않는다. 웃는 샘물 을 보고 루비는 잠시 멍해지더니 양손으로 얼굴을 감싸고 울음을 터뜨린다. 서럽고 서럽게 가슴을 치며. 소고가 노여움으로 주먹 을 불끈 쥔다. 저자를 그냥 둘 수는 없어.

무언가 독하게 마음먹은 소고가 쟁반에 물을 담은 두 개의 컵 을 받쳐 들고 나온다. 먼저 울고 있는 루비 앞에, 그다음 웃고 있 는 샘물 앞에 컵을 내려놓는데 손끝이 자꾸 떨린다. 그러나 울고 웃는 데 한창 열이 올라 있는 두 사람은 전혀 눈치채지 못한다. 루비가 먼저 탁자에 놓인 물을 들이켠다. 샘물도 물 컵에 손이 간 다. 그러나 몸을 쥐어틀며 계속 웃어댔으므로 컵 안에 든 물의 상 당량은 사방으로 튀어 버려진다. 소고가 안타깝게 그것을 지켜보 고 있다. 드디어……. 샘물이 컵을 들더니 겨우 한 모금을 마시고 탁자에 컵을 내려놓는다. 소고가 실망하여 한숨을 내쉬려는데 샘 물이 다시 컵을 든다. 그리고 쭉 다 들이켠다. 순간 숨을 멈추는 소고. 1초, 2초… 30초… 1분… 2분, 그리고도 얼마간의 더 시간 이 지나간다. 그런데 이게 뭐야? 아무 일도 일어나지 않잖아. 유 감스럽게도 샘물은 멀쩡하다.

"좋아, 갈 테면 가. 너 아니어도 또 다른 루비를 만들면 되니까."
한 시간이 넘는 대치 상황을 마무리 짓고 샘물이 일어선다. 어 떤 회유와 협박으로도 루비의 결심을 꺾을 수 없다고 생각한 모양이다. 하지만 몇 발짝도 가지 못하고 뒤돌아선다.

"언젠가 말한 적 있지? 당신을 사랑한다고. 내 피조물인 당신을 말이야. 이거 좀 봐. 이렇게 눈물이 나오잖아."

손가락으로 눈물을 콕콕 찍어내는 샘물을 루비가 메마른 눈빛으로 바라본다. 이것으로 마지막이라고 생각하니 그녀 또한 마음이 약해진 것일까? 루비가 샘물을 따라 나선다.

"배웅해 드릴게요."

두 사람이 밖으로 나간다. 홀로 남겨진 소고가 쓸쓸한 기분이 되어 주위를 둘러본다. 모든 것이 꿈인 것만 같다. 느닷없는 루비의 방문이나 다이어트용으로 그녀의 뱃속에 키우고 있다는 괴물들. 그리고 두 가지 색깔의 알약과 어느 날 갑자기 사라져 버렸다는 사라와 유라, 그리고 일백오십 살의 노인이라고는 도저히 믿을 수 없는 샘물 박사의 출현. 지금까지 일어난 모든 일을 처음부터 되짚어보았다. 이해할 수 없기는 마찬가지다. 꼭 무엇에 홀린 것 같은 기분이 든다. 그래, 잠시 허망한 꿈을 꾼 거야. 이런 일들이 실제로 일어날 리가 없지. 모든 것은 루비의 말을 통해 알게 된 것일 뿐 자신이 직접 눈으로 보고 확인한 것이 아니라는 사실이 마음속의 의심을 부채질한다. 전쟁 탓인지도 몰라. 불안에 갉아 먹힌 영혼들이 막다른 골목에서 터무니없는 망상으로나마 위안을 받으려는 것일지도. 그렇다면 식탁 위에 쌓여 있는 저 빈 그릇들은. 조금 전 바로 눈앞에서 그 많던 음식을 남김없이 먹어치우고 멀쩡하게 걸어 나가는 샘물과 루비, 두 사람을 소고 자신이 직접 보지 않았는가.

소고의 집에서 바다까지는 방해물 하나 없이 시야가 확 트여 있다. 그래서 바다가 바로 코앞처럼 느껴지지만 실제 거리는 그보다 훨씬 멀었다. 처음에 그 작은 형체는 분명하게 보이지 않았다. 희붐한 새벽빛 속에서 파도에 휩쓸렸다가는 모래사장에 내팽개쳐지고, 다시 파도에 휩쓸렸다가는 내팽개쳐지기를 반복하는 어떤 형체일 뿐이었다. 지친 재갈매기인가 싶어 무심히 지나치려던 소고가 갑자기 미심쩍은 생각이 든 것은 한참 시간이 지난 후였다. 자세히 보니 그 형체의 움직임은 전보다 훨씬 둔해져 있었지만 파도를 향해 뛰어들기를 그만두지 않았다. 가다가 넘어지고 가다가 넘어지고를 계속하면서도 집요하게 바다로 향하고 있었다. 분명 사람의 움직임이라고 깨닫는 순간, 소고가 득달같이 문을 박차고 모래사장으로 내달렸다.

"루비이!"

숨을 헐떡이며 달려온 소고가 바다로 향하는 루비 앞을 막아선다.

"가까이 오지 마."

루비가 매몰차게 소고를 거부한다. 소고는 그런 루비가 낯설고 두려워 더 이상 가까이 가지 못한다.

"내가 돕는다고 했잖소. 곁에 있겠다고 했잖소."

소고가 머뭇거리는 사이 루비는 또 한 번 바다로 뛰어 들어갔다가 파도에 밀려 나동그라진다. 물에 빠진 생쥐 꼴로 쓰러져 있는 그녀를 소고가 안아 일으킨다. 루비의 모습은 슬프고도 청승맞다. 소고가 가만가만 루비를 어른다.

"봐요. 바다가 당신을 살리려 하고 있잖아요. 살아보라고, 죽지 말고 살아보라고, 이겨낼 수 있다고 바다가 자꾸 당신을 밀어내고 있잖아요."

루비는 그제야 깨닫는다. 몇 번이나 기를 쓰고 물에 들어갔지만 그때마다 바다가 더 기를 쓰고 그녀를 밀어냈다는 것이다.

"하지만 나는 저렇게 죽기는 싫어요."

루비가 손가락으로 뭔가를 가리킨다. 소고가 고개를 돌려 그쪽을 바라본다. 아악! 자신도 모르게 비명을 지른 소고가 루비를 품에 끌어안는다. 그리고 그녀의 눈을 가려준다. 그것은 샘물이었다. 아니, 이미 샘물이 아니었다. 샘물의 주검이라고 할 수도 없었다. 그것은 거대한 알주머니요, 괴물 주머니였다. 소고의 품안에서 눈을 가리고 있던 루비가 턱을 부딪치며 몸을 떤다. 추위도 추위지만 무엇보다도 공포 때문일 것이다.

써걱써걱 오싹한 소리를 내며 괴물들이 샘물을 먹고 있다. 이미 한 무리가 샘물의 내장을 남김없이 먹었고 또 한 무리가 심장의 3분의 2쯤을 먹어치우고 있다. 숨이 멎은 것인가. 내장 대신 희멀건 괴물들로 속을 채운 샘물은 입을 벌린 채 눈을 뜨고 있다. 놀라 튀어나온 눈알이 허공을 향해 열려 있고 마지막까지 살아 움직이던 손과 발이 부르르 떨다가 어느 순간 멈춰 버린다. 써걱써걱, 삐익. 유난히 큰 입을 가진 놈들 중 한 마리가 방금 샘물의 눈알을 먹어치운 모양이다. 눈알이 사라진 거뭇한 눈두덩 속에서 괴물의 흉측한 이빨이 쑤욱 올라왔다가는 쏙 하고 재빨리 안으로 들어가 버린다. 샘물의 살과 피와 그리고 내장이 사라진 자리는 괴물의 알인지 새끼들인지로 채워져 꿈틀거린다. 버젓이 눈 뜨고 지켜보면서도 눈앞의 광경을 도무지 믿을 수가 없어 소고는 몇 번이나 자기 눈을 비벼댄다. 어느새 샘물의 몸통은 온데간데없이 사라지고 머리카락과 손톱과 구두 두 짝이 남아 있을 뿐이다.

난데없이 귀청을 찢는 괴이한 소리가 들리기 시작한다. 찌르르르, 찡찡찡. 마주치는 모든 것을 찌그러지게 만드는, 일천구백 볼트의 전류가 한꺼번에 몸을 타고 흐르는 것 같은 소리였다. 두 사람은 귀를 막고 주저앉는다. 허연 몸뚱이의 괴물들이 전쟁을 일으킨 모양이다. 샘물을 다 먹어치우고도 식욕을 주체할 수 없던 그것들이 서로를 물어뜯으며 내는 소리였다. 팔도 다리도 없이 몸뚱이와 입뿐인 그것들은 상대에게 물리면 달아나지도 못하고 그대로 먹히며 소리를 질러댔다. 이놈이 저놈을 먹고 저놈이 이놈을 먹는 아수라장이 펼쳐졌다. 벌러덩 뒤집힌 놈, 두 겹 세 겹 다른 놈 밑에 깔린 놈, 공처럼 말린 놈, 동료에게 먹혀 반 토막 난 놈……. 가지가지 놈들이 일제히 비명을 질러대고 있었다.

두 사람은 귀를 막고 그곳을 벗어나 집으로 피했다. 시간이 흐르자 조금씩 괴물의 비명 소리도 잦아들고 루비는 안정을 되찾는다.

"샘물이 저렇게 된 건 아마도 그 약 때문인 듯하오. 당신이 말했잖소. 세포를 분화시켜 순식간에 개체수를 늘리는 약이라고."

"샘물이 최후의 선택을 먹었단 말이에요?"

"내가 물에 타서 줬어요. 처음엔 노란색을 물에 타려 했소. 샘물이 노란색이 진짜라고 말했지만 나는 그가 거짓말을 한다고 생각했어요. 그래서 보라색이 진짜 약이고 노란색이 플라시보일 거라고 생각했소. 먼저 노란색을 샘물에게 먹여보아 아무런 증상이 없으면 그때 당신에게 진짜 약인 보라색을 줄 생각이었지. 하지만 순간 다른 생각이 들지 뭐요. 샘물은 영악한 자이니 당신의 생각을 미리 꿰뚫어 보지 않았을까 하는. 당신이 가짜 약을 진짜 약으로 잘못 알고 먹기를 샘물이 기대했다면, 예컨대 당신이 보라색 약을 선택하기를 그가 바랐다면 어떻게 했겠소? 보라색이 플라시보겠지. 노란색이 진짜고. 아니, 또 다른 가능성도 있소. 만약 플라시보인 보라색을 먹고도 아무 증상이 없다면 당신은 노란색이 진짜 약이구나 판단할 거요. 그리고 다시 진짜 약인 노란색을 먹을 테지. 늦게라도 진짜 약을 먹는다면 당신은 살게 되고 그 흉측한 것들은 모두 죽게 되겠죠. 하지만 그건 샘물이 바라는 결말이 아니라는 거요. 사라와 유라를 생각해 봐요. 샘물은 잔인한 자요. 그가 당신을 사랑하든 아니든, 아니, 사랑할수록 당신에 대한 샘물의 배신감은 클 거요. 샘물이 배신자를 어떻게 다루는지는 당신이 더 잘 알지 않소. 그래서 이렇게 결론을 내렸소. 어떤 것이 진짜고 플라시보든 두 가지 다 당신을 살릴 수 있는 약은 아닐 거라고. 그리고 당신 같은 아마추어에게 '최후의 선택'을 도둑맞을 만큼 샘물박사가 허술하게 금고 관리를 했을 리가 없다는 생각도 들더군. 어쩌면 샘물은 당신이 최후의 선택을 훔칠 거란 것을 미리 알고 있었는지도 모르오. 금고의 잠금장치가 고장 난 것이 쇼였는지는 나도 확신할 수가 없소. 샘물이 죽었으니 물어볼 수도 없고. 다만 나는 당신 목숨을 걸고 도박을 하기는 싫었소. 그래서 두 가지 색깔의 알약을 모두 샘물의 컵에 넣어버린 거요. 어쨌든 내 생각이 맞은 것 같소. 샘물이 죽었으니 둘 다 플라시보는 아닌 게 확실하고, 둘 다 진짜 약이든지, 아니면 그중 하나만 진짜고 하나는 플라시보든지 아무럼 어떻소. 중요한 건 샘물이 당신을 죽이려 했다는 거요. 최소한 두 개의 알약 중 하나는 괴물을 활성화시켜서 당신을 죽이는 약이었단 말이요."

"그래요. 샘물은 나를 죽이려 했어요. 사라와 유라처럼. 하지만 이제 어떡하면 좋아요? 약이 없어져 버렸는데."

"아직 당신 몸에 괴물들이 살아 있지만 우린 얼마간의 시간은 벌었소. 당장 WHO로 갑시다. 과거에 샘물과 함께 일했던 박사들이 거기 있소. 혹시 아오? 그들이 당신을 살릴 방법을 찾아낼 수 있을지. 포기하지만 않으면 방법은 얼마든지 찾을 수 있을 거요. 자, 서두릅시다."

WHO를 향해 속도를 높이는 자동차 안에서 소고의 시선이 본능적으로 한 곳을 향한다. 샘물박사의 주검이 있던 자리. 풍선처럼 부푼 희멀건 몸뚱이가 둔중하게 움직이고 있다. 옆자리의 루비는 아예 눈을 감아 버린다. 풀풀 먼지를 날리며 사라지는 자동차의 백미러에는 샘물을 먹어치우고 다시 자기 종족을 다 먹어치운 마지막 한 마리의 괴물이 보인다. 그것은 악어를 통째로 삼킨 아나콘다처럼 배가 부풀어 있다. 놈은 계속해서 입을 움직인다. 짜그짜그짜그 거대한 이빨을 허공에 대고 씹어대다가 씹히는 것이 없어서 허전했는지 뒤쪽으로 방향을 돌린다. 거기엔 마침 축 늘어진 놈의 꼬리가 있다. 놈은 기쁜 듯이 그것을 물고 늘어진다. 짜그짜그짜그 캭, 짜그짜그짜그 캭. 짜그 캭, 짜그 캭, 캭캭 짜그. 자기 꼬리를 씹다가 비명을 지르고 또 씹다가 비명을 지르고, 놈의 입은 잠시도 쉴 틈이 없다. 기다랗던 꼬리가 점점 줄어들자 다음엔 배, 그다음엔 배에서 튀어나온 샘물과 자기 종족의 살점까지 자꾸만 위로 먹어 들어가다가 결국 자기 몸을 모두 먹고 입만 남게 된다. 그리고도 계속 허공을 씹어대던 놈의 입은 어느 순간 캭 하고 벌어진 채 멈춰 버린다.

「너를 접수한다, 오버!」 END.

아름다움이라는 이름의 늪

2011년 〈위험한 호기심〉으로 계간미스터리 신인상에 당선되면서 등단하였다. 2012년에는 〈한국추
리소설걸작선〉, 〈2012올해의 추리소설〉에 각각 단편소설 〈핏빛 인연〉과 〈B사감 하늘을 날다〉로 참
여하였다.

눈으로 한꺼번에 빛이 쏟아진다.

커튼을 젖혔다. 전철 소음과 함께 빛이 스며들었다. 방 안에 스며든 한낮의 태양은 음탕한 붉은색 무드 등 조명을 먹어치웠다. 창문을 열었다. 따뜻한 바람이 들어왔다. 바람은 침구에 박힌 담배 냄새와 락스 냄새를 중화시켰다.

전철 소음이 더 커졌다. 바로 앞 철길로 전철이 지나고 있었다. 스쳐 지나가는 전철에는 많은 사람이 타고 있었다. 저 사람들은 모두 어디를 가는 것일까. 갑자기 전철에 타고 있는 사람 하나하나의 목적지가 궁금해졌다.

나는 지금 어디로 가고 있는 걸까.

담배를 물었다. 시답지 않은 생각엔 담배가 최고다.

담배 앞에 라이터 불이 켜졌다. 허벅지를 스멀스멀 타고 오르는 손가락이 느껴졌다.

"여자나 남자나 똑같군. 일을 치른 후엔 담배가 최고지."

유 계장의 느물거리는 목소리에 욕지기가 치밀어 올랐다. 축처진 배가 오늘 따라 유난히 눈에 거슬렸다. 아마도 저 뱃속엔 오렌지 알갱이 같은 지방 덩어리가 가득 담겨 있으리라.

담배를 껐다. 뜨뜻미지근한 점액질이 목구멍까지 차올랐다.

허벅지를 타고 오르던 손가락이 목적지에 다다랐다. 손가락으로 그곳을 자극했다.

"다음은 여기…… 인 줄 알았지?"

손가락은 그곳을 타고 넘어가 더 뒤로 파고들었다.

"다음은 여기야. 기대해."

유 계장은 손가락으로 다음 목표를 두세 번 누르더니 만족한 표정을 지었다.

알람이 울렸다. 유 계장이 맞춰놓은 스마트폰 알람이었다. 허겁지겁 옷을 입었다. 유 계장은 30분 후에 국장한테 중요한 결재를 받을 게 있어 먼저 들어가야겠다고 했다. 방문을 나서는 유 계장이 뒤돌아보더니 엄지손가락을 세웠다. 그리고 예의 그 목소리로 말했다. 오늘 최고였어.

문이 닫혔다. TV에서는 여전히 벌거벗은 여자가 동물 울음소리 같은 괴상한 신음을 내뱉고 있다. 더는 참을 수 없었다. 목구멍에 걸려 있는 것을 게워냈다. 동시에 눈물이 흘렀다. 손가락을 입속 깊숙이 집어넣었다. 뱃속에 든 모든 걸 쏟아내고 싶었다. 하지만 평소의 습관대로 아침도 먹지 않고 나온 뱃속에 뭐가 들어 있을 리 없었다.

침과 뒤섞여 나오는 건 더러운 욕정의 배설물뿐.

자꾸 엉덩이가 들썩여졌다. 몸에 맞지 않는 작은 책상과 의자 때문이다. 학원의 모든 시설이 그랬다. 학원생의 편의는 전혀 개의치 않았다. 무조건 강의실에 많은 사람을 집어넣는 게 목표인 것 같았다. 학원생들은 이런 열악한 환경에 대해 이의를 제기하지 않았다. 수요와 공급의 법칙에 순응해서인가, 아니면 모두 나 같은 생각을 하고 있어서일까.

쉬는 시간. 옆에 앉아 있던 사람이 기지개를 켜더니 자리를 떴다. 나는 잠시 책상에 엎드릴까 하다가 스마트폰을 꺼냈다. 작은 책상과 의자 때문에 흐트러진 정신을 가다듬을 필요가 있었다. 스마트폰 갤러리에 등록된 사진을 열었다.

'현재 대한민국에서 경제적으로 가장 행복한 사람은?'

신문 기사를 찍은 사진이다. 신문 기사 제목 밑에 자문자답하듯 소제목이 달려 있었다.

'대졸에 결혼 안 한 20대 여자 공무원'

대학교를 졸업한 지 2년, 그리고 스물여섯의 여자.

이제 조건 하나만 추가되면 나도 대한민국에서 가장 행복한 사람이 되는 거다!

답답한 마음에 일본어 교재만 달랑 하나 가방에 넣어 정독도서관에 갔다. 숨소리밖에 안 들리는 답답한 열람실에서 책을 펼쳤다. 목표가 없으니 펼쳐진 책 속의 글이 머릿속으로 들어올 리 만무하다. 공부를 포기하고 도서관에서 가까운 삼청동 거리나 거닐까 하고 열람실을 나섰다. 도서관 정문을 나서는데 한 사람이 내 앞을 지나쳤다. 너부죽한 얼굴에 툭 뛰어나온 광대뼈와 쇼트커트. 눈에 익었다. 과 선배였다. 대학교 때 외모뿐만 아니라 취향까지 비슷해서 일란성이란 별명까지 얻을 정도였다. 학교 다닐 때는 제법 친했는데 졸업 후에는 통 연락을 하지 못했다.

언니와 나는 삼청동 카페에 자리를 잡았다. 아직 무직자인 우리는 취업과 관련해서 이런저런 이야기를 나눴다. 언니는 나처럼 아무 목표 없이 도서관에 온 게 아니었다. 공무원 시험 준비를 하고 있었다. 이야기를 하다 보니 언니와 난 졸업 후 비슷한 과정을 거쳤다는 걸 알 수 있었다. 졸업 후 전공과 상관없는 기업에서 계약직으로 일하다가 퇴사하고, 어렵사리 전공을 살려 공공도서관에서 계약직으로 근무한 것까지. 문헌정보학과를 졸업한 학생들에게 취업의 문은 그리 넓지 않았다. 우리 학교는 누구나 알아주는 명문 여대였는데도 말이다.

언니는 헤어지면서 읽어보라며 신문 한 부를 줬다. 그리고 나에게 조언했다.

"난 우리나라에서 남녀 차별이 없는 곳이 공공 부문이 아닐까 생각해. 너도 경험해 봐서 알겠지만 회사 면접 때 아닌 척하면서도 은근히 여자 외모 따지는 면접관들 많이 봤잖아. 신문 기사 읽어보고 네가 생각하는 만큼 성은 안 차겠지만 잘 생각해 봐."

언니 말에 나도 모르게 고개를 끄덕였다.

언니와 헤어진 후 신문을 펼쳤다. 언니가 말한 기사는 금방 눈에 띄었고, 몇 번을 반복해서 읽었다. 그리고 결심했다.

간호사의 물음에는 얼버무렸지만, 진료실에 들어가서는 사실대로 말해야 한다. 나는 진료실 문을 열면서 마음을 다잡았다. 그렇지 않으면 며칠 고민한 끝에 여기까지 찾아온 의미가 없기 때문이다.

"어디가 안 좋으신가요? 아니면 검사 때문에?"

40대 후반의 여자 의사는 홈페이지에 걸린 사진처럼 큰언니 같은 편안한 인상이었다. 내가 어떻게 말을 꺼낼까 잠시 생각하는 중에 의사는 알았다는 듯이 미소를 지으며 나를 지그시 바라봤다.

"미혼이시죠? 뱃속에 아기 때문에?"

낙태 때문에 찾아온 줄 아는 모양이다. 나는 고개를 저으며 유계장과의 관계와 내 증상을 있는 그대로 말했다.

의사의 얼굴이 미세하게 실룩거렸다. 의사는 티를 내지 않으려 했지만 어색함만 더할 뿐이다. 의사는 모니터를 잠시 보더니 인심 한번 쓴다는 거만한 표정으로 나를 쳐다봤다.

"말씀만 듣고 유흥업소에 다니는 여성인 줄 알았습니다. 번듯한 직장이 있는 여성이 왜?"

모니터에 뜬 내 의료보험을 통해 직장을 확인한 것 같았다.

"이런 건 대장항문과 진료 과목이지만 어려운 걸음 하신 것 같으니 제가 한번 봐드리죠. 저기 누우세요."

라텍스 장갑을 낀 의사의 손이 유 계장의 훑고 지나간 흔적을 찾는다.

"통증과 출혈은 점막이 찢어져서 생기는 겁니다. 지금은 점막 손상이 그리 심하지 않지만 그런 식의 관계를 지속한다면 출혈이 심해지면서 치질 같은 질환이 올 수 있어요. 심하면 괄약근 기능이 떨어져 배변 통제에도 문제가 생길 수 있으니 되도록 삼갔으면 좋겠네요."

의사의 말에 고개라도 끄덕이며 수긍의 표현을 하고 싶었지만 그럴 수 없었다. 언제까지 계속될지 모를 계약 사항이니까.

오늘 받은 검사가 진료비에 포함될 거라는 의사의 말을 들으며 자리에서 일어났다. 목례를 하고 돌아서면서 입술을 지그시 깨물었다. 이미 치부를 드러낸 이상 하나 더 묻는다고 창피해질 것 같지 않았다.

"정액을 먹으면 건강에 이상은 없나요?"

의사의 얼굴이 묘하게 일그러졌다.

"글쎄요. 먹어보질 않아서."

드러내 놓고 비아냥거린다.

"정액은 단백질이니까 먹어도 상관은 없겠죠. 다만 에이즈나 성병이 걸린 사람 게 아니란 걸 전제로 말이에요."

의사는 내 얼굴을 보며 말하기 싫다는 듯 모니터를 쳐다보며 말했다.

"김미혜 씨, 애인 간 성관계에 대해서 가타부타 말할 처지는 아니지만 그 두 가지를 다 하는 남자라면 포르노에 심취한 사람이거나 변태일 거예요. 계속 만나는 걸 심각하게 생각해 보는 게 좋지 않을까요?"

발령을 받았다. 시험에 같이 합격한 여자 동기와 설레는 마음으로 사무실에 들어섰다. 발령 받은 과는 운 좋게 동기들이 선호하는 과였다. 월등히 높은 시험 성적 때문인 것 같았다. 평생교육진흥과. 사무실 앞에 붙은 간판이 도드라졌다. 총무과 인사담당자의 안내에 따라 사무실을 들어서자마자 직원 모두가 일어나 박수를 쳤다. 밝은 표정으로 우리를 맞이하는 얼굴 중에 또래의 젊은 남자 얼굴도 언뜻 보였다. 배시시 웃지 않을 수 없었다.

정말 탁월한 선택이었어!

보직은 관내 평생교육원과 도서관 평생교육 관계자 교육 및 워크숍 등을 담당하는 업무였다. 사회에 나와서 계약직 사원이 아닌 정규직으로 처음 받는 직함도 기분을 들뜨게 했다.

김미혜 주무관.

업무와 관련된 외부 사람들이 그렇게 불러줄 때마다 고시라도 패스한 것처럼 어깨가 으쓱해졌다.

과장님은 권위주의적이지 않고 온화했다. 연배가 많은 팀장이나 공직에 입문한 지 얼마 안 된 선배들도 모두 친절했다. 며칠이지나자 특히 한 남자 선배가 눈에 들어왔다. 훤칠한 키에 균형 잡힌 몸매, 어디 내놓아도 뒤처지지 않을 얼굴까지. 왜 공무원을 하고 있는지 안타까울 정도로 출중한 외모였다. 거기에 매너도 일품이었다. '홍반장'. 그의 네이트온 대화명이자 내가 그를 부르는 별명이다. 그는 업무로 내가 묻는 말에 언제나 친절하게 답해 줬다. 때론 자상한 멘토처럼 직장생활을 하면서 주의해야 할 것들을 말해 주기도 했다. 나는 그에게 호감을 느끼게 되었다. 호감을 느끼게 되니 아주 사소한 것도 모르는 척 많이 묻게 되었다. 질문과 대답을 통해 대화의 시간을 많이 가지고 싶어서였다. 그는 사소한 질문에 짜증이 날 만도 한데 싫은 기색 없이 자세히 대답해 주었다. 그런 걸 보면 그도 내가 싫지는 않은가 보다. 가끔 나는 그와 손을 잡고 인사동 거리를 걷는다. 아직은 상상 속에서만이지만 곧 현실이 될 것이다.

이런 상상을 할 때마다 공무원을 권하던, 같이 발령을 받아 다른 구청에서 근무하는 선배 언니가 새삼 고마워졌다. 곧 현실이 될 상상을 즐기는 것도 모두 언니 덕분이 아닌가.

발령 받은 지 꽤 시간이 지났지만, 틈틈이 스마트폰 갤러리에 있는 신문기사 사진을 들여다본다. 대한민국에서 경제적으로 가장 행복한 '나'에 대한 기사는 항상 날 들뜨게 했다. 하위직 공무원의 월급은 많지 않다. 하지만 한 가정을 이끄는 가장이나 경제적 능력이 없는 부모님을 모시고 사는 경우가 아니라면 적당한 액수이기도 하다. 특히 나 혼자만 책임지면 되는 독신 여성에게는 대한민국에서 둘도 없는 직업이 분명하리라.

요즘 남자 대기업 사원들도 결혼 상대자로 교사나 공무원을 선호한다지 않는가. 고용 불안 없이 60세까지 맞벌이를 할 수 있는 배우자를 맞이한다는 게 남자로서도 큰 메리트일 것이다.

일종의 보험이 아닌가. 국가에서 책임지는 고용보험이 아닌 사설 고용보험.

나는 행복하다!

첫 출근 후 6개월 남짓 지났을까. 평생교육진흥과 전원이 모이는 긴급회의가 개최되었다. 안건은 이번 구청장이 선거 기간 동안 내걸었던 공약 실천을 위한 태스크포스 팀 구성이었다. 지방자치가 시작되면서 선출직 구청장들은 우선 구민들의 눈에 잘 띄는 업적을 남기는 데 열중했다. 재선에 도움이 되기 때문이다.

'평생교육도시 건설 및 지역사회 커뮤니케이션 강화'

서무계장이 나눠 준 회의 자료의 제목이다. 현재 새롭게 짓고 있는 구립 중앙도서관을 평생학습을 위한 각종 자료와 정보를 제공하는 메카로 만들겠다는 계획이었다. 이를 위해서 현재 일본 평생학습도시 일번지로 자리매김하고 있는 시즈오카 현 가케가와 시를 벤치마킹한다는 세부 계획이 마련되었다. 이후 구립 중앙도서관 개관에 맞춰 가케가와 시장을 초청해 양 도시 간 자매결연 협약을 체결하면서 평생교육도시 건설의 시작을 알린다는 것이 주요 계획이었다.

태스크포스 팀은 과장과 서무계장, 그리고 팀장 한 명, 주무관 한 명으로 구성할 예정이었다. 과장과 서무계장은 당연직이었고, 팀장과 주무관은 일본어 구사 실력을 중점으로 선발한다고 했다. 나는 빙긋 웃지 않을 수 없었다. 일본어능력시험 1급에 문헌정보학과 출신. 이번 프로젝트의 적임자는 바로 나였다.

내 예상대로 주무관 중 선발된 사람은 나였다. 이미 인사 자료를 검토한 듯 과장은 이번 계획 목표에 맞는 일본어 실력과 출신 학과를 고려하여 결정했다는 짤막한 멘트와 함께 나와 서 팀장을 지목했다.

머리가 지끈거렸다. 어제 회식 자리에서 과음한 탓이다. 회식은 태스크포스 팀 구성과 선발된 사람들을 축하하기 위한 자리였다. 3주라는 짧은 시간이지만 공무로 선발되어 다른 나라에 간다는 건 큰 영광이기 때문이다. 회식은 1차 삼겹살집, 2차 맥주, 3차 노래방으로 이어졌다. 삼겹살집에서 이미 많은 술을 먹었기 때문에 2차에서 도망가고 싶은 생각이 굴뚝같았다. 하지만 6개월밖에 안 된 신입에 이번 태스크포스 팀의 일원이 되었기 때문에 그럴 수 없었다.

드디어 점심시간. 해장할 시간이다. 어제와 같이 모든 과원이 콩나물국밥으로 해장하기로 했다. 나는 아무 생각 없이 과 사람들과 청사를 나서다가 문득 점심식사는 내가 대접해야겠다는 생각이 들었다. 어제 삼겹살집에서는 과장과 서무계장이, 맥주는 서 팀장이 샀기 때문이다. 태스크포스 팀의 일원 중에 나만 한턱을 내지 않았다. 아무리 신규 직원이라 해도 욕먹을 일이다. 점심 값을 내야겠다고 생각하고 손을 보니 달랑 스마트폰만 들고 있다. 신규라 매번 얻어먹기만 해서 지갑을 사무실에 두고 다니는 게 습관이 된 탓이다.

나는 두고 온 지갑을 가지러 혼자 사무실로 돌아왔다. 서랍에서 지갑을 꺼내고 급한 걸음으로 사무실 문 앞에 있는 '홍반장'의 자리를 지날 때였다. 그의 모니터 화면에 네이트온 대화창이 떠 있었다. 대개는 자리를 뜰 때 네이트온 대화창을 지우거나 작업표시줄에 내려놓는데 깜박한 모양이다.

나는 '홍반장'의 프라이버시 보호를 위해 대신 네이트온 대화창을 작업표시줄에 내려주기로 했다. 창을 내리려고 마우스를 클릭하는 순간, '홍반장'과 여태껏 대화하던 사람의 대화명이 눈에 들어왔다.

'권은정'. 같이 발령 받은 동기다. 하얀 피부와 가지런한 치아, 한 손으로 가려지는 작은 얼굴에 균형 있게 자리 잡은 이목구비. 그녀가 늘씬한 몸매로 청사를 돌아다니면 남자들의 눈이 저절로 그녀에게 향했다. 그녀와는 과에서 자리가 좀 멀리 떨어져 있기 때문에 종종 네이트온으로 대화하는데 아까도 어제 집에 잘 들어갔느냐고 서로 안부를 물었다.

'권은정'이라는 대화명을 보자 호기심이 꿈틀거렸다.

'권은정'과 '홍반장'은 무슨 대화를 나눌까. 난 '홍반장'과 고작 점심 맛있게 하는 데 알려주세요, 주말 당직 때에는 하는 일은 뭔가요, 신규 직원의 연가는 총 며칠인가요 하는 건조한 대화만 나눌 뿐인데.

게다가 어제 회식이 완전히 끝난 후 '권은정'과 '홍반장'의 행동이 미심쩍었다. 선배 순으로 모두 택시를 태워 보내고 우리 셋만 남았다. 멀리서 택시가 다가올 때 '홍반장'이 친절하게 나의 손을 꼭 잡고 택시를 향해 손을 흔들었다. 택시가 서자 미소 섞인 작별 인사와 함께 나를 '권은정'보다 먼저 택시에 태웠다. 분명히 '홍반장'의 집은 나와 같은 방향이고 남은 '권은정'과는 전혀 반대 방향이었는데 말이다. 내가 탄 택시가 출발하고 얼마 가지 않아 신호에 걸렸다. 나는 뒤를 돌아봤다. 둘이 서 있는 곳에 택시가 섰고, 곧 둘은 택시에 탔다. 같은 방향인 나를 두고 왜……

나는 대단한 결심이나 한 것처럼 침을 한번 꼴딱 삼켰다. 손은 이미 빠른 속도로 마우스 휠을 올리고 있었다. 눈은 작은 창속의 글자들을 빨아들였다.

어제의 께름칙한 느낌은 느낌뿐만이 아니었다. 둘은 몰래 사귀고 있었다. 둘만의 대화는 모든 것을 말해 주고 있었다. 그리고 '홍반장'은 너무 정직했다. 그것이 나를 절망에 빠져들게 했다.

홍반장:김미혜 어제 술 많이 먹더라.

권은정:걔가 술은 좀 먹어.

홍반장:일본 가는 거 선발됐다고 기분이 엄청 좋았나?

권은정:그랬나 봐.

홍반장:걔가 일본 가면 쪽팔리는데.

권은정:왜?

홍반장:너무 못생겼잖아. 일본 공무원들이 보면 우리나라 공무원들은 다 못생긴 줄 알 거 아니야. ㅎㅎㅎ. 국가의 수치다, 수치! 항상 흘겨보는 것 같은 가자미눈에 오백 원짜리도 얹어놓을 수 있을 정도로 튀어나온 광대뼈. 안 좋은 건 다 모아놓았어.

권은정:ㅋㅋ, 그건 그래. 근데 명문대 출신이래.

홍반장:으이그. 명문대 출신이면 뭐 해. 자신만 으쓱하는 거지, 솔직히 명문대 출신이라고 남한테 도움 되는 거 하나도 없잖아. 오히려 명문대 출신이 아닌 우리 '권은정'이 남한테 훨씬 많이 도움이 되지. 일종의 안구 정화 시스템이라고 할까. ㅎㅎ. 옆을 지나치기만 해도 화사한 얼굴에 쭉빵 몸매, 남자들 마음을 설레게 하잖아. 저번엔 우리 '권은정'이 정수기에서 물 마실 때 과장도 흘끗 쳐다보더라. 네 몸매를 눈으로 스캔하는 것 같더라니까. 하여간 남자들은 다 똑같아. 예쁜 여자만 보면 환장한다니깐. 세무과 정 선배도 널 좋아하는 것 같더라. 소문이 그래. ㅎㅎ

권은정:응, 맞아. 내가 좀 한 미모 하지. ^^

홍반장:맞아, 맞아. 우리 예쁜 '권은정'. 내 애인이 되어줘서 정말 고마워.^^ 너랑 비교하면 김미혜는 정말 공해다, 공해. 아니, 환경호르몬 같은 존재! ㅎㅎ 꼴에 나를 좋아하는 것 같더라. 명문대 나왔다고 하면 내가 어서 옵쇼 하고 반길 줄 알았나 봐. 내 참, 지 분수를 알아야지.

권은정:헉!! 그래? 걔가 그런 음흉한 구석이 있었나. 헐이다, 헐. 걔는 시집가려면 성형 좀 해야 할 거야.

홍반장:성형? 성형이 가능할까? ㅎㅎ 걔 병원 가면 견적이 수억 나올걸. 그 정도는 고쳐야 시집가는 게 가능할 듯.

권은정:오빠, 이제 밥시간이다. 뒷담화는 오후에 계속하고 밥 먹으러 가자! 알럽 ^^

눈물이 핑 돌았다. 온몸의 힘이 일순간에 모두 빠져나간 것 같앉다. 서 있을 수가 없어서 '홍반장'의 자리에 풀썩 주저앉았다.

얼마나 넋 놓고 앉아 있었을까. 스마트폰의 진동이 느껴졌다. '권은정'이었다. 언니 어디야? 빨리 와. 지금 벌써 밥 다 나왔어. 지갑을 가지러 간 거야, 돈을 찍으러 한국은행에 간 거야?

케케묵은 말장난이 섞인 재촉 전화였다. 유치한 년. 하긴 진부하면 어때. 얼굴만 예쁘면 다 용서되지.

나도 모르게 소리 내어 혼잣말을 했다. 하지만 혼잣말이 아니라 꼭 다른 사람이 나에게 말하는 것 같았다.

얼굴만 예쁘면 다 용서되지!

"지금 말씀하신 거 모두 반영하면 금액이 좀 될 겁니다."

의사가 빤히 바라본다. 자신의 기술에 대한 자신감과 너 같은 애들 많이 다뤄봤다는 오만함이 뒤섞인 표정이다.

"현금으로 하시면 십 퍼센트 정도 할인해 드릴 수 있고요. 아니, 금액이 많으니깐 십오 퍼센트 정도도 가능할 겁니다. 자세한 건 밖에 상담실에서 우리 컨설턴트랑 이야기해 보시죠."

상담실에서 간호사와 세부 금액에 대한 설명을 듣는 동안 머릿속에는 내 마이너스 통장의 잔액이 이리저리 쪼개지고 있었다. 간호사는 내 마이너스 통장의 잔액을 들여다본 것처럼 정확히 내가 인출할 수 있는 만큼의 금액을 제시했다.

사천만 원. 내 마이너스 통장의 한도다. 지난 1년 동안 받은 월급은 죄다 원룸 월세와 생활비로 나갔기 때문에 저축은 한 푼도 하지 못했다. 그나마 거래 은행에서 신용대출을 받았기에 이곳을 찾기로 결심할 수 있었다.

'홍반장'의 네이트온을 우연히 본 후 난 언니를 찾았다. 그날 내가 대화창에서 본 대화는 어디서 이야기하기도 창피했다. 실오라기 하나 걸치지 않은 몸으로 거리를 활보하는 것이나 마찬가지였다. 하지만 누구에겐가 이야기하고 싶었다. 아니, 하소연하고 싶었다. 그때 떠오른 게 바로 언니였다.

몇 개월 만에 만난 언니의 얼굴은 많이 변해 있었다. 학교생활 내내 동양 미인의 표상이라며 외까풀에 아이라인도 그리지 않고 다니던 눈이 짙은 쌍꺼풀눈으로 변해 있었다. 게다가 요즘 성형의 기본이라는 눈 앞트임을 했는지 눈도 훨씬 커지고 시원해 보였다. 언니와 나를 '일란성'이라는 별명으로 묶어줬던 얼굴 광대뼈도 사라졌다. 전체적으로 얼굴이 갸름해져 부드러운 느낌이 들었다.

나는 언니에게 '홍반장'의 네이트온을 본 이야기를 했다. 언니의 반응은 의외였다. 분노하며 욕을 퍼부을 것 같던 언니가 아무 말 없이 고개를 끄덕이기만 했다.

"언니, 열 받고 유치하지 않아? 남의 외모 가지고 이러쿵저러쿵 씹어대는 남자들과 거기에 아무 개념 없이 호응하는 텅 빈 머리의 여자들! 외모지상주의의 노예들!"

나는 뜨뜻미지근한 언니의 반응에 동조를 얻으려 일부러 언니를 자극했다.

"네 말이 다 맞아."

언니가 반응을 보였다.

"그런데 그 사람들 말도 맞아."

"응?"

"현실이 그렇잖아. 예쁜 여자 좋아하는 건 예나 지금이나 다르지 않은 것 같아. 역사 속에도 예쁜 여자 하나 때문에 나라를 말아먹은 어리석은 군주들이 많잖아. 우리가 페미니즘 운동을 하는 활동가가 아닌 이상, 시류에 맞춰 사는 것도 좋은 거 같아. 요즘엔 돈만 조금 있으면 전혀 다른 모습으로 다른 인생을 살 수 있어. 나 성형하고 엄청나게 만족하고 있잖아."

언니는 외모뿐만 아니라 생각도 바뀐 듯 보였다. 언니는 내 마음을 아는지 모르는지 계속 말을 이었다.

"학교 다닐 때는 예쁘게 치장하고 남자들에게 잘 보이려 하는 애들이 멍청하고 꼴사나워 보였지. 난 그때 그런 애들을 이런 식으로 생각했어. 사회의 많은 부분이 민주화되고 개방화됐지만, 유교주의적 남성 중심의 문화가 아직 공고히 뿌리박혀 있는 우리 사회에서 남성들이 원하는 여성 이미지를 충실하게 이행하는 일종의 상품이라고. 예쁘게 포장해서 누가 먼저 집어가길 기다리는 매대 위의 상품 말이야. 하지만 취업 준비 때도 그렇고, 공무원 시험을 준비할 때도 그렇고, 결국 공직에 입문해서도 그렇고…… 그런 사고방식들은 쉽게 깨지는 게 아니더라고. 노량진 학원에서도 그랬어. 쉬는 시간에 늘씬한 애가 가서 뭘 물으면 나긋나긋하게 알려주던 강사가 내가 가서 뭘 질문하려 하니깐 목소리 자체가 퉁명스러워지더라고. 자기도 쉬는 시간에는 쉬고 싶다나 어쨌다나."

언니는 말을 하면서 고개를 비스듬히 하고 윤기가 흐르는 긴 생머리를 손으로 빗어 내렸다. 예전에는 보지 못한 버릇이다. 꽤 여성스럽다고나 할까.

"미혜야, 어렵게 생각하지 마. 모든 예술이 궁극적으로 추구하는 게 뭔지 알아? 바로 '미'야. 아름다움! 성형외과 의사들도 그런 의미에서는 예술가 아니겠어? 결국 '미'를 추구하는 사람들이니까. 물론 돈을 몹시 밝히는 예술가들이긴 하지만. 그런데 탐욕스러운 예술가라도 그들의 도움을 받는 게 나쁘지는 않을 것 같아. 너도 성형 예술가들이 만든 훌륭한 작품이 돼서 여러 사람의 관심을 받아봐. 꽤 기분 좋을걸. 그런 관심, 의외로 사는 데 활력소가 된다니깐. 너나 나나 여태껏 그런 관심은 못 받고 살아왔잖아. 나도 얼굴만 좀 손을 댔는데 얼마 안 들었어. 내 몸매랑 가슴은 좀 쓸 만하잖아. 여기는 전혀 손 안 댔지."

언니는 주변을 슬쩍 살피더니 가슴을 두 손으로 살짝 잡아 올렸다. 언니는 자신의 행동이 우스웠는지 피식 웃더니 핸드백에 손을 집어넣었다. 핸드백에서 뺀 손에는 백화점 로고가 찍힌 금색 봉투가 들려 있었다.

"이거 봐. 백화점 상품권이야. 우리 과 주무관 하나가 퇴근 때 호프집으로 불러내더니 뜬금없이 이걸 내밀더라고. 그냥 좋아서 드리는 거니깐 부담 없이 쓰래. 하하. 얼마인 줄 알아? 백만 원이야. 하하하. 발정 난 개처럼 내 앞에서 몸을 배배 꼬며 얼마나 아양을 떠는지. 재미있더라고. 성형하고 나니깐 이런 일이 자주 생기네. 알았지, 미혜야? 너도 생각을 조금만 바꿔봐. 널 대하는 사람들의 태도가 달라진다고."

김미혜 씨, 여기 서명 좀 해 주세요, 하는 소리에 정신을 차렸다. 머릿속 언니의 모습은 사라지고 대신에 대출한도가 초과된 마이너스 통장이 머릿속으로 들어왔다. 나는 계약서를 읽는 둥 마는 둥 하고 서명했다.

나도 매혹적인 작품이 될 수 있을까?

벌써 공직에 들어온 지 삼 년째다. 어느덧 나이는 삼십. 나이는 늘어나고 있지만 아직 피부는 탱탱하고 윤기가 났다. 비싼 화장품을 쓰고 꾸준히 피부 관리를 받는 덕이다. 매일 아침 거울을 보면서 트렌치코트를 걸치고 숄더백을 멜 때면 뿌듯함을 느낀다. TV에 나오는 스타일리쉬한 연예인 못지않은 모습이다. 어차피 연예인들도 트렌드대로 성형수술을 하니 레시피대로 나오는 패밀리 레스토랑의 음식과 다를 바 없다. 그들이나 나나 똑같다.

"선배님은 이십 대 중반 같아요. 어쩜 그렇게 동안에 예쁠 수가 있죠?"

나이는 나보다 한 살 많지만, 언제나 날 깍듯이 대하는 후배다. 나한테 관심이 있는지 과 회식이나 동호회 모임이 있을 때마다 내 주변을 맴돌았다. 나는 알면서도 짐짓 모른 척했지만, 그러면 그럴수록 후배는 몸이 달아서 더욱 안달이 난 것 같았다. 며칠 전, 후배는 더 이상은 참을 수 없었는지 여럿이 말고 둘이 만나는 자리를 마련하고 싶다고 문자를 보내왔다. 나는 간단히 저녁을 먹는 건 괜찮다고 했고, 자리를 마련하게 되었다.

"선배랑 단둘이 이렇게 저녁에 만나게 되니 영광이에요. 사실 오늘 선배님께 선물 하나 하려고 했는데, 선배님 스타일에 어울리는 선물이 떠오르지 않아서 어쩔 수 없이 그냥 오게 됐네요. 워낙 선배님 스타일이 좋으시니깐 퀄리티를 맞추기가 힘들어서요. 오늘 선배님께 좋아하는 걸 물어보고 다음에 만날 때 준비해도 실례가 되지는 않겠죠?"

후배의 말이 틀린 말은 아니었다. 나의 취향과 수준을 가늠하기 어려웠을 것이다.

나는 양악수술과 가슴 확대를 포함한 전신 성형을 하고 몇 개월간 병가를 냈다. 병가는 병원에서 마련해 준 진단서로 가능했다. 직장인이 성형수술로 병가를 낸다는 건 불가능했기 때문에 교통사고로 인한 수술과 치료인 것처럼 진단서를 제출했다. 퇴원 후에 일정 기간 통원 치료를 마친 후 사무실에 복귀했을 때도 얼굴 쪽에 상해를 입어 교정 수술을 하면서 미용 시술까지 한 것처럼 둘러대서 자연스럽게 넘어갔다. 근무처도 직원에게 인기가 없는 다른 구청으로 전근 신청을 해서 옮겼다. 나를 아는 사람이 없는 곳에서 다시 시작하고 싶어서였다. 예전 나의 모습을 기억하는 사람과 같이 근무한다는 건 곤욕스러운 일이니까.

수술 후 요가와 다이어트로 꾸준히 몸매 관리를 했다. 얼굴이 작아지고 가슴과 허리 사이즈가 달라지자 가지고 있던 옷 중에 어울리거나 맞는 옷은 거의 없었다. 옷을 새로 사야 했는데, 얼굴과 몸에 큰돈을 들인 터에 아무 옷이나 허투루 살 수는 없었다. 예전처럼 중저가 브랜드의 옷은 성에 차지 않았다. 옷도 몸처럼 업그레이드해야 했기에 한동안은 퇴근 후 백화점에서 쇼핑하는 것이 일상이 되었다. 두어 달이 되었을까, 바닥난 마이너스 통장을 대신해서 몇 개의 카드로 집중적으로 옷을 사고 나니 원룸의 작은 붙박이 옷장이 옷으로 가득 찼다.

그게 끝이 아니었다. 다시 태어난 몸과 집중적으로 구매한 옷들을 더욱 돋보이게 하는 액세서리도 필요했다. 몸과 옷에 들인 돈이 있기 때문에 액세서리도 그에 걸맞은 수준으로 구매했다. 고작 PVC와 천으로 만든 가방이 왜 이리 비싼지. 명품 딱지가 붙은 신상품은 몇 백이 우스웠다. 여기서 멈추자 하고 다짐한 게 한두 번이 아니었지만, 난 이미 엔진 스로틀을 최대로 열어 놓고 가속하는 폭주족으로 변해 있었다. 무섭게 폭주할수록 보석함의 반지와 목걸이는 늘어나고 신발장은 구두와 부츠로 폭발 일보 직전까지 갔다.

폭주의 끝은 어디일까. 뜬금없이 뉴스에 나오는 폭주족의 사고 장면이 떠올랐다. 처참히 찢긴 차체와 너덜너덜해진 피 묻은 좌석. 정신이 아득해졌다.

하지만 아직은 아니다. 나에겐 얼마간의 신용이 남아 있지 않는가. 난 신용도가 제일 높다는 공무원이다. 아직 카드론의 한도는 몇 백이 더 남아 있고, 다섯 개의 카드로 결제를 돌려막는 건 귀찮기는 하지만 아직 할 만하다. 게다가 나의 풍만하면서 늘씬한 이율배반적인 몸매에, 작고 앙증맞은 얼굴에, 화려한 옷과 액세서리에 매혹되어 문자와 카톡을 쉴 새 없이 날리는 남자들이 있지 않은가.

"백화점 상품권."

나도 모르게 입에서 튀어나왔다.

후배는 나의 의도를 파악하려는지 내 눈치를 살폈다.

"원래 남자들은 쇼핑하는 거 싫어하잖아. 선배 선물 산다고 고민하고 시간 허비하지 말라는 뜻이야."

나는 미소와 함께 긴 생머리를 뒤로 빗어 넘겼다. 여성스럽게.

"아하! 그러면 되겠네요. 저는 선배님께 고민 없이 제 마음을 전해서 좋고 선배님은 취향에 맞지 않는 선물 때문에 교환하러 다시 백화점에 갈 필요 없어 좋고요. 실리적이고 좋아요. 다음엔 제가 백화점 상품권을 준비할게요."

"아니, 꼭 사오라는 건 아니고."

사실 백화점 상품권은 여러모로 쓰임이 많다. 필요한 옷이나 액세서리가 있으면 바로 사거나 현금이 필요하면 백화점 앞 구두 수선방에서 상품권 깡을 하면 된다. 저번에는 교통행정과에 근무하는 선배가 선물한 상품권으로 카드대금 결제 때문에 전당포에 급하게 맡긴 명품 가방을 찾아오는 데 요긴하게 썼다.

후배와 함께 2차를 갔다. 사방이 꽉 막힌 다다미방에서 밍밍한 사케를 마시는 건 취향에 맞지 않았다. 다른 건 다 고쳐도 술 마시는 버릇은 고치기 어려웠다. 후배는 나름 최상의 대접을 한답시고 고급 일식집을 예약한 것 같았다. 대접 받는 느낌은 좋았지만, 일식집 특유의 답답한 분위기는 싫었다. 포장마차. 내가 정한 2차 장소이다. 얼굴이 벌겋게 달아올라 소주잔을 연신 입에 가져가는 아저씨 두 명을 마주 보는 자리에 앉았다. 후배는 내 옆에 착 달라붙었다. 메뉴는 닭발과 소주였다. 후배는 술이 약한지 사케 몇 잔에 혀가 약간 말려 있었다. 꼬인 혀로 너스레를 떨면서 나에게 소주를 따랐다. 후배는 소주를 따르면서 잔을 잡고 있는 내 손을 살짝 잡는다.

"선배는 생긴 것과 달리 소탈한 면이 있어서 더 좋아요. 선배님 같은 사람이 포장마차에서 닭발에 소주를 마실 거라고 누가 상상이나 하겠어요. 이건 반전입니다, 반전! 전 이렇게 예쁘고 패셔너블하면서 반전까지 있는 여자가 정말 좋더라고요. 선배님, 사랑해도 되죠? 하하하!"

후배의 목소리가 컸는지 포장마차에 들어올 때부터 나를 흘끗흘끗 아래위로 훑던 맞은편 아저씨 둘이 우리를 빤히 쳐다본다. 나는 아저씨들을 못 본 척하면서 고개를 비스듬히 하고 생머리를 한번 쓸어 올렸다. 후배가 '샴푸 냄새 좋네요. 선배, 샴푸 뭐 쓰세요? 전 여자 향수 냄새보다 샴푸 냄새가 더 좋더라고요'라고 말했다. 후배의 손은 어느새 내 손을 꼭 쥐고 있었다.

불과 이 년 전만 하더라도 포장마차에서 닭발 먹는 걸 좋아한다고 하면 인상을 구기던 남자들이 아니던가. 그랬던 그들이 나보고 반전이라니. 반전은 내가 아니라 바로 너희가 반전이다, 반전!

"김미혜 씨, 잠깐 볼 수 있을까요? 청사 안에서는 좀 그렇고, 워낙 보는 눈, 듣는 귀가 많아서. 우리 어디 밖에서 봅시다."

의외의 인물로부터 전화였다. 그것도 사무실 전화로 말이다.

"무슨 일로 그러시죠?"

나에게 전화한 유 계장은 일면식도 없는 사람이다. 총무과에서 지출 업무를 보면서 월급을 담당하고 있는 것만 알고 있었다.

"김미혜 씨 월급에 문제가 생겨 상의할 게 있어서요. 나와서 제 이야기를 들어보는 게 도움이 될 겁니다."

친절하지 않은 목소리에는 위압감이 서려 있었다. 마치 돈 받을 게 있는 채권자와 같은 목소리였다.

"네, 그러죠."

"퇴근 후에 봐요."

퇴근 후. 그럼 저녁에 보자는 이야기인데. 갑작스러운 전화와 일방적인 약속이 기분 나빴지만 짚이는 구석이 있었다. 혹시…….

약속 장소는 구청과 꽤 떨어진 유흥가의 맥줏집이었다. 콤비 차림으로 나온 유 계장은 위압적인 전화 목소리와는 달리 머리에 새치가 희끗희끗하고 뱃살이 넉넉한 게 옆집 아저씨 같았다. 하지만 나를 살피듯 이리저리 굴리는 눈은 몹시 계산적인 사람이라는 느낌을 줬다.

유 계장은 주문한 맥주가 나오자마자 거두절미하고 서류 두 장을 테이블에 꺼냈다.

"이런 게 어제 총무과로 접수됐는데, 아직 결재는 올리지 않은 상태고."

예상대로였다. 법원에서 온 결정문이었다. 내 월급을 압류한다는.

신청인은 카드사와 캐피탈이었다. 어느 정도 예견은 했지만 이렇게 일이 빨리 진행될 줄은 몰랐다. 팔 개월 전부터 카드사와 캐피탈로부터 연체 대금을 갚으라는 독촉 전화와 문자를 받았다. 카드사와 캐피탈은 나에게 백, 이백씩 꿔주던 지인들과는 달랐다. 내가 카드사와 캐피탈이 정해준 기간 내에 변제하지 못하자 법적 절차를 통해 강제집행을 하겠다는 마지막 통보를 했다. 그 후 얼마 되지 않아 지급명령이라는 게 법원에서 날아왔다. 나는 당장 별일이야 있을까, 내 이름으로 등기된 부동산도 없는데 하는 마음으로 법원에서 온 서류를 사무실 서랍에 처박아두고 잊고 있었다.

"카드사와 캐피탈이 김미혜 씨를 상대로 법원에 신청한 지급명령을 가지고 압류를 신청했어. 금액이 그리 많지는 않은데 어서 갚지 그래. 카드사 천만 원, 캐피탈 천오백만 원, 모두 이천오백만 원이야. 미혜 씨 마이너스 통장 없어? 그거 한도가 한 사천만 원은 될 텐데."

유 계장은 남의 속도 모르고 답답한 말만 하고 있었다.

"사정이 좀 있어서요."

"며칠 내에 빨리 갚아. 내가 그때까지는 결재 올리지 않고 보류하고 있을게. 직원 월급 압류하는 건 중요한 사안이라 구청장 결재까지 올라가. 물론 결재가 올라간다고 해서 미혜 씨가 당장 잘린다거나 하는 일은 없겠지. 월급만 압류당하고 모두 변제될 때까지 손가락만 빨고 있으면 되는 거긴 한데, 중요한 건 이미지가 안 좋아지잖아. 얼굴도 예쁜 아가씨가 돈 못 갚아서 월급 압류나 당한다고 소문이나 퍼져 봐. 완전 아웃이야. 그리고 미혜 씨 얼마 안 있으면 승진해야 하잖아. 이런 일이 있으면 승진 심사 때 불이익 받아. 동기들보다 몇 년이나 뒤처질걸."

나는 마이너스 통장 이자도 연체 중이고, 원룸 월세도 석 달 치나 밀려 있다고 사실대로 말하고 싶었다. 하지만 사실대로 말한다고 해서 나아질 건 아무것도 없을 것 같아 입을 꾹 다물고 있었다.

"그렇군."

유 계장은 무슨 생각이라도 하는지 한동안 턱을 괴고 있다가 의미를 알 수 없는 말을 내뱉었다.

"자기, 다중 채무자지?"

유 계장은 손가락으로 테이블을 튕기면서 말했다.

"마이너스 통장도 한도를 다 쓴 것 같고, 이 두 건 말고도 다른 카드사 현금서비스나 캐피탈 대출도 있을 것 같고. 이 업무만 벌써 사 년째야. 눈치가 삼백 단이라고."

귀신같은 놈이었다. 못 갚고 있는 대출이 더 있는 건 어떻게 알았을까. 유 계장은 눈을 굴리며 나를 쳐다보고 있었다. 대답을 해보라는 무언의 압박처럼 느껴졌다. 나는 나의 재정 상태를 사실대로 말하고 도움을 청해야 할지, 원칙대로 결재를 올려서 월급을 압류하라고 말하고 자리를 박차고 나가야 할지 망설여졌다.

하지만 망설임도 오래가지 않았다. 아무리 계장이지만 구청에서 근무하는 하위직 공무원에게 법원의 압류 명령을 무시하고 월급을 압류하지 말아 달라고 부탁하는 것도 우스운 일이었다. 더군다나 빤한 월급을 받는 사람에게 급전을 빌려달라고 도움을 청하는 건 더욱 우스운 일이고. 나의 채무 총액이 1억을 넘은 지 이미 1년이 넘었다. 그것도 원금만. 거기에 연 30%에 육박하는 연체이자……. 누가 도움을 줄 만한 금액이 아니었다. 나는 유 계장에게 어쩔 수 없는 일이라고 말하고 이 불편한 자리를 박차고 나가는 게 최상의 선택이라고 생각했다.

"그냥 원칙대로 결재 올리고 압류하세요. 그런 건 계장님 마음대로 하고 안 하고 할 수 있는 게 아니잖아요. 그럼 전 이만 일어설게요."

"잠깐."

유 계장이 코트와 핸드백을 챙기는 나를 제지했다.

"맞아. 내 마음대로 결재를 안 올릴 수는 없지. 하지만 방법이 있어. 아주 쉬운 방법이지."

쉬운 방법이라. 귀가 솔깃해졌다. 무슨 방법인지 일단 유 계장의 말을 들어보는 것도 나쁘지 않을 것 같았다.

"일단 술이나 좀 마시자고. 이런 문제를 쉽게 해결하는 모범 답안이 있으니깐 마음 편하게 마시자고."

유 계장은 노련했다. 모범 답안이라는 해결책을 쉽게 말해주지 않았다. 말할 듯하며 술을 권하고, 술을 권하면서 시간을 끌었다. 한두 잔 주거니 받거니 하다 보니 테이블 위에는 술병이 줄을 서 있었다. 나도 해결책이 있다는 말에 기대를 하고 주는 술을 다 받아먹다 보니 제법 취한 느낌이었다. 유 계장도 술이 올랐는지 느물거리면서 이야기를 했다.

"솔직히 이야기해 봐. 지금 빚이 얼마야?"

"그런 거 알아서 뭐 하게요. 빨리 모범 답안이나 알려주세요.

그것 때문에 제가 여태 여기 앉아 있는 거 몰라요?"

"아, 맞아. 모범 답안! 하하!"

유 계장이 테이블을 팔꿈치로 버티고 몸을 쑥 앞으로 내밀었다.

"모범 답안은 빚을 다 갚는 거야."

"네? 고작 그게 모범 답안?"

"아니, 내가 돈을 꿔줄게."

"꿔준다고요?"

"그래, 이번 압류 건 금액뿐만 아니라 미혜 씨 현재 빚을 다 갚을 수 있는 돈을 모조리 다 꿔주지. 아주 저리로 말이야. 기분 좋으면 무이자도 가능하고. 하하! 사실 나 주식 투자로 마누라도 모르게 쌓아둔 돈이 꽤 있어. 그러니까 사실대로 말해. 빚이 얼마냐고?"

"2억."

몸에 퍼진 알코올이 나를 대담하게 만들었다. 대출금 원금과 이자, 지인들에게 꾼 돈에 석 달 치 밀린 원룸 월세까지 다 포함한 금액이다. 일종의 배팅. 유 계장은 오늘 처음 만난 사람이지만 계산적이고 노련한 사람이라는 느낌을 강하게 받았다. 보통 남자들처럼 술기운을 빌려 밑도 끝도 없는 허풍을 떠는 사람은 아닌 것 같았다. 얼마라도 진짜로 빌려줄 것 같았다. 더군다나 법원에서 압류 명령이 왔다면 결재 받고 그냥 내 월급을 압류 처리하면 되는 것 아닌가. 귀찮게 따로 나를 불러서 모범 답안 운운하는 거 보면 유 계장은 나의 미모에 대한 소문을 듣고 나에게 관심을 갖고 있었던 것이 확실하다. 느낌이 좋았다.

"2억이라……. 그래, 바로 내일 통장으로 입금해 주지. 무이자로."

유 계장이 바로 대답했다.

"하지만 이자를 받지 않는 대신에 조건이 있어."

어느새 유 계장의 눈이 다시 계산적으로 변해 있었다.

"풀어줘요."

유 계장은 능글거리는 웃음을 지으며 나를 바라봤다. 단단하게 묶이지는 않았지만 나 혼자 결박을 풀 수는 없었다. 사지가 노끈을 길게 늘여 침대 네 귀퉁이 봉에 묶여 있었기 때문이다.

"어서."

나를 농락하는 놈팡이 앞에서 침대에 묶여 알몸으로 꿈틀거리고 있자니 꼭 벌레가 된 느낌이었다. 난 아무 가치도 없는 미물 그 자체였다. 유 계장이 팬티를 걸친 후 주방에서 과도를 가지고 내게 다가와 결박된 노끈을 하나씩 끊었다.

"난 우리 집에서는 고개 숙인 남자인데 너만 만나면 이렇게 다양한 레퍼토리가 생각나면서 불끈불끈 솟는다니깐. 너랑 나랑 궁합이 참 잘 맞는 거 같아. 그렇지? 그리고 여자 향기가 물씬 배어 있는 네 아담한 원룸도 아주 마음에 들어."

일고의 가치도 없는 말을 내뱉고 있었다. 당장에라도 유 계장의 뺨을 후려갈기고 정강이를 걷어차고 싶었지만 그럴 수 없었다.

유 계장이 돈을 빌려주기로 약속한 다음 날, 돈을 송금했다는 유 계장의 전화를 받고 반신반의하며 통장을 확인했다. 나는 깜짝 놀라 비명을 지를 뻔했다. 정확히 2억이 통장에 찍혀 있었다.

그날 저녁 유 계장과 다시 만났다. 그는 어깨를 으쓱거리며 말 없이 술을 마시다 나의 손을 낚아채 어디론가 끌고 갔다. 목적지는 모텔이었다. 돈을 빌려주는 조건을 이행하는 것이다. 나는 잠시 망설였지만, 통장에 찍힌 2억이라는 돈을 포기할 수는 없었다. 2억은 나를 경제적으로 자유롭게 만들어 줄 수 있는 돈이었다. 눈을 질끈 감았다. 몇 번이면 될 거야. 나에게 매혹되어 큰돈을 아낌없이 내준 사람에게 이 정도 성의는 보여줘야지. 나는 스스로를 다독이며 유 계장을 따라 들어갔다.

유 계장은 처음부터 거칠지 않았다. 돈 때문에 남자와 잔다는 생각만 지우면 버틸 만했다. 하지만 어느 순간부터 유 계장이 돌변했다. 변태적인 것을 요구하기 시작한 것이다. 마치 나를 포르노 배우쯤으로 생각하는 듯 거침없이 자기 요구 사항을 실행하려 했다. 여자에 대한 최소한의 존중도 찾아볼 수 없었다. 나를 자신의 욕구를 배설하는 화장실 정도밖에 취급하지 않았다. 도저히 참을 수 없었다. 유 계장에게 관계를 단절하고 돈을 갚겠다고 선언했다. 그런 나의 선언이 유 계장을 자극했다. 이윽고 유 계장이 충격적인 말을 했다. 나에게 빌려준 돈이 개인 돈이 아니라는 것이다. 그 돈의 정체는 횡령한 공금이었다.

유 계장은 곧바로 나를 협박했다. 자신의 손아귀에서 절대로 빠져나갈 수 없다고. 자신이 정말로 선의로 돈을 빌려줬는지 아느냐며 비아냥거리는 것도 빼놓지 않았다. 모든 건 유 계장의 계획이었다. 나는 자신이 횡령한 공금을 보관하는 역할이었고, 내가 위탁 받아 보관하던 돈을 임의로 채무 변제에 사용했기 때문에 나 또한 횡령죄가 성립된다는 이야기였다. 돈을 내 통장으로 송금해 준 이유도 그것 때문이라고 했다. 내가 쓴 자금의 출처를 명확히 하기 위해서였다. 만약 유 계장이 나에게 현금을 직접 건넸다면 나중에 문제가 됐을 때 돈의 흐름을 수사기관에서 명확히 파악할 수 없기 때문이다. 유 계장은 역시 주도면밀한 놈이었다. 만약을 대비해 나를 확실하게 옭아매려 이런 덫을 준비해 둔 것이다. 단순한 금전 차용을 파렴치한 공금 횡령의 공범, 또는 종범 관계로 만들어놓았다. 만약 자신의 공금 횡령이 드러났을 때, 나까지 물고 들어가겠다는 뜻이다. 유 계장은 공금에 처음 손을 댈 때부터 도덕이고 법이고 모조리 포기한 사람이라며, 자신은 짧은 인생 즐길 수 있는 만큼 즐기자는 쾌락주의자라고 궤변을 늘어놓았다.

유 계장은 마지막으로 나를 달랬다. 자신의 말을 잘 따르면 아무 일도 없을 거라고. 나는 어쩔 수 없이 유 계장과 한 배에 탔고, 유 계장이 키를 움직이는 대로 이끌려 갈 수밖에 없었다.

"나 오늘 병원에 갔다 왔어요."

속옷을 입고 유 계장에게 말했다.

"왜? 거기에 염증이라도 생겼나?"

"그건 아니에요."

"그럼 뭐야?"

"의사 말이 이런 식으로 계속하면 심각한 질병에 걸리거나 배변 통제에 문제가 생길 수 있대요. 제발 이런 거 그만 해요. 이런 건 변태들이나 하는 거잖아요. 부탁이에요.”

“변태? 말 다 했어? 이게 뚫린 입이라고 아무 말이나 나불대고
있네.”

“변태 맞잖아요. 도대체 왜 이러는 거예요. 집에 가면 아내랑
올망졸망한 아이들이 있는 평범한 가장이잖아요. 밖에 나와서는
왜 이러는 거예요. 제발 이제 그만해요.”

“아내? 아이들? 이게 오늘 단단히 미쳤구나. 돈 때문에 남자랑
뒹구는 더러운 년이 우리 아이들을 입에 담아? 죽고 싶어? 입 닥
쳐!”

“더러운 년이라고요? 그럼 더러운 년하고 같이 뒹구는 당신은
참 깨끗한 사람이겠네요.”

“내가 널 왜 이렇게 다루는 줄 알아? 다 이유가 있어. 넌 사기
꾼이기 때문이야.”

“사기꾼?”

“하하하! 몇 달 전에 야근하면서 인사 담당자가 자리를 비운
틈을 타 우리 과에 있는 인사기록카드 캐비닛을 열어 네 인사기
록카드를 봤지. 크흐흐. 얼굴하고 몸만 고치면 끝인 줄 알았나?
캐비닛 속 인사기록카드에 붙은 네 사진은 생각도 못했지? 아무
개성 없는 단발머리에 네모난 얼굴, 툭 튀어나온 광대뼈와 쭉 찢
어진 눈! 난 누구인가 한참을 들여다봤어. 참 가관이더라. 네 몰
골 말이야.”

“……”

“난 예쁜 여자랑 자고 싶어서 큰돈을 들인 거지 몽골 전사처럼

생긴 흉물하고 잠을 자려고 그 돈을 투자한 게 아니거든. 그 사진을 보니 완전히 속았다는 생각밖에 안 들더라. 그러니깐 넌 사기꾼이야. 날 속였어. 그래서 내가 널 이렇게 다루는 거야. 넌 딱 이런 식으로 데리고 놀 가치밖에 없어. 그러니까 내가 뭘 어떻게 하든 감지덕지하란 말이야, 이 흉물 사기꾼아!"

"성형한 게 사람을 속인 건가? 예전의 모습도 나고 지금의 모습도 나야. 외모만 바뀌었을 뿐 내 영혼은 그대로라고! 난 단지 여자로서 예뻐지고 싶었을 뿐이야! 당신같이 공금을 횡령해서 여자나 후리는 속물은 이해하지 못하겠지만."

"그래, 나같이 공금이나 횡령하는 비리 공무원은 널 전혀 이해 못하겠다. 너 오늘 아주 작정을 하고 대드는 거 같은데, 이런 오만불손한 행동이 몸뚱이 하나로 2억을 꿀꺽한 사기꾼이 할 행동인가."

"이제 그만 해! 당신 같은 변태하고는 말이 안 통해!"

"이게 정말!"

순간, 내 뺨에 불이 일었다. 몸의 휘청했다.

"공금 횡령에 변태 짓에 이젠 폭력까지! 넌 갈 데까지 간 인간 말종이야!"

내 말이 끝나자마자 유 계장은 내 머리채를 잡고 벽에 몇 번을 짓이겼다. 머리에 극심한 통증이 찾아왔다. 귀에서는 윙 하는 소리가 들렸다.

"예전의 모습도 너고 지금의 모습도 너라고? 말 잘했다. 그럼 오늘 예전의 모습으로 한번 돌아가 봐!"

유 계장의 주먹과 발이 온몸을 파고들었다. 배와 옆구리를 가격당하고 바로 고꾸라졌다. 창자가 꼬이는 듯한 고통에 몸을 움츠렸다. 유 계장은 쓰러진 나를 몇 번 발로 밟더니 배 위로 올라탔다. 소나기처럼 주먹을 얼굴에 퍼부었다. 배를 어루만지던 두 손을 급히 얼굴로 가져갔지만 이미 늦었다. 남자의 분노한 주먹을 막기에는 역부족이었다. 얼굴이 급속히 팽창되는 느낌과 함께 비강으로 피가 흘러들어 왔다. 퍽퍽 내 얼굴을 내려치는 소리가 비현실적으로 들리기 시작했다.

섬뜩한 냉기가 얼굴과 몸에 쏟아졌다. 온몸에 소름이 돋았다. 끊겼던 필름이 다시 이어졌다. 잠시 정신을 잃고 쓰러진 나에게 유 계장이 얼음물을 쏟아 부은 것이다. 몸을 겨우 일으켰다. 복부의 통증이 다시 살아났다. 몸을 보니 아직 알몸이었다. 속옷을 찾으려 침대 주변을 살폈다. 눈이 침침했다. 한쪽 눈이 부은 느낌이다. 머리와 얼굴에서도 통증이 살아났다. 유 계장의 낄낄대는 웃음소리가 들렸다.

"이제 정신이 드나 보지? 어때, 예전 모습을 되찾으니까 감회가 새롭지? 아!"

유 계장이 나의 머리채를 휘어잡았다. 유 계장의 손아귀 힘이 움직이는 방향으로 몸을 따라갈 수밖에 없었다. 휘어잡은 머리카락 하나하나로부터 엄청난 고통이 밀려들어 왔다. 유 계장이 거울 앞에 나를 세웠다.

"예전의 네 모습을 나만 보고 있었군. 자, 이제 너도 확인해라. 이게 네 참모습이야. 예전 네 모습 말이야. 어때? 추하지?"

거울에 초점을 겨우 맞췄다. 거울에는 흉하게 일그러진 얼굴이 있었다. 나였다. 아니, 내가 아니었다.

한쪽 눈은 심하게 부어 뜰 수 없었고, 콧등은 풍선처럼 크게 부풀어 올라 있었다. 입술도 정확히 다물지 못하고 비뚜름했다. 약간 벌려진 입술 끄트머리에서 피가 섞인 침이 지저분하게 흘렀다. 입을 벌리려 하자 턱에서 우두둑 소리가 나면서 송곳으로 찌르는 듯한 통증이 왔다.

눈물조차 나오지 않았다. 이해할 수 없었다. 모든 상황이 꿈만 같았다. 하지만 온몸에서 전해오는 아픔이 꿈이 아니라는 걸 말하고 있었다. 눈물 대신 웃음이 나왔다. 유 계장이 손을 놓았다. 몸이 무너졌다.

"웃어? 이젠 완전 정신줄을 놓았군. 난 이제 가련다. 앞으론 널 볼 일이 없겠네. 놀 만큼 놀았으니까. 그리고 2억은 안 갚아도 된다. 오늘 널 두들겨준 합의금으로 챙겨둬라. 흐흐흐."

나는 자리에 주저앉아 이유를 알 수 없이 비실비실 새어 나오는 웃음을 참았다. 세상 참 우습다. 예쁘게 치장한 얼굴에 사족을 못 쓰고 달려들 때는 언제고, 그 얼굴이 성형한 얼굴이라는 걸 타박하며 손가락질하는 건 뭔가. 저놈만 그럴까? 아니, 대다수 남자들이 그럴 거다. 내 얼굴이 성형한 게 소문나면 날 쫓아다니던 모든 남자가 2세가 태어나면 볼 만할 거라고 수군거리며 떠나겠지. 아니, 얼굴에 침을 뱉을지도 몰라. 저놈처럼.

머릿속에는 나를 조롱하는 남자들의 모습이 계속 반복됐다. 어디까지가 현실이고 어디까지가 망상인지 구별이 되지 않았다. 침대를 붙잡고 몸을 일으켰다. 남자들의 비웃음이 귀에서 떠나지 않았다. 비웃음을 떨쳐보려 머리를 흔들어보았지만 소리는 더욱 증폭되어 뇌리 깊숙이 파고들었다.

이 쓰레기들! 날 비웃는 놈들, 모두 죽여 버릴 테야!

나는 머릿속에 가득 찬 들개 떼 같은 남자들을 노려보았다.

순간, 침대에서 반짝이는 게 눈에 들어왔다. 짐승이 나의 결박을 끊어주고 침대 위에 팽개친 과도. 과도를 들었다. 과도를 들자마자 남자들의 비웃음은 사라졌다. 대신 준엄한 목소리가 들렸다. 죽여라, 죽여! 기회는 지금뿐이다. 널 농락한 짐승을 처단하라!

과도를 쥐고 뒤를 돌아봤다.

짐승이 현관에서 구두를 신으려 몸을 구부리고 있었다.

지금이다.

내 몸을 지배하던 고통은 씻은 듯 사라지고 정체 모를 엄청난 힘이 온몸을 휘감는다.

하나! 둘! 셋!

과도로 짐승의 등을 찔렀다. 칼날이 짐승의 등가죽과 살집을 뚫고 뼈를 파고드는 느낌이 손에 전해왔다. 나의 손도 칼날에 찢겨 피가 튄다. 짜릿하다. 짐승이 비명을 지르며 몸을 돌려 방어를 한다.

넷! 다섯!

짐승이 일그러진 얼굴로 칼날을 손으로 막으며 뒤로 자빠진다.

낯선 남자들의 목소리가 들린다.

내연 관계였나 봐. 저 침대 봉에 묶여 있는 노끈은 대체 뭐야. 이 알몸인 여자 손목, 발목에도 노끈이 묶여 있네. 변태 짓을 했나 보네. 근데 왜 서로 칼부림을 한 거야. 지금 구급차로 실려 간 남자도 자상이 다섯 군데나 있던데. 그래도 생명에는 지장 없을 것 같아. 깊이는 안 들어갔어. 여자가 찔러서 깊이 들어가지 않은 거 같아. 여자는 한 방에 갔네. 목을 깊게 그었어. 남자 손에 방어 흔이 있는 걸로 봐서 공격당하다가 칼을 빼앗아 반격한 것 같아. 여자 얼굴 좀 봐 엄청나게 구타당했네. 얼굴이 많이 부어서 눈꺼풀을 까뒤집기도 어렵다. 동공 반응 봐서 뭐 하게. 그래도 혹시나 해서.

눈앞의 빛이 사라졌다. 동시에 파노라마처럼 뇌리를 스쳐 간 영상도 지워졌다.

이젠 나도 사라진다. 영원히.

「아름다움이라는 이름의 늪」 END.

변심

최종철
연세대 국문과와 동 경영대학원을 졸업했다. 월남전에 참전한 경험이 있으며 '국토연구원' 연구위원
을 역임했다. 주요 작품으로 장편 추리소설 〈뉴스메이커〉, 단편집 〈미스터리 카페〉, 〈영혼의 산책〉
등이 있다. 지금도 꾸준히 단편을 창작중이다.

보신탕집을 경영하는 양 사장은 종업원인 순자를 시장 입구에서 기다리게 했다. 순자와 같이 새벽 장을 보는 모습을 혹시 아는 사람의 눈에 뜨일까 피하는 눈치였다. 사흘에 한 번 새벽에 양 사장 혼자 나와 식당에서 소모되는 식재료를 구입한다. 오늘도 구입한 물품을 스타렉스 승합차 뒤 칸에 가득 싣고 도매시장을 나왔다.

　아침 일찍 집에서 버스를 타고 나온 순자가 시장 입구 버스정류장에서 기다리고 있다가 승합차 조수석에 날름 올라탔다.

　"오래 기다렸지?"

　양 사장이 두툼한 입술을 벌리며 반갑게 맞이했다.

　"아니에요."

　순자도 가는 눈에 웃음을 흘려 화답했다.

양 사장은 왼손으로 핸들을 잡고 운전하며 오른손을 뻗쳐 순자의 손을 꼭 쥐었다. 두꺼비 발처럼 투박하고 까칠까칠한 손이 순자의 작은 손을 쥐락펴락했다.

순자는 내버려 두었다. 오히려 남자의 따스한 체온이 손끝을 통해 온몸으로 전해오는 것이 싫지 않다고나 할까.

양 사장은 도중에 한 모텔의 주차장에 차를 세웠다. 순자는 자신의 허리를 부여잡고 끄는 양 사장을 따라 모텔 안으로 들어갔다. 이른 아침에 오는 단골 고객임을 알아본 모텔 종업원이 반색을 하며 키를 내주었다.

방 안으로 들어가면 양 사장은 순자의 몸을 야수처럼 다뤘다. 거칠게 순자의 옷을 벗기고 몸뚱이를 내동댕이치듯 침대 위로 던졌다. 그 몸뚱이 위로 우람한 체구가 사납게 덮쳐왔다. 순자는 처음에는 야수가 하자는 대로 몸을 맡겼다. 야수가 투박한 손과 두툼한 입술로 거친 숨소리를 내뱉으며 돌진해 오면 그 강렬한 체취에 취해 온몸이 뜨겁게 달아올랐다. 그땐 순자가 더 적극적으로 돌변했다. 야수가 원하는 대로 몸을 맡기는 것을 넘어 오히려 야수의 몸뚱이 구석구석을 파고들었다. 동물의 울음소리 같은 신음을 토해내며 야수의 돌진에 화합해 주었다.

마침내 양 사장이 순자의 몸 깊은 곳에 뜨겁게 배설물을 토해낸 후 몸을 뗐다. 언제나처럼 냉장고에서 물을 찾아 꿀꺽꿀꺽 마신 다음 담배에 불을 붙여 물고 침대에 벌렁 누웠다.

그런 남자에게 순자도 몸을 딱 붙이고 모로 누웠다. 손으로 땀에 젖은 남자의 몸을 위아래로 쓰다듬었다. 한차례 소진된 남자의 늘어진 몸뚱이에 다시 생기를 불러일으키고야 말겠다는 듯.

"사모님과는 언제 해요?"

"어허! 그 여자 말도 꺼내지 마!"

양 사장이 담배 연기를 토해내며 얼굴을 찌푸렸다.

그럼에도 순자는 꼭 알고 싶었던 바라 더 캐물었다.

"그래도 부부 사인데… 하긴 할 거 아닌가?"

"어허!"

양 사장이 짜증을 냈다.

"그만두라고 했지?"

질색을 하는 양 사장의 표정을 보고 순자도 더 이상 묻지는 않았다. 대신 몸뚱이를 어루만지던 손을 떼고 새침한 얼굴로 등져 누워버렸다.

토라진 순자의 모습에 양 사장이 담배를 비벼 껐다. 몸뚱이로 순자의 몸을 휘감고 달래듯 말했다.

"내가 너와 이러면서 마누라랑 할 거 같아? 뒤룩뒤룩 살만 찐 마누라랑 하고 싶겠어? 이렇게 나긋나긋한 너를 두고 말이야. 사실 우리 부부 그런 쪽엔 서로 문 닫은 지 이미 오래야. 난 순자 너밖에 없어. 믿어줘."

부부가 서로 문을 닫은 지 오래라고? 사실일까?

어쩌면 그럴 수도.

순자 자신도 남편이 원할 때만 응해주는 편이다. 그러다 양 사장과 관계를 갖게 된 이래 순자가 피곤한 기색으로 두어 번 회피했다. 그 후 남편이 순자의 몸을 찾는 일이 아주 뜸해진 것은 사실이다.

하지만 매사에 비실비실한 남편과 양 사장은 근본부터가 다르다. 보신탕 국물을 하루도 거르지 않고 마셔대서인지 이삼 일이 멀다 하고 순자의 몸을 요구하는 남자다. 그런 남자가 순자만으로 만족할까?

문득 얼마 전 식당에서 손님들이 수군거리던 말이 생각났다.

식당 별채에 보신탕 전골과 수육을 주문한 남자들이 있었다. 순자가 수육 접시를 들고 다가가는데 안에서 남자들의 말소리가 들려왔다.

"또 갈아치웠구먼, 갈아치웠어. 양 사장 참 대단해!"

"그러게 말이야. 이번 여자는 나긋나긋한데? 이 앞에 김 양은 글래머였잖아. 이 보신탕집에 딱 어울리는 여자였는데 언제 나갔지?"

"맨날 개고기만 먹어대는 양 사장, 참 수완도 좋아. 삼사 개월 데리고 있다가 내보내고 또 다른 여자가 오고. 이 여자 저 여자 맛 안 본 여자가 없을 거 아닌가? 이거 원 참! 안 그래?"

"서너 달 따먹다 마누라에게 들킬 만하면 내보내지. 아무튼 서너 달, 길어야 반년을 넘기는 여자를 못 봤어."

"하긴 양 사장 마누라, 아무리 뚱뚱해도 여자는 여잔데 남편이 바람 피우는 꼴을 지켜보고만 있을 수야 없겠지. 그 등살에 여자도 못 배겨 나가고……."

김 양은 순자가 보신탕집에 취직하고서 삼사 일 같이 일했던 여자다. 손님이 북적이는데도 행동이 너무 굼뜬 여자라고 사모가 불평했었다. 김 양도 너무 힘들어 못해먹겠다고 순자에게 말하더니 얼마 지나지 않아 그만두었다. 당시에는 식당에서 두 여자나 동시에 거느리고 있을 필요가 없어서 김 양을 내보낸 것이리라고 순자는 생각했다.

순자가 몸을 돌려 양 사장의 품에 안기며 말했다.

"알았어요. 대신 나 이외 어떤 년이랑 이러기만 해봐. 그땐 나 못 참아요. 만약 그랬다간 나 이거 확 잘라 버릴 거야. 알았어요? 싸모라면 어쩔 수 없지만… 각오하세요!"

양 사장이 입술을 헤 벌리며 순자의 몸을 더욱 세게 껴안았다.

"이 앙탈! 이거, 이거!"

두 사람은 그렇게 한참을 뒤엉켜 뒹군 후 일어나 몸을 씻었다.

모텔 룸을 나서기 전에 양 사장이 순자의 손에 봉투를 쥐어주었다. 돈 봉투다. 이 봉투는 월말에 사모가 주는 월급봉투와는 다르다. 양 사장의 여자가 되고 나서 사모 모르게 양 사장이 은밀하게 주는 또 다른 월급봉투다. 액수는 사모의 봉투와 거의 같은 금액으로 순자는 매월 백 퍼센트의 보너스를 받는 셈이다. 이 보너스 때문에 순자는 식당에 손님이 넘쳐도 불평 없이 뛰어다니고, 양 사장이 눈치만 주면 새벽에라도 집을 나와 몸을 맡기는 것이다.

이번에 양 사장이 주는 봉투가 두 번째다. 관건은 앞으로도 과연 어떻게 사모가 눈치채지 못하도록 양 사장과의 관계를 은밀히 유지할 수 있을까에 달려 있다.

순자를 태운 양 사장의 차는 모텔 주차장을 빠져나왔다. 시가

지를 달려 외곽으로 향하다 관악산 자락 주택가 골목 입구 버스 정류장 부근에서 잠시 멈췄다. 거기다 순자를 내려준 후 차는 골목 안으로 사라졌다.

그곳부터 순자는 차가 사라진 골목으로 걸어 들어갔다. 십여 분쯤 천천히 걸어가면 골목 끝 산자락 아래 보신탕집이 나온다. 앞마당 주차장을 가로질러 식당 현관에 들어서면 정확히 순자의 정해진 출근 시각인 아침 10시다.

미리 도착한 양 사장은 어느새 차에서 식재료를 모두 주방 창고로 옮겨놓았다. 흰 가운을 입고 주방 안에서 크고 작은 가마솥 서너 개를 오가며 보신탕 요리에 열중이다. 11시쯤부터 오는 손님맞이에 대비해야 하는 것이다. 흰 앞치마를 두른 사모도 남편을 거들어 식재료를 손질하느라 주방 안에서 분주하다.

순자가 주방 배식구 창문에 머리를 디밀고 소리를 질렀다.

"안녕하세요, 사장님! 안녕하세요, 싸모님!"

양 사장이 대꾸했다.

"응, 안녕!"

사모가 대꾸했다.

"응, 어서 서둘러!"

순자는 유니폼 격인 흰 앞치마를 둘러 입고 곧 식당 청소를 시작했다. 마루와 바닥을 쓸어 식당 안의 쓰레기를 모아 비워냈다. 탁자를 행주로 깨끗이 닦았다. 수저통, 양념통, 냅킨통을 채워 탁자 위에 가지런히 배치했다. 손님용 방석과 옷걸이 등을 정리한 다음 별채로 갔다.

별채는 식당에서 삼십 미터쯤 떨어진 숲 속의 외진 건물이다. 특별 예약 손님이나 식당이 번잡할 때 넘치는 손님을 받을 수 있도록 설비를 갖추고 있다. 한창 바쁠 때는 순자가 수도 없이 식당 본채로부터 달려와 들락거려야 하는 노동의 장소다.

또한 양 사장이 처음 순자의 몸을 덮쳤던 장소이기도 하다.

식당에서 일한 지 십여 일 지난 무렵, 한가한 시간 사모가 외출하고 없을 때였다. 손님들이 떠난 후 별채를 치우고 있는데 어느 틈에 들어왔는지 양 사장이 동물의 교미처럼 순자를 뒤에서 덮쳤다. 당시에는 서로에게 호감이냐 비호감이냐는 아무 관련이 없는 일이었다. 남자가 황소 같은 힘으로 뒤에서 짓누르며 팬티를 벗기고 돌진해 온 바람에 저항할 수 없이 순식간에 당한 일이다. 손님들이 권한 소주 한 잔, 한 잔이 쌓인 수놈의 돌격에 암놈이 본능으로 응해줄 수밖에 없는 상황이었다. 그 일 이후 순자는 양 사장의 여자였다.

그때부터 별채에서 양 사장은 틈만 나면 수시로 덮치려 들었다. 부처 보살처럼 볼에 살이 통통한 사모의 얼굴이 아른거려 순자로서는 난감한 일이었다. 그래 양 사장을 달래 사흘마다 가는 새벽 장보기에 순자가 나가 꼭 만나주기로 한 것이다.

별채 정리를 마치고 본채로 돌아가 곧 반찬 준비에 착수했다. 손님이 오면 금방 상을 마련할 수 있도록 기본 반찬 몇 가지는 미리 그릇에 담아두는 작업이다. 양 사장은 양 사장대로, 사모는 사모대로, 순자는 순자대로 각자 역할 분담으로 손님 맞을 채비를 마쳤다. 이때면 수고했다는 뜻으로 사모가 갓 배달된 요구르트를 각자에게 하나씩 배분한다.

요구르트에 빨대를 꽂아 쭉쭉 빨던 사모가 뭔가 깜박 잊고 있었다는 듯 냉장고 뒤쪽으로 갔다. 그리고 이내 쓰레기 줍는 쇠 집게 끝에 검은 것을 집어 들고 나왔다.

"이노무 쥐새끼!"

그것은 새끼 쥐가 아니었다. 검은 털에 윤기가 반지르르, 살이 통통한 큰 쥐였다.

사모가 거대한 엉덩이를 뒤뚱거리면서도 죽은 쥐를 능숙하게 집게로 들고 밖으로 나갔다. 밖의 쓰레기 소각장에 쥐의 사체를 던져놓고 돌아왔다.

순자가 말했다.

"고양이를 한 마리 기르시지 그래요? 쥐가 얼씬도 못하게."

"고양이는 안 돼. 주방 안에 털이 날려서."

사모가 대답했다.

"주방에선 쥐약밖에 없어. 달콤하게 타놓으면 꼭 걸려든다니깐."

덧붙여 말하는 사모의 통통한 볼 가운데 입술이 고집스럽게 작아 보였다.

오전 11시가 조금 지나서부터 손님들이 들기 시작했다. 순자가 손님을 맞아 주문을 받으면 주방의 양 사장이 요리를 해 내주고 순자가 뛰어다니며 음식을 손님들에게 서브한다. 사모는 카운터를 지키고 앉아 계산을 받으며 좌석을 두리번거리다 미흡한 것이 발견되거나 손님의 요구가 들리면 사령관처럼 순자에게 소리를 지른다. 순자는 삽살개처럼 불평 없이 호응해 주고. 이렇게 정신 없이 바쁘다가 점심 손님이 끝나는 오후 2시 반이 지나서야 한가해진다. 이제 식당 식구의 점심시간이다. 세 사람의 점심 식탁에는 고기 국물과 밥, 김치 등 기본 반찬 몇 가지가 차려졌다. 거기다 잡곡밥 한 공기와 풋고추, 당근, 셀러리, 상치 등 푸성귀가 나오는데 이는 사모의 전용 식단이다.

양 사장이 고기 국물에 밥을 말아 먹으며 반주로 소주를 한잔 마셨다.

"자, 순자도 한잔해. 바쁠 때는 한잔씩 하는 게 좋아. 자, 받아!"

순자가 양 사장이 들이미는 술잔에 망설이며 사모의 눈치를 살폈다.

"저보다 사모님이 한잔하셔야지요. 애쓰셨는데."

사모가 고개를 저었다.

"나 신경 쓰지 말고 순자 너나 한잔해. 오늘 수고했어. 저녁때는 예약 손님 한 팀밖에 없으니 한잔해도 돼."

양 사장이 말했다.

"이 사람은 한잔하고 싶어도 참아야 할 사람이야. 당뇨를 달고 사는 사람인데 별수 없지. 자, 순자나 어서 마셔."

순자가 마지못한 듯 소주를 꿀꺽 들이켰다.

"그래도 사모님, 가끔 한잔 정도는 하실 만한데……."

"아, 옛날이야 이 사람도 엄청 마셔댔지. 그땐 뭐 가릴 것 있었나. 너무 많이 먹고 마셔대다 몸이 저 모양 저 꼴 된 것 아닌가.

다 자업자득이지."

양 사장이 끌끌 혀를 차듯 대놓고 비아냥거렸다.

하지만 사모는 반응 없이 묵묵히 먹는 데 열중이다. 상추에 잡곡밥을 싸서 입에 넣고 볼록한 볼떼기를 열심히 오물거렸다. 남편이 짖든 말든 관심 없다는 표정으로.

평소에도 사모는 대체로 남편에게 복종하는 태도였다. 종업원인 순자에게는 이래라저래라 명령조로 대하지만 남편에게는 고분고분했다. 남편이 무슨 말을 해도 엄연한 가장이고 지병을 달고 살아야 하는 여자로서 남편에게 의지할 수밖에 없다는 안쓰러움마저 풍겼다.

순자는 양 사장의 빈 소주잔에 소주를 따라주려다 주춤했다. 사모 앞인데 감히 양 사장에게 알랑대는 모습이라니…….

눈치가 빠른 양 사장이 먼저 명령조로 말했다.

"자, 한 잔 따라봐. 잔을 받았으면 주기도 해야지. 안 그래?"

순자가 주저하는 태도로 따라주었고, 양 사장도 순자의 빈 잔을 채워주었다.

사모는 남편과 순자가 바로 옆에서 술잔을 주고받는 모습에 관심이 없다는 태도였다. 말없이 잡곡밥과 푸성귀를 오물오물 먹어치웠다. 이내 자신이 먹은 빈 그릇들만 챙겨 주방으로 들어가 버렸다.

이때를 노려 양 사장이 속삭이듯 말했다.

"오늘 끗발이 나는 날이야. 순자 너를 안았거든. 이따 연락할게. 기다려."

이미 술기운이 돈 순자도 속삭여 주었다.

"알았어요. 꼭 문자해욧."

양 사장은 저녁 손님을 맞는 데 필요한 음식을 준비해 두고 외출했다. 틈만 나면 꾼들이 모이는 고스톱 판에 가는 것으로 알고 있다. 이제 사모와 둘이서 저녁 예약 손님만 받으면 그날 순자의 일과는 끝이다.

그런데 저녁 손님들도 다 가고 순자의 퇴근 시간인 밤 9시가 지났는데도 양 사장으로부터 연락이 없었다. 보통 순자의 퇴근 시간 전에 저 아래 시장통 치킨집이나 골뱅이집으로 오라는 문자 연락이 왔다. 그렇게 순자가 버스를 타기 전 오붓하게 같이 한잔하고 헤어졌다. 그러나 오늘은 연락이 없다. 정말 끗발이 사정없이 오르는 판이라 정신이 없는 건가?

집으로 가는 버스를 기다리다 뭔가 아쉬웠다. 습관적으로 소주 한잔이 간절한 기분이다. 더구나 오늘은 보너스까지 받은 날이 아닌가.

순자는 시장 입구의 순대국밥집으로 갔다. 안으로 들어가니 몇 팀의 손님 중 안쪽 탁자에 낯이 익은 여자가 혼자 앉아 있는 모습이 보였다. 전에 잠시 같이 일했던 김 양이다.

"아니, 언니! 여긴 어떻게?"

순자가 반가운 마음에 다가가 앞에 앉았다.

"어, 이게 누구야? 순자 씨?"

풍만한 체구의 김 양이 상체를 기울이며 히죽 웃었다. 순대 한 접시에 소주를 반병 넘게 비운 것으로 봐 어느 정도 거나해진 상태였다.

"심심하던 차에 반가워. 자, 한 잔 받아!"

"고마워, 언니. 오늘은 내가 살게. 우리 한잔하자구요."

순자가 김 양이 따라주는 소주를 받으며 즐겁게 말했다. 그리고는 즉시 종업원을 향해 소주 한 병과 안주로 술국을 달라고 큰소리로 주문했다.

김 양이 순자의 얼굴을 관찰하듯 살폈다.

"순자 씨, 오늘 즐거운 일이 있구나?"

"즐겁긴, 언니가 반가워서 그렇지."

"아직도 그 보신탕집서 일해?"

"그럼요."

순자가 소주잔을 단숨에 비우고 김 양에게 따라주었다.

김 양이 잔을 받으며 순자의 얼굴을 계속 주시했다. 살피는 정도가 아니라 노려보는 눈길이다. 술기운으로 불그스레한 눈가에 야릇한 웃음을 띠고.

"양 사장은 순자 씨에게 잘해주지?"

"그럼요. 근데 왜요?"

대답을 해놓고 보니 이상한 느낌이 들었다. 저 알듯 모를 듯한 웃음은 뭐고 잘해준다는 말은 무슨 의미인가. 갑자기 순자의 기분이 야릇하다 못해 언짢아지기 시작했다.

김 양이 말했다.

"뚱땡이 사모를 조심해야 할걸, 순자 씨?"

뜬금없는 말에 순자는 어리벙벙했다.

"겉으로는 태연해도 그 여자 속으로는 얼마나 꼬장꼬장하고 무서운 여잔데. 행여 남편이 병들고 볼품없는 자기를 버리고 다른 여자를 들일까 봐 조마조마한 여자야. 남편에게 순종하는 척하지만 속으로는 자신이 빨리 병들어 죽어주기를 바라고 있다는 피해의식 때문에 걱정이 태산이지. 그래서 남편이 좋아하는 여자에게 쥐약을 먹이려 한 사건까지 발생했던 거라고."

"뭐, 뭐라고요? 쥐약을?"

순자는 온몸의 피가 머리끝으로 쭈뼛 치솟았다.

김 양이 잔을 비우고는 이왕 말이 나온 김에 순자 씨도 알아야 한다며 계속했다.

"나 이전에 그 집에서 일했던 여자 얘기야. 식당 주방에 쥐가 들락거리는 것은 으레 있는 일인데, 그 뚱땡이 사모, 쥐라면 유별나게 신경질이잖아. 직접 그 냉동고 뒤 배수구 근처에 쥐약 탄 바닐라우유를 감자와 버무려 놓아 이따금 쥐를 잡기도 하고. 그런데 글쎄, 자기 남편과 여자의 관계를 알아버린 사모가 의도적으로 쥐약 섞은 바닐라우유를 여자가 마시도록 유도했다는 거야. 다행히 가까이에 양 사장이 있어서 몇 모금 마시던 것을 재깍 저지하고 병원으로 업고 뛰어가 위세척으로 목숨은 건졌다지만 말이야. 물론 사모는 자신이 의도적으로 마시게 한 것이 아니고 여자가 목이 말라 그저 우유로 알고 마신 것이라 변명했다는데. 나도 그 집에 가끔 오는 손님에게 우연히 들은 얘기라 정확히 알 수는 없지만, 쥐약을 탄 우유를 조심성 없이 아무렇게나 놓아두었다는 것은 다분히 의도적인 것 아니야? 아무튼 속을 알 수 없는 무서운 여자야, 그 뚱땡이."

김 양이 찌푸린 표정으로 고개를 저었다.

순자는 두려움에 휩싸여 가슴이 떨렸다.

김 양이 계속했다.

"그 얘기를 듣고 그 집에서 뭐 하나 마음대로 마실 수가 있어야지 말이야. 뚱땡이 사모가 주는 커피도, 음료도, 과일도 혹시 쥐약을 타주는 것이 아닌지 은근히 걱정이 되는 거야. 나중에는 밥, 국, 반찬까지 신경이 쓰이고 물마저 맘대로 마실 수 없게 되는 거 있지. 그래서 내가 그만두었고 그 뒤로 순자 씨가 온 거라구."

순자는 가슴이 떨리는 것을 넘어 이제 머리까지 어지러워졌다. 김 양의 말대로라면 양 사장은 그전 여자와 그런 사이였고 김 양과도 그런 사이였다. 김 양이 사모가 주는 음식에 쥐약을 타지 않을까 잔뜩 신경을 썼다는 것은 자신이 양 사장과 그런 관계였음을 자인하는 것이다. 야릇한 눈빛으로 순자를 관찰하는 것은 순자 너도 별수 없이 마찬가지 여자라고 내놓고 표현하고 있는 것이고.

김 양이 눈 꼬리를 치켜들며 심각하게 말했다.

"순자 씨도 조심해야 할걸? 그 뚱땡이 사모, 아무것도 모르는 듯 꿍하고 있다가 어느 순간 어떤 꼼수로 순자 씨에게 쥐약을 타 먹일지 모르는 일이잖아."

다음 날, 출근하는 순자의 마음은 몹시 무거웠다. 간밤에 김 양이 한 말이 가슴 한구석에 똬리를 틀고 앉아 떠나지 않았다. 매사를 심각하게 생각하지 않고 낙천적으로 듬성듬성 살아가는 성격의 순자지만 결코 무시할 수만은 없는 일이었다. 마치 썩은 콩을 씹고 난 뒷맛이랄까. 무섭고 꺼림칙한 김 양의 말이 머릿속에서 떠나지 않고 계속 맴돌았다.

손님맞이 준비를 끝낸 후 사모가 요구르트를 건넬 때 순자는 주춤했다.

"왜, 속이 안 좋아? 오늘 표정이 왜 그래?"

사모가 순자의 얼굴을 살피며 물었다.

"아, 아니에요."

순자는 빨대를 꽂은 요구르트를 엉거주춤 받아 들었다. 하지만 마시지 않고 손에 들고만 있었다. 빨대를 빨고 있는 사모의 넙데데한 얼굴이 순자의 눈 속에 가득 들어왔다. 그 넙데데한 얼굴 속의 까만 눈이 순자를 물끄러미 살피고 있지 않은가.

'뭐야, 저 눈빛은? 혹시 남편과의 관계를 이미 다 알고 있다는 뜻인가?'

순자는 태연한 척 일단 빨대를 입에 물었다. 거북스런 행동은 오히려 이상하게 보일 것이다. 어제도 그제도 매일 한두 개씩은 마시던 요구르트다. 손님들 후식으로 한 개씩 주는 요구르트가 아닌가.

순자가 빨대를 빼는 것을 보고야 사모가 눈을 떼고 돌아섰다. 순자는 두어 모금 빨다 말았다. 평소에 맛보던 단맛보다 시고 떨떠름해 영 내키지 않았다.

점심을 먹을 때도 순자는 가능한 한 혼자 있고 싶었다. 먹는 둥

마는 둥 사모와 양 사장을 남겨놓고 먼저 자리를 떴다. 반주로 혼자 소주를 마시던 양 사장이 또 권하려는 눈치였지만 일단 자리를 피하고 싶었다. 사모가 있는 자리에서 양 사장과 가까이 지내는 모습은 가능한 피해야 할 일이고, 이제는 마음만 불편해질 뿐이다.

불편한 마음은 하루 종일 이어졌다. 퇴근 후에 골뱅이집에서 만나자는 양 사장의 문자 연락을 받았지만 급한 일이 있다는 핑계를 대고 집으로 와버렸다.

다음 날도 불편한 심기는 여전했다. 이런 기분으로 양 사장과 사모를 계속 대하며 일을 해야 하나 말아야 하나 갈등이 생겼다.

김 양도 이런 기분이었겠지? 그녀가 그만둘 당시의 심경을 이해할 것 같았다.

하지만 순자는 차츰 생각을 정리했다. 순자와 김 양은 상황이 다르다. 당시 사모가 김 양을 대놓고 싫어했던 것은 남편과의 관계를 알고 있었기 때문일 가능성이 높다. 순자 자신의 경우는 조심했기 때문에 사모가 눈치채고 있을 가능성이 낮다. 사모는 처음부터 변함없이 순자에게 친절하다. 더구나 양 사장과는 이미 속정도 깊어진 사이인데 떠난다는 것은 생각하기도 싫다. 아니, 확실하지도 않은 김 양의 말만 듣고 불안해서 떠난다는 것 자체가 어리석은 일이다. 일단 확인해 보는 일이 먼저다.

이튿날 순자는 양 사장의 새벽 장보기에 나갔다. 양 사장은 순자가 무슨 까닭으로 새침하게 피하려 했는지 따지려 들었다. 모텔 방에 들어가서는 그 서운함을 보상이라도 받겠다는 듯 굶주린 야수처럼 돌진해 왔다. 온몸의 힘을 다 쏟아 붓고 땀에 흠뻑 젖은 채 담배를 물고 누웠다.

순자도 그 축 늘어진 남자의 몸뚱이에 맨살을 휘감고 누웠다.

"사모가, 만약 사모가 말이에요, 우리 이런 걸 알게 되면 어떨까요?"

"……."

"아마 날 죽이려 들겠죠?"

"……."

양 사장은 담배 연기만 허공으로 내뿜었다.

"틀림없이 나를 죽이고 말 거야. 쥐 잡듯 나에게 쥐약을 먹여 죽일 거야."

"쓸데없는 소리."

"그렇게 말하면 안 되죠. 그전에도 어떤 여자에게 쥐약을 먹였다던데?"

양 사장이 상체를 일으켜 세우고 앉았다.

"누가 그런 말을 해?"

"어떤 손님이 하는 말을 얼핏 들었어요."

순자는 김 양을 만났다는 말은 피했다.

양 사장이 정색을 하고 말했다.

"입방아 찧기 좋아하는 놈들 말이야. 그리고 오해야. 마누라가 정신이 오락가락할 때가 있긴 하지만 사람을 죽일 정도로 악한 여자는 절대 못 돼. 이해심이 많고 마음도 착해. 그때도 마누라가 쥐약을 버무리려고 준비해 둔 것을 잠시 깜박했는데 여자가 우연히 우유로 알고 몇 모금 마셨던 거야. 그 일 이후로 마누라 자신도 피하고 나도 절대 쥐약에는 손도 못 대게 하고 있어. 내가 직접 쥐약을 타서 놓기 때문에 마누라는 어디에 두는지도 몰라. 설령 우리 이런 관계를 알고 있다고 해도 근본적으로 여린 사람이라 어떻게 하지도 못할 거야. 그러니 그런 쓸데없는 소릴랑은 아예 입에도 담지 마. 알았지?"

그러면 그렇지. 양 사장의 말에 순자의 의구심과 그에 따른 불안감은 눈 녹듯 누그러졌다.

"나도 사모가 남을 죽일 정도로 악한 사람이 아니란 것은 알고 있어요. 인정도 있고 마음도 여린 편이죠. 하지만 여자인데 질투와 시기심이 왜 없겠어요. 사장님이 어떻게 처신을 했기에 사모가 그랬느니 저랬느니 사람들이 입방아를 찧겠어요. 안 그래요?"

"아, 알았어!"

양 사장이 정색한 표정을 풀며 담배를 비벼 껐다.

순자는 다짐을 받을 필요가 있어 말했다.

"앞으로는 사모가 보는 앞에서 나에게 술을 같이 마시자거나 다정한 모습 절대로 보이지 마세요. 이렇게 몰래 만나 잘 지내는데 우리 관계를 일부러 사모가 눈치채게 할 것 없잖아요. 사모가 알게 되면 나만 곤란해져요. 알았죠? 약속해요!"

"아, 알았다니깐!"

양 사장이 두터운 입술을 헤벌리며 또 순자의 몸뚱이 위로 올라왔다.

찜찜했던 의구심이 없어지자 순자의 기분은 예전으로 돌아왔다. 사모가 주는 요구르트도 주저하지 않고 바로 마셨고, 물도 커피도 식사도 안심하고 먹었다. 양 사장이 일부러 소주도 권하지 않아 마음도 한결 가벼웠다. 사모와 양 사장에게 종업원답게 거리를 유지하며 고분고분 처신했다. 물론 퇴근 후 양 사장이 부르면 즐겁게 달려가 소주잔을 기울이며 두 사람만의 다정한 시간을 보냈다.

새롭게 봐서인지 순자의 눈에 사모는 착하고 순종적인 여자였다. 남편의 멋대로의 행동에도 불평 없이 순응하면서 오직 그 길만이 살길인 듯 착실하게 보필하는 타입이었다. 뚱뚱하여 거북스런 거동으로 열심히 식당을 오가는 모습이나 잡곡밥과 푸성귀를 혼자 열심히 먹어대는 모습을 보면 안쓰럽기도 하고 동정심마저 들었다.

식당이 쉬는 날, 그곳 요식업협회에서 주관하는 등산회가 있었다. 당뇨의 수치를 낮추기 위해서는 열심히 운동을 해야 한다며 사모가 순자에게 간청했다. 그 몸을 이끌고 혼자 따라가기 벅찰 것 같으니-물론 남편도 참가하지만 남자들은 따로 움직이므로-순자가 꼭 동행해 주기를 원했다. 순자로서는 거절할 입장도 아니고 양 사장도 같이 가는 등산이라 우려 반 기대 반의 마음으로 따라나섰다.

등산회 관광버스에서 내려 산을 오르면서부터 사모는 일행에서 뒤처지기 시작했다. 맨 앞에는 남자들과 건강한 여자들이, 그 뒤로 거동이 굼뜬 아저씨들과 아줌마들, 그리고 나이 많은 할머니들 순으로 오르기 마련인데 사모는 맨 뒤에서 걸었다. 순자의 마음 같아서는, 맨 앞에 가는 양 사장 일행에 섞여 앞서거니 뒤서거니 경쟁하듯 오르고 싶었다. 하지만 보통 여자의 허리통만큼이나 통통하고 짧은 두 다리에 커다란 쌀가마니라도 이고 걷는 것처럼 기우뚱거리는 사모를 두고 차마 그럴 수는 없는 일.

"서두르지 말고 천천히 걸어요, 사모님. 힘이 들면 쉬었다 오르고요."

순자가 먼저 안심을 시켰다.

"고마워. 순자 없으면 따라올 생각도 못했지."

사모가 헐떡거리며 말했다.

사모는 한 손에 스틱을 잡고 넙데데한 얼굴에 흐르는 땀을 수건으로 연신 훔치며 앞만 보고 열심히 걸었다. 몸은 그래도 가능한 한 뒤처지지 않겠다는 자세였다. 순자는 그런 사모 옆에서 마치 아장아장 걸음마하는 애를 데리고 가듯 나란히 오를 수밖에 없었다.

평지인 식당에서 열심히 오가는 것과 산을 오르는 것은 질적으로 다른 것인가? 등산로를 한 시간쯤 오를 무렵, 약간 가파른 모퉁이를 지나고 나서 갑자기 사모가 다리에 힘이 빠진 듯 길옆으로 주저앉고 말았다. 힘없이 고개를 저으며 넙데데한 얼굴에 땀을 주르륵주르륵 흘렸다. 숨이 가빠 말도 못했다.

순자는 사모를 일단 그늘지고 평평한 바위로 부축하여 뉘었다. 더 이상 어떻게 해야 할지 몰라 당황되었다. 일단 핸드폰으로 양 사장에게 연락을 취했다. 신호음이 가고 한참 후에야 양 사장이 가쁜 숨소리로 대답했다.

"왜?"

"사모님이 갑자기 주저앉았어요. 땀도 흘리시고 숨이 가쁜지 말도 못하세요. 어떻게 하죠?"

"저혈당 쇼크야. 집에나 있을 것이지 굳이 따라와서 그 고생이람!"

양 사장이 짜증이 묻어나는 투로 말했다.

"일단 그 사람 가방을 뒤져 봐. 틀림없이 사탕 봉지가 있을 거야. 사탕을 입에 물려주고 편안한 자세로 누워서 쉬게 해. 그럼 정신이 돌아올 거야."

순자가 사모의 배낭을 뒤지니 막대사탕 봉지가 들어 있다. 누운 자세에서 상체를 약간 들어 머리통을 순자의 가슴에 앉히고 사탕을 물려 빨게 했다. 수건에 준비해 온 식수를 적셔 파리해진 얼굴에 흐르는 땀도 정성스럽게 닦아주었다. 설탕물이 몸 안으로 잘 스미도록 물도 조금씩 먹여가면서.

칠팔 분쯤 지나서 숨소리가 정상으로 돌아온 사모가 눈을 떴다.

"내가 쓰러진 거지?"

"정신이 들어요? 저혈당 쇼크래요. 가만히 이대로 더 쉬고 계세요. 사장님이 지금 내려오고 계실 거예요."

순자가 경과도 보고할 겸 확인을 위해 양 사장에게 전화를 걸었다.

"어떻게 됐어? 정신이 돌아왔지?"

"네, 이제 정신은 드셨어요. 어디쯤 오고 계세요?"

"내려가긴 내가 왜? 정신이 돌아왔으면 됐지. 그 자리에서 계속 쉬고 있든가, 아니면 천천히 내려가서 병원에 들러 포도당 주사를 한 대 맞게 해. 돌아갈 때 버스로 태워갈 테니까. 순자가 옆에서 수고 좀 해줘. 알았지?"

통화 내용이 사모의 귀에도 생생히 다 들렸다. 사모가 상체를 일으켜 앉았다.

마누라가 쓰러졌다는데도 내려올 생각은 않고 알아서 하고 있으라니……

앉아서 먼 곳을 바라보는 사모의 작고 까만 눈이 비둘기의 눈처럼 애잔하고 슬퍼 보였다.

얼마 후 사모가 내려가자고 말했다. 이따금 순자의 부축을 받으며 천천히 등산로 입구까지 내려왔다. 마침 택시가 있어 그곳 소도시의 내과의원에 도착했다.

정맥주사로 포도당을 충분히 보충한 다음 사모가 순자의 손을 잡고 말했다.

"순자 아니었다면 나 어쩔 뻔했어. 정말 고마워."

"고맙긴요. 당연한 일인데. 아무튼 아찔했어요. 다행이에요."

"그래서 말인데, 순자가 내 동생 같고, 아니, 동생이었으면 해."

"……"

"내가 동생이라 불러도 되지?"

"그럼요."

"그럼 나를 언니라 생각해 줘. 이제 우리 언니 동생 하는 거다. 알았지?"

잘된 것인지 아닌지는 모르지만 그 일 이후 두 여자는 언니 동생 관계로 발전했다. 식당에서나 어디서나 서로 언니와 동생으로 불렀고 자매처럼 친하게 지냈다. 물론 순자도 양 사장과의 관계를 제외한 모든 일은 사모와 마음을 터놓고 얘기했다.

두 여자가 친해진 모습이 싫지는 않은 듯 양 사장은 소주잔을 기울이며 흐뭇해하는 눈치다. 큰마누라와 작은마누라를 한 집에 거느리고 살고 있다는 표정으로. 그러다 보니 머지않은 앞날 순자 자신이 그 보신탕집 안주인이 될 수도 있다는 생각마저 들었다.

어쨌든 양 사장과의 새벽 장보기 밀회는 변함없이 지속되었다.

순자가 양 사장이 은밀히 주는 보너스 봉투를 네 번째 받고 며칠 지나서였다. 가로수나 산자락 나뭇가지에 연한 녹색이 움트기 시작하는 3월의 중순 무렵이다. 순자가 아직은 싸늘한 아침 공기를 콧속에 느끼며 몸을 움츠린 채 도매시장 입구 버스정류장에 나와 서 있었다. 곧 장보기를 마친 양 사장의 스타렉스가 앞에 와 태워주기를 기다리면서.

양 사장의 차가 도매시장에서 나오는 것이 보였다. 앞에 오면 탈 요량으로 서 있는데 운전석 옆자리에 누군가 앉아 있는 것이 아닌가. 저만치 다가올 때 보니 여자였고, 언니, 즉 양 사장 마누라가 분명했다. 차는 순자가 서 있는 정류장 쪽으로 오는 것이 아니라 안쪽 차선으로 방향을 잡더니 앞을 지나 이내 멀리 사라져 갔다.

모텔 방에서 양 사장과의 따끈따끈한 밀회에 대한 기대가 이른 봄날 아침의 싸늘한 허공으로 사라지는 순간이다.

멍한 순간이 지나고 순자는 정신을 가다듬었다.

사모가 양 사장을 따라 새벽 장보기에 나오다니……. 오늘만 특별히 볼일이 있어서일까? 아니다. 그렇다면 양 사장이 미리 오늘 아침에는 나오지 말라고 문자라도 보냈을 것이다. 그럴 여유도 없었다는 것은 사모가 바로 옆에 붙어 있었기 때문이다. 평소 마누라에게 군림하는 양 사장이 따라 나오지 못하게 할 수 없었다는 것은 어떤 꼬투리를 잡혀서인 것이 확실했다.

그 꼬투리란 것은 분명……. 순자는 불안해졌다.

허탈한 마음으로 순자는 버스를 탔다. 출근하려면 도중에 버스를 한 번 갈아타면 될 것이다. 느릿느릿 가는 버스를 탔지만 보신탕집으로 가는 입구 정류장에 도착하니 출근 시간이 아직 한 시간이 넘게 남아 있다. 하긴 예전대로라면 따뜻한 모텔 방에서 양 사장의 억센 품속에 온몸을 내던지고 있을 시간이 아니던가.

순자는 빵집으로 들어가 따뜻한 우유를 한 잔 시켰다. 무료하면서도 불안한 심정으로 시간을 보낸 후 10시 출근 시각에 맞추어 식당으로 들어갔다.

평소와 같이 식당 배식구에 얼굴을 디밀고 인사했다.

"안녕하세요, 사장님!"

"……."

"안녕, 언니!"

"응, 동생 왔어?"

사모의 반응은 평소와 다름이 없지만 양 사장은 대꾸가 없다.

반가운 듯 대답해야 할 남자가 고개도 돌리지 않았다. 표정도 시무룩해 보였다. 일에 쫓기는 듯 서두르며 분주히 오가면서도 순자에게는 눈길도 주지 않았다. 사모와 떨어져 단둘이 스쳐 지나갈 때도 뭔가 불만스런 얼굴이라 왜 그러는지 물어볼 틈도 주지 않는다. 정작 침울하고 불만스러운 사람은 순자 자신인데도……

양 사장은 음식만 준비해 놓고 점심 손님이 들기 전에 시내에 볼일이 있다며 나가 버렸다. 이제 사모와 둘이서만 손님을 치르느라 분주한 시간이다. 사모는 주방에서 음식을 내주고 순자는 홀에서 서브하느라 정신이 없었다.

오후 한가한 시간에 사모는 평소와 다름없이 잡담을 하며 태연했지만 순자는 속으로 거북스럽기 짝이 없었다. 그렇다고 사모 자신이 새벽에 장보러 같이 갔었다는 사실을 내비치지도 않는데 왜 그랬는지 은근히 떠볼 수도 없는 노릇이다.

결국 양 사장과 문자로 약속을 잡아 퇴근 후 치킨집에서 만났다.

소주로 목을 축이고 순자가 먼저 물었다.

"아침에 나 도매시장 앞에 서 있는 거 언니가 봤어요, 못 봤어요?"

"못 봤지. 못 보게 하려고 내가 일부러 멀리 떨어져 곧바로 지나쳐 가버렸잖아."

양 사장이 시무룩한 표정으로 대답했다.

순자는 마음이 다급했다.

"그럼 뭐야. 언니는 갑자기 새벽에 따라 나오고, 자기는 나를 못 보게 하려고……. 그럼 언니가 우리 관계를 눈치채고 일부러 따라 나왔다는 게 맞네.”

양 사장이 담배를 입에 물고 라이터로 불을 붙였다. 희뿌연 연기를 내뿜으며 말했다.

“아침에 차를 끌고 나서는데 갑자기 여편네가 따라 나와 옆에 타는 거야. 무슨 일이냐고 물었더니 대뜸 하는 말이 ‘당신이 순자 건드리는 거 내가 모르고 있는 줄 알아요? 내가 가는데도 그러나 어디 봅시다’, 이러는 거야. 황당하고 화도 치밀어서 그런 말도 안 되는 소리 집어치우고 당장 내리라고 윽박질렀지. 일단은 잡아떼는 게 상책이잖아. 그랬더니, ‘내가 눈이 없어요, 다리가 없어요? 언제부턴가 장보고 오는 시간이 길어져서 이상하게 생각했죠. 그래 엊그제 택시를 잡아타고 뒤쫓아 가봤지. 시장 입구에 숨어 기다리고 있는데 아나나 다를까, 당신 차가 나오더니 버스정류장에서 순자를 태우고 가더구만. 또 택시로 따라가 모텔로 들어가는 거 내 이 두 눈으로 똑똑히 봤다구! 들어가 머리채를 끌고 나올까 하다가 참았던 것이니 그런 줄이나 알라구요. 어서 가기나 해요! 당분간 나도 시장 보는 데 따라갈 테니 그리 알고’, 이러더라고.”

양 사장이 벌겋게 상기된 얼굴로 머리를 가로저었다. 소주잔을 입에 털어 넣고 연거푸 담배를 빨아댔다.

순자는 덜컥 가슴이 내려앉았다. 드디어 올 것이 오고야 만 것이다. 겁에 질려 서늘해진 간담을 달래려고 또 소주를 쭉 들이켰다.

“지난번에 미행해서 나를 태우는 것을 봤다면 오늘 내가 서 있

던 장소가 바로 그 자리인데 언니가 나를 못 봤다는 것은 말이 안
되죠."

"몰라. 아무튼 오늘 그 앞을 지날 때 순자 쪽을 한 번도 쳐다보
지는 않았으니까. 알고도 모른 척한 건지도 모르지."

순자는 가슴이 떨렸다. 알고도 모른 척 눈길도 주지 않았다니.
그래 놓고 오늘 내내 아무런 내색도 비추지 않고 평소와 다름없
이 순자를 대했다. 사모와 종업원으로서, 언니와 동생처럼 아무
일도 없는 듯 종일 같이 지냈다.

'속을 알 수 없는 무서운 여자야, 그 뚱땡이!'

김 양이 했던 말이다.

순자는 부처상 같은 통통한 사모의 얼굴을 떠올렸다. 그 통통
한 볼때기와 작고 까만 눈동자 안에 감춰진 태연함이 괴물을 숨
기고 있는 동굴처럼 무섭게 느껴졌다. 순자는 떨리는 가슴을 진
정하려고 연거푸 소주를 들이마셨다.

양 사장도 말없이 술을 마셨다. 담배를 피워대며 이따금 고개
를 좌우로 흔들었다. 그답지 않게 계속 시무룩한 표정으로 축 처
져 있는 모습이 은근히 마누라에게 시달리고 있다는 사실을 내비
쳐 주었다. 하긴 여느 때라면 아침에 품어보지 못한 순자를 가만
둘 리 없는 양 사장이다. 당장 근처 모텔로 끌고 들어갈 남자다.
그렇다고 순자 자신이 먼저 그러자고 나설 기분도 아니었다.

어떤 결론이나 대처 방안이 나올 분위기도 아니어서 두 사람은
벼슬이 꺾인 수탉과 병든 암탉처럼 헤어졌다.

다음 날은 바람도 잔잔하고 하늘도 맑아 햇볕도 따사로웠다.

연한 풀잎이 돋아나고 가로수의 잎망울이 막 벌어지려는 생동감이 넘치는 봄날 아침이었다. 하지만 밤새 뒤척거리다 잠을 설친 순자는 무거운 마음으로 출근했다.

마음도 착잡하고 기분도 꿀꿀해 순자는 배식구에 얼굴을 디밀고 하는 인사도 생략했다. 식당에 들어서자마자 청소와 정리에 열중했다. 사모가 알았다고 해서 종업원인 순자가 해야 할 일을 안 할 수는 없다. 사모가 속내를 내비치지 않는 한 순자도 모른 척할 수밖에 없다. 그러다 그 일로 사모와 맞닥뜨린다거나 시비를 걸어온다면 그땐 순자도 어쩔 수 없다.

그래, 나 당신 남편 좋아한다. 당신 남편이 나를 원해서 나도 좋아하게 됐다. 당신이 채워주지 못하는 남편의 욕구를 내가 채워주고 있는데 이제 와서 어쩌란 말이냐. 까놓고 말하자면 병든 당신 몸이 할 수 없는 일을 내가 대신 해주는데 오히려 고마워해야 할 일 아닌가. 굳이 고마운 기분은 아니라도 이왕 이렇게 된 거 언니와 동생으로 서로 의지하며 다정하게 함께 살아갈 수밖에 없지 않은가.

이게 밤새 뒤척거리며 순자가 마음속으로 내린 결론이다.

순자는 마음을 추스르는 심정으로 식탁을 박박 닦았다.

"순자 너 뭐 화난 일 있니?"

어느새 사모가 옆에 와 있었다.

순자가 올려다보니 검은콩만 한 작고 까만 눈동자가 내려다본다. 저 깊이를 알 수 없는 요괴 구멍…….

순간 반발심이 일었다.

"내가 언제 화를 냈다고 그래요?"

"아니, 화를 냈다는 게 아니라 닦은 자리를 닦고 또 닦아대서. 그러다 그 식탁 다 닳아 없어지겠다."

넙데데한 얼굴이 표정의 변화도 없이 말했다.

"그때까지 내가 이 집에 붙어 있기나 하겠수? 언니나 그때까지 사슈!"

순자가 불쑥 내뱉었다. 생각 속에 숨어 있다 순자 자신도 모르는 순간 반발심으로 튀어나온 말 같았다.

사모가 순자의 얼굴을 물끄러미 내려다보더니 고개를 갸웃하고는 주방 안으로 들어가 버렸다.

'저 모르는 체하는 태연함!'

순자는 손이 부르르 떨렸다. 탁자를 닦던 걸레를 사모가 들어간 주방을 향해 냅다 던지고 싶었다. 하나 어쩌랴. 일단은 참아야지.

점심 손님들이 몰려오고 이것저것 생각할 틈 없이 일에만 몰두할 수 있어 다행이었다.

손님이 거의 다 간 늦은 점심시간이었다. 양 사장은 여전히 풀이 죽어 시무룩한 표정으로 보신탕 국에 밥을 말아 혼자 반주로 소주를 따라 마시고 있었다. 옆에 나란히 앉은 사모는 묵묵히 푸성귀만 볼떼기로 열심히 오물거리고 있고. 순자는 양 사장이 마누라가 눈치를 챘다고 해서 풀이 죽어 있는 것도 못마땅했지만 무엇보다 순자와의 눈길을 가능한 피하려는 듯한 태도가 기분을 팍 상하게 만들었다.

밥을 먹다 말고 순자가 소주잔을 가져와 디밀었다.

"한 잔 따라줘요, 형부!"

양 사장이 놀란 눈을 들더니 소주를 따라주었다. 순자가 소주를 단숨에 마시고 잔을 양 사장 잔 옆에 탁 소리를 내며 놓았다.

"내 잔 받아욧! 그리고 형부 잔 마시고 내게 줘요!"

순자의 당돌한 행동에 사모의 얼굴이 번뜩 치켜들어졌다. 까만 눈이 쏘아보듯 순자를 노려보더니 이내 얼굴이 숙여졌다.

순자가 잔에 소주를 따르면서 큰 소리로 말했다.

"우리 한잔하자고요, 형부! 오늘은 그 노름방인가 하우슨가에 갈 생각 마세요. 오늘 이 처제와 한잔 마셔 보자고요. 알았죠?"

순자가 의기양양한 표정으로 양 사장의 얼굴을 그윽이 바라보았다.

양 사장이 잔을 비우고 순자가 요구하는 대로 순순히 술을 따라주었다.

사모가 밥을 먹다 말고 주섬주섬 그릇을 챙겨 주방으로 들어가 버렸다. 이런 순자와 남편의 태도에 아무리 태연한 척해도 심기가 편할 리 없으리라.

양 사장이 속삭이듯 낮게 말했다.

"순자 너 왜 이러는 거야?"

"몰라서 그래욧? 남자가 들켰다고 해서 그렇게 풀이 죽어 있으면 어떻게 해요? 나 자기가 그러는 꼴 못 봐. 날 쳐다보지도 않고. 좀 당당하라고요. 알겠어요?"

순자도 고개를 내밀고 속삭여 주었다. 그리고는 큰 소리로 덧

붙여 말했다.

"까짓것, 오늘 삐뚤어지게 마셔봅시다, 형부! 형부가 이 처제를 두고 밖으로 나가면 나도 따라 나갈 테니까 그리 알라구요. 알겠어요?"

"아, 알았다니까. 나 안 나갈 테니까 마셔."

양 사장이 순자의 요구에 호응하는 태도로 나왔다. 두 사람은 잔을 부딪치며 소주를 마셨다. 그리고는 서로의 얼굴을 마주보았다.

순자는 눈가에 눈웃음을 흘렸다. 양 사장과 마주 바라보고 있으니 실제로 바로 전까지의 찝찝하고 우울했던 기분이 어느 정도 풀어진 느낌이다. 식당의 창밖에 보이는 산자락의 노란 산수유 꽃을 바라보며 몇 잔의 소주를 마시다 보니 사모를 향한 반발심도 스르르 사그라져 있었다.

'그래, 알고도 모르는 척하겠다는데 내가 왜 신경을 써야 해? 이렇게 된 이상 어떻게 나오든 이제는 숨길 필요 없어!'

순자는 양 사장의 뭉툭한 손이 자신의 손을 덥석 잡아주기를 원했다. 그 투박하고 까칠까칠한 손길이 자신의 젖가슴 속으로 불쑥 들어와 거칠게 휘잡아주기를 원했다. 그의 딱 벌어진 넓은 가슴 안으로 뛰어들어 두툼한 입술에서 뿜어내는 거칠고 땀내 나는 숨결을 온 몸뚱이로 한없이 들이마시고 싶었다.

순자가 암고양이처럼 상체를 꿈틀거리며 입술에 침을 발라 삐쭉 내밀었다. 그윽하게 양 사장의 눈을 들여다보니 그 눈에 불꽃이 일었다. 암컷을 바라보는 동물 수컷의 불꽃이었다. 하긴 요 며칠 순자를 품어보지 못한 사내의 눈길이다. 살짝 자극을 주면 금방 활활 타오를 것 같은 사내의 불꽃이다.

순자가 양 사장을 향해 눈웃음을 보내려는 순간, 주방에서 불쑥 사모가 나왔다. 긴 쇠 집게 끝에 죽은 쥐를 들고 있었다.

검고 포동포동 살이 찐 큰 쥐.

두 사람은 주춤하며 상체를 고쳐 앉았다.

사모가 말했다.

"순자 너 저녁 손님도 있는데 너무 취하는 거 아니야? 별채에 가서 눈 좀 붙이지 그래."

"걱정도 팔자욧!"

순자가 톡 쏘듯 반발했다.

순자의 대꾸에 사모가 잠시 멍한 표정을 짓다가 죽은 쥐를 소각장에 버리려 식당 밖으로 나갔다.

순자는 잠시 깨진 분위기가 아쉬워 소주 한 병을 새로 가져와 두 잔을 가득 채웠다.

"자, 들어요."

양 사장의 잔에 잔을 부딪치며 바라보니 눈빛이 아직도 이글거리고 있다. 그러면 그렇지.

다시 야릇한 분위기에 젖어든 순자는 기대 반 설렘 반으로 가슴이 떨려왔다. 상체를 일으켜 남자의 두툼한 입술에 입술을 포개고 싶은 충동이 일었다. 하나 창밖으로 사모가 왔다 갔다 하는 모습이 언뜻언뜻 보였다. 금방 식당 안으로 들이닥칠 것 같은 예감이다.

순자는 연거푸 소주를 들이켜며 안절부절못했다. 그렇게 흥분과 떨림, 두려움과 긴장 속에 한참이 흘렀다. 아마 10분, 아니, 20분도 더 지났을까?

잔뜩 흥분된 눈빛으로 젖은 입술을 삐죽거리며 발정한 암고양이처럼 몸을 꿈틀대는 순자를 더 이상 못 참겠다는 듯 양 사장의 두꺼비 같은 손이 덥석 건너와 손목을 잡았다.

"별채로 가 기다려!"

남자의 눈이 불꽃으로 이글거렸다.

"알, 알았어요."

순자가 목이 메어 속삭였다. 너무도 흥분이 고조된 나머지 공기가 부족한 느낌이다. 순자는 한껏 눈웃음을 지어주고 자리에서 일어났다.

식당 밖으로 나온 순자는 몇 차례 심호흡을 했다. 봄날 오후의 바람결은 상큼했다. 흥분이 어느 정도 진정되면서 정신이 맑아져 왔다. 그리고 보니 사모가 보이지 않았다. 아니, 어디 간 거지?

식당 안으로 들어오지 않았으니 안쪽에 딸린 거실과 안방으로 간 것도 아니다. 혹시 별채에 있나 해서 별채로 가 문을 열어봐도 없다.

'어디 숨어서 우리를 주시하고 있는 것 아닌가?'

순자는 길가 주차장과 산자락 아래 텃밭도 살펴봤다. 없다.

아까 사모가 죽은 쥐를 들고 나간 쇠 집게가 쓰레기 소각장 옆에 세워져 있는 것이 보였다. 벽돌로 둘레를 친 소각장의 쓰레기 위에 검은 쥐의 사체가 던져져 있었다.

그리고 그 옆에 순자의 눈에 들어온 물건이 있었다.

반투명의 하얀 플라스틱 주사기.

머릿속이 얼음처럼 차가워지며 술이 확 깨었다.

김 양이 했던 말이 번뜩 떠올랐다.

"아무것도 모르는 듯 꽁하고 있다가 어느 순간 어떤 꼼수로 순자 씨에게 쥐약을 타 먹일지도 모르는 일이잖아!"

쥐약은 양 사장이 관리한다고 했지만 마음만 먹으면 누구나 쉽게 구입할 수 있는 물건이다. 저 주사기는 어떤 제품, 어떤 음료에든 흔적 없이 쥐약을 주입할 수 있다.

순자는 온몸에 소름이 돋고 두려움으로 가슴이 벌렁거렸다.

'진정하자, 진정하자. 그리고 정신을 바짝 차리자.'

그때 양 사장이 식당에서 나왔다.

"뭐해, 별채에 가 있지 않고?"

양 사장이 우람한 팔로 순자의 어깨를 휘감으며 끌었다.

"걱정 마. 마누라는 시장에 다녀온다고 했어."

양 사장이 순자의 몸을 들다시피 껴안고 별채로 들어갔다. 문을 닫자마자 순자의 몸뚱이 위로 올라탔다. 두꺼비 같은 투박한 손으로 개고기를 해체하듯 순자의 아랫도리를 풀어 헤쳤다. 자신의 잔뜩 부풀어진 물건을 비벼대며 사납게 돌진해 왔다.

순자의 머리는 냉랭했고 가슴은 아직도 벌렁거리는 상태였다. 다만 그 벌렁거림이 주사기를 본 순간 느낀 두려움 때문인지, 아니면 남자의 쌕쌕거리는 거친 숨소리로 인한 홍분 때문인지 분간이 되지 않았다. 순자는 짐승 같은 사내의 욕정에 몸을 맡긴 채 명한 시선을 창밖으로 보냈다. 노랗게 핀 산수유 꽃이 눈에 들어왔다. 그 노란 꽃을 보니 사내에게 강간당한다는 느낌이 바로 이런 거로구나 하는 생각이 들었다.

마침내 양 사장이 며칠 참아온 욕정을 순자의 몸속에 분출해 냈다. 목적을 달성한 양 사장이 순자의 몸에서 몸을 떼고 벽에 기대어 앉았다. 그는 습관처럼 담배를 피워 물었다.

시종일관 피동적인 순자는 여전히 꼼짝도 안 하고 가만히 누워 있었다.

담배 연기를 내뿜으며 양 사장이 말했다.

"마누라 등살에 너를 보는 것도 쉽지 않을 것 같다. 순자 너도 이 집에서 계속 일해 봐야 신경만 거슬릴 게 뻔하고. 그러니 더 이상 나오지 마라. 내일부터는 다른 사람이 올 거다. 너 섭섭지 않게 챙겨 넣었으니 그리 알고."

양 사장이 봉투 하나를 순자의 머리맡에 던졌다.

머리를 돌려 흘긋 보니 두툼한 돈 봉투였다.

순자는 기분이 우울해지며 속이 팍 상했다. 벌떡 일어나 팬티를 주워 입고 아랫도리를 추슬렀다. 목을 축이기 위해 냉장고 문을 열었다. 냉장고 안에는 오전에 순자 자신이 비치해 두었던 손님용 물병이 하나도 보이지 않았다. 오직 노르스름한 플라스틱 요구르트 병 하나만 달랑 놓여 있었다.

순자는 요구르트에 손을 대려다 주춤했다. 불길한 예감으로 가습이 냉장고처럼 차가워지며 부르르 손이 떨렸다.

'절대로 마시면 안 돼!'

순자는 냉장고 문을 닫고 화장실로 들어갔다. 화장실 변기에 앉아 생각을 정리했다.

양 사장이 내일부터는 나오지 말란다. 마누라를 핑계로. 내일부터는 다른 여자, 즉 순자 대신 새로운 여자가 오기로 되어 있단다. 그러면서 돈 봉투를 주었다. 순자가 양 사장에게서 받은 다섯 번째 봉투다.

별채의 손님들이 했던 말이 생각났다.

'개고기만 먹어대는 양 사장, 이 여자 저 여자 맛 안 본 여자가 없을 거야. 서너 달 안에 따먹다 마누라에게 들킬 만하면 내보내지. 아무튼 서너 달, 길어야 반년을 넘기는 여자를 못 봤어.'

순자 앞의 김 양이 이렇게 해서 그만두었고, 김 양 앞의 그 쥐약을 마셨다는 여자도 이런 식으로 그만두었다. 그리고 그 앞, 앞, 앞의 여자들도…….

이제는 순자 차례다.

이것은 엄연한 변심이다. 서너 달 데리고 놀다 싫증이 날 만하면 버린다. 요괴처럼 비밀스럽고 꽁한 뚱땡이 마누라의 위협을 은근히 내비치며.

어쩌면 마누라가 새벽 장보기 뒤를 밟아 순자와의 관계가 발각된 것이란 말도, 그 뒤 마누라가 자청해서 장보기에 따라 나온 것

이란 말도 다 남자가 일부러 꾸민 거짓일 가능성이 높다. 거짓이
아니라면 순자가 버스정류장에 서 있는 것을 아는 마누라가 어떻
게 눈길도 주지 않고 그냥 지나칠 수 있단 말인가.

이렇게 생각하면 사모는 애초부터 남편과 순자의 관계를 눈치
챈 것도 아니고, 꽁하거나 요괴스런 여자가 아니라 사실은 남편
에게 순종적이고 착한 여자이기 때문에 정말 순자를 동생으로 생
각하고 그렇게 태연하게 대했을지도 모른다. 김 양의 말만 듣고
사모를 요괴로 생각한 것은 오해인데, 변심한 양 사장이 바로 그
점을 이용해 순자를 버리려 한다.

야비한 남자!

순자는 울화가 치밀었다. 당장 남자의 얼굴에 침이라도 뱉어주
고 싶은 심정이다.

그때, 밖에서 양 사장이 캑캑거리는 소리가 들려왔다.

치사한 자식!

순자가 화장실 문을 열고 나왔을 때 눈앞에는 처참한 광경이
펼쳐져 있었다.

양 사장이 방바닥에 웅크린 자세로 엎드려 있었다. 고통을 못
참고 두 손은 방바닥의 방석을 쥐어짜듯 휘어잡고 입가로는 피를
토해내며 얼굴은 고통으로 일그러진 채 눈에는 이미 흰 창이 드
리워져 있었다.

옆에는 마셔 버린 요구르트 병이 나뒹굴고…….

놀란 순자가 별채 문을 열고 뛰어나오자 식당 쪽에서 사모가

뒤뚱거리며 달려 나왔다.

　사모가 네모진 얼굴을 잔뜩 찌푸리며 울부짖듯 소리를 질러 댔다.

　"아니, 내 남편이 나와야지 왜 순자 네년이 나오는 거얏!"

「변심」 END.

크리스마스의 왕

조동신

2010년 제12회 여수 해양문학상 소설 부문에서 단편 〈칼송곳〉으로 대상을 수상하며 등단하였다. 그 뒤 한국추리작가협회에 가입하여 〈포인트〉, 〈프레첼 독사〉, 〈클루 게임〉, 〈오를라〉, 〈철다방〉, 〈보화도〉 등의 단편을 발표하였고, 현재도 꾸준히 활동하고 있다.

"메리 크리스마스!"

크리스마스이브다. 거리는 평소보다 더욱 밝은 네온사인과 추운 날씨에도 밝은 표정으로 돌아다니는 이들로 가득 차 있었다.

크리스마스 하면 무엇을 생각할 수 있을까? 아무래도 겨울이니 추운 날씨, 크리스마스트리, 산타클로스, 거기다 팔짱 끼고 돌아다니는 연인들이 생각날지 모르겠다. 하지만 무엇보다도 이날에 빼놓을 수 없는 소품은 바로 특별한 빵이나 케이크다. 그 때문에 오늘 밤 모임에 나도 케이크를 들고 가기로 했다.

오늘의 케이크는 남다른 의미가 있다. 내가 계획한, 더 이상 거리의 연인들을 부러워하지 않아도 될 이벤트가 이 안에 담겨 있기 때문이다. 나는 몇 번이나 오늘 내가 해야 할 말과 행동을 머릿속으로 검토해 가며 약속 장소 가까이 왔다. 우리가 만나기로 한 곳은 내가 다니는 대학 근처에 있는 작은 보드게임 카페다. 들어가자 여학생 둘이 먼저 와서 기다리고 있었다.

"오빠 왔어요?"

"그래, 춥지?"

이 모임에 대하여 잠시 소개하도록 하겠다. 우리는 대학 내 동아리로 추리소설과 보드게임을 테마로 하고 있으며 이름은 클루(CLUE), 즉 실마리, 단서라는 뜻이다. 동명의 보드게임 동호회에서 시작하였기 때문에 이름도 그렇게 지었다. 거기다 회장이 제멋대로 Creative(창의성 있는), Logical(논리적인), Unique(특별한), Energetic(열정적인)의 두문자라는 말까지 보탰다. 이제 막 만들어졌기 때문에 회원도 나까지 다섯 명뿐이고 아직 동아리방도 없다.

그건 그렇고, 나는 이 동아리의 신입 부원이다. 신입이라고는 해도 1학년의 풋풋한 새내기는 아니고 올 봄에 제대하고 2학년 2학기에 복학한 예비역이다. 경영학과에 재학 중이며 이름은 정상진이다. 학교에서 우연히 동아리 홍보 게시판을 보게 되었는데 홍보지 중에 'CLUE'라는 단어가 눈에 확 들어오고 말았다. 나도 추리소설을 좋아하였기에 그날로 입부원서를 냈다.

회원을 소개하면 먼저 이 동호회의 설립자이자 회장인 김재욱이 있다. 화학과 4학년에 재학 중이고 곧 어느 연구소에 들어간다고 했는데 연구원답지 않게 큰 몸집에 목소리도 걸걸하여 꼭 레슬링 선수 같은 느낌을 준다. 화학보다 추리소설이 더 좋다고 동아리를 만들었으며 언제나 우리를 이끌곤 한다.

다음은 문소현, 국문학과 3학년이며 재욱이 형에게서 최근 회장직을 물려받았다. 그녀는 키가 작고 단발머리에 아담한 스타일이며 그리 눈에 띄지 않는 소박한 학생일 뿐이다. 하지만 매우 지적이고 매력적이다. 독서를 좋아하며 머리 쓰기를 즐겨 요즘 겉치장에만 신경 쓰는 사람들과는 다르다.

다른 한 명의 여학생은 이 동아리의 막내로서 영문학과 1학년인 임해미다. 역시 1학년답게 아직 청소년 티가 가시지 않았고, 소현과 달리 보통 키에 긴 머리, 그리고 유난히 큰 눈을 가진 그녀는 순진해 보이지만 의외로 날카로운 면도 있다고 한다. 별로 말이 없는 편이라 아직 자세히는 모른다.

잠깐, 회원이 다섯 명이라면서 왜 네 명만 소개했냐고? 2학년 남학생이 하나 더 있긴 한데 내가 가입하기 전에 휴학하고 국방의 의무를 다하러 갔다. 즉 그가 나가고 내가 들어온 것이다.

동아리 회원들은 다들 좋은 사람들이고 취미도 공유하기 때문에 나는 즐겁게 활동을 할 수 있었다. 단지 동아리방이 아직 없기 때문에 우리는 강 형사라는 분이 운영하는 보드게임 카페에서 주로 만난다. 회원들이 특히 즐기는 게임은 앞서 언급한 대로 〈클루(Clue)〉다. 저택의 아홉 장소, 여섯 명의 용의자, 여섯 개의 흉기 카드가 있으며 이 카드와 주사위를 이용하여 누가, 어느 흉기로, 어디서 저택 주인을 살해했는지 추리해 내는 게임으로, 1956년대 영국에서 만들어져 여러 가지 만화나 소설 캐릭터가 들어간 버전으로도 출시된 세계적인 보드게임이다.

여기서 보충 설명을 하면, 어느 날 회원들이 한창 게임을 하고 있는데 이 카페의 사장이 슬쩍 오더니 자신은 전직 형사였지만 집안 사정으로 카페를 하게 되었다고 말을 꺼냈다. 그리고 그 게임처럼 범인과 흉기, 살해 장소를 맞혀야 했던 옛 사건 이야기를 해주면서 한번 실제로 범인을 알아맞혀 보라고 했다. 회원들은 정답을 맞혔고, 그 일을 계기로 우리 동아리 사람들은 카페 사장을 강 형사라고 부르며 동아리의 취지도 보드게임에 추리소설까지 보탠 모임으로 바꿨다. 또한 강 형사는 가끔 형사 시절 이야기를 우리에게 해주면서 명예회원이자 자문(?)이 되기도 했다.

지난 이야기는 그만하기로 하고, 진정 지금부터 할 이야기는 이번 크리스마스에 내가 우리 동아리 회원들을 상대로 저지를 하나의 이벤트다. 추리 동호회인 만큼 '완전범죄'를 시도해 보기로 했다. 과연 회원들이 이길까, 내가 이길까. 이 일 때문에 얼마나 어렵게 우리 형에게 부탁했는지 모른다.

"강 형사님, 여기 아메리카노 뜨거운 걸로 넷이요!"
나중에 도착한 재욱이 형이 주문을 했다.
"아니, 형사라고 부르면 사람들이 이상하게 본다니까!"
강 형사가 말했다.
"이번 크리스마스에도 아무도 없네. 우리 과 어떤 여자 애는 이번에 정말 괜찮은 남자 친구 생겼다던데 말이야. 지금 어디서 둘이 깨가 쏟아질까 궁금하네. 난 언제 솔로 탈출하나?"
소현이 말했다.
"원, 크리스마스를 애인과 보내지는 못해도 여기 동아리에서 마음 맞는 사람들과 보내는 것도 의미가 있지 않겠어?"

재욱이 형이 말했다. 그는 샴페인까지 준비해 왔다.

"그래요."

"참, 오빠. 케이크 가져오신다고 했죠?"

해미가 내게 물었다.

"그래, 크리스마스에는 새로운 케이크가 있지. 정확히 말하면 크리스마스용 케이크는 아니지만 이거라면 다들 좋아할 것 같았어."

나는 상자를 식탁 위에 올려놓으며 말했다.

"자허 토르테(Sacher Torte) 되겠습니다!"

"자허… 토르테?"

"그게 뭔가요?"

두 여인의 눈이 커졌다. 상자를 열자마자 달면서도 진한 카카오 향기가 코를 통해 곧장 뇌까지 전달되었다. 표면이 새까맣고 매끈한 케이크는 단단한 아이싱으로 덮여 있었다.

"자허 토르테는 19세기 오스트리아 수상이었던 메테르니히의 요리사 자허가 만든 케이크야. 1814년에 나폴레옹 전쟁이 끝나고 전후 처리를 위한 회의가 빈에서 열렸어. 역사 시간에 배웠지? '빈 회의'라고. 메테르니히는 자기 요리사에게 '오는 사람들이 깜짝 놀랄' 디저트를 만들라고 지시했는데 그 사람이 갑자기 병으로 쓰러지는 바람에 그 조수였던 프란츠 자허가 요리를 맡았고 그때 이게 만들어졌지."

"아주 오래된 거네요."

소현이 말했다.

"그만큼 많은 이야기가 담긴 케이크야. 나중에 메테르니히가 실각하자 자허는 자기 이름을 딴 호텔을 차리고 그 케이크를 팔기 시작했는데 매우 인기를 끌었어. 지금은 오스트리아에서도 가장 유명한 음식 중 하나가 되었지만 이 케이크가 유명해진 데에는 〈달콤한 전쟁〉이라는 사건이 있지."

"달콤한 전쟁이요?"

두 여인이 금세 흥미를 보였다.

"〈데멜〉이라고, 자허보다 훨씬 전부터 오스트리아 왕실에 과자를 납품하던 유명한 가게가 있었어. 프란츠 자허의 아들인 에두아르도가 〈데멜〉에서 일하면서 아버지의 유산인 자허 토르테 레시피를 완성시켰는데 그 때문에 〈데멜〉에서도 자허 토르테를 팔기 시작한 거야. 이 에두아르도가 죽자 자허 호텔이 잠깐 경영난을 겪었는데 그 아들, 아버지와 동명이인인 에두아르도가 잠시 〈데멜〉에서 일하면서 거기 있던 레시피를 다시 찾아서 〈오리지널 자허 토르테〉라는 이름으로 팔기 시작했어. 그 때문에 〈데멜〉이 자허 토르테라는 이름을 무단으로 사용했다는 이유로 〈자허〉 측에 소송을 걸었어. 그래서 이 소송을 〈달콤한 전쟁〉이라고 불렀고, 빈의 향토 역사가, 양쪽 집의 단골손님, 케이크 전문가들이 전부 증인으로 동원됐대."

"그래서 어떻게 됐어요?"

소현이 물었다.

"7년 동안의 법정 공방 끝에 1962년에 결국 법원이 〈자허〉 측

의 손을 들어줬어. 원조 자허 토르테라는 이름은 〈카페 자허〉에서
계속 쓰되 〈데멜〉에서도 같은 케이크를 팔 수는 있다고 판결이 났
어. '에두아르도 자허의 토르테'라는 이름으로. 그 때문에 양쪽의
자허 토르테에는 차이가 있어. 〈자허〉에서는 케이크를 3단으로
쌓고 살구 잼을 쓰고, 〈데멜〉에서는 단층 케이크에 오렌지 잼을
쓰지."

"별 걸 다 아는구나."

재욱이 형이 말했다. 나는 빙긋 웃으며 케이크를 꺼내 상 위에
놓았다.

"그런데 이걸 어디서 구했어요? 설마 오스트리아에서 사 오신
건가요?"

해미가 물었다.

"맞아, 내가 어젯밤에 오스트리아로 비행기를 타고 가서 오늘
아침에 들고 왔어."

"야, 무슨 농담을!"

재욱이 형이 웃으며 말했다. 나는 껄껄 웃으며 케이크 위에 찍
힌 초콜릿 문양을 가리켰다. 자허 토르테는 자허라는 이름이 새
겨진 둥근 밀랍 인장 모양의 초콜릿이 8개 얹혀 있는 점이 특징
인데 이 케이크의 인장 초콜릿에는 자허 대신 '정상철'이라는 이
름 석 자가 찍혀 있었다.

"사실은 이거, 우리 형이 만든 거예요. 형이 오스트리아에서
파티셰 수업을 받았거든요. 자허 못지않게 유명한 케이크를 만들
겠다고 이렇게 문양까지 재현해 놓았죠. 대신 이름만 자기 이름

썼지만. 그리고 깜빡 잊었는데 〈자허〉의 케이크는 이 초콜릿 문양이 둥글고 〈데멜〉에서 내놓는 자허 토르테에는 세모난 초콜릿을 얹어서 내놓죠."

"그래요?"

해미가 말했다.

"자허 토르테는 사실 케이크보다도 이 아이싱이 더 유명해. 만드는 데 무려 세 종류 초콜릿을 조합하니까. 물론 그 조합 방법은 비밀이고. 이 케이크는 형이 자기 나름대로 여러 종류의 초콜릿을 섞어서 만들어본 거야. 이래 봬도 우리 형 솜씨는 꽤 좋다고! 이 빵칼도 형이 집에서 연습할 때 쓰는 건데 내가 오늘 간곡히 부탁해서 가져온 거야."

"와, 멋진 케이크 나이프네요."

해미가 말했다. 하긴, 스테인리스로 만든 삼각형 빵칼은 제과점에서 나오는 하얀 플라스틱 칼과는 느낌이 달랐다.

"이래 봬도 이건 골동품이니까 조심해야 해. 형이 오스트리아에서 파티셰 선생한테 선물 받은 거라고. 애지중지하는 거 내가 겨우 빌려왔다."

"그래? 그럼 너도 오스트리아 가봤어? 형님은 언제 돌아오셨어?"

재욱이 형이 물었다.

"올해 돌아왔어요. 제가 올봄에 제대하고 복학하기 전에 곧장 유럽에 배낭여행 갔다가 빈 형 집에서 며칠 묵었고, 형이랑 같이 돌아왔죠."

"그러면 형님이 아주 능력 있는 분인가 봐요? 선생님한테서 골동품 칼을 선물 받기까지 하고."

해미가 말했다. 나는 고개를 끄덕였다.

"그래? 빈 어땠어? 그 〈자허〉니 〈데멜〉이니 하는 데에도 다 가봤어?"

"다 가봤죠. 오스트리아로 여행을 간 사람들은 퉁퉁해져서 돌아온다는 말이 맞았어요. 맛있는 게 워낙 많아서."

나는 케이크를 자르며 말했다.

"아, 먹기 전에 잠깐!"

"왜요?"

다른 사람들이 나를 보았다. 나는 우선 케이크를 두 조각 잘라서 계산대 쪽으로 돌아가 강 형사에게 주었다.

"형사님도 좀 드세요."

"아유, 고맙습니다. 그런데 두 조각씩이나 주시면 안 되죠. 전 단것도 별로 좋아하지 않고 먹고 돌아서면 배고플 나이의 젊은이들인데, 한 조각이면 됩니다."

"그, 그래요? 참! 깜빡 잊었다. 이건 워낙 단 거라서 생크림을 곁들여서 먹어야 제격이거든요."

나는 가방에서 큼직한 짤주머니를 꺼내 접시 위 케이크 조각 옆에 생크림을 짜 넣은 뒤 다른 한 조각을 테이블로 가져왔다.

"언제 짤주머니까지 가져왔어?"

재욱이 형이 물었다. 나는 세 사람이 빤히 쳐다보는 가운데 케이크를 배분하기 시작하였다.

"우리 형이 연습용으로 쓰는 건데 사정사정해서 빌렸어요."

"그런데 되게 크네."

"남는 게 이것밖에 없었거든요. 참, 그리고 이 크림도 형이 만든 거예요. 사실 우리나라 제과점에서 만드는 케이크는 우리나라 사람들 입맛에 맞추느라 그리 달지 않은 편인데 유럽이나 미국에는 굉장히 단 케이크가 많아요. 제가 단 걸 잘 먹는 편인데도 정말 몸서리가 쳐질 정도였거든요. 이 자허 토르테도 오리지널에 가까운 거라 꽤 달 거예요. 그래서 그런가, 현지에서도 생크림은 달지 않게 만들죠."

"네 형 지금 어디서 근무하시는데?"

"OO호텔 베이커리요. 가을부터 거기에서 일하기 시작했어요."

"와, 거기 엄청 유명한 덴데."

소현이 말했다.

"그래, 그러니 프로 파티셰 케이크를 오늘 공짜로 먹는 거야."

"오빠 좋겠네요. 이런 거 자주 먹어서."

해미가 부럽다는 듯 말했다.

"하지만 형이 연습한답시고 늘 부엌을 독차지해서 나는 라면도 제대로 못 먹을 때가 많아."

내가 말했다. 형 때문에 부엌에 늘 케이크나 과자 구운 냄새가 꽉 차곤 했기에 어렸을 적부터 내 몸에도 과자 냄새가 배곤 했다. 그 때문에 지하철이라도 타면 괜히 사람들 눈치가 보이고 아이들은 냄새를 맡으려 내게 가까이 붙기도 했다.

"서두가 길어졌네요. 하지만 한 번 더 먹기 전에 잠깐."

이제 내 완전범죄를 실행할 때다. 1차 작업은 방금 끝냈고 이제 더 중요한 2차 작업에 들어가야 한다.

"네?"

"이제부터 진짜 이벤트가 하나 있다."

사람들이 모두 나를 쳐다보았다.

"일명 '크리스마스의 왕' 이벤트라고 하지."

"그게 뭔데요?"

해미가 물었다.

"이왕 먹는 거, 유럽 전통을 따르는 거야."

"전통이요?"

소현이 멍청한 얼굴로 되물었다.

"형이 근무하는 과자점에서도 특별히 유럽 각국의 크리스마스 케이크랑 빵을 소개 및 판매하는 이벤트를 열었대. 여기 사진도 있어."

나는 스마트폰을 꺼내 보여주었다.

"이건 크리스마스 케이크의 원조라고 여겨지는 던디 케이크(Dundee Cake)야. 스코틀랜드의 던디 지방에서 만들었기 때문에 그런 이름이 붙었어. 과일, 견과류를 넣어 만든 거지. 스코틀랜드의 메리 여왕이 체리를 좋아하지 않아 대신 아몬드를 넣은 케이크를 구워 올린 데서 비롯되었다는 말이 있어. 그리고 이건 프랑스의 부쉬 드 노엘(Buche de Noel)이야. 이건 유명하지? 장작 모양의 롤케이크. 원래 전년에 때다 남은 땔감을 모두 태워

신년의 액땜을 한 데서 비롯되었다는 설과, 가난한 애인이 나무 땔감을 선물로 주면서 난로의 따스한 마음을 전하기 위해 나무 토막을 케이크 모양으로 만들어 줬다는 데서 유래했다는 설이 있어. 그리고 이건 알자스(독일과 프랑스 국경 지방)의 쿠글로프(Kougloff)야. 승려 모자를 본떠서 만들었다고 하는데, 재료 조합에 따라 빵도 되고 케이크도 되지. 그리고 이건 흔해서 알겠지? 이탈리아의 파네토네(Panettonne)야. 토니라는 사람이 만들었기 때문에 그런 이름이 붙었다 하고, 그리고 이건 독일의 슈톨렌(Stollen)이야. 가운데가 부풀어 올라 요람 비슷하게 생겨서 예수 그리스도의 요람을 상징하는 크리스마스 빵이 됐지. 이건 금방 먹지 말고 하루쯤 밀봉했다 먹는 게 더 맛있어. 그 외 수도 없지."

"형님이 파티셰라더니 너도 케이크 박사가 다 됐구나. 그런데 자허 토르테는 크리스마스랑은 별 상관이 없는 건데 왜 이걸로 가져왔어?"

내가 강의하듯 하자 재욱이 형이 물었다.

"형이 이걸로 권했으니까요."

"참, 그런데 빵이랑 케이크의 차이는 뭔가요?"

해미가 물었다.

"이스트로 발효시켜서 구운 건 빵이고, 이스트가 없으면 과자지. 그러니 케이크도 과자 종류야."

"어머, 난 부드러우면 빵, 딱딱하면 과잔 줄 알았는데."

소현이 말했다.

"흔히들 그렇게 생각하지. 그리고 영국의 경우에는 크리스마스 푸딩과 관련된 재미있는 풍습이 하나 있어. 원래는 켈트 신화에 나오는 신들의 왕이었던 '다다'가 냄비로 끓인 오트밀에서 크리스마스 푸딩이 비롯되었다고 해. 그게 성탄절 전에 단식기도를 한 뒤 위에 부담되지 않게 부드러운 우유죽을 먹기 시작했다가 나중에 거기에 버터, 건과일, 견과류를 잔뜩 넣고 브랜디나 맥주, 위스키 등을 넣은 푸딩으로 발전했다는 게 정설이야."

"그랬군요."

나는 설명을 계속했다.

"진짜 할 말은 지금부터야. 영국에서는 크리스마스 푸딩을 만들 때 그 안에 여러 가지 물건을 넣어놓고는 그걸로 점을 치는 풍습이 있어. 뭐, 어느 조각에서 골무가 나오면 그 조각의 임자는 노처녀가 되고, 반지가 나오면 일찍 결혼하고. 식구들이 전부 모여서 한 번씩 젓기 때문에 어느 조각에 어느 물건이 들어 있는지는 아무도 몰라."

"야, 그거 잘못 물었다가 이빨만 상하겠다."

재욱이 형이 말했다.

"한 조각에서 두 개 이상의 물건이 나올 수도 있겠네요?"

해미가 물었다.

"그렇지, 뭐."

"한 조각에서 골무랑 반지가 같이 나오면 그 임자는 뭐가 되는 건가요?"

소현이 그렇게 말하고 하하 웃었다. 나도 웃었다.

"그런데 이벤트가 뭐냐? 혹시 이 케이크 안에도 그런 물건을 잔뜩 넣어둔 거야?"

재욱이 형이 물었다.

"그렇지는 않아요."

"그러면?"

"대신 주현절과 성탄절의 풍습을 짬뽕해서 만든 이벤트가 있죠. 일명 '크리스마스의 왕' 이벤트입니다."

"크리스마스의 왕이요? 그리고 주현절이라니요?"

해미가 물었다. 다행히 지금까지 그녀들의 반응은 나쁘지 않았다. 진짜 중요한 순서는 지금부터다.

"앞서 영국에서는 푸딩에 각종 물건을 넣어두고 점을 친다고 했잖아? 그런데 여러 가지 물건을 넣는 것보다는 이게 더 나을 것 같았어. 여긴 네 명밖에 없으니까."

사람들의 얼굴이 모두 내게 향했다.

"이건 사실 크리스마스는 아니고 주현절, 즉 1월 6일 예수 그리스도가 동방박사를 만난 날이자 30세 때 세례를 받고 구원자로서의 활동을 시작한 날을 기리는 축제에서 비롯된 건데, 이날을 기념하는 방법이 있어. 프랑스의 갈레뜨 데 후와(Galette des rois)는 왕의 파이라는 뜻인데, 왕관 모양으로 만든 파이에 아몬드 크림을 채우고 그 안에 페브(Feve)라 불리는 콩을 딱 한 개 넣어둔 다음 조각내서 나눠 먹는 거야. 그리고 어느 파이 조각에서 콩이 나오면 그 조각의 임자는 그날의 왕이 되는 거야. 그래서 프랑스에서는 이 파이에 종이로 만든 왕관을 씌워서 판매하고, 왕이 되면 그 왕관을 쓰게 되지.”

“왕이요?”

두 여인의 눈이 커졌다.

“원래는 콩을 두 개 케이크 반대편에 놓고 한쪽에는 남자만, 한쪽에는 여자만 앉으라고 한 뒤, 아, 그러고 보니 우리도 그렇게 앉았네. 그 콩이 나온 조각의 임자인 남녀 두 사람은 그날의 왕과 여왕이 되지. 귀족뿐 아니라 빈민들 역시 메밀로 케이크를 만들어서라도 지키곤 했대. 이 풍습은 원래 로마시대 고된 생활을 하는 노예들의 축제가 되기도 했어. 유럽이 기독교화 된 다음부터 주현절에 이 축제를 지키곤 했지만.”

“재미있네요.”

해미가 말했다.

“그런데 오늘 나는 콩 대신 사기 인형을 케이크에 넣었어.”

“왜요?”

소현이 물었다.

“콩을 넣는 건 로마시대 농업의 신 사투르누스 축제의 풍습, 즉 이교도 풍속에서 비롯되었다고 해서 언제부터인가 사기 인형을 넣는 걸로 바꿨어. 그래서 형이 나한테 이왕 이벤트를 할 거면 인형으로 하라면서 하나 주더라. 사람이 많으면 사기 인형을 두 개 넣고 왕과 여왕을 뽑겠지만 우리는 네 명밖에 되지 않으니까 한 개만 넣었어. 원래는 콩 모양의 사기를 넣었는데 요즘은 다양한 캐릭터 인형을 쓰기도 해.”

"크리스마스 풍습 중 이교도에서 비롯된 게 많이 있나 봐요?"

해미가 물었다. 그녀는 호기심이 왕성하다.

"그래. 크리스마스트리 역시 오딘에 대한 공양으로 떡갈나무에 단 것이나 장식을 매달아 놓은 데서 비롯되었어. 사실 기독교도들이 이교도들에게 포교하기 위하여 상대 종교의 축일에 억지로 기독교를 끼워 넣은 게 많기는 하지만."

"그래요? 그건 그렇고, 사기 인형이 들어간 조각을 먹는 사람은 오늘의 왕이 되는 건가요?"

소현이 물었다.

"물론이지! 원래 크리스마스 풍습은 아니지만 푸딩에 여러 가지 물건을 넣는 영국식 성탄절 풍습에 그날의 왕을 뽑는 주현절 풍습을 응용해서 한번 해보는 거야. 그래서 나는 이걸 '크리스마스의 왕' 이벤트라 부르기로 했어."

내가 말했다.

"그래, 그러면 시작해 볼까?"

재욱이 형이 말했다. 그는 아무래도 빨리 먹고 싶은 모양이다.

"그래요. 처음에는 맛을 보기 위해 크림 없이 드셔 보세요. 그다음에는 크림이랑 같이 드시고요."

곧장 재욱이 형이 가져온 샴페인으로 건배를 한 뒤 모두 케이크에 포크를 가져갔다. 케이크 위에 씌운 초콜릿 아이싱은 날씨가 추워서인지 단단해 포크에도 잘 찍히지 않았지만, 유럽의 케이크답게 상당히 맛이 진했다. 나는 생크림은 별로 좋아하지 않지만 이렇게 케이크와 같이 먹으니 괜찮았다. 그리고 진한 초콜릿 때문에 살구 잼 맛은 별로 느껴지지 않을 것 같아도 생크림이 있으니 살구 맛이 제대로 나는 듯했다. 형이 신경을 많이 쓴 흔적이 보였다.

"야, 이거 굉장히 단데?"

"형이 모처럼 거기 방식으로 만들어서 그래요. 그래서 달지 않은 생크림이랑 먹어야 되죠. 아마 한국에서 판매할 때는 좀 한국인 입맛에 맞춰야 될 거예요."

"그런데 내 것엔 사기 인형이 없네? 저기 강 형사님한테 드린 조각에 있나?"

가장 먼저 자기 몫의 케이크를 모두 삼킨 재욱이 형이 말했다.

"그럴 수도 있어요. 사실 이건 전부 운이거든요."

"아유, 케이크 맛있게 먹었습니다. 어느 제과점 건가요? 집사람에게도 사다 주면 좋아할 것 같은데."

마침 옆의 식탁을 정리하던 강 형사가 말했다. 나는 케이크의 출처(?)를 말해주고는 혹시 인형이 케이크 조각 안에 있었느냐고 물었다. 그는 고개를 저었다.

"그러면 여기 있나?"

가장 먼저 다 먹은 재욱이 형이 두 번째 케이크 조각을 접시로 옮기며 말했다.

"어머!"

소현이 갑자기 탄성을 질렀다.

"왜 그래?"

"이거 사기 인형 맞죠? 딱딱한 게 뭔가 했는데."

소현이 자신의 접시에 있던 케이크 조각 안에서 뭔가 하얗고 둥근 것을 꺼냈다. 크기는 믹스너트 통에 있는 캐슈너트보다도 조금 큰 정도였지만, 꽤 정교하게 날개까지 표현된 천사 조각이었다.

"오, 소현이 네가 오늘의 여왕님이 되었구나!"

"왕이 되면 뭘 해야 되나요?"

소현은 놀랐지만 한편으로는 기쁜 듯 물었다.

"왕이 되면, 여기 있는 사람 모두 그 왕의 명령대로 해야지. 그렇지 않아도 네가 신임 회장이니까 잘하라고 왕이 될 운까지 곁들여졌나 보네."

내가 말했다.

그날 모임 동안 소현이 제안한 별별 게임을 다 해야 했지만 나는 기뻤다. 내 완전범죄 이벤트가 성공한 것이다. 하지만 아무도, 특히 소현도 눈치채지 못했다는 사실에 조금 서운하기도 하였다.

우리는 겨울방학에 어디로 MT를 갈지, 앞으로 우리 동아리를 어떻게 이끌어갈지 등에 대하여 논의를 하다가 밤이 깊어지자 헤어졌다.

재욱이 형과 소현은 각자 버스를 탔고, 해미와 나는 마침 집이 같은 방향이라 같은 지하철을 탔다. 나는 조금 의기소침해 있었는데, 옆에 있던 해미는 내 얼굴에 큰 점이라도 붙어 있는 걸 본 듯 킥킥 웃기 시작했다.

"오빠."

해미가 불쑥 말을 걸었다.

"왜?"

"언제부터 소현이 언니 좋아했던 건가요?"

"뭐, 뭐?"

내 눈이 갑자기 크게 떠지며, 얼굴은 추위 때문만은 아닌 듯 붉어졌다. 해미는 그 큰 눈을 더 크게 반짝이며 웃었다.

"맞힌 건가요?"

"……."

나는 대답하지 않았다.

여기서 고백하고자 한다. 나는 동호회에서 추리소설을 논하는 재미에도 푹 빠졌지만 문소현을 보자마자 그대로 눈보다도 심장에 먼저 느낌이 왔다고 할까, 그런 느낌은 전에는 한 번도 느껴본 적이 없다. 군대에 있는 동안 여자를 보지 못해서가 아니다. 소현이라는 여인의 지적이고 착실한 모습에 내 가슴이 뛰었던 것이다. 그렇다고 쉽게 고백할 수도 없었다. 그녀가 나를 어떻게 생각하는지도 몰랐고 갑자기 좋아한다고 하면 서로 어색해지고 동아리 분위기까지 나빠질 수 있기 때문이다. 그 때문에 천천히 친해지면서 정도 붙여가며 마음을 조금씩 전달하는 편이 옳으리라 생각했다.

내가 이 이벤트를 계획해 본 이유도 거기 있었다. 케이크에 대하여 장황한 설명을 늘어놓은 이유도 분위기를 조금 띄워보고 호감을 살 수 있지 않을까 하는 생각에서였다. 무엇보다 중요한 일은 사기 인형을 소현에게 전달하여 그녀를 크리스마스의 왕으로 만든 것이다. 그녀가 알아차린다면 내 마음을 전달할 수도 있지 않을까 하여 솔직히 두근거렸다.

"어머, 폭로하지 않을 테니까 염려 마세요. 단지 오빠가 소현이 언니한테 사기 인형이 든 케이크를 준 방법을 알았거든요. 그걸 확인하고 싶을 뿐이에요."

"으, 응? 야, 무슨 소리야! 그건 운이지!"

"아니에요. 오빠는 소현이 언니에게 사기 인형이 가도록 손을 쓰셨죠?"

나는 일단은 잡아떼기로 했다.

"아니, 차라리 내가 사기 인형을 갖고 왕이 되는 건 간단하지. 입 안에 몰래 그걸 감춰놓고 내 케이크 안에서 나온 척하면 되니까. 그런데 다른 사람에게 그 사기 인형이 가게 한다고? 그건 순전히 운이야!"

"방법이 있죠."

"내가 소현이 접시에 사기 인형을 놓고 일부러 생크림을 그 위에 짜서 감추기라도 했다는 거야?"

"어머, 그랬으면 케이크 안에서 인형이 나올 리가 없죠. 크림 속에서 나왔겠죠."

해미는 웃으며 말했다.

"그러면 내가 케이크 조각에 몰래 표시라도 했다는 말이니? 초콜릿 인장이나 아니면 케이크 구석에 살짝?"

"글쎄요, 그런 것 같진 않았어요. 표시는 하나도 없었어요. 단지 공범이 있었을 뿐이죠. 그리고 오빠가 두 가지 이상한 행동을 했기 때문에 알아차릴 수 있었어요."

해미는 계속 생글생글 웃으며 말했다.

"공범? 두 가지 이상한 행동?"

"제가 보기에 오빠의 '공범'은 그 파티셰 형님인 것 같아요. 오빠는 형님에게 부탁해서 똑같은 케이크를 두 개 구워 달라고 했죠. 그리고 그 중 하나에서 사기 인형이 든 한 조각만 떼어서 준비했어요. 그리고 잘리지 않은 케이크를 여기로 가져왔죠. 그 케이크 안에 물론 인형은 없었고요. 그리고 강 형사님한테 왜 두 조각이나 드렸나 했는데 형사님이 한 조각만 받았지만 그분이 한 조각만 받든 두 조각을 다 받든 상관은 없었어요. 형사님이 한 조각만 드시겠다고 했다고 하면 그만이니까요. 우리가 따로 형사님 한테 물어보거나 할 필요도 없고요. 사실 그때 오빤 케이크 조각을 따로 숨기고 있었죠."

"숨기다니, 어디다 케이크 조각을 숨겼다는 거야? 설마 내 몸 속에?"

나는 어리둥절해하며 물었다.

"그보다 좋은 장소가 있어요. 바로 그 쌀주머니 안이죠."

"으잉?"

내 얼굴은 곧장 루돌프 사슴의 코보다도 붉어졌다.

"우선 오빠가 한 첫 번째 이상한 행동은 생크림을 접시에 담아서 가져가면 될 것을 일부러 계산대에까지 쌀주머니를 가져갔다는 점이에요. 그 이유는 사기 인형이 들어간 케이크 조각을 바로 그 주머니 속에 숨겼기 때문이죠? 비닐 같은 것에다가 케이크 조각을 넣어서 크림 속에 넣어뒀을 거예요. 자허 토르테는 크림이 없고 아이싱도 단단하니까 그렇게 해도 모양이 망가지지 않겠죠. 그리고 형사님이 받지 않은 케이크 조각은 다시 짤주머니 안에 숨겼고요."

"어째서 그렇게 생각했지?"

"짤주머니가 생각보다 훨씬 큰 것도 그렇지만 두 번째 이상한 행동 때문이죠. 오빠는 짤주머니를 비틀지 않았어요. 그 주머니는 가운데를 살짝 비틀면 더 쉽게 짤 수 있는데, 그 이유가 뭐였을까요? 케이크가 그 안에서 부서지지 않게 하기 위해서였겠죠. 아니면 아이싱이 단단한 케이크라서 부서질 때 소리가 날 수도 있으니까요."

"그, 그건 몰랐을 수도 있잖아."

"좋아요. 모르셨다고 할 수도 있지요. 그리고 오빤 케이크에 표시한 걸 봤냐고 하셨죠? 케이크에는 확실한 표시가 하나 있었어요. 오빤 케이크 조각을 전부 우리 앞에서 그 빵칼로 직접 자르고 생크림을 짜 넣은 다음에 직접 나눠 줬잖아요."

"그런데?"

"소현이 언니한테 준 케이크 모양만 달랐어요. 케이크를 자를 때 그냥 칼로 자르면, 특히 자허 토르테처럼 아이싱이 단단한 케이크는 부서져서 모양이 망가지기가 쉽죠. 그래서 끓는 물에 빵칼을 잠깐 담가서 데운 다음에 물을 닦아내고 자르면 뜨거운 칼이 아이싱이랑 크림을 녹이기 때문에 깔끔하게 자를 수 있거든요. 그런데 오늘 오빠는 형님이 쓰는 거라고 케이크용 칼을 가져왔는데 그 칼은 데우지 않았잖아요?"

"그런데? 설마……?"

"그래요, 제가 봤는데 소현이 언니 것만 유난히 깨끗하게 잘려 있었거든요. 그러니 그건 오빠가 아니라 오빠의 형이 칼을 데워서 아주 능숙한 솜씨로 자른 거겠죠. 그리고 오빠가 크리스마스 케이크나 빵에 대해서 스마트폰으로 사진까지 보여줘 가면서 그렇게 장황한 강의(?)를 한 이유도 케이크를 나눠 주는 동안 다른 데 집중하게 하려고 그러셨겠죠."

"이, 이런."

해미는 어느 틈에 다 꿰뚫어 본 것이다. 나는 얼굴이 붉어졌다.

"증거를 대라면 그 짤주머니를 다시 보여 주시겠어요? 그 안에 케이크가 들어 있을 게 뻔해요."

"자백해야겠구나."

나는 가방에서 짤주머니를 꺼냈다. 그녀의 말대로 흰 생크림 속에 비닐 주머니, 그 안에는 내가 바꿔치기한 케이크 조각이 들어 있었다. 나는 케이크를 숨기기 위해 일부러 형이 가지고 있는 짤주머니 중에서도 제일 큰 걸 가져왔다.

"와, 맞혔다!"

해미는 가볍게 호들갑을 떨며 박수까지 살짝 쳤다.

"그렇게 신나냐?"

"맞혔으니까 신나죠. 추리란 게 이런 재미 아니겠어요?"

"쳇, 완전범죄 실패네. 그래도 소현이에게 말하거나 하진 마

라. 사실 난 걔가 그걸 알아차려 주길 바라고 있었는데 말이야. 그런데 너, 설마 말하지 않는 대가로 뭘 요구하는 건 아니지?"

나는 애써 웃으며 해미에게 말했다. 그녀는 고개를 저었다.

"무슨 말씀을! 아까 이야기하지 않은 것도 혹시 오빠가 남몰래 소현이 언니한테 호감 표시한 것 같아서 그런 건데요. 단지 제 생각을 확인하고 싶었을 뿐이에요!"

"배려해 줘서 고맙구나."

"전 제 생각이 맞았다는 사실만으로도 기뻐요. 단, 그 맛있는 케이크 한 조각을 버린 게 아까워요."

"완전범죄를 위해서는 빈대 하나 잡으려고 초가삼간을 다 태워야 할 수도 있는데, 케이크 한 조각쯤이야."

나는 쓰게 웃었다.

"정말 맛있었는데, 언제 또 케이크 좀 가져와 주실 수 있어요?"

"물론이지."

"소현이 언니랑 잘되길 진심으로 기원할게요."

해미는 다음 정류장에서 내렸고 나는 혼자 남았다. 그러고 보니 앞서 언급한, 강 형사가 전에 우리 멤버들에게 퀴즈를 냈을 때 알아맞힌 사람이 해미였다고 하던데 이번에도 그녀가 내 이벤트를 눈치채고 말았다. 소현이 알아차려 줄까 했는데 엉뚱한 녀석이 더 머리 회전이 빨랐군. 괜한 쓴웃음이 나왔다.

뭐, 그래도 기분은 나쁘지 않다. 소현에게 내 마음을 전달할 방법은 앞으로도 있을 테고 섣불리 고백했다가는 오히려 어려워질 수도 있으니까. 이번에 그녀를 '크리스마스의 왕'으로 만들어주는 데에는 성공했으니 그걸로 만족하기로 했다.

「크리스마스의 왕」 END.

초판 1쇄 찍은 날 2013년 8월 6일
초판 1쇄 펴낸 날 2013년 8월 13일

지 은 이 | 강형원 외
엮 은 이 | 한국추리작가협회
펴 낸 이 | 서경석
편 집 장 | 권태완
디 자 인 | 이혜정

펴 낸 곳 | 도서출판 청어람
등록번호 | 제1081-1-89호
등록일자 | 1999. 5. 31
어람번호 | 제10-0018호

주소 | 경기도 부천시 원미구 심곡2동 163-2 서경B/D 3F (우) 420-822
전화 | 032-656-4452 팩스 | 032-656-4453
http://www.chungeoram.com
E-mail | chungeorambook@daum.net
NAVER CAFE | http://cafe.naver.com/goldpenclub

ⓒ 한국추리작가협회, 2013

ISBN 978-89-251-3382-9 03810